是人似故来

GU RAN

橘子宸 著

我的孤独症男友

果然杰作　非同凡响

copyright@果然杰作

只身独处,谓之孤。自成世界,谓之独。
若我们终将孤独,我陪你。

引子

曼哈顿帕克洛大街是纽约警察局（NYPD）总部所在地。清晨七点，夏季的太阳早已升起，但对于悠闲的美国人民来说还只是床头闹钟刚响起的时间。

盛昭曦抱着牛皮纸箱，回头看了一眼这个工作了五年的地方。辞职报告已经受理，今儿就要正式和这个地方说再见了。

原本打算临走前和同事们最后热热闹闹地聚一次，但想到Lee肯定要喋喋不休地抱怨她走后，NYPD只有自己一个华人警察；新进警局的小女警克洛伊少不得要哭一顿；文档室的莫斯老太太又要张罗着给她亲手烘焙离职礼饼……林林总总都会牵绊住她的脚步，所以她特地挑了个大早上来"卷铺盖"，以避开大家。事后他们再怎么责怪，顶了天也就是在电话里多骂她几句，总好过当着面哭红了眼来得体面。

真正的告别都是无声的。

盛昭曦心中想着事，下楼梯的时候踩空了一阶。一屁股坐在了地上，手中的纸箱侧倒在一旁，倒出了不少零碎的小东西。最上头放着的那枚勋章，顺着大理石台阶一路滚了下去，有节奏地打在地面上发出丁零的响声，眼看着就要滚到马路中间去，一只大手拦住了它。

勋章的图案是蓝色绶带围着一颗银星，上面刻着NYPD格言："至死忠诚"，底下还有她的英文名Joyce。这枚荣誉勋章是NYPD奖励给在危难时刻，表现出极度英勇行为的警察的。盛昭曦拿到这枚银星勋章时，不过二十四岁。

一次恐怖主义袭击谈判，她只身进入被安置了炸药的音乐礼堂，说服歹徒缴械投降，成功拯救了现场逾百位观众的性命，自己却差一点儿就要领紫星勋章（奖励给在岗位上牺牲的警员）。

NYPD称她为勇敢的女英雄，他们不明白一个年纪轻轻的亚裔小姑娘怎么会有这么高的思想觉悟。只有Lee知道，那时Steven失踪了两年，Joyce对这个世界已经无所畏惧。

从大学同学一直到工作伙伴，Joyce在美国的这一路成长，Lee都是亲眼见着的。

那些原本以为蒙尘的前尘往事突然又变成了眼下人生的岔路口，真是世事难测。

"真的要走？"Lee把玩着手中的勋章走上台阶，将它珍而重之地放进了她手上的牛皮纸箱里。

"你怎么来了？"盛昭曦嬉皮笑脸地从地上爬起来，顺带拍拍屁股上的灰尘。

"偷偷交了辞职信以为我们不知道？莫斯太太可是管档案的。我原以为你Joyce天不怕地不怕，原来竟怕和我们当面告个别。"

"你知道我不擅长这些的……"盛昭曦苦恼地抓抓头。

他知她所言不假。她情感太过于细腻，又念旧情，所以才这么多年也没从上段恋情中走出来。此番她突然放弃美籍，辞掉工作准备回国，出乎所有人意料，又好像是情理之中，说来自己还是始作俑者之一。

"晚了。值班的大卫已经通知了全局同事你大清早来收拾细软准备跑路的事。估计这会儿大家都在来堵你的路上。"

"放我一马吧。我明天晚上的飞机呢。"

"如果不想待会被堵在警局门口，今晚十点Bloom bar不见不散。大伙儿凑份子要给你办个送别Party。你别扫兴。"

"好好好。"盛昭曦一连声地答应着才得以脱身。

晚上来的人是真多，除了警局的同僚，还有些接受过她帮助自发来的市民。整个Bloom bar几乎被包场。

连年过六旬的莫斯太太都破例来了酒吧，"我的上帝，我上次来这种地方大概是三十年前。"老太太一句话把全场都逗乐了。

盛昭曦穿着黑色皮衣、小马靴亮相的时候，Lee拉开了礼花，细碎的彩纸撒了她满头满脸。

不等她回神，身材壮硕的大卫和其他几个男同事就冲过来将她手脚抬起抛向空中，又稳稳地接在怀里，"Welcome our little princess！"（欢迎我们的小公主）。

油嘴滑舌的男同事们口里喊着公主殿下，灌酒的时候可是没半点儿含糊。

盛昭曦一口气喝了七八瓶啤酒，就算度数不高，也绯红了脸颊。这还不断有人上前来敬酒，最后还是莫斯老太太伸出了援手："够了够了。我有话和Joyce说，你们这群猴子待会儿再来凑热闹。"

老太太是警局资历最老的，将她拉出去没人敢说不。盛昭曦这才逃出魔爪。

莫斯老太太把她摁在沙发里，一双皱巴巴的手在布包里掏了半天，拿出一个曲奇铁盒。

铁盒里面是码得整整齐齐的一盒礼饼。盒子才打开一条缝，曲奇的酥香味就蹿了出来。

"我知道你们年轻一辈不信这些，但离职礼饼一定要请大家吃，这样才能保佑你新工作顺顺利利。知道你肯定没时间准备，我自己做了一些，刚出炉的。"莫斯老太太是从英国迁过来的老人，讲究传统，烘焙小饼干的手艺也是一绝。

关键是这份心意重。老太太絮絮叨叨地抚着她的手背，叮嘱她回国万事小心，虽然那是她的故乡，但到底许多年没回，很多事得重新适应。听说那边的人事环境不似这边简单，万事都得多留个心眼。

这声声嘱咐让她想起自己早就离世的外婆，十年前她出国时，外婆也是这样含着泪事无巨细地叮咛。第二年，外婆就没了。那时父母瞒着她，连奔丧她都没赶上。

克洛伊见她露出哀戚的神色，也挨着她抽泣起来，十分舍不得这个大姐姐走。

盛昭曦轻拍她的头安抚着，肩上这点小重量好像源源不断地输送了温暖到她心里。亲人有时也不单是指那层血缘关系。

莫斯老太太熬到半夜十二点就先走了。老太太一走，年轻人们就撒了欢，抓住盛昭曦又喝了几巡，老太太的礼饼也被大伙吃了个干净。最后所有人都横七竖八地歪在沙发上、地上。酒瓶子扔了一地，他们嘴边还有没舔干净的饼干屑。

酒吧的服务员清扫了场地也没赶人，老板早就打好招呼让他们通宵。

凌晨四点，盛昭曦第一个在沙发角落里醒了过来。头痛欲裂，大腿上还枕着克洛伊的头。

她小心翼翼地搬开克洛伊，脚尖点着地跨过了面前倒得乱七八糟的"人阵"，去厕所用冷水洗了把脸，这才清醒了不少。

其余人都还睡得沉，吧台上只有一名值夜的酒保正在擦拭玻璃杯。盛昭曦从Lee的身下抽出自己的包，走去吧台结账。

"不用了。其他几位警官说了，最后喝完统一点数，把账单寄去警局就行了。"

"别麻烦了,我直接刷卡。"

"这……"酒保有些为难。

"最后一顿了,让我尽个心意。"盛昭曦硬把卡塞进他手里,酒保这才勉为其难给她结了单。

盛昭曦拿回信用卡和小票,回头再看一眼卡座里那一张张熟悉的睡颜。熬夜执行任务的时候,不是没见过他们睡着的样子,但第一次觉得这般可爱。

她鼻头一酸,眼泪又差点落下来。该死的Lee,就说她应付不来这种场面。盛昭曦不敢再多做停留,逃一般地离开了酒吧。

Lee睁开眼睛的时候,只看见红色的出口灯下一闪而过的穿黑色皮衣的身影。他的意识还有些不清晰,隐约觉得是Joyce走了。

记忆中Steven那极黑极深的眼眸和Joyce离别的背影重叠在一起,让他头疼欲裂。

小曦,希望我不会后悔将那个地址告诉你,希望你能寻回他。

Take Care

【唯有忍耐到底的，必然得救。】——《圣经》

劫机事件发生前八小时，美国东部时间6月5号晚上十点。从波士顿出发开往恒城的泛美航空在洛根机场开始办理值机，乘客陆续登机。

盛昭曦买的是头等舱的座位，所以有优先登机的权利。她上飞机的时候，舱里只零星坐了一两个乘客。她的位置在1B，靠窗的1A上已经有一位男士坐在位置上读报纸。报纸遮住了他的脸，只能看见黑色的西装马甲和西裤下露出的一截小腿。皮肤很白，一双质地精良的牛津皮鞋，打扮很英式。头等舱的位置宽敞，但他坐得直，可以看出身形挺拔。修长的腿规矩地交叉在一起，即便放松时也是自律的。盛昭曦猜想这是个欧洲人。

出发前因为交接工作，已经将近两天没合眼。她一放好行李就叫空乘人员拿了床毯子，调整好座椅开始睡觉，想着若能一路睡到恒城也算是补回了觉。飞机还未起飞，她就已经睡着，耳机里的音乐隔绝了外界所有声音。也不知睡了多久，无意识翻身的时候，左耳的耳机掉了下去。她隐约听见耳边有个悦耳的男声在说："No, Thanks. Leave her alone. I will take care of her."（不用了，谢谢。让她睡，我会照顾好她。）一口标准的英伦腔，果然是英国人，这个念头在盛昭曦脑中一闪而过，她又陷入了更沉的睡眠中。

劫机发生前一小时，6月6号凌晨五点。盛昭曦从睡梦中惊醒。

此时，整个机舱的光调得很暗。隔壁座的阅读灯还是开着的，隔板挡着看不见他的脸，只能看到他腿上放了一本英文的《圣经》，黑暗中除了轻微的呼吸声，只听得见他的翻书声。

盛昭曦闻到淡淡的红酒味，她的鼻子一向很灵。隔壁的置物板上果然有一杯酒，她看见玻璃杯里红色的液体，喉头滚动了一下，觉得有点渴。

按服务灯的时候，才发现有人将她的免打扰灯摁亮了，所以空姐发餐的时候才没有吵醒她。应该是隔壁那个男人，她轻声说了句"Thank you"，也不知对方有没有听见。

空姐拿了一杯红酒过来给她，盛昭曦一口就喝完了。她不是个会品酒的女人，只是单纯的爱喝，睡前一定要喝点儿酒才睡得着，这是从六年前开始的毛病。这次回国如果找到那个人，她发誓要狠狠扇他一耳光，然后戒掉这嗜酒的毛病。

过了一会儿，她起身去洗手间。从洗手间出来时，撞到一个拄着拐杖，但身材魁梧的男人。男人身上有股很奇怪的味道，长刘海遮住了他的眼睛，看不清面容，但应该是个亚洲人。撞到盛昭曦时，他扶了一下墙，手腕上露出一个蛇形文身。对方没有道歉，直接越过她，进了洗手间。

盛昭曦回到座位又叫了一杯香槟，与此同时听到了空姐在工作间抱怨酒找不到了。

她回头打量了一眼整个头等舱，一共八个座位，都坐了人。除了她以外，还有后面一排挨着洗手间的位置有一名看似是中国人的乘客。是个十几岁的少年，低着头专心致志地在把玩什么东西。她并没有发现刚刚在洗手间撞见的男人。

头等舱的洗手间是独立的，和经济舱之间只隔了一个布帘。刚刚那个男人很可能是趁空姐不注意，从经济舱偷溜过来的。经济舱洗手间不够用，乘客为了省时间这么做也是常有的事。

盛昭曦不打算多管闲事，但躺下去却无法再入睡。奇怪地心烦意乱，好像有某种不好的预感。邻座的男人在做晨祷，轻声念了一段主祷文："我们在天上的父，愿人都尊你的名为圣，愿你的国降临，愿你的旨意行在地上，如同行在天上……直到永远。阿门！"

盛昭曦不信教，但他声音里的虔诚让她感到内心十分宁静。她闭上眼静静地听他祈祷，仿佛自己全身心也得到了洗礼。在这样的宁静中，她突然福至心灵，意识到了刚刚那种奇怪的味道是什么。

她叫来空姐，"洗手间里好像有乘客身体不适，进去很久了，麻烦你过去查看一下情况。"

劫机发生前十分钟，6月6号五点五十分。空姐敲响了洗手间的门。

"啊！"洗手间门口传来一声惨厉的尖叫。空姐浑身是血躺在了地上，有一个蒙着面的男人持刀踩过她的身体，一路跑向驾驶舱。正是刚刚那个拄着拐杖的男人。

坐在最前面一个身高超过一米九的美国空警突然站起了身，还没等盛昭曦觉得有希望的时候，空警直接为歹徒输入了舱门密码，并迅速联络了驾驶舱里不知情的机长，骗他打开了两道安全门。

歹徒径直冲进了驾驶舱，挟持了机长和副驾驶，而作为内奸的空警则继续监视着头等舱的情况。同时，经济舱那边也起了一阵骚动。虽然隔着布帘看不到情况，但想必此人还有其他同伙，也控制了经济舱的乘客。

这时，有个男人操着蹩脚的英文在广播里说："这架飞机被劫持了！我们有枪和炸弹，所有人都老实配合我们，不要轻举妄动！否则同归于尽！"

人群中哭喊尖叫的声音此起彼伏，大家都为自己的性命感到担忧。受伤的空姐流了很多血，一直倒在地上呻吟。

盛昭曦尝试着用英语与那名空警交流，"Hey，我是护士。请准许我过去为那位小姐包扎伤口。"

"不。坐下！"空警一口回绝，并掏出枪指着她。

盛昭曦双手举高，乖乖坐下。隔壁1A的乘客缓缓坐起了身："Jason，Please，你的同事是无辜的。你们的目的并不是杀光所有人，不是吗？"

盛昭曦这才发现隔壁坐的居然是名亚裔男子，五官说不上多出众，但胜在气质出色。褐色的瞳仁温和而清透，单眼皮，右眼角还有一颗小小的痣，被金属边的眼镜压住，几乎看不出来。

空警Jason下意识地遮住自己制服上的名牌，又看了一眼倒在血泊中的空姐，那还是刚刚才为他添过一杯橙汁的同事，他犹豫了。

"你过去替她处理伤口，然后马上坐回来。不要耍花招！不然我会开枪毙了你。"Jason用枪指了指盛昭曦。

她拿起自己的餐巾匆忙跑到受伤空姐身边，绑住了她的伤口止血。有另外一名空姐见状也小心翼翼地拿了急救箱过来帮忙，两人合力将伤者拖到了工作区。

6月6号早上六点，象征着魔鬼的666。泛美航班CT9827遭到劫持。

歹徒又捅了副驾驶一刀，然后在驾驶舱里倒了一整瓶酒，手中拿着打火机威胁机长马上掉头开回墨西哥坎昆，并通知地勤准备1000万美金和一辆车。还要求墨西哥政府释放一名因绑架、杀人、贩卖人口而被墨西哥警方逮捕的越南籍罪犯Ten Chou。否则就烧毁驾驶舱，让飞机坠毁。

机长称油量不足以飞到墨西哥，请求临时降落为飞机加油。说话间，飞机猛地下坠了一下。歹徒差点站不稳，扶住了机长座椅才没有摔倒。然后飞机进入了持续颠簸的飞行状态。

空警Jason闯进驾驶舱问发生了什么情况。

"飞机的油不够了，必须紧急降落加油！"机长装作神色紧张的样子，以免被歹徒发现是他在捣鬼。此时飞机已经进了中国境内，机长偷偷将应答机上的数字拨向"7500"（我被挟持了）。

头等舱内现在无人监视，盛昭曦想要迅速拉拢附近的人一起商量对策，"有谁知道这架飞机上一共多少名乘客？"

"波音737，最多可容纳200人。现在是闲时，包括机组人员在内最多不超过120人。"还是1A的男人回答了她的问题。

旁边有个身材健硕的美国乘客开始摩拳擦掌，"是男人的就跟我一起上，先打倒那个空警！"

"我们还是等救援警察吧！"这名乘客的老婆偷偷拉了一下他的衣袖，显然不想他涉险。乘客们的意见出现了分歧。

盛昭曦及时出面制止了他们的争执，"我们现在动手风险系数太大，即便打败了那个空警，也无法保证能完全控制飞机，最好是等飞机降落后再见机行事。而且我们不清楚经济舱那边有几个歹徒，我会试着先跟他们谈判，搞清楚他们的意图。我之前在NYPD担任谈判官，请大家相信我的专业水平。"

1A的乘客不由得打量了一眼这个刚刚还自称是护士的女人，她的身份真是瞬息万变。因为盛昭曦之前的挺身而出，其余乘客对她有种自然的信任，盛昭曦成了乘客自救小组的头儿。这时，坐在头等舱最后一排的亚裔男孩突然出声插了一句，"两个。"

"什么？"

"两个歹徒。"男孩指了指布帘后的经济舱，虽然他惜字如金，但盛昭曦还是听懂了他在说什么。男孩的位置距离经济舱只有一个布帘之隔，他看到了后面的情况。

现已知歹徒一共四名，包括一名空警。他们携带了枪和刀，是否有炸弹尚不明了。但盛昭曦判断是有的，因为刚刚撞到她的男人身上就是一股火药的味道。

那个蒙面有文身的男人接替了Jason从驾驶舱走了出来，环视了一眼舱内众人，用生涩的英文吼道:"吵什么吵!都闭嘴!"

飞机舱内噪音很大,盛昭曦确定他没有听见他们刚刚的谈话内容。她用中文试探着向他询问,"你是中国人吗?"

对方听她说中文,好像松了一口气,改成了中文但口气仍是恶狠狠的,"你听不懂人话吗?我要你们闭嘴。"

盛昭曦脸上堆满了真诚的笑容,"我是代表所有乘客来和你谈判的,你有什么条件?钱?逃跑的车?还是其他的什么?"

"谈判?"文身男仿佛听到了什么好笑的话,"你拿什么来和我谈判?你最好祈祷他们乖乖按照我的话做,不然你们一个个都要遭殃。"

盛昭曦套出他确实有条件,心里有了底。只要他不是恐怖主义劫机,就不会轻易引爆炸弹。他这是带着明确目的来的刑事型犯罪。但是这也不能保证他不会伤害人质,机上一百多位人质,他哪怕只留下一半,都够筹码谈判。

"飞机开始下降了。"1A的乘客看出歹徒英文不好,用英文小声对她说,他在看屏幕里的经纬度位置,"降落点是中国江省。"

盛昭曦脑子飞速地转。江省只有省会岳城有机场,作为闭塞的内陆城市,岳城目前还没有设立警察谈判组。看来她需要想办法配合岳城特警,给他们创造强攻的机会。

飞机降落到机场,马上被岳城特警团团围住。有警察通过无线电朝里面喊话,让歹徒放弃抵抗。盛昭曦心中暗叫不好,这样直接的劝降会激怒歹徒。

果不其然,文身歹徒直接冲到了工作区,一把拎起受伤空姐的衣领,打开舱门,将她直接扔到了飞机坪上。透过窗口可以看见受伤的空姐躺在大大的停机坪上,身体扭曲成一个怪异的姿势。脑后有一大片鲜血流出。有两名特警持枪靠近,迅速将她拖离危险区域,送上救护车,也不知道还有没有得救。盛昭曦深吸了一口气。

文身男站在舱门口,一瞬间身上有很多红外线瞄准了他。他不紧不慢地掀开了大衣,露出里面的腰带式炸药。

"我只是临停一下加个油。你们不要为难我!尽快给我加好油,顺便叫那群墨西哥人赶紧放了Ten。否则我就拉着飞机上所有人一起陪葬!给你们半个小时时间,半个小时后,Ten如果没有被释放,我每隔十分钟会杀一个人,直到加好油为止。"文身男显然早有准备,狙击手不敢开枪,只能眼睁睁看着他关上舱门。

中国警方与墨西哥警方商议,先假意放走Ten,并暗中跟踪。等劫机事件妥善解决,确保飞机上的乘客安全后,再重新逮捕他。墨西哥当局的条件是此事必须在中国境内完善解决，不能让他们把飞机劫持到墨西哥去。

三十分钟后，歹徒在飞机上收到来自Ten的视频电话。盛昭曦离得近，听到电话那边一个很沉稳的男声说："老九，我已经出来了，你们自己想办法脱身。必要时，先杀几个人质吓住他们。"

"是！"被称为老九的男人脸上洋溢出得意的神色。飞机加油完成还需要半个小时，他跟Jason说："你看住他们，我先去杀几个人玩玩。"

他的视线环视了头等舱一周，最后锁定在那个中国男孩身上。他拿过Jason的枪，指着那个男生的太阳穴让他起来。男孩微微皱眉，很不耐的样子，但还是配合了歹徒的要求。

"Rey！"男孩好像和1A的乘客是一起的，1A刚想出声制止，盛昭曦已经腾地站起身，Jason马上用刀抵住她的背叫她别乱动。

盛昭曦举起双手，故作轻松地问："你不会真的打算杀了他吧？"

男人冷笑一声，"怎么？知道怕了？"

"我是怕这样你们逃不出去。1976年的恩德培行动后，国际上对劫机事件处理都奉行绝不妥协政策。你杀害他只会激怒特警。"

"小姑娘，你到底是什么人？"他之前就怀疑她屡屡出头的原因，要是个普通女孩，这时候躲都躲不及，她怎么胆子这么大？

"我以前在美国做谈判专家，我叫盛昭曦，你可以叫我Joyce。我能帮你们争取最大的权益，只要你保证不伤害飞机上的人质。"

老九好像对她的话起了兴趣，"你先说说你的想法。"

"现在的局势，墨西哥那边已经有了警戒，一定不会让你再过去。飞机到了坎昆也无法降落。与其如此，你不如直接在这里逃走。"

老九若有所思，思考着她的话有几分可信度，"你接着说。"

"你要车了吗？如果在这逃，岳城地形复杂，一定要性能够好的越野车才能应付各种难搞的地形。"

老九好像之前没有考虑到这一点，有一瞬间的愣怔。

"大量美金短时间内难以凑齐，而且容易被做记号，在你们今后使用的过程中会增加被追踪的风险。如果钱不是你们的第一目标，我建议不要带钱跑。相比钱，充足的食物和水更为实用。"

说到这里，老九的兴趣完全被她吸引过去了，将那个男孩丢回座位。反过来挟持了盛昭曦,"好像带走你一个,就足够了,刚刚也是你最先发现了我,对吧?"

此时,有个蒙面女人从经济舱跑过来,"九哥,警察说已经放了老大,要求我们先释放至少一半的乘客才会继续替我们准备其他需要的东西。"

"你答应他们。从头等舱开始1号到50号的乘客从中间的逃生门全部赶下飞机,除了这个女人。"

被释放的乘客中,走在第一个的就是1A的乘客,他只拿了他的那本《圣经》。经过盛昭曦身边的时候,他悄悄塞了一样东西在她手里。两人对视了一眼,她读出他的口型在说"take care"(保重)。

为首的歹徒老九和Jason带着盛昭曦一起进了驾驶舱,另外两个歹徒监视着其他乘客撤离。因为只有一半的人可以走,另一半的乘客开始发出不满的议论。两名歹徒忙着镇压他们。

突然人群中不知是谁喊了一句"着火了!"原本井然有序的撤离变得慌乱起来。

机舱中部冒出滚滚浓烟,20号的位置上火焰燃得很高,烧了座椅和毯子,火势一路蔓延,看上去甚是吓人,而火焰的中心是几页快烧尽的《圣经》。

因为空间狭小,火势吓人,原本就无序的人群更加剧烈地骚动起来。两名歹徒明显都慌了手脚,不知如何应对这种突发事件。

"九哥!这边……"女歹徒正试图联系驾驶舱的老九,头等舱几名身材壮实的男性按照事先商量好的计划,扑上去制服了她,阻断了他们的联络。

另一名歹徒见状大吼一声,想过来帮忙,其他人没给他机会,抢起空姐倒咖啡的热水壶就朝他头上砸了过去。

"啊!"滚烫的咖啡满头满脸地兜上去,歹徒咆哮着挥舞手中的铁棒,但睁不开眼。走道空间又格外拥挤,人们顺势夺走了他手中的铁棍。

越来越多不知情的乘客也加入了支援,很快两个歹徒都被控制住。机舱里烟雾弥漫,机组人员打开了两个逃生门,让乘客们迅速撤离。所有乘客撤离后,特警得知还有人质和两个歹徒在驾驶舱里,迅速进入机舱准备武力强攻。与此同时,驾驶舱内传出两声枪响。

特警强行破门而入,看见机长举着枪击毙了一个试图挣扎的空警,地上倒着已经死去多时的副驾驶,还有一个被击毙的歹徒和一个头部受伤晕厥过去的女人。

"歹徒已经全部击毙!"机长敬了个礼,戴着白手套的手腕处露出了一点蛇形的文身。

盛昭曦醒过来时，发现自己躺在医院的病床上。

病房里的电视正在直播特别新闻，"今早在本市机场，一架从波士顿出发的泛美航空的航班遭到挟持。多名乘客联手自救，英勇的机长一人击毙两名歹徒。最后在岳城特警协助下，全机96名乘客全部获救，一名副机长身亡，一名空姐受伤。四名歹徒全数落网。据悉，此次事件中出现了空警为歹徒做内线，泛美航空表示会对此做出进一步调查……"

盛昭曦记得当时他们四人在驾驶舱里，老九听见外面的动乱，打发Jason出去查看情况。机长趁机想要夺他的枪，盛昭曦过去帮手，打斗中被击晕。剩下的事她就不知道了，这次能活下来真算是命大。

病房的门被人敲响，一名警官走进来要给她录口供。盛昭曦将飞机上发生的事详细地说了一遍。

"所有人都平安吗？"录完口供后，盛昭曦追问。

"嗯。大部分已经回家，受了轻伤暂时无法回家的乘客也都妥善安置在医院。"

如此这样，怕是无缘和1A的乘客亲口道声谢了。

"另外，听其他头等舱乘客说了你在飞机上的英勇表现，现在门外有很多记者想要采访你。"

"我能不见吗？警官，如果可以的话，我希望所有公开报告中都不要涉及我的个人信息。"

"当然可以。你不愿意的话，我们在报告中会用代号来称呼你。对了……" 警官从口袋里掏出一支宝蓝色的钢笔，"解救你的时候，这个从你身上掉下来，我们替你先收起来了。这就是你刚才笔录中说的用来袭击歹徒的那支钢笔吧？"

"正是。谢谢。"盛昭曦把笔拿在手里转了一圈，很纤细的笔身，笔帽上有一颗小钻石，刻了一个花体英文字母R。

当时一片混乱中，空警Jason想杀了她。千钧一发之际，她正是用这支钢笔戳进了Jason的脖子，制止了他的动作，但她也被他一拳打晕了过去。可以说这支钢笔救了她一命，但这支钢笔的主人却并不是她，而是1A的那个男人。当时她神经紧张，没想太多。现在回忆起来，那句"take care"竟如此耳熟，像极了那个人的声音。

盛昭曦自嘲地笑着摇了摇头，自己怕是想那人想得疯魔了，听谁的声音都像他。

无疾而终的初恋

【爱情太短,而遗忘太长。】——聂鲁达

"各种生物所表现出的颜色可分为两大类:化学色和结构色。前者是生物体内本身存在的色素所形成,后者则是由特定波长的光线发生散射或衍射等作用……"盛昭曦陶醉地听着"自然地理频道"里有磁性的男声旁白把一个科普栏目解说成了"午夜故事"。

秦婧握着透明的玻璃水杯从厨房里走出来,用脚背轻轻踢了踢盘坐在沙发正中目不转睛地盯着电视的盛昭曦,"你还爱看动物世界啊?"

"没,就是觉得旁白声音挺好听的,低低的很有雄性魅力。"盛昭曦往旁边挪了挪,给秦婧腾了个位置。她没说的是,这个声音和她的前任很像。

上次劫机事件后,盛昭曦被爸妈从岳城接回老家恒城。休养了一段时间后,就搬出来和闺蜜秦婧一起合租了套两居室,现在正在准备入职的事宜。

"再过两天就要入职了,准备得怎么样?"

"没头绪,也不知道会碰到什么样的学员。"盛昭曦呷了一口咖啡,想到即将开始的培训有点儿头疼。

"变色龙的绚烂体色就是结构色的产物,大多数变色龙是根据周围的环境来变换体色,也就是俗称的'保护色'。也有少数种类的变色龙是用体色来表达情绪。当受到威胁或赢得配偶的时候体色最为显眼。"

电视里持续的旁白声让盛昭曦想起了在美国读大学的时候,有一节课教授让他们做了一个权威的性格分析测试,这个测试中得分越高的人,代表他越难被社会环境所影响。记得教授说,人出生之时,这个初始值接近于零,周围的环境怎样,我们就会变成怎样的人。而随着年龄的增长,这个分值会逐渐增长,直到一个相对稳定的状态就不会再变化了。这个时候人的心理已经成型，除非遭受重大的刺激，否则很难改变。但即便成年后，也很少有人能取得90以上的分值，因为人都有趋利避害的本性。本能会受到周围环境的影响而做出相应的改变。

教授话音未落，坐在盛昭曦旁边的华裔男生Lee小声惊呼了一句："OMG，Joyce, you got 98！"

班上的同学都朝她看了过来，连教授都走了过来，瞟了她的测评报告一眼，表情是耐人寻味的微笑，"interesting……"老外说这个词往往不是什么正面意思，盛昭曦横了Lee一眼，Lee朝她吐了吐舌头。

她的测评报告上写的几个总结词汇是："正直，勇敢，自我，固执。"报告说她的性格近乎偏执，认定的事情绝不改变，是很难受周围环境影响的人。

Lee捅了捅盛昭曦的手臂，压低声音在她耳边说："Joyce，你就是朵白莲花啊！"

Lee是在美国长大的移民三代，中文很差。他本想炫耀下自己最近新学的中国古诗词，想将盛昭曦比作那出淤泥而不染的莲花。却不想无意间撞上了网络流行语，骂了人还不自知，被盛昭曦恶狠狠地回了一句，"你才是白莲花，你全家都是白莲花。"

Lee不知内中深意，还乐呵呵地朝她说谢谢。

"啊！小曦，我认识这个人。"秦婧突然激动地抓住盛昭曦的胳膊，指着电视屏幕上划过的节目制作人员名单。

"谁？"盛昭曦被扯得头晕，还没有从刚刚的回忆里晃过神来。

"怀瑾啊。"秦婧见盛昭曦还是一脸懵逼的模样，无奈地摊开双手，"你刚说有雄性魅力那个。"

"我说的是声音，声音！"谁知道这副声音的本尊是副什么模样。

见她兴趣泛泛，秦婧不遗余力地继续说："怀瑾是我们圈里少有的高级配音师，他鲜有作品，但部部是精品。在网配圈有很高的人气啊！听说之前在国外留学，刚刚回国，我们台正打算挖他过来开档新节目。不管什么节目，老娘挤破头都要和他搭档去。"

秦婧在电台工作，算是每天和声音打交道的人。最近几年网络配音兴起，她也参与了进去。但这个圈子里大多是年轻学生，秦婧这种奔三的轻熟女在里面都被叫婧姐。

盛昭曦笑她花痴，"奉劝你不要抱太大希望。网上不是有一句名言，混你们那圈子的男人，不是肥宅就是基？"

秦婧不管她泼冷水，抢过盛昭曦的电脑搜出怀瑾早年的成名广播剧放给她听。怀瑾低低的声音在耳边环绕："I want give you all of me。"

真是十分诱人的声音，盛昭曦想。可是我听过更好的。

都说她是耳朵最硬的人，可是曾经有一个人随便说什么都能让她耳根发软。在那最美好的年华里将能给的全都给了他，最终只落得个所托非人的结局。

"小太阳，等我回去告诉我家人我们的事，我就回来娶你。他们一定会很喜欢你的，像我一样。"因为她的名字和勇往直前的明朗性格，那个人总喜欢叫她小太阳。

"就算他们不喜欢，我也要娶你。"他想了想又补充了一句。

分别的六年时光，不长不短，足以模糊了那人的容貌，却将他说过的话一遍遍打磨成闪光的宝石，就算现在回忆起来依然让人动容。

"小曦，我们电台过段时间有个关于配音演员的采访，正好怀瑾就是客座嘉宾，算是试水。你也来玩玩吧？"秦婧挤眉弄眼，又拉起了一副牵红线的架势。

至少每一个月要监督盛昭曦相一次亲，这是盛昭曦搬出来时，盛妈妈交代给秦婧的硬性指标。盛昭曦早就知道自己闺蜜卖友求荣，投靠了敌方，所以秦婧为她组织的这种青年才俊相亲会自然是能躲就躲。

"饶了我吧。声音好听的男人普遍都靠不住，有可能还很丑。"

"又想起那个渣男前任了？"秦婧没见过那个前任，只知道是小曦留学期间认识的男神，叫靳司遇，也是恒城人。当初两人都到了谈婚论嫁的地步，男方却只打了个分手电话，就玩起了人间蒸发。

盛昭曦一直空窗多年，此番回国虽然未明说缘由，但秦婧猜想也是和那人有关。这些年来盛昭曦从未停止过四处打听他的消息，始终音讯全无。

刚开始她还会幻想他是不是有苦衷，所以毕业后选择继续留在美国，只因为他曾经说过：如果找不到他，就站在原地等，他一定会回来找她。她怕他回来找不到她。尽管秦婧觉得这种鬼话也就骗骗盛昭曦这种小女孩了。

等到了第六个年头，Lee的第二个女儿出生。在满月宴上，Lee喝醉了说漏了嘴，"Joyce，你回去吧。他不会回来了。"

在盛昭曦的一再逼问下，Lee才坦言靳司遇曾经联系过他。他发过来一个地址，拜托自己寄一些以前留下的东西给他，并叮嘱他不要跟小曦说。

她终于懂了，就算再大的事，哪有人会在六年的时间里连一句问候都没有。原来他只是没有联系她而已。原来她的爱情并不是什么让人扼腕叹息的凄美故事，只是寻常得不能再寻常的无疾而终，曲终人散。

　　盛昭曦拿到那个地址后辗转难眠。这些年她活得就像一袭长了虱子的华服，无论外面看上去多么光鲜亮丽，内里始终无法示人。有些腐肉必须要剜掉，才能活得下去。一周后，她决定辞掉自己在NYPD的工作，又用了半个月时间敲定现在的这份工作。毅然决然回到这片她十年未踏足的故土。

　　十年前，她是被逼离开，不知前路何方。

　　十年后，她再踏上这个叫作故乡的地方，很清楚自己要的是什么，但不知道自己会遇上什么。

假面真情

【只恐我太容易地认得你,你对我耍花招。】——泰戈尔

盛昭曦拿着Lee给她的地址找到了恒城市政府旁的一套高级公寓,1203房。她站在门口犹豫不决,如果靳司遇真来开门了,第一句话她该说什么?

"Hi,好久不见。"不行,太轻松。

"你过得还好吗?"不行,太苦情。

"你个王八蛋。"不行,太粗俗。

她冥思苦想了二十分钟,决定待会儿门一开就一记大耳刮子伺候上去。她的六年怎么都值这一记耳光了,其他的等发泄完再说。

打定主意后,她按响了门铃。过了好一会儿,门才打开了一条缝,却没看见人。

"你找谁?"下面怯怯地传来一个小孩的声音。

盛昭曦低头才发现有个三四岁的男孩扒在门边,怯生生地看着她。

这才几年,连孩子都有了?盛昭曦心里一阵邪火冒了出来,弯下腰捏了捏男孩肉嘟嘟的脸蛋,"宝贝儿,你爸爸呢?"

"你找我老公干什么?"一个三十几岁的女人提着菜从电梯口冲过来,一把将她推开,护在孩子身前,"你是谁?天天!妈妈不是说了家里没大人的时候不能随便开门吗?"

"对不起。我想找靳司遇。他是住在这里吗?"

"没这个人。"女人没好气地将自己的孩子扯进屋内,回身想关门。

"等等。他的地址确实是1203,您是什么时候搬进来的?"

"我都在这住了八年了!不知道你说的是谁,去别处找。"砰的一声,女人已经关上了防盗门。男主人晚上回来听自家媳妇说起这档子怪事,心中倒是明了。他不过是受人之托忠人之事,也不必跟老婆解释。

唯一的线索就这么断了。

秦婧见她从外面回来后一直闷闷不乐，就说晚上带她去一间熟人开的酒吧，来一场入职前最后的狂欢。

盛昭曦表示无所谓，两手往卫衣口袋里一插就准备出门，"走吧。在哪儿啊？"

秦婧怒其不争地扯着她的帽子将她按回梳妆台前，"姐姐，我们是去酒吧，不是去逛公园。"

秦婧神叨叨地去翻她的衣柜，"你怎么从美国回来连套像样的小礼服都没有带啊？"

左翻右找好不容易才从箱底找出一套银色的露肩绸缎小礼服。

"不要拿那件。"从镜子里看到那件裙子，盛昭曦反应激烈地回身劈手夺下。秦婧知道只要盛昭曦突然变得敏感起来，就是想到了靳司遇。因为动作过猛，礼服上出现了一条明显的褶皱，她的食指和拇指不安地摩挲着绸缎的质感。半晌，突然肩膀一沉，"算了。就这件吧。"

她将裙子扔到床上，坐回了梳妆镜前。秦婧站在她身后，双手按在她的肩膀上，"小曦，你该走出来了……"

闺蜜们的寻欢夜是在本市最出名的Lotus酒吧。两个味道截然不同的美女，一进酒吧就成了吸睛的重点。

盛昭曦虽然个子比秦婧小，五官却非常有女人味。没化妆的时候像个中学生，稍微着点妆就是一副美艳动人的模样。有一种艳而不俗、素而不妖的美丽。而秦婧走的是氧气美女的路线，满桌子昂贵而清浅的化妆品勾勒出的是一种知性冷淡的魅力。从审美的角度来说，秦婧的长相会更讨喜，但这个世界的男人永远喜欢看上去美丽而危险的东西。

酒吧的老板容易和秦婧有交情，亲自调了几组酒送到她们桌上，说是有其他客人已经替她那位朋友买了单。酒吧里从来不缺愿意为美色买单的客人。

"小曦，你真是白瞎了一张狐狸精的脸啊！我要是顶着你这张脸，早就去同时勾引七八个男人了，何必吊死在一棵歪脖子树上呢？"

盛昭曦已经喝得有些微醺了，她在国外有段时间酗酒成瘾，后来已经严重影响了生活，被Lee强制送去了戒酒会才慢慢改掉。但时至今日，仍是保留着睡前喝一杯红酒的习惯。

只有喝醉后提起靳司遇才不觉得多难受，她大笑着又给自己灌了一杯Tequila。"美人，你说什么呢？我的心里只有你啊！还记不记得咱们读高中时，学委怎么给你写情书的？'转眄流精，光润玉颜。华容婀娜，令我忘餐。'哈哈，真浪漫。"

要说她们的中学时代，在秦婧高二转学离开之前都还是很快乐的。如果不是后面发生那样的变故,她就不会出国,也不会遇到靳司遇。一切都是孽缘。

"去去去,你个没正经的。老实说,你空窗这么久就没个看上眼的?"

盛昭曦踢掉高跟鞋,往沙发里更窝进去了一点,看上去小小的一团。

"你见过靳司遇吗?"

"什么?"

"哦。对了,你没见过他。"盛昭曦又灌了一口酒,在这样嘈杂热闹的寻欢场所,什么孤单悲苦好像都会被吸收掉,她才可以这样故作轻松地说起他。

"靳司遇这个人啊,长得那叫一个帅,声音也非常勾人,他的世界只有你,对你好的时候可以宠得你无法无天。但是……那又有什么用呢?"

秦婧放下酒杯,心疼地搂过盛昭曦的肩膀,"小曦,你喝醉了。"

盛昭曦蹭着她的肩头,小声重复着:"又有什么用呢……"他要走的时候,也不会回头,不会给你一个理由和任何挽回的机会。六年的时光就像喂了狗,可偏偏却恨不起来。有些人就是可以做到,即便他负了你,你还会不断替他找借口去相信他有一些莫须有的苦衷。

Lotus酒吧VIP包间,聚集了一干男女。小夕被花姐带进包间时,第一眼就看见了环形的长沙发中间坐着的男人。

所有男人身边都带着一个或两个"包厢公主",只有他是单独坐着的。

男人不知是否是喝醉了,头微垂着,碎发遮住了他的双眼。麻制的白衬衫领口微微敞开,衬衫袖口松松地挽到手肘处,露出精瘦的肌肉线条,双腿交叠着搭在玻璃茶几上,显得格外修长。有些人就是可以随意地一坐都坐成一道风景。

小夕刚入行,她是因为和家人闹翻离家出走,断了经济来源才听朋友介绍来这里工作。听说Lotus酒吧的包间是高档会所制,出入的人多少有些身份,不会乱来,给的小费也高。她这才决定来试试,今天还是第一天上岗。

花姐教过她看客人,一般顶着地中海、挺着啤酒肚、上了点儿年纪的男人给的小费不会少。小夕盯着沙发中间的男人,不禁嗤笑出声,如果以这个标准来看,这个男人该是非常小气的。虽然包厢里昏暗的光线并不能让她看清那个男人的面容,但第一印象就有莫名的好感。

"唉……唉,那谁啊,呆站在那干吗?花姐,让她给言总倒酒啊。"

"是是是。"花姐推了她一把,高声回道,"小夕快去。"

小夕敏锐地察觉到那个男人猛地抬头往这边看了一眼，眼里有惊喜的光芒一闪而过，但只一眼，便又懒洋洋地垂了下去。

"小夕好好招待言总。"花姐照例客套了一番，在场的人没有人在意她在说什么，不耐烦地挥手赶她，花姐拿了小费就笑嘻嘻地退了出去。

小夕拿着一杯酒顺从地坐到那个男人身边，想起花姐的培训，不由自主地往他身上靠。男人明显往旁边移了一下，拉开两人的距离，不让她碰到。

"言总……"小夕怯怯地叫了一声，想敬酒，但一靠近就闻到他身上有很大的酒味，当下也不知还该不该倒给他这杯酒。

他好像确实喝得有点多了，连眼尾都染上了粉色，衬得一双桃花眼越发的魅惑。凑得近了才看清楚，好漂亮的男人！赵小夕看到他的脸想到的第一个词竟然是漂亮。不似真人的漂亮，但细看又总觉得哪里有些别扭。莫名记起妈妈小时候跟她说过的，男生女相，绝非善类。

"你叫小夕？哪个xi？"言铮把玩着自己手中的红酒杯，像是跟她说话，却又没有看向她。

"嗯……一撇，横撇，一点。"赵小夕抓过他空着的那只手，在他的掌心一笔一画地写下这个字。

言铮像被电了一样，迅速抽回了手。

小夕有些尴尬地转移了话题，"戒指很漂亮。"她注意到他的中指上戴了个很特别的戒指，是一枚造型简朴的白金戒指。戒面上镂空雕着一组排列奇怪的点，含义不明。见她在研究戒面上的图案，言铮问她："你能看得懂？"

"嗯。我母亲是盲人。这个图案应该是盲文凸点的排列，只不过是换成了凹点。意思是……"

"嘘……"言铮打断了她的话，递了杯酒到她面前，"这是个秘密。"他不自然地握了握手心，将戒指藏在拇指下，抬头将杯中酒一饮而尽。

赵小夕心里甜滋滋的，刚认识不到二十分钟，他们之间就有了秘密。

刚刚点名要赵小夕进包厢的男人见进来后就一直兴趣泛泛的言铮和这个小姐有来有往聊得开心，以为估中了他的心思，就端着酒杯笑呵呵地过来加入谈话，"言总，你看，我们罗院长都亲自来了，足见我们医院的诚意。您这边价格是不是可以再……呵呵。"男人做了个下压的手势。

言铮先摸出身后的钱夹，随手抽了几张崭新的纸币放在小夕手里，才转身和那个男人开始聊天。赵小夕觉得这个男人一进入工作状态，就完全变了一个人，凌厉而坚决。任由对方说的如何有理有据，他都打太极还回去。

过了一会儿，赵小夕看见坐在沙发左侧的老男人朝谈判中的下属使了个眼色。于是，那人凑近言铮的耳边，伸出了三个手指，"三个点，算是博爱给言总的见面礼。"

男人一边说一边有意无意地瞥了几眼坐在言铮身边的赵小夕，像是在防备着她偷听。小夕望天，只当什么都没有听到。她涉世未深，但也明白医院大批进药都是以百万甚至千万为单位。百分之三对她而言已经是一个天文数字了。可恶。想起自己那因为吃不起药而病重离世的母亲，她的鼻头突然有点儿酸。

"我想贵院可能有些误会，这已经是我们的最低价了。"明明是温雅的形象，谈起生意来却是很不好相与的口气。

身边一个姐妹拉起赵小夕，"走，陪我去上个厕所。"

赵小夕不明所以地被拖了出去，又不是中学生了，上厕所还要结伴啊？一直走到走廊，姐妹才开始训她，"你是不是傻呀？他们谈那些事，你还凑那么近听。小命不要了？"

"没这么恐怖吧？左右不就是收点钱，还要杀人灭口？何况他也没拿呀。"

"那还不是有你这么大一个活人在旁边，他敢收吗？我打赌他们现在已经在讨价还价了。"

"不能吧？"

"小夕，别怪姐没教你。做咱们这行的就要是瞎子聋子知道吗？靠嘴吃饭就行了。"

赵小夕在外面磨蹭了一下，回到包厢时，见又是言铮一个人在坐着。她偷偷打量他的神色，看不出什么。直到她重新坐下才看清，茶几上靠着他们的这一侧酒杯旁有一个用水写的，干了一半正在慢慢消失的"8"。她的神色一下子就沉了下去，看来还真被那姐们说中了。

"言总，来来来，再喝一杯！"坐在沙发左侧的老头——恒城最大的私营医院博爱医院的院长罗金胜，快六十岁的人了，每次谈生意总喜欢约在这样纸醉金迷的地方。屋里的男男女女们都隔空向他敬酒，借此岔开了话题。

言铮在来酒吧之前的饭局上就已经喝了不少，但他的大老板汤合行说生意场上的酒不能推，所以只能挺着继续，胃已经开始隐隐作痛。他的手渐渐移到小腹上，只有坐在他身边的赵小夕看得到。每当有人来敬酒，她就报复性地给他的酒杯满上，直到他面色铁青地去洗手间。

独立的男洗手间里哗哗的水声，掩去了里面痛苦的呕吐声。晚上的饭菜大多油腻，他没吃什么，能吐出的只有些酒和胆汁。胃里的抽痛更明显了，薄薄的汗透过衬衣渗出来，言铮一手抵着洗手台的尖角，一手掬起清水往脸上扑。

酒喝得有点多，镜中的人也开始变得扭曲。生意人脸上的笑颜逐渐凋零，露出一身戾气。尤其是那双锋利清冷的黑眸，厌恶着身边的一切，包括他自己。他撑着洗手台嘲弄地对着镜中的自己轻笑，面具戴得久了，就连自己也快忘了自己是谁。

言铮回到包间门口时，手刚搭在门把手上，突然听见里面传来哄堂大笑声，"看他金贵成那样子，在汤合行面前还不知道怎么迎合献媚的？"

"也不知道汤合行怎么想的？一个男宠而已，玩玩就算了，还当宝一样的请回公司供着。真是把他爸留下来的产业不当回事。"

"就是。8%！他也真敢狮子大开口。"

"说实话，我也不是很习惯和'这种人'合作。"最后一句话是罗金胜说的，他口中的"这种人"指的是什么在座的都明白。罗金胜的话又引起一阵哄笑，隔着一扇门都可以看到他们的嘴脸。

言铮直接推门进去，门内立刻安静了下来。每个人都因为来不及收回的嘲笑而显得尴尬。到底都是生意场上的老油条，罗金胜马上又笑盈盈地招手叫他过去坐，仿佛什么也没发生一样。

言铮摸起桌上的一包蓝芙，抽出一根叼在嘴里，"你们接着喝，我出去抽根烟。"

言铮弓着腰靠在Lotus的招牌下面吸烟，蓝色的霓虹灯映在他脸上，忽明忽暗。他一手点燃了打火机，一手虚挡着风点着了烟。满满地吸了一口，又扬起下巴缓缓地吐了出去。抬起的下巴线条利落而干净，脖子上一条银色的十字架滑落出来荡在胸口，有种致命的性感。路边来来往往的女人都忍不住回头多看他一眼。

"让让，让让。"秦婧扶着喝成烂泥的盛昭曦从他身后走出来。Lotus的门面不大，文艺的老板还在门口摆了两匹复古的马又占了不少地方，以至两个人并排出入都变得很不方便。

言铮个子高，站在门口就堵住了一半的路。

"不好意思，麻烦让让。我朋友喝醉了。"秦婧轻拍了下他的肩膀。他微微侧身，将背对着她们，往旁边挪了挪。

"靳司遇！"有两只手突然从身后穿过他的脖子绕上来。言铮神色一凛，竟僵在原地动弹不得，但身后的人强行把他身子转了过来。

盛昭曦在这六年多的时光里，很少和别人提起靳司遇的事情。好的、坏的，一切都像个秘密藏在心里。今天在酒精的作用下，一遍遍地逮着谁都叫他的名字，气得秦婧直骂她没出息。

盛昭曦经过言铮身边时，一把搂住他的脖子，强行将他转了过来。

因为哭过，她的眼妆都化成了黑乎乎的一圈，口红也蹭到了脸上，像个小丑。只有一双眼睛亮晶晶、直愣愣地盯着言铮的脸。

"混蛋……"盛昭曦高高抬起了手，像是要狠狠给他一耳光。秦婧来不及阻拦，下意识地闭上了眼。没想到那手落下时却是轻轻拂过他的脸，并顺势环住了他的脖子，抱住了他。

言铮迅速张开胳膊，怕手里的烟烫到她。她是真的喝醉了，醉得已经认不得人了。

"你知不知道……知不知道……我好想你……你到底在哪里？"她闭上眼，在他脸颊上印上轻轻一吻。吻得太神圣，反让他心中起不了什么别的遐想。

秦婧赶忙把树袋熊一样的盛昭曦从这个陌生男人的身上扯下来，"对不起，对不起，我朋友喝醉了，认错人了。"

"没事……"男人开口的声音让秦婧愣了愣，很嘶哑难听的男声，和他的气质完全不搭。

秦婧对声音的敏感度远远超过对外貌，但是等她再抬头看清他的长相时，心里暗骂了一句，"盛昭曦，全世界的桃花运都被你捡走了！"

喝醉的人沉得跟一吨铁似的，把秦婧一米七的个子压得只剩一米五，动一下都很艰难。

"先生，能帮我扶她一下吗？我去拦一下的士。"秦婧只能为难地求助于方圆五米内唯一的刚刚被盛昭曦骚扰过的陌生人。

"嗯。"对方很好说话，单手将烂醉的盛昭曦搂了起来。

秦婧很快招到一辆的士，刚想从帅气的陌生人手上接过盛昭曦，结果帅气的陌生人还很好心地将盛昭曦抱到了后排轻轻放好，并关上车门。

秦婧坐到副驾驶座摇下车窗跟他说谢谢，对方点了点头。计程车绝尘而去，透过后视镜她看到那个男人一直站在原地没动，看着她们车开走的方向。

车走远了，又有车从后面开过来，按喇叭提醒他，言铮才猛地回过神来，赶紧让到路边。

他低着头，抬手摸了一下刚被盛昭曦亲过的脸颊，嘴角微弯。眼里的冷冽都化开了，只余下一片温柔。

配音男神

【晨光渐逝，而我没有走近你。】——泰戈尔

喝醉酒，头疼欲裂，梦里也不得安宁。

因为前一段时间被秦婧逼迫着听了怀瑾的作品，弄得她做梦都是怀瑾的声音在梦中诉说："我说一百次'我爱你'，你或许不会相信。但只需要一句我不爱你了就可以彻底推开你。你到底是不相信我，还是不相信你自己？"

他的声音从愤怒变成无奈，最后化成浓浓的悲哀。梦里说话的怀瑾从黑暗处走出，却变成了靳司遇的脸。盛昭曦从梦中惊醒，头上已是一层薄汗。

窗外刚刚露出鱼肚白，有鸟的叫声。她按住太阳穴摇了摇头，盛昭曦啊盛昭曦，你什么时候才能改掉这自恋的毛病。今天是入职前最后一个周末，她珍惜每分每秒，倒下去又睡一个回笼觉。再次醒来是被手机铃声吵醒的。

秦婧咋咋呼呼的声音从话筒里传出："小曦！快帮我把桌上的那个文件夹送到电台来，直播马上就要开始了。"

"秦婧你少来这一套。"盛昭曦翻了个身继续睡，用脚趾头想也知道，这是她为了诓自己过去和怀瑾相亲的烂招数。

"讲真，下午一点之前我拿不到稿子就要被开除了啦！"秦婧说完，完全不给她拒绝的机会就挂断了电话。

盛昭曦把手机放到枕边闭上眼睛继续睡，可是坚持不到两分钟还是一个鲤鱼打挺坐起了身，"该死。"

她走进秦婧卧室里，书桌上果然放了一份稿件。此时离一点只有不到半个小时的时间，她随手套了个外套就出门打车奔去电台。

秦婧站在门口接她，市中心广播电台进出的人一个个都光鲜靓丽，看到盛昭曦蓬头

垢面从的士上下来的样子，秦婧简直想装作不认识她。

"姑奶奶，我知道你不想相亲，但也不用防我防成这副模样吧？"

"呐，给你。我还要回去继续补觉。"

"唉唉唉，"秦婧一把拉住她，"来都来了，你就来看看我做节目嘛！"

秦婧不由分说地将她扯进了三楼的导播间，把她丢给了一个编导，"罗姐，这是我朋友，来听直播的。帮我照顾她一下。"

她将盛昭曦压在沙发上坐下，自己就火急火燎地钻进了直播间。隔着一层透明的玻璃，对着盛昭曦比了个爱心的手势。

罗姐给盛昭曦倒了一杯水，"等客座嘉宾到了就要开始直播。你自己随意哈。"

"好的。谢谢罗姐。"盛昭曦捧着透明的一次性杯子坐在沙发上愣神，早上被噩梦惊醒，她现在还神志不清，只想快点儿结束回去睡觉。

在冗长的对稿、调音时间里，听着耳边滋滋的电流声，盛昭曦不知不觉头靠着沙发睡了过去。

怀瑾走进直播间时，第一眼就注意到了外间的导播室里躺在沙发上的那一团不明生物。她的头发遮住了大半张脸，只露出了个娇小的下巴。头倾斜成了一个不可思议的角度，像是随时都要倒下去。手里喝了一半的水杯也随着身体的幅度倒向一边，却在一个诡异的临界点稳住没有洒出来。

她的存在很惹眼，尤其是在一群走来走去精神高度集中的专业人士中间，她就像个穿越而来的透明生物，格格不入却寂静地不惹人注意。

直播开始前的倒计时，秦婧发现怀瑾的眼神一直有意无意地瞟向盛昭曦的方向，心里暗想这事有戏。

"3，2，1。开始。"随着熟悉的开场音乐，直播正式开始。

"很高兴我们今天邀请到了高级配音师怀瑾先生做客'婧听你心'。怀瑾先生，你好。"

"你好，听众朋友们好。"编导们从耳机里听到怀瑾的声音后，都目含赞叹地对视了一眼，这种声音对他们行业简直是天赐的礼物。

"有很多听众朋友好奇，怀瑾是你的艺名吗？"

"不是。是真名。我姓周，周怀瑾。"

"真是非常雅致的名字……"节目按流程很顺利地进行到尾声。

节目结束后，秦婧取下耳机朝他伸出手，"很感谢怀瑾先生今天接受采访。"说话间，她已经推开了隔壁导播间的门，踢了一脚沙发上睡相全无的盛昭曦。

那维持了整整一个节目没有洒出来的水,终于被打破了平衡倒在了盛昭曦的衣服上。

秦婧俯下身用手臂卡住她的脖子,压低声音在她耳边说道:"您这是换个地方睡觉来的?快把口水给我擦干净,起来见人。"

秦婧直起身来马上换了副面孔,笑眯眯地对周怀瑾介绍:"这是我的闺蜜兼室友,盛昭曦。这是我跟你提过的,我的偶像怀瑾先生。"

秦婧有一米七,盛昭曦比她矮了半个头,直接像小鸡仔一样被秦婧提拉着站起了身。她胡乱摸了两把头发,又用袖口擦了擦嘴角,呆愣愣地伸出了手,"你好。"

周怀瑾绅士地回握了她的手,"你好,盛小姐。好久不见。"

刚刚睡着了没有盖东西,即便在有暖气的房间里,盛昭曦的手脚还是冰凉,突然有暖暖的温度从手心传来,有种熨帖的舒适。直到这一刻,她才终于完全清醒过来,看清眼前的人。

"是你!"盛昭曦面上露出一丝惊喜。

"是我。"周怀瑾微笑点头,好似并不惊讶。

他今日穿着一身熨帖的西装。和他的名字一样,是非常儒雅古典的,完全没有侵略性,让人感觉很舒服。恍惚间,盛昭曦感觉他有些神似当年的靳司遇。

秦婧听不懂他们在打什么暗语,一脸的蒙圈。盛昭曦兴冲冲跟她解释,"他就是我跟你说过的,飞机上的那个'1A'啊。"

聊起当时劫机的惊险,秦婧只觉得两人确实非常有缘。

"对了,你的笔还在我那,我今天没有带在身上,改日还你可行?"

"不急。盛小姐、秦小姐,不知道今晚有没有荣幸请你们一起吃晚饭?"

"当然。"

三人有说有笑一起下楼到停车场,盛昭曦原本有辆车,但前几天发生了刮蹭事故返厂修理了。回国快半年了,她还是不太习惯这边人开车的风格,所以现在也只能和秦婧一起蹭周怀瑾的车了。

周怀瑾开的是辆黑色的林肯MKT,三十几万的样子。盛昭曦觉得很适合他的气质,低调而内敛。车子行驶到环形立交桥时,路堵得水泄不通。

盛昭曦原本老僧入定一般坐在后座闭目养神,半路接到了一个局里的电话后,神色变得凝重起来,看着窗外拥堵不堪的车流,越发得坐立不安起来。

秦婧看出她的焦躁,小声问道:"有事?"

"嗯。"盛昭曦面色沉沉地看着窗外堵得水泄不通的车辆。

"你不是还没入职吗?"

"新学员提前来了,明天就到。局里要开会讨论下培训细节。不好意思,我得先走一步了,晚饭是吃不成了。咱们下次再约。"她突然在立交桥上拉开车门向后奔去,吓了秦婧一跳。

周怀瑾回头看见她跑到一辆摩托车旁边,跟对方比划了一阵。然后单腿跨上了摩托车后座,动作比男人还鲁莽。摩托车左挤右挪慢慢超越了他的车,盛昭曦还回头朝他们招了招手。脸上斗志昂扬,和刚刚萎靡不振的样子形成了鲜明的对比。

"盛小姐是做什么工作的?"他在飞机上虽听她说过,却终究不确定,毕竟她在飞机上就是个身份瞬息万变的百变女郎。

"她是警局里新聘请的谈判教官。"

"哦?原来是真的……有意思。"周怀瑾若有似无地笑了一下。从秦婧的角度来看,低沉的嗓音再配上他下巴优雅的线条,竟然有种莫名的性感,让她的心脏漏跳了半拍。

开完会所有人都陆续离开警局时,盛昭曦看了眼手表,已经晚上十点多了。中午在电台就没有吃饭,刚刚一直在工作倒也不觉得饿,现在一闲下来才觉得已经是饿得前胸贴后背,肚子咕噜噜地叫。

她步出警察局的时候,感受到了一丝凉意。深秋的恒城已经丧失了夏季残留的最后一丝热度,盛昭曦拢了拢外套,双手交叉着放在腋下取暖。刚想着这个小巷子里恐怕不太好打车,突然听到了两声喇叭声。

她抬头才发现局门口停了一台黑色的林肯,因为没有开车灯,所以刚刚都没注意到。

"小曦!"秦婧从副驾驶位上探出头朝她招了招手。盛昭曦反应了两秒才想起这是周怀瑾的车,她快跑了两步,走到车后座拉开了车门钻了进去。车内暖融融的空调一时竟让她觉得更冷了,盛昭曦哆嗦着问秦婧:"你们怎么来了?"

秦婧提起一袋打包好的饭盒递过来,"还不是怕你工作起来就把自己饿死!"

盛昭曦接过还有温热的盒饭,恨不得立马扫光。想了想还是克制地把饭盒放在脚下,等着回家再吃。

"为什么不吃?"秦婧奇怪。

"怕在车里留下味道。"

"没关系。刚好车子明天要洗。你先吃,吃完我们再走。"周怀瑾善解人意地给了一个台阶让她下。

盛昭曦这才重新端起饭盒,一揭开盖子就有诱人的香味散出来。她简直要热泪盈眶,隔空一个飞吻给秦婧。

秦婧对她的不正经哭笑不得，"要谢就谢怀瑾先生，是他提议过来接你的。不然我可不好意思麻烦人家特意绕大半个城来接你下班。"

盛昭曦一边往嘴里塞饭，一边口齿不清地嘟囔着："色色（谢谢）……"

周怀瑾似乎想笑，但良好的教养却让他憋住了，显得脸上的表情有些抽搐，"不用客气，盛警官。"

盛昭曦抽空从饭菜里抬起了头，口中还叼着一根青菜，"想笑就笑吧，不用憋着，容易憋出病来。"

周怀瑾愣了一下，突然爽朗地笑出声，于是更觉得面前这个女孩子特别。

"哎哟，盛昭曦，你简直把我这辈子的脸都丢光了。"

为了等盛昭曦吃饭，周怀瑾一直把车停在原地。等她吃得差不多，秦婧递过来一张纸巾，她接过擦了擦嘴巴，"谢谢，等我下去扔了垃圾我们就可以走了。"

"我来吧。"周怀瑾自然地接过她手里油腻的饭盒，连着她手心那团刚刚擦过嘴的纸巾一起，径直下了车，走向不远处的垃圾桶。

秦婧在旁边一个劲地挤眉弄眼，"我说什么来着！好男人啊！绝世好男人啊！"

"……"盛昭曦对于秦婧这种分分钟担心她嫁不出去的革命友情十分感动。

"你们在聊什么这么开心？"周怀瑾拉开车门坐回车里，带进了一股冷风，盛昭曦往角落里缩了缩。

"没什么。在说现在好男人要绝种了。"秦婧若有所指地瞟了一眼盛昭曦，周怀瑾大概猜到了她们在聊自己，也不戳破，发动车子径直将她们送回了家。

秦婧和盛昭曦下了车后，秦婧和周怀瑾又寒暄了几句告别话。盛昭曦百无聊赖地左右随意看看，无意中瞟到她住的那一栋楼梯拐角处有一点火星忽明忽灭，好像是有个人站在暗处抽烟。这个号称无烟社区的高档小区里，在人来人往处吸烟可是严厉禁止的，这事得严管。周怀瑾刚刚发动车子开走，秦婧回头想叫盛昭曦上楼，却看见她突然往前走了几步，不知在和谁说话，"唉，你这人怎么……"

也不知道是不是拐角处的人听到了她的声音，飞快摁灭了烟，转身就不见了踪影。盛昭曦追到拐角处时，只看到地上一地的烟头，还有浓浓的未散去的烟味。

秦婧跟了上来，也看到了那一地的烟头，"这谁啊？这么没公德心。"

盛昭曦退了一步，厌恶地远离那一堆聚集在一起的二手烟味，"明早打电话叫物业查查监控。"

首席谈判官

【你的话是我脚前的灯，路上的光。】——《圣经》

万东酒店顶层的会场此时正在举办一场颁奖典礼。

汤氏制药年轻的总裁汤合行凭着汤氏新推出的退烧特效药"惠康灵"一举拿下了"CPhI Global二十周年暨原料进口药风云人物"奖项。同时汤氏制药作为在场唯一的全外资企业，还夺得了"制剂进口十佳企业"的殊荣。

汤家的祖辈很早就移民至美国，现任总裁汤合行的爷爷是个老中医，20世纪50年代在美国开了一家小药铺，发展到至今，已经是个跨国大企业。直到汤合行这一辈，汤氏才有了进军中国的战略。传闻是说汤合行幼时父母就离异，他随母亲在中国定居，直到高中毕业后才回到美国接手汤氏，所以对中国有很深的感情。

近几年汤合行更是亲自带队回国做投资，成立了汤氏在中国的第一个分部，设在岳城。在颁奖典礼致辞上，汤合行一手捧着奖杯，一手举着酒杯对台下他的公司副总言铮表示感谢，"言总是一名优秀的科学家，也是我最好的兄弟和搭档。这次公司和我个人能拿奖，他和他的团队才是背后的功臣。"

他的一席话立刻将媒体的注意力引到了这个同样年轻的副总身上。台下的言铮也举杯同他遥相祝贺，但他面容淡淡，看不出有多少喜悦。

言铮是汤氏（中国）的元老级成员，业内人称汤合行为"绵里针"，唤他为"直脊刀"。顾名思义，汤合行处世圆滑精明，言铮行事凌厉睿智、沉而有锋却不懂变通。两人双剑合璧，使得汤氏刚进驻恒城就挤垮了不少当地小医药企业，业内人士对他们是又恨又惧。

到了媒体提问环节，有记者故意刁难："在那么多疑难杂症、大病绝症的药物研发项目中，请问言总，为何选择无关紧要的感冒退烧药作为研发项目？现在市面上的感冒药多如牛毛，此举是否是贵司为了打安全牌而在浪费资源？"

言铮的目光穿过人群看着提问的记者，眼里已经透露出不耐烦，"汤总会回答你们的问题。"一句话直接把所有问题都抛给了汤合行。

言铮的声音很难听，像被烟熏过一样的嘶哑。传闻他的嗓子在一次事故中受伤，所以他的话不易听清楚，但记者们也不好抱怨，只有将话筒凑得更近一些来采音。

"你这样明天报纸又要说你胸无点墨，是傀儡总经理了。"汤合行贴在言铮耳边小声嘀咕。

"你知道药是谁做出来的就行了。"言铮淡定地回他。

汤合行知道他不喜欢上镜，不得不来替他当挡箭牌，"为了追求所谓的'特效'，市面上很多退烧药都含有甲芬那酸，这种成分会增加儿童患上急性脑炎的风险，归根结底是舍本求末。而我们的'惠康灵'采用中西药材结合，里头含的白芥子是天然中草药，既是治疗发烧的特效药，又能增强抵抗力。"

"至于研究初衷，言总认为研发治疗疑难杂症的药物固然重要，但这种药物的研发耗时会非常长。扎根于基础药物的研究，造福更多百姓的日常需求才是汤氏的生存之本。目前我手中还有一个关于治疗孤独症儿童药物的案子，想必你们会更感兴趣。"

媒体听到这个项目，马上竖起了耳朵，"关于这个孤独症项目能不能请小汤总多说两句？"

"大家可能早有耳闻，从我的父辈开始，汤氏就在国内外一直坚持做针对孤独症儿童的药物研究，十年磨一剑，目前总算取得了一点儿成果。相信很快就会有新产品面世。"现场瞬间一片哗然，不止媒体，整个医疗界都对这个项目十分关注。

孤独症在医学界一直被认为是无药可医的天生疾病。如果汤氏真的研发出有效的药物，那这中间无论是名誉价值还是利润空间都让人眼红。

言铮看着镁光灯下意气风发的汤合行，大拇指无意识地在摩挲中指上的戒指，熟悉他的人都知道，这是他每回陷入思考的习惯性动作。这个项目是汤合行父亲多年前在美国开发并亲手执行的项目，他去世后由汤合行直接管理，这也是言铮在汤氏唯一不能碰的项目。

媒体的吸引力全部被汤合行带走，言铮默默退出媒体包围圈，拿了一杯香槟，转身走向会场外的天台。他有烟瘾，这对于一个医药行业的人实在不是什么好事。可是却戒不掉，只有抽烟的时候灵魂好像才能获得片刻的平静。

他点燃一支烟，捏了捏眉心，这时才真正感到有些疲惫。突然，他听见身后好像有个断续而微弱的抽泣声。

　　天台上光线很暗，言铮转头只能看清身旁不远的天台边上有一个白色的身影。长发，应该是个女人。

　　她正背对着他坐在天台边沿喝酒，想来是跟他一样避开人群躲清静的。他不欲打扰，准备另寻一个清静地。没想到还未及走开，就见几个穿警服的人冲上了天台，直奔到他们所在的位置。

　　"你不要冲动！"年轻的警官谢勇冲在第一个，急得面红耳赤。

　　跟在他身后气喘吁吁地跑上来的是一个长相俏丽的小女警刘梵，走在最后的是年纪稍长的老警察老彭。

　　"你们不要过来！再过来我要跳下去了。"天台上的女人看到有人上来，情绪突然激动起来。

　　谢勇马上向后退了几步，"你有话慢慢说。别冲动！"

　　那个女人声泪俱下地哭诉，"我是龙华制药的员工，可我女儿却因为吃不起进口药而病死了，你说讽刺吗？因为我要照顾女儿频繁请假，公司还以不尽职为由开除了我。这些制药公司只看重利益，把药价抬得那么高，看着病人因为买不起药吃而死，赚的都是昧心钱！"

　　因为骂得正是言铮这一类人，所以他也靠了过去，仔细地听她说。等靠得近了才看清，竟是故人。

　　刘梵听到这个女人的话下意识地露出了一个不屑的笑，明显对当事人的言论很不认同。

　　"虽然我对你的遭遇很同情，但药价贵是因为它值这么贵，如果所有的药都免费或者低价发售，那就没有企业会去做药物研究，那样死的人岂不是会更多？"

　　"我不想听你这些歪理！"女子的情绪表现得更加激动。

　　"我要你们今后每一天都在为今天所说的话后悔！"女人说完丝毫未犹豫就从三十层的天台上一跃而下。白色的背影一瞬间消失，好像从未在这里出现过一样。

　　谢勇的心快跳到嗓子眼儿了，刘梵直接尖叫出声，就连作为路人的言铮在那一秒都心往下一沉，感到呼吸一下子停止了。

　　三人以最快速度冲到了天台边缘朝下看。没想到那个女人就站在矮了半层的一个小露台上，正抬头大笑并冲他们比V字。

谢勇和刘梵对望了一眼，不明所以。言铮则长呼出一口气。

老彭慢悠悠地晃了过来，朝下面招招手，"盛教官，你就快点儿上来吧，差点儿把他们吓出心脏病。"

盛昭曦撑着天台边缘，一个借力就跳了上来。她立在天台边缘，看上去摇摇欲坠。言铮站得最近，顺手拉了她一把。

"谢谢。"盛昭曦跳下来拍了拍手。

"很遗憾。你们第一次测试成绩是——不合格。"

谢勇和刘梵是第一次见盛昭曦，不敢造次，只敢小声问老彭："这到底是怎么回事？"

"我先给你们介绍一下，这位是局里花重金从海外特聘回来，给你们上危机谈判课程的教官——盛昭曦。盛教官从波士顿大学沟通谈判学院毕业后，在美国有六年谈判的经验。这次是被上头特派来做你们谈判组的组长兼专业训练教官的。本来两个月前就应该上任了，但她之前在岳城的那场劫机事件里负了伤，这才让你们多放松了一段时间。"

这几年，随着犯罪行为呈复杂性和多样性的变化，为了防患于未然，省里决定要与国际接轨，增设警察谈判组来负责反恐谈判、解救被挟持人质和劝解自杀等案件。但国内对沟通谈判这个专业知之甚少，受过专业课程训练的人才更是屈指可数，所以省局决定先在恒城开试验点，由盛昭曦来带两名通过遴选的谈判组预备成员。他们这个三人小组在未来一年内的成绩，会直接决定警局谈判组究竟能不能正式成立，以及在整个地区的全面推广。

经老彭这么一说，谢勇才明白过来，"原来盛教官这是在测试我们？"

"是的。算是我给你们的见面礼。"盛昭曦轻拍了一下他的警帽，像对小孩一样。

其实盛昭曦看上去比他们大不了几岁，但举手投足之间的作风很是老辣。

"那为什么你说我们都不合格？"刘梵很不服气。

"我们一个个来。"盛昭曦先走到刘梵面前，"你们在大堂时，有人跟你们说电梯坏了，需要你们爬楼梯，这是我安排的。三十层楼你爬得上气不接下气，说明你体能跟不上。做谈判专家不仅仅是嘴皮子功夫，身手同样不能落后。你知不知道2004年，有一名男子在中环天桥企图自杀，香港的谈判专家刘志坚，正是在劝阻过程中不慎从高空掉落，不幸殉职。你的体能直接决定了你的执行力，这还只是自杀案，如果碰到反恐谈判，体能要求会更高！你能胜任得了吗？"盛昭曦看上去是那么弱小温和的女人，可一说到专业上来，气场强大得让人喘不过气来。

刘梵嘴唇动了动，终是无可辩驳。

接着，她走到了谢勇面前，"你的体能倒是勉强合格，但脑子跟不上体能。我发了一句脾气让你退后，你就马上退后那么多。这是致命错误！作为现场年纪最轻、身手最矫健的警察，你应该时刻保证目标人物在你的可控制范围之内。事实证明，最后我跳下去的时候，你连我一个衣角都抓不到。"

谢勇羞愧得面红耳赤，低下头直说对不起。

"刘梵你刚刚是不是还露出了嘲讽的表情，甚至企图跟当事人讲大道理？你觉得当事人在这时候想听你说市场经济原理？你记住，要自杀的人绝大多数都是丧失理性的人，他们要的是你的感同身受。如果你连最基本的同理心都没有，我劝你还是趁早退出谈判专家这一行。"

盛昭曦噼里啪啦一长串说下来，恨不得气都不喘一下。

"你们共同的错误在于没有观察能力和基本的反应能力。我说我是龙华制药的员工，而现场正是一场医药颁奖盛典，这一点楼下LED屏幕和海报都有写。你们都没有想到就近去现场做一个最快的背景调查就直接上来谈判。打没有准备的仗，结局只有一个字——输。"

盛昭曦看着自己这两个不争气的学员，摇了摇头，"你们谁告诉我，我在电话里并没有提及具体地址，你们是怎么推断出来我在万东酒店的？"

刘梵终于找到一个自己能答得上的问题，快速抢答："你在报警的求救电话里提到三十层这个关键信息，恒城超过三十层的建筑物只有两个，除了无法攀登的电视塔，剩下的就是一家五星级酒店——万东酒店。"

"Good。算你们还动了一点儿脑子。"

得到盛昭曦的首肯，两人终于露出了一丝笑容。这两个学员的资料盛昭曦都有看过。倒不是她说的那么一无是处，不然也不可能通过遴选。

谢勇，警校毕业，体能全能冠军。毕业后一直在刑警队工作，刑侦知识丰富，身手矫健，电脑技术也高于一般警员，为人忠厚耿直。缺点是不会灵活变通，嘴皮子不够强。

刘梵，110报警服务台接线员，算是个文职，所以体能远远跟不上，但她敏感度很高，为人细心，会超过三种语言，脑子又转得快。美中不足的是性子比较犟，不是会轻易服软的人。

盛昭曦倒不担心这一点，良驹都是野马驯化而来的，一点儿主见都没有的学员她也欣赏不来。

"鉴于你们今天的糟糕表现，明早六点在局里的训练场见。我们早上先进行高空体能训练，然后上倾听技巧与自杀干预的课。你们提前预习一下。"这是打一个巴掌给一个甜枣，再以迅雷不及掩耳之势打一个巴掌啊。刘梵和谢勇一下子都适应不了这态度阴晴不定的教官。

"可明天是周末啊。"刘梵忍不住抱怨了一句。

"想自杀的人会等你上班吗？恐怖分子会过周末吗？"盛昭曦又安抚了一下他们的情绪，"好歹不是还有半天休息嘛。"

因为警察谈判组还没有正式成立，所以他们平日里还得在各自岗位照常上班，只有遇到任务时会集合出动。为了保证培训的质量，盛昭曦只能挤压他们的休息时间。周末加班训练的痛苦，简直能要人命。看着他们愁眉苦脸离开的样子，盛昭曦忍不住在心里偷着乐。她仿佛看到了当初自己受训时的样子。

"真是给我上了一堂精彩的课。"身后有人在鼓掌。

她这才发现刚刚那个好心市民还在这没走，这热闹未免也看得太久了点儿。"再站在这也不会有人给你发好市民奖哦！"盛昭曦用美式幽默开了个玩笑，然后潇洒地挥挥手，先行离开了天台。

看来这人果然把上次在酒吧门口的事忘得一干二净。借酒行凶真是最可怕的，可以理直气壮地翻脸不认人。

言铮笑笑低头摸了摸中指上的戒指，眼中那层永远拨不开的雾气散去了一点儿，露出一丝称得上是温柔的眼神。

"呵。"他轻笑一声，笑容在空无一人的天台上慢慢漾了开来。原本黑暗无边的天空，乌云飘散，露出了一颗明亮的星子。

你会打架吗

【你叫我了吗……你的声音定要穿透黑暗来刺穿我吗?】——泰戈尔

盛昭曦正式上岗后的第一件任务是去做消防宣传大使。最近消防局要去市里的各大福利院做消防知识宣传,但消防员大多内向不爱说话,挑来挑去选不出人,只有找别的部门借外援。谈判小组的人形象好,口才佳,自然是放在第一位的选择。

盛昭曦被分配到负责城郊的星乐福利院,老彭给了她一张福利院负责人的名片,让她周末有空先联系负责人,去踩个点,拿点儿院里的资料回来做准备。

盛昭曦看了一眼名片,福利院负责人叫言铮,是汤氏制药的副总,而星乐福利院正是汤氏旗下的一家公益性质的儿童福利院。

星乐福利院建在城郊,盛昭曦开着她刚取回来的车跟着GPS转迷了路。这几年城市变化太大,GPS显然还跟不上日新月异的城市建设。盛昭曦跟着GPS的指示转进了一条死胡同,怎么也找不到正确的路。离约定好的碰面时间已经过去了二十分钟,言铮的电话先打了进来,"请问是盛小姐吗?你到哪里了?"

"言总?对不起,我好像迷路了。麻烦您再等我一会儿。"

"你现在在哪?"

盛昭曦扭头看了一眼路牌,"晓霞街?"

言铮想了一下,"那边是死胡同,你调头往右转一直开,经过一家黑天鹅蛋糕店那个路口再右转。然后你会看见一个十字路口,往那个火锅城的方向拐,就是画着一条很大的红龙那家。路的尽头有一家稻香村,顺着香味儿你就能找过来了。"

"……"盛昭曦翻了个白眼,她又不是狗,还顺着香味找。但神奇的是,这么复杂的路线却通过言铮的描述,在盛昭曦脑子里形成了一幅清晰的地图。

黑天鹅蛋糕店,红龙火锅城,稻香村。对于金牛座的盛昭曦来说,这简直就是一张美食坐标图，脑子里可以自动生成GPS导航。

言铮坐在车里一边看合同一边等盛昭曦。等他再拿起手机的时候，离刚刚挂断电话已经过去了二十分钟。他皱了皱眉，就算盛昭曦是个路痴，这么长时间也该到了，福利院离晓霞街撑死也就十分钟的路程，除非她又开反了方向……再打电话过去也没人接，言铮准备沿路开过去找人。

车子刚刚开出去两分钟，透过车窗他就看见了马路对面探头探脑地站在稻香村店门口排队的盛昭曦。

言铮没有叫她，把车子停在马路对面熄火等着。从他的角度可以看到盛昭曦不停地在抬手看表，大约是还记着约了他而心有不安，但又舍不下刚刚出炉的酥皮糕点，进退两难地站在原地。

这份焦急从她拎着两袋糕点从店里走出来时就消失得无影无踪了，盛昭曦两只眼睛盯着塑料袋里的东西笑得弯成了月牙儿。

言铮按了按喇叭，盛昭曦左右看了几眼，才发现马路对面竟有辆和她的车一样的大切诺基。

对方摇下车窗朝她招了招手，盛昭曦跑过马路才看清车里的人，没想到这么年轻，"言总？初次见面，不好意思，让您久等了。"

言铮默默地看着她不说话，又扫了一眼她手里的塑料袋，自带出一股冷气压。盛昭曦努力让自己的笑容看起来更真诚一些。横竖人家也是个跨国大企业的副总，之前迷路加上排队买饼的时间，都让他等了快四十分钟了。盛昭曦现在心虚得要命。

没想到对方冷不丁抛出这么一句，"我们不是初次见面了。"

盛昭曦一愣，再仔细辨认了一下，"好心市民？居然是你。好巧。"

所谓伸手不打笑脸人，盛昭曦把手伸进车窗丢给他一袋小糕点，"二次见面，幸会幸会。给你也买了一份做早餐。稻香村的抹茶酥和椰子球最有名，百年老店了。"

其实是第三次见面了，言铮在心里说，但也不再纠正她，一直盯着她，看到她心底发毛才悠悠地说："太干了。"

盛昭曦立马狗腿子地说："附近就有家星巴克，我去买。黑咖还是摩卡？"

"豆花。"

"……"在A和B的选择题里，极短时间内只有百分之二十的人能跳脱出思维定式选出C的答案。

言铮这种人精属于这百分之二十没什么好奇怪的，但盛昭曦没想到他的C选项这么接地气,转头就在一个挑担子的老奶奶那买了两杯甜豆花。十年前五角钱一杯的豆花,现在才一块钱,在物价飞涨的今天真是非常难能可贵。味道还是小时候记忆里那种醇醇的豆香,老奶奶在上面撒一把细砂糖,糖缓缓融化在豆花汤里头,清甜嫩滑。

盛昭曦已经很久没吃过这小玩意了。以前靳司遇不喜欢吃豆制品,他嫌里头有豆腥味,她就陪着他戒了很久,几乎忘了自己曾是嗜甜豆花如命的人。

秦婧曾经同她说过车子是男人的第二个家,很多男人对车子比对老婆都宝贝,不能在车上吃东西是铁律之一,显然言铮和周怀瑾都不是这一类的男人。尤其是言铮,第一次坐他车的她把抹茶酥皮不小心落在他的真皮座椅上,他看到连眼都没眨一下。

言铮拿着透明的塑料勺子专心地舀着碗里的豆花,她买的糕点他只动了一点儿。

他好像独爱那一杯豆花,一块钱的豆花被他吃得似乎特别金贵,一小口一小口地喝得很慢却很用心。

"这些你都不吃了?要不要我帮你拿去丢了?"盛昭曦吃完自己的一份,看了一眼他腿上还剩一大半的糕点。

"我胃不太好,吃不了太多。这些我留着下午吃。"言铮把剩余的糕点放到手边的茶杯空隙里。

盛昭曦因为家里做生意的缘故,从小见过很多人动辄一顿饭就成千上万,每次很多吃不完的菜就直接倒掉。言铮对于这些廉价小糕点的珍惜,让她生出些许好感。

盛昭曦心中正默默赞许他,言铮突然指了指马路对面,"那辆要被拖走的车好像是你的。"

她脸色突变,转头一看。还真有一个交警站在她的车边,正指挥一个拖车。

"为什么你停在这里就没人管?"

"因为马路对面是禁停区。"

"不早说!"盛昭曦一边跑下车一边回头狠狠瞪了他一眼。

言铮见她像只小兔子一样蹦跶过去,对着交警一顿点头哈腰,脸颊因为害臊而羞得通红,顿时觉得逗她好像很有意思。直到盛昭曦掏出自己的警官证,对方见是同僚又是初犯,这才放她一马,还不忘教育了她一顿以后不能再乱停车了。她只有赔着笑脸乖乖点头,心中不停咒骂那个黑心的死言铮。

两人吃完早点往星乐福利院里走,一路上言铮向她介绍了福利院的构造。自从汤氏接手了星乐福利院以后,扩建了两栋新的住宿楼,里面空调热水一应俱全,大大改善了福利院的环境，并且消防安保一应设施都很齐全。

"那旧楼呢？"

"也在使用，给一些年纪大了不再合适和其他幼童一起打通铺的青少年，还有一些患病的儿童住。我待会儿拿一张平面图给你。"

盛昭曦点点头，心中有了个大概的了解。

两人步行到福利院门口，言铮接到福利院院长张丽群的电话，说是有个孩子突然发病伤了人。

盛昭曦顾不上拿资料，先随他一同过去看情况。出事儿童的房间门口，张院长正焦急地来回踱步，一个年轻男人正捂着流血的手臂坐在院里的长椅上。

"这是我们福利院新来的长期义工小尹，平日里豆豆那孩子一直很乖，今天不知怎的突然发病伤了人。今天正好赶上医务室的医生休假，我已经叫了救护车了。"

"豆豆，开门。我是言叔叔，你怎么了？"言铮蹲在门口和里面的孩子说话。里面传出东西砸碎的东西，豆豆在发脾气，不肯开门。

"我从后窗翻进去，你在这等我一下。"他跟盛昭曦交代了一声，就转身往外走。

"不然叫消防员吧。这是三楼，您这样做太危险了。况且豆豆毕竟有病，再伤着您就不好了。"张院长想拦没拦住，言铮已经绕到楼后去了。

盛昭曦站在门外看不见里面的情况，便将注意力转移到了旁边的伤者身上，小尹的手不知被什么东西划破，流了不少血。

"需要帮忙吗？我学过医护常识，救护车来之前，我可以先替你止血。"

小尹一直低着头，死死地捂住手臂，"不用了。"

言铮抱着豆豆打开门时，门外只有张院长一人在。

"我那位朋友呢？"

"刚刚救护车来了，我让小尹先去处理伤口，那位小姐突然跟着追过去了。"

言铮惊觉不对劲，将豆豆托付给张院长，自己朝门口的方向跑过去。救护车就停在福利院大门口，医护人员都说没见到这两个人，也没有看到过任何人出来。福利院里还有一栋旧楼，是几十年前的那种环形的老砖楼。言铮猜测他们有可能是进了那里。

福利院里春光明媚，但一进那栋老楼就感觉天光都暗了一层，只有天井中间漏出一点儿光来。楼里大多数房间是空的，有人住的房间也是大门紧闭。可以想象多年前福利院的孩子们，活动的区域就只有这一条长长的走廊和小小的天井。里面没有希望，没有热情，一走进来就有一种深深的无力感。盛昭曦追着那个男人进了这栋楼后,却把人跟丢了。

这栋楼里的孩子就和言铮说过的一样,喜欢将自己锁在小屋子里。透过一方小窗,可以看见一个又一个孩子或坐或卧地在房里发呆。他们共同点是全都毫无生气,以至这栋环形的楼就像一个展厅一般,每扇玻璃后都是一个有生命却没有灵魂的展览品。

"你是在跟着我吗?"有个声音突然从她身后冒出来。盛昭曦猛地回头,看见小尹就站在她身后的楼梯口处。

"是啊。我是想提醒你来着,救护车停在大门口,你走错方向了。"盛昭曦努力维持着表面的镇定。

"几个月不见,你还是和以前一样聪明。"

"你在说什么?我们不是第一次见面吗?"她挤出一个和善的微笑试图让他相信自己的话。

"你看见了吧?"

"什么?"

"这个。如果刚才没看见,就看清楚一点。"小尹伸出受伤的手臂,那个被划破的地方盘踞着一条蛇形文身。本就狰狞的大蛇在鲜血的衬托下更显诡异。

他如此坦诚地暴露出自己的身份,就是没打算让她活着离开这里。盛昭曦强装镇定,想要拖延时间等待救援,"老九,你不是死了吗?"

老九冷笑一声,"还以为你有多聪明。"

盛昭曦大胆地猜出了一种可能,"你杀了机长,然后以他的身份从特警队的眼皮子底下逃出来的?那你为什么会躲在这里?难道你和这个福利院有什么瓜葛?"

老九脸色一沉,一个健步冲上来掐住她的脖子不让她再说下去,"你那天本就该死了,活到现在算多捡了几个月的命,也不亏了。"

盛昭曦被蛮力往后推到了墙上,旁边空无一物,她的力气不足以反击,只有拼命拍打着玻璃窗,希望能引起屋里孩子们的注意。

房里的孩子背对着窗坐在桌前,听到声音,偏过头看了一眼。但也只是看了一眼而已,很快又把目光收了回去,毫无动作。

盛昭曦的脸涨得通红,双手使劲地扳他的手,却抢不回一点儿氧气。缺氧的绝望感更激发了她的求生意识。她足尖蓄足了力,膝盖使劲往上一顶。老九的脸色一变,手上的力道不自觉变小了。盛昭曦趁机挣脱了他的桎梏,捂着脖子不停喘气。

"该死。"老九缓过了神来骂了句脏话,大手又朝她伸来。盛昭曦想跑,却被他一把拎住了。

"我对你还是太怜香惜玉了。"老九从腰间摸出一把儿童做手工用的美术刀。盛昭曦的瞳孔里映出一丝寒光,自觉小命今儿是要交代在这了。

"小太阳!"

恍惚间,她好像听到了靳司遇的声音。盛昭曦觉得自己是不是回光返照产生了幻听,还没等她想明白,只感到眼前一阵风刮过。

"唔……"盛昭曦听到头顶一声若有似无的闷哼,言铮不知何时已经将她一把拉了过来,挡在了她的身前,单手将她的头摁在怀里。言铮的怀抱有非常淡的烟草味,异常讨厌烟草味的盛昭曦第一次对烟味没有反感。

老九见引来了旁人,不欲恋战。朝老楼后头的树林里跑了,这小子潜伏在福利院里几个月,每条小道早就摸得门清。

盛昭曦想去追赶,被言铮拉住,"穷寇莫追。"

盛昭曦不听,想要挣脱他的手。

"嘶。"言铮面色痛苦地捂住肩膀。她左右为难,最终还是回到了他身边,"把手拿开。"

盛昭曦替他简单地查看了一下伤口,一条约两寸长的伤口,因为美工刀比较窄且锐利,不仔细看都看不太出。伤口微微渗出的血像一条细细的红线,但应该划得挺深。

"你刚刚冲过来的时候叫我了吗?"

"没有。"

最接近死亡的那一刻,她好像听见了靳司遇的声音,穿透黑暗直击心脏,让她真的像死过一次一般。看来是她太紧张,产生了幻觉。

"罢了。你下次看见刀的时候,不要往上冲。你腿那么长,一脚踢掉他手里的刀片不就好了。看过武打片没有,像这样。"盛昭曦甩起一个高抬腿,嬉皮笑脸指点着这个没有打过架的言总,好像刚刚险些被杀的人不是她一般。

"挺好的。"言铮忍不住低头笑。

"什么?"

"我说你这样神经大条挺好的。"

"听起来怎么不像什么夸人的话呢?其实我知道你想我说什么。"盛昭曦清了清嗓子,正色道:"谢谢。"

因为这层救命之恩,两个没见过几次的人迅速拉近了距离。

盛昭曦第一时间打电话向岳城警方报告了老九顶包机长出逃的事，没想到岳城警方早已发现，但因为一直没有抓到人，怕提前曝光会引起公众恐慌，所以一直压着，并嘱咐她不要泄露消息。

她想了想又给老彭去了一个电话，让他发个通告给同事们最近多注意一个手臂上有蛇形文身的男人。处理完这些才发现光荣负伤的言铮还在旁边候着。

"救护车也走了，言总，要不我陪你去医院处理下伤口？"

"福利院就有医务室。"言铮二话不说转身走进福利院左边的一栋新楼里，盛昭曦只有跟了上去。

楼里有不少孩子在跑来跑去，保育员也不管他们，让他们在院子里自由活动。孩子看见生人就围上来跟着他们屁股后面，又不敢靠太近，就隔着几米的距离好奇地打量着他们。

盛昭曦同样也疑虑地打量着他们，言铮看出她神色里的古怪，问她，"怎么了？"

"言总，冒昧问一句。"为了不让身边的孩子听到，盛昭曦贴近言铮的耳朵小声说，"一般福利院收养的都是生理上多少有些残疾的孩子，身体没有问题的小孩子很快就会被领养走。可是你看这里，没病的孩子反而占大多数。不奇怪吗？"

言铮讶异她观察得这么细致，"星乐福利院刚创立的时候只接收孤独症儿童。你知道孤独症儿童有一个别称叫作'星星的孩子'吗？这也是福利院名字的由来。后来虽然也接收一些其他机构送来的孤儿，但还是孤独症儿童占多数。"言铮向她解释。

"因为孤独症的孩子不太愿意和外界接触，所以你看到的在外面疯跑的孩子基本都是正常的孩子，在老楼里的那些孩子都不会出来的。"

难怪刚刚她求救，那些孩子明明看见了却没有任何反应，"可是福利院不都是国家资助的吗，还能有选择性地接收孩子吗？"

"星乐一开始是美国人在中国成立的，后来由汤氏接管，所以一直属于私立机构。"说话间言铮已经推开了医务室的门，小小的医务室里空荡荡的，只有微风吹动着玻璃窗前的白帘。

言铮径直走过去拉开挨着墙的橱柜玻璃门，拿出碘酒和双氧水。又从办公桌的抽屉里拿了棉签和纱布。

"你对这里很熟悉？"

"刚接管星乐的时候，几乎每天都泡在福利院里。"

盛昭曦懵懂地点了点头，在她的印象里，高管就是那种坐在开着空调的办公室里签几份文件、打几个电话的人，像言铮这样"亲民"的老总还是很少见。

言铮坐在问诊床边,自己撩开了右肩的领口,肩头露出了小麦色的肌肤和一个看不全的文身。因为伤口在背上的蝴蝶骨附近,他扭着脖子也只能看到一点点。

看到言铮裸露在外面的肌肤,虽然只有一个肩头,却让盛昭曦突然羞得面红耳赤,赶紧转过身去。这才发现还有几个胆大的孩子跟了过来,正扒着医务室的门看着他们。

她走过去挥手赶了赶,"去别处玩去。"盛昭曦把医务室的木门合上,门外传来孩子们嬉笑着跑开的声音。

门一关上,突然之间盛昭曦更觉得气氛有些不对劲,好像他们真的在做什么不能见人的事情一样。言铮没有发觉她的羞赧,低声唤她:"盛警官,麻烦帮我递一下双氧水。"

盛昭曦走过去,乖乖拿过双氧水站在床边。言铮把左手拿着的棉签在瓶口里过了一下,伸到右背的伤口处胡乱一顿涂抹。因为看不见,他的身体扭成一个奇异的角度,眉头微微皱在一起显得有点懊恼。

"我来吧。"盛昭曦拿过他手里的棉签,单膝跪在问诊床的床沿,把言铮的身体扳过去背对着他。

"谢谢。"他的脖子上挂了一个银色的十字架项链。为了方便她上药,他将十字架衔在口中。

她再沾了一些双氧水,沿着伤口轻轻地按揉。因为药水的刺激,言铮的身体微微地颤抖,但他抿着双唇一声没吭。

擦碘酒的时候,言铮的衣服往上缩,衣领快要沾到伤口上的碘酒,盛昭曦没想太多,直接伸手将他的衣服往下拉。手指无意触碰到他背部的肌肤时,两人皆是一颤。这样的动作实在太过暧昧,她赶紧向后一步,退开问诊床。

"没关系。"言铮递过来一块纱布,"麻烦盛警官帮我贴上纱布就行了。"

盛昭曦深吸一口气,做好了心理准备,她才敢再次靠近替言铮贴纱布。靠得近了,盛昭曦这才发现他背上的肩胛骨中间文了一个奇怪的图案,像四个重叠的圆圈,又像两个重合的横倒下来的8,后面跟着一个像太阳一般的花纹。看起来既华丽又诡异,尤其是文身下还有一些丑陋的疤痕。看起来伤疤年代已久,是陈年的旧伤。

他这样高高在上的都市商场精英,身上怎么会带有这样的旧伤和文身?盛昭曦的职业敏感性又一次亮起了警报。

刚刚老九的反应正说明自己的猜测打中了靶心,老九和这家福利院之间有千丝万缕的关系。那么这位言总是否又知道些什么?他刚刚叫她莫追,究竟是担心她的安危,还是想要故意放走老九?

书中自有黄金屋

【但愿上帝保佑你，另一个人也会像我爱你一样。】——普希金

这周末是弟弟盛明曦的生日，父母老早打了电话，千叮咛万嘱咐一定要回来吃顿饭。自从回国后，盛昭曦以工作忙为由，鲜少回家。母亲对此强烈不满，打电话来要求她每周至少要回家一趟。弟弟快要升初中了，顺便还可以帮弟弟补习英文。其实哪里是因为她英文好，爸妈要请十个八个英语比她好的家教都没问题。他们就是怕她疏远了这个亲弟弟。

她十年前去美国时，弟弟还在牙牙学语。那时对他仍是喜爱有加的，架不住离别太久，缺席了彼此的整个成长岁月，实在是无甚感情。现在盛明曦又正是熊孩子的年纪，她年纪大了，耐心也大不如前。

父母的心情她不是不理解，只是即便是血浓于水的亲情，十年时光横亘在中间也冲淡了，强求不来。她一般是能躲就躲，今日母亲夺命连环Call，说是弟弟生日，无论如何要她回家一趟。为此她还不得不把谈判小组的周末特训压缩到一个上午完成，下午给他们放个小假。

盛昭曦回去之前特意为弟弟买了一份厚礼，用精美的礼盒装好，期待着小魔头拆开礼物的表情。

车开到老别墅门口停好，她这才发现前坪已停了好几辆车。敢情爸妈是为小魔头办了个生日宴。

盛昭曦走到门口去按门铃。其实一回国母亲就给过她家里的钥匙，但她从来没有带在身上，许是心中默认用到钥匙的概率很小。

小魔头的声音从智能门禁系统里传出，"你谁呀？"

"你姐。"她不耐烦地多按了两下门铃催促盛明曦开门。屋里有监视屏是看得见门

口的人的，可这小魔头偏要装傻。

"我没有姐姐呀。"盛明曦故作天真的声音让她火气直直往上蹿，今天买礼物的时候就该多给他捎一根鸡毛掸子。

"盛明曦。趁我还能好好说话的时候，快点儿把门打开。"

"臭小子，还敢戏弄你姐。是小曦吧，快进来。"是爸爸的声音，他赶开了盛明曦，摁了开门键。

爸爸笑呵呵候在门口，递给她一双拖鞋，"回来吃顿饭，还给那小子买什么礼物，你这丫头可真是的。"

盛昭曦心里有点儿不是滋味。在这里，自己真像个客人啊。

大厅里有不少人聚在一起聊股票，聊生意，你来我往，觥筹交错。这哪里像是来参加一个孩子生日派对的架势。

真正的孩子们自然是不会介意，盛明曦带着几个小男孩在一二楼的楼梯间上下疯跑，只剩下她这个"局外人"觉得促狭和多余。

爸妈都在忙着招待客人，她手里拿着鱼食，站在一个立式大鱼缸前逗弄着里头的鱼。没人意识到她是这家的主人之一。

"Hey, Joyce。"有人叫她英文名。真奇怪，这里不该有人知道她的英文名字啊。

一身燕尾服的周怀瑾朝她走来，"好巧，你怎么会在这里？"

"我？这是我家。你又怎么会在这？"

他好似从未听过盛家还有个女儿，露出有些讶异的神色。盛昭曦心下了然，倒也不觉尴尬。

"我爷爷和伯父有些生意往来，今天小公子生日，爷爷遣我送点薄礼过来聊表心意。"周怀瑾这人讲话文绉绉的，给人很绅士的感觉。想起在飞机上初遇的时候，没看见脸还以为他是个严谨又浪漫的欧洲人。

"你送他什么了？"盛昭曦随口问。

"嗯？"也许是没料到她会问得那么直接，周怀瑾愣了一下才回答道，"一台笔记本电脑。"

盛昭曦瞥了一眼礼物堆里的包装盒，最新款"外星人"，配齐全套设备，是高配游戏用电脑，价值不菲。对于盛明曦这种爱打游戏的熊孩子来说，这恐怕是最佳礼物。

"你呢？"他不免也好奇起来她的礼物。

"掂量下。"盛昭曦把放在旁边茶几上的礼盒放入周怀瑾手里，"我这可不是薄礼,是厚礼。又厚又重。"

"莫不是黄金万两?"周怀瑾打趣她。

"俗气。但也差不多。"

周怀瑾下巴点了下她手里的鱼食,"你也喜欢养鱼?"

"还好。小时候父亲总喜欢抱着我看鱼。那时候养的都是锦鲤,已经许多年没看过了。现在这批小丑鱼都是盛明曦看了《海底总动员》后吵着要买的。"她将手里剩余的鱼食一股脑丢进了鱼缸中,拍了拍手。

鱼食漂浮在最上面一层无鱼问津,鱼儿们懒洋洋地都不想搭理,颇有富贵人家鱼儿的姿态。偶尔鱼食飘到眼前,才顺便探头吃一颗。

"真是物似主人形。"盛昭曦无奈地摇了摇头。

周怀瑾看她一脸嫌弃的样子,忍俊不禁,"我也养了鱼,还有一只老乌龟。有机会来看看。"他随口邀约,她也随口应了,好像谁也没放在心上。

"说来我还要向你引荐一个人,他想认识你很久了。"周怀瑾转移话题,盛昭曦不明所以,好奇地耸了耸肩。

周怀瑾引着她到了花园的一处秋千旁。说来这个秋千还是她幼年时央求父亲替她弄的,时至今日,物是人非。

"怀安。"周怀瑾叫了一声。

树丛里一阵响声,一个少年扒开了面前的灌木丛,露出脸来。盛昭曦这才看见树丛里面还坐了一个人,手里拿着一块木头和一柄小刀。

"啊?是你。"她想起了这个少年是飞机上的那个中国大男孩。少年只是面无表情地看了盛昭曦一眼,很快又低下头,继续自己手里的事。并不想搭理她的样子,倒让盛昭曦摸不着头脑,不明白自己是何时得罪了他。

"这是我弟弟周怀安。盛小姐不要介意,这孩子天生便是这样的性情。他不是不喜欢你,只是不会表达而已。"

孤独症?盛昭曦倒是很了解这样的性子,不过并未说破。

"原来他是你弟弟啊?"

"是。几个月前岳城那起劫机案,多亏你从歹徒手里救下了怀安。我再替他向你说声谢谢。"

"不用谢。这是我分内事。歹徒挟持我的话,我能处理得比你弟弟好。事实证明,确实如此。"她这话说得在外人听来是极其狂妄自负,但内敛如周怀瑾一般的人却十分欣赏她这份自信。

树丛里突然伸出一朵木雕的玫瑰。这朵玫瑰雕得非常精巧，一层一层的花瓣错落有致，连花瓣上一滴露珠都雕了出来。

"给我的？"盛昭曦用手指着自己。

躲在树丛里的人不回应，但一直举着玫瑰。这便是他表示感谢的方式，这孩子倒是真特别。

盛昭曦接了下来，说了句"谢谢"。

"认真追究起来你还救了我一命，扯平了。"她从包里翻出那支钢笔，"给，物归原主。"

"这东西和盛小姐有缘，你若不嫌弃可以留在身上做个防身也好。这种笔的笔尖设计得格外尖利，关键时候还能有点儿作用。"

"谢谢你的好意。这笔看起来对你有纪念意义，我就不夺人所爱了，而且防身的东西我备得很全。"她怕他不信，还拉开自己的包给他看，防狼喷雾、报警器……确实很周全。

"好吧。"周怀瑾不欲勉强，收回了笔插在胸口的西装口袋里，花体的英文R正对着她。

"R有什么特殊含义吗？"盛昭曦好奇地指了指那个笔帽。

"我的英文名开头，Rex。我弟弟叫Rey。我知道你在国外待了十年，如果记不住中文名，叫英文名也可以。"

"说笑了。我十七岁才出的国，骨子里还是传统的中国人。名字对一个中国人来说意义非凡，你说是吗？怀瑾先生。"

从落地窗往外看，实在很难不注意到花园里的这一对登对的璧人。

"老盛，快过来看。"盛妈妈招手唤来自家老公，"那位是周家的长孙？似乎和我们家小曦很是投缘啊。"

"你呀，就是瞎操心。女儿的终身大事她自己自有打算。"话是如此说，爸爸也忍不住偷偷地打量着这两个孩子。盛家式微已久，周家正值鼎盛。这桩姻缘若是能成，确是一场好姻缘。

饭席间两人也是坐在一起的。毕竟这张长桌上除了家人，她只认得他们兄弟二人。

"今天下午《犀牛》在中心大剧院上演，话剧社的朋友送了我两张票，要我过去捧场。盛小姐有时间赏脸一起去吗？"周怀瑾很自然地邀请。

盛昭曦知道他说的这部话剧，挺有名的，宣传做得很大，所以一票难求。她一直想去看，却苦于买不到票。很吸引人的邀约，尤其是在她正愁没有借口从这场无聊的宴席中脱身的时候。

"好啊。怀安也去吗？"

"他不喜欢这些。我们待会儿先送他回家。"

"没问题。"两人有来有往，聊得旁若无人。

母亲嗔怪她失了礼数，没向在场诸位叔伯长辈问好。她乖乖站起来先自罚了一杯，算是亮了个相，众人这才注意到盛家还有这么个大女儿。

"我家女儿一直在国外工作，刚刚才回国，是以诸位未曾见过。她现在在警局做谈判教官。还请各位长辈多多照拂。"爸爸提起她的语气不无骄傲。

"这职位竟是从未听过，想必是刚从国外引进。令爱有才，非池中物。"不了解的东西总归往好了说没错，大家都开始顺杆爬，称赞起盛昭曦。

"哪里哪里。我家小辈初出茅庐，还要大家多提携。"妈妈就像一般家长一样，一边数落着自家女儿，言语间却也少不得自豪。

盛明曦在旁边小声不屑地"喊"了一声。他不出声倒罢了，一出声倒提醒了盛昭曦，自己是带了礼物来的。

"宝贝儿，来。姐给你准备了一份大礼。"盛昭曦甜腻腻地招手唤他过来。

盛明曦心中预感有诈，但经不住那包装精美的礼品诱惑，还是乖乖过去了，"是什么？"

"这可是百万千万都买不来的大礼。"盛昭曦示意他打开。

到底年纪小，经不住骗，高兴得嘴巴都快咧到耳根子了。撕开卡通包装纸，又迫不及待地掀开盒盖，待到看清盒中方方正正摆着一整套的升学复习资料和课后习题，他的脸色差到了极致。

其他客人也好奇地凑过来看是什么东西。"俗话说书中自有黄金屋"，盛昭曦笑眯眯地摸了摸他的头，"姐送你的可是千金难换的知识。"

众人"哦"的一声，都夸这个做姐姐的有心。

盛明曦想发作，被爸爸一瞪，只有乖乖捧着盒子坐回了自己的座位。她几乎要听见盛明曦磨牙的声音，心中只觉十分爽快。周怀瑾看着她的笑颜更觉欢喜。美丽的人很多，但如此有趣的灵魂却很少。

两人饭后先送周怀安回家。从自家出来时，周怀瑾走错了路。盛昭曦虽也是个路痴，却不至于在自家门口会迷了路，"你这是出国久了，忘了归家路？"

　　周怀瑾不好意思地讪笑，"六年前生过一场大病，然后记性就不大好了。许多事记不太清楚。爷爷这才将我和怀安送去英国，边学习边疗养。"

　　"对不起。"盛昭曦没想到这其中还有这一层往事。

　　"无妨。爷爷说我从前性子和怀安一模一样，不爱理人。大病一场后反而好了，也许是因祸得福。"

　　两人说话间开到了一个大路口，绿灯只剩几秒，盛昭曦随口提醒他一句，"右拐。"没想到周怀瑾方向盘却打向了左，反应过来后为时已晚。

　　"对不起，我一紧张起来就有些不分左右。"盛昭曦整个人怔了一下，靳司遇原先就是像他这般，需要比常人长的时间去反应左右。

　　见她脸色不太好，周怀瑾关心地问，"你怎么了？不舒服吗？"

　　她勉强地笑了笑，"没事，想起了一个朋友。"也许是话中苦涩太浓，周怀瑾没有再追问。两人最终在话剧开场前最后一刻赶到了剧场。

　　话剧十分精彩，散场时还意犹未尽，他们俩从话剧聊到人生，从生活聊到工作。价值观竟是难得的契合。从大剧院出来进了咖啡厅，一直聊到天黑，又共进了晚餐。

　　"很久没有聊得这么畅快了，我喜欢你看待事物的观点。你信基督对吗？"盛昭曦还记得他在飞机上祷告的样子。

　　她一边说一边切了一块牛排放入口中。五分熟，半焦半嫩。

　　周怀瑾点的是三分熟，连血带丝看得盛昭曦十分心惊。她原以为只有外国人喜欢这样吃，中国人都偏爱熟肉，越熟越好。以前上学的时候，她和同学都取笑点三分熟牛排的外国人是蛮牛。可周怀瑾吃得那么优雅，像是西餐教学模板一般，"嗯。我在国外读书的时候入的教。你也信教？"

　　"并不。只是我以前有个朋友也是很虔诚的基督教徒。你是在英国留的学？"

　　"我在英国读的传媒学。你怎么知道的？"

　　"上次在飞机上，你英腔很明显。"

　　"原来如此。你又是缘何出国的？"

　　"我啊？" 盛昭曦沉默了一下，露出一种类似苦笑的表情，"我是被放逐出去的。"

我和你们不一样

【当人是兽时,他比兽还坏。】——泰戈尔

秦婧和周怀瑾的新广播节目终于正式开播了,节目名为《周秦听世界》。

因为有盛昭曦这层关系,所以节目策划了几期法律常识普及选题。请盛昭曦做节目的法律专业嘉宾。主持人先在节目中会播放一段事先录制好的广播剧,以广播剧的形式还原一个真实案例,然后男女主持人分别代表一种对立观点进行辩论。同时与听众直接互动讨论案情相关的热点问题。第一期节目主题定为"家暴"。盛昭曦原不想接这种活动,但上头说给民众普法这是好事,要她积极配合。

这期的案子讲的是一位遭受家暴长达十二年的农村女子,在丈夫又一次酒后施暴时,忍无可忍拿起了铁锹砸死了丈夫。结果女子被判死刑,留下一双年幼的儿女。

周怀瑾念旁白的声音很有感染力。辩论主题围绕着关于家庭暴力女性究竟该如何应对而展开。这种对垒式的争论最容易激起互动。周怀瑾则作为男方代表引导辩论,"首先声明,我本人坚决反对家庭暴力,支持女性同胞利用法律维护自己的权利。但为了节目需要,我依然会代表反方的声音。希望听到各种不同的声音。"

秦婧打趣他,"我们都知道怀瑾先生一直都是绅士。不知道盛警官对这个问题是什么看法呢?"

"数据表明有一次家暴行为的男性,重复使用暴力的可能性高达90%。所以我的建议是——对方只要动一次手,马上离婚。"

"这话似乎有些绝对呢!中国有句古话叫浪子回头金不换,我们要不要给想改过的施暴者改过的机会呢?不如让我们来听听观众朋友的意见。"

"听那个女警官说这话就知道她肯定没有男朋友,哪个男的能永远没脾气?"男观众甲说。

"有脾气不代表可以随意将女朋友或者妻子当作出气筒。一个真正的男人不会做出这种事。"盛昭曦反唇相讥,"另外提一句,我有男朋友,他对我很好。"

周怀瑾看了她一眼,盛昭曦冷静地离开话筒。他脑子寻思着她的那个男朋友指的是谁,害得他差点儿没接上听众的话。

"可是如果真的离婚,孩子怎么办?"女观众乙唯唯诺诺地在电话中问道。

"每个生命都是独立个体,应该为自己的人生负责,孩子不是你软弱的借口。而且出生在有家暴的家庭,对孩子的未来是更大的伤害。"盛昭曦的劝慰还是显得人情味太淡。

"家庭暴力不一定是男的打女的,也有可能是女的伤害男的啊。我们这之前也有过悍妇杀夫的案子!"男观众丙举出反例。

"你说得对。但根据专家的调查,某省某监狱的121名女性重犯,有超过80%是因为丈夫家庭暴力导致恶性结果。"秦婧觉得有盛昭曦顶着,她这个女方代表根本不需要开口。

"喂……"新进来的一个电话,非常中性的声音,秦婧一时没听出男女,电话那头继续说道,"小曦,是我。"

秦婧和周怀瑾同时扭头去看盛昭曦,她突然脸色灰白,放在桌面下的双手都开始微微颤抖。

"我是许桐。"

许桐仿佛能透过电话看到盛昭曦狼狈紧张的样子。十年前她就总像个小鸡仔一样跟在自己身后,许桐开玩笑说自己是她的鸡妈妈。小鸡仔被欺负了,鸡妈妈啄死了坏人。然后自己被抓起来了,小鸡仔远走高飞,一眼都没有来看过她。

"好久不见,小曦,你还认得我的声音吗?"

"你……出狱了?"

"都出来几年了。"

"这几年过得好吗?"

收音机前所有听众立刻都提了一颗八卦的心,仔细倾听这两个人还将说什么。

导播一个劲儿地在隔间打手势,示意秦婧掐断电话。以前的节目里碰到打电话来的听众说了不该说的话,主持人就会马上挂断,假装线路出了问题。但秦婧看见盛昭曦的样子,又不忍心掐断这通话。

"很不好。"许桐从来不是拖泥带水的人,也完全没有考虑听到这话的无关人士会怎么想,"我今天偶然在电台里听到你的声音,我还怕自己听错了。小不点儿,你居然当警察了。"

许桐自从出狱后改名换姓，和以前认识的所有人都切断了联系，盛昭曦回国的事她自然不知情。

听到许桐时隔十年又喊她一声"小不点"。盛昭曦鼻头涌上一股酸意，带着重重的鼻音"嗯"了一声反问，"你呢？现在在做什么？"

"我啊，遭到报应了。"许桐满不在乎地轻哼一声，仿佛在说着别人的人生，"我老公他……"

"啊！"电话那头突然尖叫一声，然后是板凳拖动的声音。电话脱离了主人的手，话筒悬在半空中的感觉，直播室中只能听到一个遥远模糊的男声在吼："你又在和哪个野男人打电话？你还想跑？"

即便隔着一段距离，盛昭曦仍然听到清晰的耳光声。许桐一边闪躲着男人的大掌，一边本能地朝着话筒尖叫："小曦救我！"

盛昭曦"腾"地一下站了起来，透过话筒对着那边大叫："你是谁！你在做什么？不要伤害她。"

"咔嗒"一声电话被挂断，只余下"嘟嘟"的忙音。

这一切发生得太快，秦婧和周怀瑾都担心地看着盛昭曦，不知道如何反应。只见她愣了一下，随后摘了耳机直接跑了出去。

情况突发，周怀瑾眼睛追随着她的身影，他来不及直播，只能朝秦婧做了个手势，就摘下耳机追了出去。经过刚刚的插曲，节目已经接近尾声，秦婧负责最后来做个结尾。这出直播家暴的电话无疑给节目投下一枚重磅炸弹。可想而知，这期节目成了焦点了。

盛昭曦在导播室里抄了来电显示，在走廊里给谢勇打电话，拜托他帮忙查找来电地址。

周怀瑾就站在她身后等她打完电话。她一转过头看见他一愣，然后整个人都颓了下来："对不起。"刚刚她突然跑出来，把主持人都晾在直播室，明显是很不专业的表现。

"没关系。我这不也跑出来了嘛，关心则乱，很正常。"周怀瑾一说完，马上察觉到自己说错了话，本来他是想说盛昭曦关心许桐，却更像意有所指。

也不知道盛昭曦有没有误会，她一声不吭地抱膝坐在楼梯上，周怀瑾也陪她坐了下来。

他没有说话，就静静地坐在她身边，坐到她都觉得自己该主动和他讲些什么了。

"初中的时候，我和阿婧还有另一个女孩霍司妍，是最好的朋友。直到高二开学前，我们还会一起去买文具，选最喜欢的包书纸。霍司妍还会让我帮她包书皮。她是大小姐脾气，长得漂亮，成绩也很好，平日里看上去傲得很，但是我们关系一直很好。"盛昭曦盯着自己的脚尖，缓缓说起了自己的过去。

"可是高二那一年，我的世界就全变了。阿婧突然转学离开，连个招呼都没有打。霍司妍也不再理我，她看着我的眼神冷漠得像个陌生人。我问她我是不是做错了什么？她说没有，什么事都没有。可是她下课不再和我一起玩，在寝室也一句话都不跟我说。无论什么事都要针对我，就连喜欢的人……"

记忆被拉回到十年前。那时盛昭曦所在的班级频频遭贼。

因为是封闭式校园，大家都怀疑有"内鬼"，可每次小贼作案都很隐秘，没有目击者。作为体育委员的钟子如组织班委会成员，一同在课间操时间埋伏在教室外准备抓贼。不想对方还真上钩了，偷偷潜进高二一班作案。偷走了几个没有上锁的抽屉里的钱包，里面就有盛昭曦的。

那天，学生们做完课间操往回走的路上，就看见了勤学楼里一场堪比电影的小偷追击战。小偷对地形摸得门清，溜得极快，一下子甩掉了大部分追他的人。钟子如是体育委员，运动神经好加上手长脚长，几个大步一个飞扑，帅气地将小偷摁在地上，从他手里拿回了班上同学的钱包。

小偷是隔壁二班的贫困生，学校没有报警，带去批评教育。钟子如则负责把钱包一个个归还到班上同学的手里。

盛昭曦是目睹了全过程的人，当钟子如一瘸一拐地将她的粉色小熊钱包还给她时，她承认，那一瞬间她是怦然心动的。

她无人倾诉这样的少女心事，索性选择了最直接的方式，偷偷写了一封情书塞在钟子如的抽屉里，而恰巧那时钟子如的同桌便是霍司妍。霍司妍不仅偷看了她的情书，还被班上爱起哄的几个男孩子抢去在班上公然读出来。

那个年纪喜欢一个人的心思该是悄然的、隐秘的。一旦公布于众，就好像被人扒光了示众。盛昭曦气血上涌，过去吼了霍司妍一顿。

霍司妍是骄纵的大小姐脾气，从小被父母捧着长大的，怎么受得了盛昭曦当着这么多人面骂她。本来还有一点儿愧疚之情，此刻都已荡然无存。正值此时，还毫不知情的钟子如抱着足球从外面走进来。

班上的同学看着"男主角"起哄，他丈二和尚摸不着头脑地看着自己桌前站着的两个脸涨得通红的女生问："这是怎么了？"

霍司妍一不做二不休直接冲上去问："钟子如，我喜欢你。你喜不喜欢我？盛昭曦说她也喜欢你，我和她，你选谁？"

霍司妍是四中的校花，班上的同学都知道钟子如喜欢她，所以才想尽一切办法换成做她的同桌。

没想到霍司妍的表白来得那么突然，钟子如有点儿手足无措。但爱情里从来只有两个人的戏份，十六七岁的男生又怎么懂得顾及第三人的感受。钟子如有些羞赧地看着霍司妍说："我怎么可能会喜欢她，小妍，我只喜欢你。"

霍司妍带着斗胜的孔雀一般骄傲的姿态看着她，盛昭曦只觉得从头到脚一片冰冷。

"我和她，你选谁？"

"我怎么可能会喜欢她。"

被当作商品一般供人选择，还被喜欢的人弃之如敝屣。

霍司妍从那以后倒是真的和钟子如开始了秘密的地下恋情，钟子如每天都一副喝了蜜糖似的死心塌地的样子。可是霍司妍曾在宿舍堵住盛昭曦，亲口告诉她，她从未喜欢过钟子如，她只是喜欢看到她那副爱而不得的丧气样。

"盛昭曦，你是没看见，你喜欢的人在我面前，就像一条摇尾乞怜的哈巴狗。"嫉妒让人变得丑恶，这个道理她们当时都不懂得。

盛昭曦那天跑到操场上痛哭的时候，遇见了许桐。当时许桐躲在操场角落里抽烟，突然看见一个黑影冲过来，吓得她把烟往沟里一扔转身就准备跑。待看清楚来的是个同样穿着校服的小丫头，还满脸是泪后，她又慢慢地踱了回去，"哎呀妈呀，吓死了！我还以为是灭绝师太来查岗。"

盛昭曦抹了抹眼泪，抽泣着和她说"对不起"，一开口突然岔了气，开始不停地打嗝。

许桐觉得好笑，边替她拍背，边听她讲那些她不认识的人和事。

"你们女孩子就是麻烦。"

"你不也是女孩子吗？"

"我和你们不一样。"十六岁时说着"我和你们不一样"的许桐，在同样十六岁的盛昭曦心里酷得不行。

回忆有些苦涩，但能缓解疼痛。盛昭曦还没有讲完，谢勇就发来了许桐的地址。周怀瑾陪着她照着地址驱车赶到了许桐家，这里是恒城一个高档别墅区。别墅之间的间距很大，每一户门前都拥有独立的一片开放式花园。

以盛昭曦对许桐的了解，她的家境并不宽裕，出狱后怎么会搬进这样的房子？她不确定地穿过花园上前轻轻敲门，无人应门。

周怀瑾下车走在她身后，手越过她的肩头拍了拍门。男生的力气天生就比较大，木质的门发出厚实的响声。很快就有脚步声传来，一个男人拉开了门。

男人看上去四十几岁，穿着白色棉质的上衣和一条同色阔腿裤，颇有一些气质。他只把门拉开了一条缝儿，锁链还挂着，谨慎地从里头打量着盛昭曦和周怀瑾。

"你们找谁？"

"许……"盛昭曦顿了一下，想起谢勇之前提供的消息，许桐现在已经改了名字，"请问许薇是住在这吗？"

"她是我老婆。你们这么晚找她干吗？"对方依然没有拉开锁链。

"警察。"盛昭曦掏出工作证，"我们接到群众举报，怀疑你有家庭暴力行为，请打开门，配合我们调查。"

男人这才完全打开了门，"我能再仔细看下你的证件吗？"盛昭曦又把证件给他仔细检查了一遍，才得以进门。

穿过前厅就是宽敞的大客厅，典型的欧式风格装修，华丽却又显得冷冰冰的。

许桐的丈夫上楼去叫她，盛昭曦和周怀瑾就站在客厅里等。

许桐下楼的时候，盛昭曦差点儿没认出她来。她长发披肩，穿着丝质的酒红色睡袍，非常有女人味又柔柔弱弱的样子。和之前学校里短发的"大姐大"许桐一点儿也联系不起来。

她还记得许桐说"我和你们不一样"时的洒脱霸气，那个张牙舞爪的假小子变成了现在的模样，时间的力量不可谓不强大。

许桐看到盛昭曦时同样一愣，她突然瑟瑟发抖，似乎害怕得要命。

"你抖什么抖？给警官看见了还真以为我欺负你了。"男人不耐地扫了她一眼。

盛昭曦看懂了她的眼神，装作与她第一次见面，主动向许桐进行自我介绍，"许薇，你好。我是恒城警察谈判专家盛昭曦。有听众听见你在电台的求助后报警，所以我们过来查看一下情况。请问您的丈夫有对你进行施暴吗？"

"电台？你打电话给电台说我家暴你？"男人一副气势汹汹的样子。

"没有没有。一定是有人弄错了。"许桐朝着盛昭曦连连摇头，可是她的双颊分明还是微微红肿的。

"先生，请您不要打断警察的问话。"盛昭曦掏出包里的本子和笔，指了指许桐老公，"你叫什么名字？年龄？工作？"

"戴海川，42岁，外科医生。"

"你呢？"盛昭曦知道许桐是碍于戴海川在场开不了口。她今晚造访也没打算和她深谈，只是确定她是否平安无事而已。

"许薇，29岁，家庭主妇。"盛昭曦知道她提供的信息都是假的，还是装模作样地记了一下。

"我们保持联系，如果您丈夫有任何暴力行为，你都可以拨打我的电话。"盛昭曦在笔记本上写下电话，撕下来递给她。

许桐把纸条紧紧握在手心里，送走了盛昭曦和周怀瑾。

我们都变了

【我是一个熟知黑夜的人。】——弗罗斯特

没过两天,许桐就主动联络了盛昭曦去步行街的咖啡店坐坐。

许桐提前到了,坐在靠街的落地窗前,看见盛昭曦背着一个单肩金链流苏小包远远走来。她今天穿了一袭黑色不规则裙摆的蕾丝长裙,化了妆,踩着高跟鞋,走在街上回头率很高。

许桐还记得盛昭曦读书的时候,和班花、美女之类的形容词都沾不上边。那时候她个子不到一米六,小小的很乖巧的样子,被称赞时至多就是可爱。她成绩也并不突出,一直停留在中下游的水准,属于老师既不操心也不上心的那一拨。

在许桐眼里,她就是个人畜无害、过分温驯的小白兔。偶尔跟她们一起逃个课也战战兢兢的,胆子很小。和许桐一起玩的都是爹不疼娘不爱,老师管不了的。盛昭曦却有个和睦富庶的家庭和一大波朋友,即便成绩不出众,但因为才艺出色,也很得老师、同学喜欢。

她俩从各方面来说都不是一路人,原本只是一次偶然的交集,就该擦肩而过,继续各走各路。但盛昭曦是个死心眼,自从认识了她,总爱黏在她屁股后面当个小跟班。许桐当她是小孩,带着应付逗弄着。

有一回许桐缺钱用,就骗盛昭曦说自己妈妈得了急病,那时候年纪小也不觉这样过分。盛昭曦比自己妈妈病了还急,东拼西凑一个上午,就从同学朋友那里借了两千块钱给她。还说要翘课回家给她拿钱,好说歹说才被她劝住。

两千块钱她挥霍不到一周就用完了,盛昭曦没要她还过。其他狐朋狗友见此,全拿盛昭曦当冤大头,怂恿许桐继续从她身上骗钱,被许桐一顿臭骂怼了回去。从那以后,两人关系越走越近。

当然，这不是一部青春励志电影。盛昭曦有心"拯救"许桐，自己却也是个半吊子。许桐依旧是那个老师看了头疼的不良少女，盛昭曦依旧是那个在学习上不甘心放手，又爬不上去的乖小姐。

许桐看不惯盛昭曦明明读不好书，却还偏要争取做好学生的死脑筋劲儿；盛昭曦看不惯许桐明明本性不坏，却到处纠集人欺负同学的不良习惯。她们争吵又和好，分享所有又私藏着属于自己的秘密。她们那时不知道，这都是青春本来的样子，没有对错，只是命运有时就是如此。她们是青春里的一对难姐难妹，然后有一天，大难临头各自飞。

霍司妍的事是她们人生错位的开始。

高二下学期，霍司妍变着法子欺负盛昭曦，情况越演越烈，连外班的许桐都有所耳闻。

许桐有心替盛昭曦出气，又怕她胆小不同意，就自作主张偷偷以盛昭曦的名义，约了霍司妍下晚自习后在学校舞蹈房见。

盛昭曦当时是学生会文艺部部长，手里拿着舞房的钥匙。许桐在学校组了一个街舞社，所以她们平日经常在舞房里玩闹。那天许桐从她那借钥匙说要排舞，她不疑有它，爽快地把钥匙给了许桐。

下晚自习的时候，霍司妍跟钟子如提了一句盛昭曦晚上约了她，说有事要谈就先走了。谁也没想到，就在那晚，霍司妍永远地走了。

许桐叫了一帮社会上的男男女女把霍司妍堵在舞房里，逼她脱光了衣服对着镜子跳舞，以报她平日欺负盛昭曦之仇。

霍司妍是从小被珍珠般捧着的人，哪受过这样的屈辱，她自然是宁死不从。于是，少不得挨了一顿打，也有男的趁机揩她的油。对方人多，她除了哭，毫无办法。

许桐拍了照片，威胁她以后再敢对盛昭曦耀武扬威，就把这些照片传遍整个四中。一帮人玩开心了就嘻嘻哈哈离开了舞房，丝毫没意识到自己的行为有多么残忍。

霍司妍捡起被丢得到处是的衣服，一件件麻木地套上。骄傲如她，又怎么会容忍自己有一丝污点。许桐会不会把这些照片散播出去已经不重要，十几个男男女女的目光早在那个舞房里就已经将她杀死。

霍司妍最后选择在四中旁边的弥河里投河自杀。

钟子如作证霍司妍自杀当晚是去见了盛昭曦，而盛昭曦借给许桐的那笔钱则被说成是"买凶害人"的赃款。盛昭曦向警察解释说那钱是借给许桐母亲看病的，但警察调查的结果却是许桐母亲那段时间压根就没生过病。

尽管许桐承认所有事情都是她做的，盛昭曦并不知情。但许桐和霍司妍并无私怨，盛昭曦这个主谋的罪名已经在四中学生的口耳相传中坐实了。

十几岁的年纪，正是叛逆期，又是劣迹斑斑的历史期。人人心里都有一杆倾斜的秤，在法律裁决之前，舆论与偏见就已经先给她们定了罪。

最终许桐因侮辱罪、故意伤害他人身体罪被判入狱，盛昭曦因为证据不足被无罪释放，却再也无法在这个城市待下去。连父母都不愿意听她解释，执意将她送出了国，没有任何商榷的余地。

这一走便是十年光阴。十年能发生什么？十年能改变什么？许桐想：十年时光，已足以将她们变成现在的样子。

盛昭曦拉开她对面的椅子坐了下来。许桐呷了一口咖啡，笑着说："你变了不少。"

"你也是。"盛昭曦盯着她，眼神很认真。这点倒是和十年前的她没什么变化。

"我是生活所迫，没有办法。"她的口气很无奈，一点儿也没有曾经的洒脱和锋芒。

出国十年，就像将过去种种抛在了旧时光中。盛昭曦以为有一天当她有勇气再回首的时候，旧人还会如旧，但其实所有人都跟她一样成长了，改变了。过去的回忆最后成了一片空景。

服务员拿着菜单过来，盛昭曦没有看，直接点了一杯黑咖啡，加牛奶不加糖。

"你以前最怕苦了。"

"在国外的时候老熬夜赶论文，喝习惯了。你呢？你以前也最讨厌这样的地方，你说坐里面的人都很做作。"想起曾经说过的玩笑话，两个人都会心一笑。

咖啡上来的时候，许桐抬手替她接了一下盛奶的小罐子，袖子滑下来一半，露出一片不小的青紫。

意识到盛昭曦皱眉盯着她的手，许桐不自然地将袖子往下拉了拉。

"他经常这样打你？"

"得到好处是需要付出代价的。"许桐似乎想得很开，"回国后，你有没有去看过她？"即使不说出名字，她们也心知肚明说的是谁。

"暂时还没有。工作太忙了。"这个明显的借口，谁也没戳穿。

"如果我没记错的话，她快生日了。如果你去探望她，替我说句抱歉。"

盛昭曦苦笑，大家同样没有立场去见她。许桐先开了这个口，倒是让她非去不可了。

彩虹宝藏

【死亡的推送把她摇晃到现实中。】——泰戈尔

今天是个艳阳天,虽然阳光还是没有温度的,但多少驱散了些深秋的寒意。盛昭曦准备去恒城的公共墓园,看望霍司妍。

车开到墓园门口,她才想起应该买束花,就在墓园门口的一家花店前下了车。墓园周边的花店和市里那些精致而又充满爱意的花店不同。它们简陋而肃穆,鲜花品种单一,而且就和花圈、纸钱等祭品摆在一起,暗示着它们的用途。

盛昭曦想了想,如果霍司妍还活着,现在一定会捏着鼻子指着这堆蔫巴巴的菊花说:"这闻起来就跟我们家贝贝拉出来的一样。"贝贝是他们家的京巴狗,和主人一样高傲的一条狗。

盛昭曦站在花圈中左右回顾,最终仔细地挑拣出了一束淡紫色的小雏菊。只有这束花看起来还让人满意。

她刚刚付好钱,外面就传来淅淅沥沥的雨声,打在花店雨篷上噼里啪啦地响。

盛昭曦回头却看见天上还挂着太阳,雨幕在阳光下清晰地显现出来。

"真稀罕哩,太阳雨。"坐在店门口的小板凳上剪花枝的老板娘嘟哝了一句。

今天出门的时候没有带伞,万万没想到这么大的太阳还会下一场雨。盛昭曦抬头望天,心里默默地问了一句,"你是不是成心不想让我来看你?"

天知道她现在站在这里是鼓足了多大的勇气,如果不是许桐提到霍司妍的生日,她也找不到站在这里的理由。

老板娘看她踌躇地站在原地,主动搬了个小板凳给盛昭曦,"小姑娘,坐一会儿吧。太阳雨不会下长的,马上就会停了。"

盛昭曦今天休假,也不急,索性坐了下来托腮看着外面。隔着一条马路的距离,霍

司妍就埋在那不高的山坡上,她此时离她这么近,心情却比想象中平静。

雨果然不到半个小时就停了,天边竟渐渐现出了一道双彩虹。彩虹从墓园里伸出来,向着她在的方向延伸,就像在她们之间搭了一座桥。这下连年过四十的老板娘都露出了惊喜的神情,她从店铺里拽出在算账的老公,"双彩虹啊!咱们多少年没见到了。"

"是啊。"老板看盛昭曦看得出神,兴致勃勃地问她:"姑娘你知道吗?我们乡下叫这个叫同心彩虹。有个传说,同心彩虹的尽头会藏有宝藏。"说完朴实的中年男人憨憨地傻笑了一下,似乎觉得这个年纪说出这种傻话有些害羞。

老板娘却很捧场地连连点头,有点崇拜地看着自己的男人,"你懂得可真多。"

盛昭曦想起上初中那会儿,她和霍司妍还没有闹翻,她们吃完饭一起从食堂出来,看见了彩虹。盛昭曦赶紧停下来对着彩虹许愿,她喜欢对着一切美丽的东西许愿。太阳,月亮,星星,烟火……她觉得所有美好的东西都应该被上天赋予了神奇的能力。而霍司妍则是一脸看白痴的表情看着她,"我哥告诉我,彩虹是因为阳光射到空中接近圆形的小水滴,造成光的色散及反射而成的。当中以40至42度的反射最为强烈,也就是我们见到的彩虹。彩虹又不是神仙,许哪门子愿?"

"闭嘴。你哥是傻子。"

雨后特有的青草芬芳,仿佛将盛昭曦带回那无忧无虑的年代。见雨停了,她正准备离开花店,老板在店里叫了她一声,"姑娘,你的围巾落了。"

老板娘从玻璃柜台上拿起那条卡其色的英伦格子围巾朝她追过来,一把将围巾塞在她的手里。

质感很柔软的羊绒,也是辨识度很高的一个品牌,围巾内侧还绣了一个花体的英文字母"y",并不是她的东西。

盛昭曦摆摆手,"这不是我的。我一进店就看见它摆在那里了。"柜台上的围巾风格和店里格格不入的,她早就注意到了,估计是哪个顾客随手取下来放在台子上忘了拿的。

老板娘皱眉,回头望着老板,"这咋整?看上去挺贵的哩。料子这么厚。"

"放在店里吧。也许那位顾客想起来就会回来拿的。"盛昭曦给她出了个主意,把围巾交还给老板娘。

"哦!我想起了。就是之前那个客人的。他蹲下来选花的时候,围巾落在地上不方便,就取下来放在柜台上了。"老板一拍脑袋,记起了一小时前在这买过花的男人。

"那他还没走吧?"

"没呢。车还在墓园门口。"听到老板的话，盛昭曦下意识瞥了一眼墓园门口仅有的一台越野车，和她的车同款，黑色的大切诺基。是靳司遇曾经说过的理想车型。

告别花店老板夫妇后，盛昭曦进了墓园。踩在松软的泥土上，心情都轻飘飘地扬了起来。

她捧着小雏菊顺着一人宽的石阶一级一级走上去，人烟稀少的墓园就像默片里的场景，宁静绵长。根据姓名字母排列顺序找到了霍司妍的墓碑，墓碑上的霍司妍还是17岁的青涩模样，眼睛大大的，看着一个人时是很较真的样子。这一点在黑白照片上就显得更加明显了。

盛昭曦放下手中的雏菊，发现旁边已经摆了一束花，还很新鲜，沾着雨珠。她大概能猜想到会是谁送来的，"你开心吗？过了十年，大家还是在惦记着你。"

霍司妍自然不会回答，她却好似在和多年不见的老友叙旧，一站就是两三个小时。曾经的势同水火，可以说盛昭曦这一生的挫折都来自于她，却没想到有一天霍司妍会变成倾听她最多心里话的人。

天边出现晚霞时，她才挪动了一下已经僵硬的腿。回头看见有一个扫地的工人在清扫左边来时的石阶。石阶是两边对称的，盛昭曦索性穿过其他墓碑前从右边的石阶下山。

经过末尾倒数第二个墓碑时，她眼角余光扫过一张照片，脚步猛地一顿。她听见自己心跳迅速加快的声音，脖子居然瞬间僵硬地转不过去。费了好大的劲儿，她才敢回过头去看。

黑色的大理石墓碑，金色的三个大字——靳司遇。

盛昭曦只觉得有人在她头上重重一击，突然失去了所有的感知。她腿一软，跌坐在墓碑前，指尖一点点拂过凹进去的笔画。横、竖、竖、横……她在心里默写过无数遍的名字。

一样的名字，一样的出生日期，一样的样貌。连当成一个误会的机会都不给她。

立碑时间是20××年，6月3号。靳司遇回国的那一年。

"姑娘，你没事吧？"清洁工拿着扫帚站在一旁，担忧地看着坐在地上脸色惨白的盛昭曦。

她摇了摇头，撑着水泥地面站了起身，小跑着下了石阶。不敢回头再看一眼，怕再多看一眼都会崩溃。

走出墓园的时候，天色已经暗了下来。花店老板娘还坐在店门口，看见她时还隔着马路和她打了个招呼。盛昭曦已经没有精力回应，她裹紧了身上的薄外套，只觉得周围刺骨的寒风像要将她穿透。脑子木木的，也不知道在想些什么。

她转身看了一眼门口，那辆大切诺基已经不见了，空空的停车场就和她的心一样。

大二的时候，盛昭曦在美国想买一辆二手车。她不懂车，就去征询靳司遇的意见。

"你喜欢什么车？"靳司遇一边在开放式的厨房里切菜，一边问她的意见。

"mini cooper。到哪儿都不怕没有停车的地方。"她的开车技术不行，这种小车最好驾驶。盛昭曦正窝在客厅的沙发上看电视，听他问，爬起身来趴在沙发背上回答。看着开放式厨房里他忙碌的背影，心里想着，靳司遇做饭的样子太性感了。

"但是你的个子这么高，我买个小车，你估计坐进去都费劲。算了吧，想想别的。你的理想车型是什么？"

"大切。"靳司遇将切好的番茄放进汤锅里，和牛腩炖在一起。

"我们两个人用不着这么大的车，还贵，多浪费空间啊！"

"不只两个人。"

"那还有谁……"话说到一半，盛昭曦自己把话咽了下去，"谁答应要给你生孩子了！"

靳司遇笑笑，脱下围裙，走到客厅里，隔着沙发单手搂过她的脖子，"那你想给谁生？"

"给乌龟生，给王八生，就不给你生。"盛昭曦挣开他的手，耍赖地在沙发上打滚。

靳司遇双手撑在她的头两侧，止住她滚来滚去的动作，"你想生个乌龟王八蛋？"

"你才是乌龟王……唔……"她的嘴被一个吻封住，一个字都说不出来。半晌他才放开她通红的双唇，一脸坏笑，"所以你还是想给我生。"

盛昭曦刚想回嘴，靳司遇就径直走回厨房关火，"过来喝汤了。"盖子一揭开，满屋子的番茄牛腩浓郁的香味，让还想生气的盛昭曦只能乖乖地缴械投降。

一辆的士停在她面前，叫了她两声。盛昭曦才僵硬地伸手拉开车门，鼻尖似乎还闻得到那浓汤的香味。

在外面吹了一下午的冷风，冷不丁地坐到暖和的车里，她耸了耸鼻子，小声嘟囔了一句:"好冷。"

司机透过后视镜看着这个泪流满面还不自知的女人,小心翼翼地问道:"姑娘,去哪?"

她报了个地址,车子缓缓开走。盛昭曦看着窗外的风景,一瞬间好像回到了十年前,她众叛亲离的那些日子。那个没有靳司遇的时光里,只有她孤身奋战。现在又只剩下她一个人了,真正的一个人。

他离开的六年里,她一直觉得他还在她身边。她总是觉得,只要还在同一片天空下,就总有一天会重逢。但,原来他早已不在。

花店老板说,彩虹的尽头有宝藏。原来她的宝藏埋在这里。

你为什么选择这条路呢

【此刻有谁在世上某处哭,无缘无故在世上哭,在哭我。】——里尔克

的士经过恒城中心购物广场,盛昭曦看见有天主教的教众在做活动。他们在广场上高声齐唱《奇异恩典》,温柔而富有感情的旋律将画面带回了多年前她刚到美国的日子。

盛昭曦第一次见到靳司遇是在教堂,她经过社区教会门口,听见里面有很多人在合唱《奇异恩典》。那时她还并不知道这首圣歌的名字,但被歌词和旋律莫名地吸引住脚步。

"Amazing grace, How sweet the sound, That saved a wretch like me. I once was lost, but now I am found. Was blind, but now I see."(奇异恩典,多么甜美,拯救了我这样的罪人。我曾经走了歧途,但如今我已被寻回。我曾经盲目,但如今重又得见。)

她站在教堂门口,冬日没有温度的阳光悬在天空中,显得教堂里面昏暗幽深。她只能看见耶稣的头顶上有一束光线宛若圣光照在十字架上,仿佛要指引着她前行。盛昭曦忐忐地走进去坐在最后一排,看着教堂里一起读圣经唱圣歌的人们。

有神父走过来问她:"孩子,你是新来的吗?"

她摇了摇头,"我只是路过的。"

"没关系。你现在会坐在这里都是主的旨意。愿不愿意来和大家一起认识一下?"神父向她伸出手。

尽管神父很热情的样子,可是盛昭曦一句都没有听懂,她出国走得急,出来以后东

游西荡地也无心学语言，英语水平远没到可以和当地人自在沟通的程度。

盛昭曦羞红了脸，"Sorry。Pardon？"

神父好像理解了她的困顿，和蔼地笑了，"你是中国人吗？"这句话她倒是听懂了，狠狠地点了点头。

"Steven，过来一下。"神父朝那边叫了一声。一个黑头发的男生回头，逆着光盛昭曦只能看清一个剪影，很挺拔的身材和干净的面部线条。

待男生走近了，盛昭曦才看清楚，是个中国人，穿了一件白衬衣，外套是件黑色的毛线开衫。身形修长利落，但显得有点瘦削。看上去和她年纪相仿。本应是张扬的年纪，褐色的瞳仁里却像蕴藏着山河湖海，温和而清透。

神父转头和那个叫Steven的男生说了几句什么，她只能隐约听懂几个单词，只好殷切地盯着他，等他翻译。

男生转头只说了一句："跟我来。"

就这样，还不等她反应过来，男生就自顾自地向教堂前面走了。神父还是一脸慈祥地看着她，目含鼓励，她只有硬着头皮跟上去。

"你好，我叫盛昭曦，你可以叫我Joyce。"在一堆外国人的包围下，唯一的一个同胞显得格外亲切。她主动自我介绍，还友好地伸出了手。

可惜这位同胞满脸写着"你叫什么我不感兴趣"，直接忽视了她伸出来的手，让她默默收回刚刚觉得他很温柔的第一印象。

大概是Steven向其他教众介绍了她，每个人都友好地向她打招呼。不知道是不是有信仰的人都格外面善，虽然她还是听不大懂他们在说什么，但她感受得到他们努力传递过来的善意。

盛昭曦傻笑着一一点头，身体藏了一半在Steven的身后，像个小鸡仔一样紧紧地跟着他。

Steven皱眉看着她，好像很不耐烦，却也没有出声赶她，就当她是空气一般，自顾自地做起自己的事。他站在十字架前，收敛了心神。双手合十，默念："愿光荣归于父，及子及圣神，起初如何，今日亦然，直到永远。阿门。"

他的右手食指、中指和拇指捏在一起在前额和双肩划了一个十字圣号。盛昭曦不是信徒，但是她尊重别人的信仰，就站在一边安静地等待着他结束祈祷。

"你叫什么名字呢？我是说中文名。"盛昭曦没话找话。

Steven懒懒地抬了下眼皮，似乎在考虑要不要回答她的问题，犹豫再三才开口，

"靳司遇。"

他的声音真好听，低低的但吐字很清晰，透着清冷的禁欲感。

"你们每天在教会干什么？祈祷？念《圣经》？"盛昭曦坐在长条木椅上，摇晃着双脚。

"忏悔。"不知道是不是盛昭曦的错觉，靳司遇的回答总是尽可能的简短，他有生生地截断每个话题的能力，而且眼神只要一接触到别人，就会像被电到一样地躲开。

盛昭曦的特质之一是善于观察，从小她妈妈就说她适合当一个心理学家，她知道每个人心里都有隐疾，她并没有兴趣刨根究底。

"那我要向你忏悔！"她突然一拍大腿直直盯着他说。

"嗯？"他讷讷地回了一声，语气里带着疑问。

"我害死了一个人，这就是我被驱逐到美国的原因。"没有预兆地，她突然就絮絮叨叨地开始说起了自己的故事。

"等等。"他第一次不礼貌地打断了她的话，"我不是神父。"

"我知道呀。"女生尾音习惯性地上挑，有点儿俏皮，"可是我英语不好。"

"……"靳司遇复又低下头，但没有再阻止她的意思。

刚开始盛昭曦以为他只是不愿意和陌生人交谈，但她发现他并没有避开。其实他完全可以不搭理她走开的，但是他一直勉强自己坐在她的身边，哪怕这样的交谈会让他很不舒服。

"她原先是我最好的朋友，可是她做了一件伤害我的事。

"那个时候，爱情大过天。我是真的认真想过，她要是不存在在这个世界上就好了。那时候我以为她会一辈子都欠着我的。

"但后来的事情就超出了我的控制。她死了，没有人相信我是无辜的。他们都说是我害死她的，一夜之间，我成了全世界的罪人。就连我的父母都不听我解释，只想尽快送我出国，好像我的存在是他们的耻辱。我也在想，究竟是不是真的是我害了她。

"总之，最后变成了我欠她一辈子……"

整个过程，尽管她讲的内容很沉重，但因为她一直用一种无所谓，甚至算得上轻快的语气在叙述，所以气氛显得有些诡异。

教堂的钟声响起，响亮的钟声像在这一瞬间静止了时间，盛昭曦脸上的表情也凝固了。

"要关门了。"他抬眼第一次直视她的脸,一张精致而苍白的小脸,嘴角还带着笑,眼里却是化不开的悲伤。

"是时候了……"她避开他的眼神,突然起身匆匆向外走。

靳司遇突然出声叫住她,"Joyce,我们玩个游戏。"她回头看着他,虽有些疑惑,却也因他的主动出声而兴趣盎然。

他从裤口袋掏出一枚硬币放在手心,"如果人头朝上,今晚你陪我吃饭。"

盛昭曦中学物理学过,只要控制好初速度,姿势和力量,硬币的正反是可以被控制的。她大步走过来,手心向上摊开,"好啊,但要我来抛!"

靳司遇笑了,将硬币轻轻放在她的掌心。她被这个笑容晃得愣了一下神。硬币飞上天空,掉在她的手背上,被一掌拍住。她慢慢移开手掌,居然有一瞬间希望是人头朝上。

"我赢了。"靳司遇眼角上扬,显露出他今天第一个称得上是愉悦的表情,"赢"这个字对男人好像天生有难以抵抗的诱惑。盛昭曦至今都不知道他那天是如何能确定硬币一定会是人头向上的。

他开车带她离开,她甚至没有问一句去哪。在教堂遇见的人好像比别人多了几分可靠。

车子开过查尔斯河,她才意识到他要去哪,"你是哈佛的?"

波士顿虽然是名校云集的大学城,但真正难以匹敌的两所名校——哈佛大学和麻省理工学院都在河对岸的Cambridge(剑桥)。

盛昭曦难掩惊讶之情,这个男生是她认识的第一个活的常青藤中国学生。

"不是,我是MIT(麻省理工学院)的,哈佛的生物医学系不如M.I.T。"敢情人家看不上哈佛,但他的语气里却并没有炫耀的意味,只是在很认真地客观陈述一个事实。

那晚靳司遇带她去了一家日本拉面馆,Yumiko & Katare。这家店在剑桥区非常有名,开店的是一对日本的小情侣,店名就是两人的名字。他们的店只提供一种牛肉拉面,还是限时限量的,可是生意依然好到爆棚。因为店面狭小,顾客们都有次序地站在门外排队,沿着街边排了一路。冬天的波士顿很冷,大家自然挨得很紧,汲取着小小的热量。

盛昭曦发现靳司遇很不喜欢和别人有肢体接触,但他也不会表现出厌恶,只是微微挪开半个身子在队伍外头,和整个队伍形成一个三十度的夹角。

这个角度刚好能隔开他和前面排队的人的距离,又恰好挡住了寒风。排在他后面的盛昭曦被挤在店面玻璃与靳司遇的大衣之间，稍微转动一下身体都会贴到他的胸口。

为了不让他难受，她紧紧地贴在玻璃上，哈出来的气在玻璃上形成蒙蒙的一团。

路边有车的警报声响起，靳司遇下意识地回头看了一眼，不是他的车。待他再回头时，就看见盛昭曦在玻璃上画了一朵在下雨的云。看着她毛茸茸的发顶，靳司遇不明白一只"小兔子"为什么会有这么多烦恼。

终于排到他们，只剩最后一碗面了，老板娘端上来时再三道歉。靳司遇自然不会和她争，将面推到盛昭曦的面前。一碗分量十足的牛肉面，薄薄的牛肉片铺满了整个碗。面汤香气四溢，让她偷偷吞了吞口水。

盛昭曦想了想，用结结巴巴的英语麻烦老板娘再拿一个小碗来。她夹了满满一小碗出来，再把大碗推给靳司遇。见他不动，她还以为他是有洁癖不愿意吃她的面，连忙解释："我刚没动过的。"

靳司遇看她紧张的样子，突然笑了，拿起筷子低头开始吃面。这是她第二次见他笑，世界都清亮、温暖了许多。

结账时，老板娘端了个盘子过来。盛昭曦以为是要小费的，从口袋里拿了5美元放在盘子上。老板娘连忙摇头，指了指收银台后的墙面。

盛昭曦这才发现那里一整面墙都是拍立得照片，老板和老板娘在顾客结账前都会在征得客人的同意后，替他们拍一张照片放在店里的墙上。他们说能相遇都是缘分，不管是店家与顾客的缘分，还是顾客们之间的缘分，都值得纪念。所有照片他们都会保存，希望顾客以后再看，会想起陪你吃面的那个人。非常有心的夫妻，也难怪他们的店生意这么好。在这冰冷的现实世界里，这样一种情怀常常是大多数人所缺乏的。于是，两个第一天认识的陌生男女，就这样留了第一张合影，隔着一张木桌的距离，别扭而拘谨。他们在照片下面空白的地方签下了自己的名字。

出门前，盛昭曦亲眼看到老板娘用红色的马克笔在两人的名字中间画了一颗小桃心，然后老板接过去贴在墙面上。玻璃门缓缓合上，门口的风铃清脆地叮当响。盛昭曦突然觉得这个世界似乎没有那么糟糕。

靳司遇将她送回到家，并说明天要带她去一个有意思的地方。盛昭曦觉得自己就像一千零一夜故事里的主人公一样，一等再等，因为每天的一个期盼，而一天天过下去，所以她决定再等一晚。

第二天，靳司遇带她去了哈佛的自然科学博物馆。他指着一个水箱里乳白色、小小的半透明生物问她认不认识？

"水母啊！"并不是多难见到的生物。

"嗯。这是桃花水母。它至今已经生存了6.5亿年了。"盛昭曦完全没想到这看上去平淡无奇的小东西居然活了这么久。

"它对生存的自然环境要求很严苛的，需要纯度很高的淡水，所以现在的地球已经越来越不利于它的生存了。可是，就算活着那么难，它还是走过了寒武纪，奥陶纪，志留纪，泥盆纪，石炭纪，二叠纪，走到了现在。"

他一板一眼地说着那些冗长拗口的年代名，执拗得有点儿可爱。

见她不回答，他侧过头来，很严肃地问，"你懂吗？"水箱里蓝蓝的水波映射在他的脸上，他连皱眉的样子都很漂亮。

你明白了吗？连最最简单渺小的生物都可以对抗着比它强千万倍的大环境而坚强地活下来，你为什么要去死呢？这个例子在盛昭曦后来的从业生涯中被无数次拎出来，用来和想轻生的人谈判。

"寒武纪，奥陶纪，志留纪……"连顺序都记得一字不差。

再看看面前广场上唱歌的人们，盛昭曦很想问问他，所以……靳司遇……你又是为了什么选择了这条路呢？

拯救

【我的名字，它会死去。】——普希金

盛昭曦从墓地回来就莫名其妙地大病了一场，高烧四十度不退。整个人昏昏沉沉的，睡醒了就止不住地流泪。

从她断断续续的哭诉中，秦婧才知道是怎么回事。盛昭曦此次回国就是为了寻找这个前任的下落，没想到阴差阳错之下会得到这样的结果。秦婧觉得许是冥冥之中老天不忍看她再纠缠下去，让她知道了真相。秦婧特意请了几天假在家照顾盛昭曦，心情凝重地想着怎么帮她走出情殇。

结果某天早上，盛昭曦突然梳洗打扮焕然一新，要去上班。秦婧去探她额头，烧退了，也不再哭着说胡话了，一切都正常得太不正常。

原来，盛昭曦说她想明白了，是她不相信靳司遇死了。如果他死了，联系Lee的人是谁？而且即便他真死了，她也要弄清楚整件事的来龙去脉，不能让他这么不清不楚就欠着她一世。

Lee给她的那个地址找不到人，但她不信就没有别的办法揪出他来。"老彭，我能不能拜托你一件事……"盛昭曦顶着肿得像核桃一样的眼睛，磨磨蹭蹭走到彭警官身后怯怯地问道。

"什么事？"

"能不能用警用信息查询系统替我查一个人？"她不知道这算不算滥用职权，但这是她能想到的最快的办法了。

"男朋友？"老彭随口打趣她。

没想到她"嗯"了一声，很爽快地承认了。老彭抬眼有点儿奇怪地扫了她一眼，平日里看上去挺没心没肺的女孩，怎么也和其他女孩子一样喜欢偷偷调查男朋友底细。

"有没有他身份证号码？"

"没有。"盛昭曦想了想，当初他们在美国用的是护照，而且不管去哪旅行都是靳司遇负责订机票和酒店。他可以背得出她的所有信息，但她却是连自己的都记不住。

"可以搜名字吗？"

"会有很多重名的……那家庭住址……电话号码……你知道吗？"

"……也没有。"她手机里只有六年前他在美国时的电话号码。

对了，盛昭曦突然想起，他回国之后给她打过一个电话，那个号码她一直还存着。"可以查查这个看。"盛昭曦调出号码递给彭警官，老彭迅速在电脑上打出这一串号码。

"是岳城的座机电话。地址……咦？是岳城中心警局。你男朋友也是警察？"

岳城离恒城可不近，以她对他的了解，她只知道靳司遇是在恒城长大的，高中没读完就去了美国。他回国为什么会在岳城？

"不是。"盛昭曦摇摇头，想了一下，喏喏地说，"其实我也不知道。"

彭警官露出关心的神色，"小姑娘，你不会是在网上遇到什么骗子了吧？"

"不是。"她不甘心，"他叫靳司遇，能帮我查查名字吗？"

还好这个姓氏比较少见，系统里没有重名的。不过当老彭想要调取靳司遇的户籍信息时，却收到了系统警告。红色的背景上一个大大的白色的叉，系统显示"没有权限"。

盛昭曦皱眉，"怎么会这样？警察系统里不是什么都能查到吗？户籍信息，通讯记录，财产收入这些……"

老彭失笑，"你这丫头从哪儿听来的谣言。现在的Key都设置了权限，像我们这样底层警察本身能查的也就只有基础户籍信息，而且任何查询都有后台记录的，完全没有民间传的那么玄乎。重要信息那都需要申请的，如果再遇到身份敏感特殊的人，我们连基础信息都查不了的。"

"什么叫身份敏感特殊？"

"那就要分很多种情况了，一般信息被隐藏的人都有需要保护的身份，比如说政府高官亲属、对国家有巨大贡献的科学家及其家人、警方卧底人员等。有时候也有可能是特殊案件的犯罪分子、线人之类的人。小盛啊，你这个男朋友不简单啊！"

靳司遇母亲早逝，父亲续了弦，他很早就出国留学了。那时候只是从周围的人口中听说靳司遇家庭条件很好，父亲是个领导，但盛昭曦从来也没向他本人打听过。他们在美国相伴，两个人都很少和家人联系，真的没有想过问这类问题。

盛昭曦迅速在手机上记下刚刚查到的岳城警局的地址。不管过去如何，她发誓要弄明白靳司遇的死因。

盛昭曦第一时间向局里请假，谢勇问她放假准备去哪，盛昭曦说要去一趟岳城，老彭马上在旁边竖起了耳朵。

"去找你那个男朋友？"

"嗯。我要去调查点儿事。也不知道岳城警局那边会不会帮忙。"

"你要去岳城警局？我有个关系不错的师兄在那里的刑警队，现在是队长了，或许他能帮上你。"谢勇在旁边接话。

"真的？"盛昭曦眼前一亮，"那就拜托你了！小谢。"她平时骂起人来凶神恶煞的，不说话的时候又显得气压很低，一副生人勿近的样子。熟悉了才知道其实她人很单纯，喜怒哀乐都写在脸上。一高兴起来，双眼亮晶晶的，让人不自觉地感到好像为了能让她开心做什么都行。

谢勇给了她一个电话号码，又当着她的面给师兄打了个电话。

"我师兄叫陆岑，你到了岳城打他电话就行。我都跟他说了，他能帮一定会帮你的。"

盛昭曦再三道谢，才高兴地走了。等盛昭曦走了，谢勇吞吞吐吐地追问老彭，"盛警官有男朋友了？"

老彭从电脑后面抬头似笑非笑地瞅了他一眼，好像看穿了他的心思，"估计也就是个前男友，身份可神秘了，咱们系统里都查不着详细资料。你再不抓紧，咱们的警花就要被别人摘走了。"

"说什么呢，我就是关心下老大。"谢勇有些别扭地抓抓头，"他那个男朋友叫什么名字？这么神秘。"

"好像叫靳什么遇，挺书生气的一个名字。"

"靳司遇？"谢勇脱口而出。

"你们认识？"

谢勇想起了自己上中学的时候，有一次去家属区后面的"苍蝇馆"吃饭。看到一堆高年级的学生在家属房后头的角落里吵吵闹闹。

他好奇地凑过去看，发现他们是在欺负一个同学。他到的时候，那群人已经拳打脚踢闹了一阵了，正歇下来在说说笑笑讨论着接下来怎么整他的办法。

有个人提议拿鞋底抽，"像这样。"那人拿起鞋底抽在男孩脸上，手上下了狠劲，扇得男生脸上立刻红肿起来，留下一个灰黑色的鞋印。

那个被打的男生拳头攥得死死的，谢勇一度以为他会反抗，但他最终都只是默默地忍了下来。

"死gay！恶心死了！"他们骂他，他一声不吭。

谢勇那时候也不十分明白他们说的是什么，但所有人说起来都不怀好意的样子，总归不是什么好事吧。被打的男生看到有人走过来，抬头看向谢勇，眼里有求助的意思。打人的那群人也顺着他的目光看了过来，谢勇一时害怕就快速地跑开了。

"那个被打的男生就是靳司遇？"老彭好奇地问。

"不是。"老彭的提问让谢勇感到有点儿难堪。

靳司遇当时读高二，比他大。谢勇刚入学的时候就听说过他的名字。因为他性格孤僻，总是独来独往；在那个年纪，就这一点已经足以成为学生们茶余饭后的谈资了。加上他智商奇高，父亲又是市里的领导，在学校，他真是神一样的存在。虽然是话题中心人物，但他低调内敛，在偌大的恒城一中倒也算不得是一个异类。

之所以靳司遇和这件事扯上关系，是因为谢勇那天跑开的时候，正好遇到了往那边走的靳司遇。

内心挣扎了一下，尽管不熟，但他还是拉住了靳司遇。靳司遇皱眉盯着谢勇握住他手臂的手一秒，有些不耐地挣脱了他的手。他也不说话，就静静看着谢勇，用目光问他有什么事。

谢勇对于他的反应心里不舒服，但还是好心告诉他，"那边一群人在欺负人，你别过去，小心被连累。"

靳司遇用一种看外星人的眼神扫了他一眼，惜言如金地问："和我有关？"

谢勇被问得一愣，有种狗咬吕洞宾的感觉，同时也觉得以靳司遇这样的性子，也不可能去管闲事，所以也不再拦他，索性随他去了。

出乎意料的是，靳司遇那天不仅管了这个闲事，还管得比较猛烈。谢勇后来听说了很多个版本，其中细节越传越乱，已无据可考。但自从那件事以后，靳司遇就再也没在学校出现过了。后来听说他出国留学了，以后再无音讯。再后来听说那个被打的男孩也出国了。

往事已经走远，但当年那帮人那句骂那男孩的话，一直印在谢勇的脑海中。比起这个，谢勇更在意的是当时的自己躲开那个男生的求助，落荒而逃的软弱。后来他考警校，当警察，其中多少也有几分对那时候自己的无能的后悔。他没想到，居然有一天，"靳司遇"这个名字又会和他遇见。

我没有你想的坚强

【不要不辞而别,我爱的人。】——泰戈尔

因为临时请假,不能出席原定好的消防演讲了,所以老彭临走时嘱咐她要和福利院那边的负责人打个招呼。

盛昭曦收拾行李的时候,翻出了口袋里言铮留给她的名片,给他发了条短信:"言总,对不起,因临时有事,明日消防演讲去不了了,局里会派人顶替我,不会耽误活动的。"

发完想了想,基于人道主义精神,又补发了一条:"伤口长好了吗?没有发炎吧?"

放下手机,她继续收拾行李,床头的手机"滴滴"响了两声。

她停下手里的动作,拿过手机看。

"还好。你在干什么?"前半句话是回答她的问题,后半句话是提出他的问题。口气熟稔得好似多年好友,自来熟得让她有些不知如何应答。

盛昭曦咬着下唇思考了一下,还是如实回道:"在收拾行李,明天去岳城出差。"

"真巧,我明天在岳城也有个会。"

盛昭曦歪着头思考对方这是什么意思?

"一起?"言铮很快回答了她的疑惑。

"你自己开车?"盛昭曦原本打算自己开车去的,但开长途车她对自己确实没什么信心,如果真的顺路,也未尝不可。

"嗯。载你一程。"

岳城是临近恒城的省会城市,开车要四个多小时的车程。秘书已经给言铮订了直达的火车票,他原想再让秘书给盛昭曦订一张票,但看到她问他是开车去吗,想了想,还是决定和她两个人单独开车过去。

"如果你方便的话，我就搭个顺风车。"盛昭曦爽快地回复。

"方便。把你家地址发给我，明天早上九点，我去接你。"

盛昭曦把自己家的地址发了过去，突然有点疑惑自己最近怎么和陌生人熟悉得这么快。周怀瑾如此，言铮亦是如此。她原不是那么容易亲近别人的人，可这两个人都给她一种似曾相识的感觉。如果是那种男女之间的好感，简直太可怕了。难道是自己空窗太久，久旱逢甘露，要铁树开花了？

盛昭曦甩了甩头，否认这个想法。她觉得自己近段时间该收收心，先专心把靳司遇的事情查清楚再想别的。

她又检查了一遍行李，再塞了几包零食到包里，整个包被塞得鼓囊囊的。明天要坐四个小时的车，高速路上的休息站东西难吃，她习惯了旅途自带些零食。想起言铮上次说他胃不好，她加了一瓶坚果仁进去，可怜的背包鼓得怎么也拉不上拉链。盛昭曦气急败坏地试了几次，最后只能忍痛割爱丢了一包亲爱的浪味仙出去，将将能拉上拉链。

收拾好行李，盛昭曦想和秦婧说一声去岳城的事，跑去敲她的门，房内没人应。她推开门才发现人没在，此时时钟已经指向十一点四十。

秦婧的业余生活颇为声色犬马，平时有个应酬回来晚也是常事。盛昭曦发了个信息告诉她自己明天会出趟远门，大概要三天才能回来。

秦婧很快回了一句"好"。

盛昭曦觉得有点怪怪的，平时她有一点儿风吹草动，这个死党都会缠着她问东问西，这回居然没有显示出半点儿好奇心。说来最近秦婧因为节目的关系，好像和周怀瑾来往甚密，不知是否在谈恋爱。两个都是她十分喜欢的朋友，若能成就一段姻缘，倒是她真心希望看到的。

"你和周怀瑾怎么了？周怀瑾欺负你了？"盛昭曦的短信打了又删，删了又打。她关心秦婧，又觉得这样过问对方的私生活会让秦婧很难堪。犹豫再三，只发了一句："早点回。外面坏人多。"

秦婧坐在酒吧雅座的沙发上看短信，那句"坏人多"让她"扑哧"一下笑出了声，她可以想象到盛昭曦说这话时认真的表情。笑着笑着这种笑容就带了几分苦涩的味道，连我一个女人都把你当宝贝一样，忍不住想保护你。那些男人，他们怎么可能不喜欢你呢？只要待在你身边，所有人眼里看到的、喜欢的、想保护的都是你，只有你。从初中开始就是。

她和周怀瑾现在是同事，隔三岔五地在台里开会都能见到，偶尔还会一起出去吃个饭，他们有聊不完的共同话题，喜欢吃一样口味的菜，他替她拉车门，牵她跨过小水坑，一切明明都很来电。可是昨晚临告别的时候，他却向她坦白了自己对盛昭曦的心意，还拜托起她给他们当红娘。

这一切真是讽刺！明明是我先认识的！她只要一想到周怀瑾文雅又性感的侧颜和温柔磁性的嗓音，多年前那股埋藏在内心深处的嫉妒就又一次开始发酵。她从未告诉过盛昭曦，这才是当初她选择不告而别突然转学的真正原因？

盛昭曦一直以为她是因为搬家才离开四中的，其实是秦婧主动向父母提出请求转校的。她原本以为自己现在已经不再是十六七岁的女孩，可以成熟地处理好这种情绪。她长大了，有同样的美丽，也被很多人追求。她又回到她身边，以为她们可以回到那年初识之时，回归到那些最简单的快乐中去。但原来只是还没有遇到那个"他"。

那些陈年往事扑面而来，周怀瑾的面容和记忆中学长的脸重合起来。命运总是惊人得相似，轮回一般的宿命。

"下一场去左岸继续喝？" 朋友想组下一局。

"不去了。小曦一个人在家睡不踏实。我得早点儿回家陪她。"

"啧啧，阿婧，我要不是认识你这么久，真会以为你是'蕾丝边'啊，家有娇妻的模样啊！"秦婧没理他们的打趣，拎着包就出门打车回了。

半夜两点，盛昭曦睡得模模糊糊地听到开关门的声音，她心里惦记着秦婧没回，一直睡得很浅。她的房门被轻轻推开又合上，她都听得分明。潜意识里知道秦婧回家了，终于放心地沉沉睡了过去。

第二天秦婧起床的时候，盛昭曦已经离开了。桌上留着一张纸条："砂锅里温着一碗皮蛋瘦肉粥。你昨晚肯定喝了不少酒，醒来喝点粥再休息。我去岳城，三天就回。好好照顾自己。等我回来给你带好吃的。爱你。"

秦婧去厨房把粥舀出来，一个人愣愣地坐在餐桌前喝粥。她咬着勺子，目光停留在盛昭曦留下的纸条上。

"该死！"她丢下勺子恼怒地骂了一句，"你这小妖精就是把人卖了，人家都要倒过来帮你数钱！"长大后的秦婧面对这样的盛昭曦，她真不知道怎么能恨她，她无辜得让人恨不起来。

盛昭曦提着行李箱一下楼就看见言铮的车停在楼前，言铮下车替她提行李箱。

"你怎么知道我住这栋楼？"她随口问，因为昨天她发的信息里并没有附上楼栋号。这个小区管理挺严格的，不熟悉的车辆在得到业主确认之前不会被允许进入。想他也进不来，盛昭曦原本打算拿着行李箱去小区门口等的，结果一下楼就发现他已经在了。

"门卫告诉我的。"

盛昭曦不疑有他，出门的时候特意留意了一眼今天上班的门卫，一个面生的小伙子，大概刚上岗也不是很懂规矩。

"你喜欢听什么音乐？"出发前，言铮在挑CD。

"我听得很杂，都行，你随便放吧。"

言铮推了一张古典音乐的CD进去，悠扬的旋律从音响中传出，沁人心脾。盛昭曦本不懂音乐，但靳司遇喜欢，以前经常在家里放，偶尔也给她普及一些音乐知识。这个旋律非常熟悉，她想了良久，不确定地问道："这首曲子的作者是门……门德什么？"

"门德尔松，选自《无言歌》。"言铮接下她的话。

"对对。就是这个名字。"盛昭曦开心地点了点头，以前靳司遇同她说过的。在熟悉的旋律中，她闭上眼想到的都是过往幸福的画面。

车在高速上开了一个小时后，盛昭曦开始低头在包里翻零食。

"要吃的吗？给你放盒什锦坚果在车上，养胃的。"

"谢谢。"言铮上次只是顺口提了一句胃不好，没想到她还记着，"你去岳城办事？"

"嗯。警局有个交流会议。"盛昭曦并不愿意和太多人提起靳司遇的事情，找了个借口搪塞了过去，把话题又抛回给了言铮，"你呢？"

"我……"言铮正准备回答，手机响起。他戴上蓝牙耳机，按了接听键。盛昭曦瞟到屏幕上是一个"汤"字，原来是传说中的小汤总。

她听过一些关于两人的传闻，说是这汤总提拔了姿色上佳的言铮是有目的的。但市井谣言毕竟不可当真，言铮在他的专业领域确实有真本事，他带头研发的那种特效感冒药是她家药箱里必备的药。

"嗯，还有三个小时左右能到……"言铮瞟了一眼副驾驶座的盛昭曦，不自然地压低了接电话的声音，"临时有点儿私事……我就自己开车过来了。"

"……你不用来接我，在酒店等就行了……明天开会的材料我都带来了……行……我们今晚再讨论一下对方的还款计划。"等他摘掉耳机时，盛昭曦已经没了刚刚聊天的兴致，头靠在玻璃窗上昏昏欲睡。

　　昨天晚上因为等秦婧睡得晚了，刚刚又吃了点儿零食，盛昭曦很快感觉到睡意袭来。言铮默默将音量调小，换了一首《摇篮曲》。盛昭曦在这温柔的旋律中很快睡了过去。

　　等她醒来的时候，发现车子停在服务区。言铮已经不在车里了，盛昭曦左顾右盼，都没有看见他的身影，心里头莫名有一些慌乱。直到看见言铮提着袋子从超市里走出来，心才一下子安定了下来。

　　靳司遇不辞而别后，她一个人在美国过了六年，经常在生活上、工作上遇到各种困难。她已经习惯了依靠自己，但总有些来不及掩饰的瞬间会流露出害怕和依赖。

　　言铮坐回车上时脸色看上去不太好，中途停下休息，也是因为胃病发作难受得厉害，实在疼得受不了。为了避免危险驾驶，只有临时停车休息一下。

　　服务区的洗手间卫生条件一般，言铮扶着洗手台一通干呕，胃疼得扭到一起，恶心却吐不出来。洗手间难闻的气味熏得他更加难受了。出来买了瓶水漱口，又嚼了一些盛昭曦给他准备的坚果，才慢慢缓过来一点儿。

　　已经过了中午十二点，盛昭曦还在熟睡。言铮就去了旁边的便利店，给两人买了些热乎的食物。简陋的小超市里食物种类很少，都是些浑浊不清的汤水煮出来的关东煮。他转了一圈只买了两个山东大包子和一根煮熟的玉米。

　　一走出超市大门，言铮就看见盛昭曦趴在窗户上四处张望的样子，像只迷途的小羊，眼里的迷茫和脆弱刺了言铮一下。她也许并没有看起来那般坚强。

总得有人记得你

【"我相信你的爱",让这句话成为我最后的话。】——泰戈尔

盛昭曦提着行李箱在岳城中心警局下了车,站在局门口等候她的陆岑好奇地打量了一眼开车的男人。对方戴着墨镜,看不清整个脸。刑警都有些职业病,陆岑觉得这个人有点儿眼熟,却想不起来在哪见过。

陆岑正若有所思地打量着开走的车辆,盛昭曦主动上前自我介绍,"陆队长您好,我是谢勇的同事,盛昭曦。"

"你就是劫机案里立了大功的那个谈判专家?久仰大名!听小谢说你有些事找我,但不太方便在电话里和我说,有什么我可以帮到你的吗?"

陆岑一大早就被自家师弟的电话吵醒,谢勇在电话里吞吞吐吐、转弯抹角都在求他多照顾自己这个女上司,言辞间很是羞赧,看来这个脑袋瓜子不开窍的小师弟终于有心上人了。

谢勇在警校的时候就很老实,甚至算得上有些胆小,一点儿都不像个当刑警的人。刚开始陆岑不是很看得上他,后来发现这小伙子心很细,确实是块儿干刑侦的料。而且他是有志向的,警察这个身份对于他而言是一份终身职业而不只是工作。

他脑子不算聪明,但愿意花很多时间去钻研业务,这就难能可贵了。这年头不怕人蠢,就怕蠢人懒。难得看到个顺眼的,所以陆岑当时作为前辈,没少提携谢勇。

谢勇从警校毕业后回恒城工作,逢年过节,谢勇都会带着礼物到岳城看望陆岑,是个很懂得感恩的人,所以谢勇毕业以后两人反而越走越亲近。陆岑这才乐得卖他这个人情。

陆岑打量盛昭曦的工夫,盛昭曦在背包里倒腾半天,包里那些零食包被翻得哗哗作响,马上就要掉出来了。陆岑看得着急,帮她拢了一把,零食才不至于散落一地。盛昭

曦不好意思地朝他点了点头道谢。

"没事。我是怕人民群众误会咱们警局门口摆了个小卖部，哈哈……"陆岑打趣的话让盛昭曦脸红得像红苹果。这个谈判专家和他想象中有些不一样。

她好不容易才把钱包从包底扯了出来。打开钱夹，里面的透明夹层里有一张照片。照片上的两个年轻人尚是二八年华，不知是在参加什么重要活动，两人都穿着正装，相视而笑。背后是一座英格兰风格的大教堂，他们站在一片镜面一般的人工水池前。清风吹皱了水面，也扬起了两人的衣角。

盛昭曦穿的是一件绣着玉兰花的中国风小礼服，外面披着男生的黑色西装外套。精致的五官里还有些许未来得及褪去的青涩，看着男生是满眼的幸福。男生则显得沉稳许多，有一股介于男人与男生之间干净的气质。深邃的温暖，成熟的天真在他身上很契合。他穿着单薄的白色衬衫，一头短发乌黑，褐色的瞳仁温和而清透，侧脸的线条匀称干净，宽肩窄腰，显得身形修长利落，即便在年代久远的相片中也十分赏心悦目。他的右手紧紧搂着盛昭曦的肩膀，看向她的眼神有一种看到了全世界的专注。照片里是岁月静好的美丽。

"我想请你帮我查查这个人的下落。他是我的男朋友，六年前最后一次和我联系的电话是从这里打出去的。后来便再没了音信。"

陆岑接过钱包仔细端详了两眼，"你男朋友是靳司遇？"

"你认识他？"盛昭曦的眼睛一下就亮了。

"也不算认识，六年前见过几面。"虽然照片里的人面容青涩一些，但那种淡然干净的气质并没有改变，他一眼就认出了是当年的那个男生。

"他父亲霍闵年最早是恒城的一个区长，后来调升到岳城做副市长，育有一子一女。霍闵年倒台的时候，靳司遇也被牵扯了进来，在岳城被捕。"

"被捕？……他还有妹妹？"尽管她有过诸多猜想，但这个消息仍然让她一时无法反应过来，而且他居然还有个妹妹，盛昭曦更是从来没听他提过。

"好像是继母生的，后来死了。靳司遇的生母早逝，他随母姓，所以跟他妹妹并不同姓。"陆岑以前看过靳司遇的档案，因为当年总觉得靳司遇的入狱有疑点，所以特别留意过，但后来他意外死亡，也就没什么查下去的必要了。

"当初因为他父亲入狱，他也被指控参与了犯罪。本来他人在美国，没有引渡条例也拿他没办法，但不知道什么原因，在那个敏感的时间点他自己跑回国了。"

盛昭曦垂低眸子，心口像堵了一块巨石一般，一句话也说不出来。她知道他那个时候回国是为了跟家里提结婚的事情。但却不知为何，那时候霍冕年已经被双规，但在美国的他却对家里的变故一无所知。原来他的失联是因为他家出了这样的事，她居然毫不知情。

"他父亲的续弦叫高敏，也就是靳司遇的继母，她亲自出来指证靳司遇在海外帮助霍冕年洗黑钱，并提供了确切的证据。所有的巨额资金都在以靳司遇的名义开的海外银行账户上流动，还都有他的亲笔签名。靳司遇自己也没有否认，这个案子也就板上钉钉了。"

"不可能！"盛昭曦斩钉截铁地回答。当初他们一起在波士顿生活，虽然靳司遇是自己独立租了一室一厅住，但她知道他在学校当助教和做项目赚来的钱足够支付他的生活费。而且他平时生活简朴，在物欲横流的留学生生活中，靳司遇简直是一股清流。一天到晚他不是在家就是在实验室，几乎没有用钱的地方，他那些所谓的巨额资金流动怎么可能发生？

"现在有钱人都很低调的，尤其是这种贪腐之人，钱对他们来说就是流动的数字，他们怎么可能让外人知道？小姑娘，你很有可能是被骗了！"

"不会。我了解他。"撇开一切客观因素不谈，她认识的靳司遇绝对不会是做这种事的人。

"其实我只是刑侦队的，这种经济案件本来和我没什么太大瓜葛。"陆岑回忆起那天遇见靳司遇的情形，"只是靳司遇被带回来那天，我正好在局里，到经济犯罪科串门碰到了他。"

靳司遇被抓来时没有反抗，但也一言不发。审他的人以为他是故意不配合，所以态度也有点儿恶劣，将他关在审讯室里开足冷气不给饭吃。

陆岑当时看他可怜，端了杯热水给他。他喝过水后，惨白的嘴唇终于恢复了一点儿血色。

靳司遇抬头看着他，黑黢黢的眼珠看得陆岑心里发毛，"警官，我可以打个电话吗？"

那是他被带回来后说的唯一一句话。陆岑替他通融了一下，审他的人就让他用局里的电话打了。至于这个电话是打给谁的，他现在终于知道了。

陆岑记得当时靳司遇在电话里表现得十分冷静和绝情，他打电话时陆岑就坐在他对面看着他。他跟电话那头的人说："我要和你分手。"他没有一丝拖泥带水不舍的意思。陆岑听到那头着急地传来一连串的发问，显然对方情绪十分激动。

靳司遇只是沉默，沉默良久。他虽然看上去表情冷淡，但陆岑从他眼里感受到巨大的悲伤。他的五指紧紧地握着话筒，像是要抠进骨血中一般。他没有回答对方的任何问题，最后只是丢下一句，"你好烦，我厌了。我不会再回美国。就这样。"

陆岑感觉这个男人真是狠心，虽然只是简单的几句话，但每个字都是掐准了往人家女孩子的心窝里捅啊。

他利落地挂断电话，像是筋疲力尽一般和陆岑说了句"谢谢"。挂断电话不久，靳司遇长吐了一口气，不带任何情绪地说："我认罪，都是我做的。"和前几分钟散发出得紧绷的低气压不同，陆岑觉得他打完电话后整个人都颓了下来，不紧张也不害怕，连辩驳的心情都没有。

陆岑干了几年刑侦，明白这往往是放弃求生的姿态。靳司遇帮助他父亲跨境洗黑钱，数额巨大，情节严重，一旦定罪将面临最高十年监禁。

盛昭曦听着陆岑回忆当年关于这件案子的始末，始终想象不出这些事会发生在靳司遇身上。

据盛昭曦所知，靳司遇非常敬重他的父亲与继母，也多次提起过从小继母待他如何好。不像其他重组家庭的支离破碎，他口中的继母非常疼爱他。

靳司遇母亲去世得早，他并不反对父亲重新寻找幸福，虽他天生很难与人亲近，但他一直认可这个继母是他们霍家一家人的福音。因为继母高敏十分会做人，人前人后对靳司遇都跟亲生孩子一样，而周围人又都知道靳司遇有孤独症，是个难伺候的孩子，所以高敏在大家眼里就更加完美。靳司遇自己也是，尽管没有叫出口，但他心中一直都将高敏看作是自己的第二个母亲。

他当然不会想到，他被送出国都是高敏一手促成的。高敏一直在霍闵年耳边吹枕边风，吹捧国外教育一流，希望送靳司遇出去深造。霍闵年觉得儿子年纪尚小，不舍得把他放那么远。加上儿子在一中成绩非常好，他觉得更没有必要现在就将他送出去。

但随着高敏女儿的长大，霍闵年虽然也宠爱自己这个女儿，但终归是重男轻女，总要把资源留给儿子。高敏表面上和蔼亲善，对靳司遇好上加好，但内心里早把他当成眼中钉肉中刺。

恰巧那时靳司遇在一中和人打群架，霍闵年工作太忙，高敏就替他去学校处理这件事。老师告诉她说孩子是见义勇为，却被高敏在他父亲面前扭曲成了青春叛逆、惹是生非，造成了恶劣影响。高敏又一次适时地以为孩子好为名，提出要送靳司遇出国。霍闵年当时正在事业瓶颈期，工作上的事焦头烂额，也没调查，就同意了高敏的建议。等他静下来再想仔细考虑的时候，高敏早迅速将一切都准备妥帖，把靳司遇送走了。

盛家是做生意的，盛昭曦人小鬼大，眼见着生意场上的尔虞我诈，所以在这方面比靳司遇世故太多了，她一听靳司遇说高敏的所作所为，就立刻明白了他这继母是面慈心狠的好手。高敏的这些手段就是典型的心机婊，但在靳司遇的认知里，却一直真心以为她是爱护自己。

回想起他们在一起时，他对他的继母的那份敬重和感激，再想到他面对被自己相信的亲人出卖的残忍现实，盛昭曦对靳司遇当时那份心痛感同身受。她那个简单善良的孤独大男孩那年到底经历了怎样的伤痛啊！

"你们有没有想过，靳司遇有可能是在受到要挟的情况下认罪的？"

"……"陆岑无言以对，显然他是早就考虑过这种可能的。

"他父亲最终判了什么罪？"

"本来是死刑，后来找了大律师，上诉成功，变成无期，现在还关在岳城监狱。"

盛昭曦不禁冷笑，一个被抄家的贪官，哪来的钱请大律师。从死刑变成无期，这里头牺牲的又是谁？一切不言而喻。

"我可以看下当年的卷宗吗？"

"小盛啊，虽然你是咱们体制内的人，但这些卷宗都是保密的，不能随意调取。其实这些事本来都不该说的，但小师弟再三叮嘱我能帮的一定帮，我这才跟你说的。"

"那你能和我说说他是怎么死的吗？"

陆岑扭开头沉默了，似乎对这个话题讳莫如深，反过来问她，"你查到了什么？"

盛昭曦摇了摇头，"他的一切资料都被设置了权限，我什么也看不到。"

"那我劝你别管了。妹子，听哥一句劝，这事水太深，不是你我可以管得了的。"

盛昭曦又一次迷惘了，差不多的话题她曾和靳司遇讨论过。对大多数国人来说，维系一个和平的关系远远比解决事情更重要得多。

曾经有一个移民美国几十年的教授教导盛昭曦，Don't identify the problem or you will be the problem.（不要做发现问题的那个人，否则你就是个问题。）

盛昭曦当时并不能理解这句话，所以回家以后去请教靳司遇。当我们发现有问题时，应该遵循的核心原则到底应该是什么？

靳司遇说是"Truth（真相）。"

这个世界上为什么会有管不了的事情，如果你和我是管不来的人，那谁是有资格可以插手的人？

"陆警官,谢谢你的好意。可是这个事情我必须管。市局不让我管,我就去省厅,省厅管不了,我就去中央。总有人能管得了。"

陆岑看她一个小女生文文弱弱的,以为三两句话就能哄过去,他不了解盛昭曦,她是那种一犟起来谁的话也听不进去的人。

"妹子,做人要向前看。不管靳司遇当年到底遇到了什么事,现在他人已经不在了,过去了这么多年,你查出真相又能怎么样呢?你还能替他守一辈子活寡?无非是徒增伤悲。"

盛昭曦脑中突然闪过靳司遇在教堂祈祷的模样,人的心中至少应该有一种坚持的。

突然,她就知道自己该怎么办了,她的心情不像刚才那么压抑难受了,她笑笑摊开了双手,"我没你想得那么伟大。我会好好活下去,以后也许能再遇到一个喜欢的人,结婚生子,儿女满堂。但在此之前,我必须知道关于他的所有真相。这个世界总得有个人记着他,记着他的好。"

盛昭曦说得很真诚,她的话让陆岑心头一颤,能被人这样记挂是多大的幸福。可惜靳司遇这孩子命不好,本来他的案子只是个经济案件,如果他表现良好,减刑放出来,人生还长呢,谁曾想……陆岑叹了口气,决定告诉盛昭曦真相,"小盛,看你这么坚持,我也不瞒你了,靳司遇是被人打死的。"

盛昭曦听到那几个字,觉得耳中突然轰鸣了一下,整个人虚晃了一下,陆岑吓得赶紧伸手扶住了她。

"谁做的?有人蓄意杀人?"盛昭曦的双眼一下就红了,死死地盯着陆岑。

"具体情形我就不清楚了,因为是经济案子,在开审之前,有人通过关系替靳司遇做了取保候审,所以他并没有被关在看守所。听说是有天晚上,夜归的他遇到两伙流氓斗殴,他是被误伤致死的。"

"误伤,没人送他去医院?没人管他的死活吗!"她双手抓住陆岑的手臂,情绪有点儿失控,门卫听到声响往这边张望了一眼。

陆岑也有点儿紧张,左右看了一下,将她往偏僻的角落再拉了一点,"姑奶奶,你小声点。"

"对不起。"盛昭曦擦了一下眼睛,倔强地扬起头,两个眼珠子还红通通的。

看她这样,陆岑也不忍心说重话,"唉,事情发生的时候是深夜,发生的地方也隐蔽,有人把他丢在公厕的角落。直到第二天才有人发现,送去医院已经抢救不回来了。"

当时,陆岑还去勘查过现场。医生的报告说,靳司遇身上有多处贯穿伤和纵横伤口。流了一晚的血,等被人发现送医院时,已经救不过来了。他没有跟盛昭曦赘述当时的情况,怕她承受不来,也正如他没有说他后来发现过此案存在一些蹊跷。他怀疑那些人兴许根本就不是误伤靳司遇,而是被人买通,蓄意杀人。但那背后的人,陆岑得罪不起,也不想看着这个漂亮的小姑娘被牵连进去。

"我知道的也就这么多了。妹子,你就听我句劝,这事咱就到此为止成吗?"

盛昭曦默默地低头不语。为止,如何为止?靳司遇不明不白被人围殴致死,误伤这种鬼话能糊弄过不关心他死活的人,但是糊弄不了她。

他们都没有注意到,警局里有人躲在角落拨通了一个电话,"老板,有个女的在找陆岑打听靳司遇的事。"

救命之恩

【他们奔赴一场恶宴,剑要杀人。】——普希金

汤合行提前在岳城的万豪酒店给言铮开了一间房,开会的会议室就在酒店的三层。前台把房卡拿给言铮,他道谢后就直接上楼了。

进房后,言铮发现衬衣上有一块黑印子,应该是之前在服务区的洗手间里蹭的。现在离开会的时间还早,他索性洗了一个澡。洗完澡的言铮在腰间系了一条浴巾走出来,看见汤合行坐在落地窗前的沙发上,面前的推车里还摆了一些精致的食物和红酒。

"洗完了?"汤合行不动声色地打量着言铮精壮的肌肉,每一寸都喷薄着充满雄性荷尔蒙的力量感,比起前几年那瘦骨嶙峋的样子,真是天差地别。如果不是那些丑陋的疤痕,这是块当模特的料子。

感受到他的目光,言铮微微皱眉,套了件新衬衫在身上,"你上来应该提前给我打个电话。"

"我打了呀,你没接。"小汤总跷起二郎腿身体前倾,朝言铮晃了晃手中的手机,"怎么?今天你是送小美女来的?"

言铮一把夺过他手中的手机,"跟你说了多少次了,不要乱翻我手机。"

他的语气里有薄怒,汤合行却根本不怕,"我的手机都可以随便给你看,我给了你这么大的权限,你就不该回报点什么?"

汤合行向他逼近,言铮目光清冷地直视着他的眼睛,眉头紧锁,"汤合行,我们说好的不越界。"

"Fine。"汤合行无趣地一摊双手,坐回沙发上,"那我们谈公事。"

"上次有逃犯藏在福利院的事情,你危机公关做得很好,媒体对我们汤氏的形象大加赞扬,帮我们打了个免费的广告。"

"是他们做的危机沟通计划书,要夸去夸张院长吧。"

"别闹。张丽群那脑子我还不了解吗?主意肯定是你出的。我们最近要推广治疗孤独症的新药,正需要点儿热度。"

"这么快上市筹备就办好了?药检也过了?"言铮皱眉,这个速度快得不正常。

"那是自然。我们有我们的途径。"

这个项目言铮没有参与,他也不好多问,所以不再出声。

"你收拾一下,吃点儿东西,一会儿楼下见。"汤合行拿起沙发上的西装外套,潇洒地走出了门。

汤合行坐上布加迪威龙的后座,掏出手机发了一张照片出去,然后手指飞快地打出一行字:花点儿钱去挖一下这个女人以前的事,再买水军把她推到公众面前,我要让她大火一把。此时的汤合行,眼里闪过一丝阴狠。

言铮隐隐觉得有点儿不安,汤合行看到短信没有朝他发脾气,也没有任何表示,只是拿话刺了他一下,这不是他以往的作风。他从中学就认识他,太了解汤合行究竟是个怎么样的人。

明明汤合行比他还大两岁,已经三十多了,却还总是爱装出人畜无害的模样。但言铮了解他,这才是一只典型的笑面虎,谁得罪他,当面好说话,背地里把你吃得骨头都不会剩。

汤合行刚回国内成立汤氏中国分部的时候,这一手还真骗倒了不少商场老手。大佬们都当他是不经世事的二世祖,没人把他放在眼里。一口一个大侄子叫着,把他当冤大头。他也不生气,该请吃请喝,一次不落。摆出一副纨绔子弟的模样,让人放松警惕,但往往三两次饭局,就可以把对手的底牌摸得清清楚楚。最后往往都是对手觍着老脸来求他这个"大侄子",往复几次,他这个"笑面虎"的名号在生意场上就传开了。

汤合行的城府非常深,忍耐力也非常人能及,他永远知道什么形势下做什么选择对自己最有利。言铮从床头柜的保险箱里拿出另一支手机拨给一个人,"汤氏最近有动作,盯紧一点儿。"

挂了电话,他站在套房的落地窗前看着楼下那辆大红色的布加迪威龙,目光微冷。状似彼此完全坦诚的兄弟,其实不过是隐藏得比旁人更好些。这个世界上,哪有那么多可以开诚布公的东西。原先不会讲,现在不能讲,这才是孤独的真正含义。

想到汤合行刚刚提起盛昭曦时神情着实诡异,怕他会对盛昭曦做出什么出格的事,言铮拨了个电话给盛昭曦，可是电话刚响了两声就被挂断。

盛昭曦正在听陆岑说靳司遇当年的事情，一时心烦意乱，听到电话响也不管是谁就摁断了电话，直接关了机。

言铮再打过去，发现语音提示关机，心中的不安逐渐扩大。越想越坐不住，迅速换上了衣服，拿起桌上汤合行给他的车钥匙奔出了酒店。等车子开到岳城中心警局门口，言铮又拨了一个电话过去，还是关机状态。

他突然有点懊恼自己，怎么连她在岳城落脚的地方都没问一句，弄得现在除了一个电话号码，再也不知道如何能联络到她。

言铮刚想进里面打听一下，被门卫一声吼："哎，哎，哎，闯哪儿呢？这是哪儿不知道啊！是可以随便进的地方吗？"

"对不起。我找人。"他只好停下脚步向门卫打听，"请问你有没有看到一个姑娘，来找你们刑警队长陆岑的？"

听他说认识陆队长，门卫小哥口气稍微缓和了些，"不管找谁，进门之前都要拿身份证登记的，你不知道规矩啊？认识人也不能乱闯啊！"

言铮拿出钱包里的身份证给他做登记，眼睛已经在扫院内有没有盛昭曦的身影。

门卫慢慢抄完信息，将身份证还给他，"你等等，我得给陆队打电话问一句，他同意才能让你进去。"

言铮已经被磨得没了脾气，"你打。"

"喂，陆队长吗？这里有人找你。叫言铮。您不认识？他说是今天早上送那位姑娘来的朋友，是来找她的。什么？人刚走了？什么时候走的，我都没注意。"

言铮的眉头皱得更紧了，不等门卫小张挂电话，他就先一步离开了。陆岑追出来，只看到一个背影。

言铮从警局出来就沿着街道一直找，希望能撞见未走远的盛昭曦。此时盛昭曦就坐在警局对面的一家日料馆里，但言铮走过去时并没有看见背对着窗口坐在角落的她。

盛昭曦点了一碗拉面，叮嘱了一声，"特辣。"

这家店很小，有点儿像她和靳司遇在波士顿吃的那家店，同样有一堵照片墙，但服务就显得敷衍许多。

没过多久，一碗红通通的拉面端上来，盛昭曦低头吃面。

这碗地狱拉面口感黏糯，远远不如在波士顿吃的那碗。但胜在够辣，现在她就需要辣出眼泪的面，这样她边吃边泪流满面就没有人会觉得奇怪了。

口中还含着没咬断的拉面，眼泪已经"啪嗒、啪嗒"掉在碗里了。

"他是被打死的……"陆岑的话一遍一遍回荡在她的脑海里，她感觉到那些棍棒拳脚似打在自己身上一般地疼。你怎么可以这样，靳司遇，你是存心想让我过不好这一生。

没一会儿，店里突然进来两个身材壮硕、穿着讲究的中年男子，直奔角落的盛昭曦而去。

"终于找到你了！"男人说话的声音底气十足，店面本就小，他一嚷，旁边桌子的客人都朝他们这边看来。

盛昭曦没反应过来对方是在和她说话，直到他们抓住她的手腕，一把将她拉了起来。

"你谁啊？"盛昭曦有些生气，不曾想刚一开口，一个大耳光就抽在她脸上。脸上一下子传来火辣辣的痛感。

"你这个没良心的女人，丢下自己还在喂奶的小孩，跟别的男人跑了。还敢装不认识我！要不是我兄弟看见你在这里，我怕是一辈子找不回你了！"

"就是就是，嫂子，咱们吵架归吵架，别闹得太过了啊，孩子还在家等着喂奶呢。嗓子都哭哑了，我看着都心疼。"旁边稍矮一点的男人赶紧帮腔说话。

本来被打得一蒙的盛昭曦，听到他俩一唱一和，立刻明白了过来。自己在网上看过类似拐卖人口的案子，看来今天轮到自己了。周围的客人一边假装不关心，一边偷瞄着这边的情况。这两个壮汉看上去很不好惹，没人清楚到底是怎么回事，所以没人敢站出来说一句话。

盛昭曦暗中观察了一下，知道拼力气自己比不过，于是不再硬来。她转头对站在收银台的老板说，"老板，我不认识他们。他们是骗子，麻烦报警。如果我在你的店里被他们带走，你的店也别想开了。"

"这……"老板开始有些犹豫，现在的媒体多厉害呀，如果真出了这档子事，她这里真的只有关门大吉了。

"老板，别介。他们小两口拌嘴，就不用劳烦警察叔叔了。您看，对面就是警局，咱们要是骗子，也不敢在这骗啊！"

这话说得极在理，老板都有点动摇，却引起了盛昭曦的怀疑。这里是警局附近，谁给他们的胆子，光天化日之下在警局门口拐卖一个成年人？

"臭娘们儿，你还敢装不认识我。我看你是欠打。"看盛昭曦不再说话，拉着她的男人又举起了手。

她决定不躲，索性把脸凑过去，"你最好现在打死我。不然我倒要看你今天能不能带走我。你说我是你老婆，行啊。你现在说出我的名字，说对了我就和你走！"盛昭曦眼光巡视全场一周，人都有从众心理，没有人站出来的话，往往都会集体沉默。

这种实力悬殊的情况，女性最好的办法是找准某个特定的人帮忙，可是小店本来就客容量少，现在零零散散在场的几个客人里显然没有一个有足够能力对抗两个壮汉的人。客人们都低着头逃避她的目光，看来她只能集结大家的力量了。

撕扯中，盛昭曦挣扎着单手从包里翻出钱包，"这么多人都看着呢。大家作证，我的身份证就在钱包里。如果这个人说不出或者说错了，请大家立刻报警。"

假冒她老公的那个壮汉突然笑了，那不屑的笑容让盛昭曦突然有些不安，她是不是做错了什么？

"盛昭曦，你是不是被那个男人灌了迷魂汤？就这么铁了心要丢下孩子跟他走？"

盛昭曦手中的钱包"啪嗒"掉在地上，这不是拐卖，是针对她来的绑架！

此时，尽管她是警察，但说不慌乱也是不可能的，但现在她必须冷静下来想想对策自保。

她猛地将桌子上没吃完的面扫到地上，碗砸得稀烂，汤面也撒得到处都是。旁边桌的女孩子被油水溅了一身，皱着眉头对男朋友娇嗔："你看这个疯女人！我新买的裙子呢。"

"算了，算了。"男孩子安慰着自己的女朋友。

与此同时，店老板也走了过来，"你们夫妻要吵架就回家去吵，这还砸烂了我的碗，走走走，快出去。"一边说，还一边过来往外推他们三人。人们就这样眼睁睁地看着盛昭曦被两个男人，连拖带推强迫着往外走。拽着盛昭曦的男人说出了她的名字，在大家眼里就坐实了他们的夫妻关系。有一些客人为了躲是非直接离开了，剩下的也没有伸出援手的想法。

挣扎中，盛昭曦趁那个裙子被弄脏的女孩子还在发小脾气，抓起她放在桌上的手机，一把就摔在地上的汤水上，手机四分五裂、陈尸当场。

"啊！"女生一声尖叫。裙子脏了事小，但手机废了可是大事了，她的男朋友终于跳起来，拉住那个拽着盛昭曦的男人的衣袖，"你老婆发疯摔坏了我女朋友的手机。这事怎么算？"

盛昭曦轻呼了一口气，终于拖住了他们。

没想到他另一个同伙不仅不怕，还笑嘻嘻地出来打圆场，"小兄弟，我这嫂子脑子有点儿问题。你就别跟她一个女人计较了，多少钱，我们马上赔。"

"专门给我惹祸的败家娘们儿。"男人见状又反手扇了盛昭曦一个大耳光，这一回力气之大，甩得盛昭曦耳朵嗡嗡作响，整个人被打得都有些恍惚，脸颊立马高肿起来。

"算了，算了，你别打她了，就赔两千吧。"女孩子不忍心看她被打，拉了拉自己的男朋友，她男朋友马上松开了对方的衣袖。

"好好好。"那个声称是朋友的男人完全没有讲价，直接从自己的兜里拿了两千块给了这对小情侣。一边捡起盛昭曦散落的包，一边和对方再三道歉，一边跟着那人一起把盛昭曦拖了出去。

"挺漂亮的女人怎么就这么疯呢。"直到他们离开后，店里的人才小声议论。

就在离小店不远的马路旁，停了一辆车，另有一人在打着火的车里，招呼他们快上车。店门距离车不过几步的路程，盛昭曦连求救的时间都没有了。

"你们在干什么？"言铮的声音在身后响起时，盛昭曦高兴得觉得自己简直在做梦。可下一秒，她就沮丧了起来，来的是不会打架的言铮啊。最大的可能性只有被他们一把推开，或者一起绑走。

"快跑！报警！"盛昭曦刚一开口，就被那个男人捂住了嘴，他手上发黄的老茧和指缝间浓烈的烟味让她窒息。

言铮目光飞快地扫了她一眼，她脸上的红肿在白皙的皮肤上显得异常明显，目光再落到她身后时也变得冷冽了起来。

提着盛昭曦包的男人朝后头使了个眼色，让他们先走，另一个人就捂着盛昭曦的嘴往车上拖。她只能死命地扒拉住车门，整个身体往地上坠，宁死不肯上车。

言铮三步两步冲上前来，直接抓住她另一只手，阻止他们带走她。矮个子男人把包往他身上一扔，他抬手去挡，另一只手依然紧紧地拽着盛昭曦的手。

言铮的力气很大，拽得盛昭曦手腕生疼，但求生意识还是让她本能地回握住他的手腕。对方不想引起路人的注意，想仗着人多速战速决。

矮个子男人首当其冲扑了过来。言铮先发制人，侧过肩膀迎上去，借着他冲过来的力，用一个巧妙的角度一把将猛冲过来的男人闪向抓住盛昭曦的那个人。那个人被冲得重心不稳，抓着她的手松了一点。盛昭曦借机挣脱了桎梏，被言铮拖到身后。

驾驶座上的人从座椅下抽出一根钢管，直接朝着言铮的头部袭去。盛昭曦看得心惊，言铮却好似背后长了眼睛一般身形一闪，一把将刚刚摔下去的矮个子拉到自己站的位置上，钢管狠狠地砸在那人的背上，顿时传来一声惨叫。周围已经开始有人注意到这边的异动，多人斗殴，路人不敢上前，但已有人拿出手机拨打报警电话。

见同伴被打，冒充盛昭曦老公的男人迅速爬起来反击，他的身材壮硕，足有一个半言铮宽。他一把抓住言铮的肩膀，狠狠地一拳打在他的小腹上。言铮的身子向后一窝，手中的瑞士军刀已经顺势划过那个男人的右手手腕大动脉。手腕白肉一翻，血液以极快的速度流了出来，染红了他的衣袖，看上去颇为吓人。

"啊！"男人迅速捂住自己的手腕惨叫。

盛昭曦紧张地将言铮往后拉了一步，上下检查着他有没有受伤。

"成年人失血量在800CC以上就会休克，以现在的流血速度，你在二十分钟内赶到医院还有救。最近的中心医院不堵车要十七分钟，你加油。"言铮面无表情地向面前的男人说着。

"你……"

言铮抬手看了眼手表，"还有十九分钟。或者你站在这等警察来，刚刚不少人都报警了。以110的出警速度和距离来算，你们几个还有两分三十八秒可以逃走。"

"快走吧！我可不想被抓！"持棍的司机终于按捺不住，上前催促道。

虽然面子上下不来台，两个受伤的男人还是互相搀扶着跟跄地爬上车，车门都没来得及关好，车子就开跑了。

言铮还站在原地盯着走远的车。

"岳K6017。"盛昭曦默默记住车牌号，手在他面前晃了晃，"言总，你被伤着了吗？刚刚那拳我看他下手挺狠的。"

言铮抓住她在眼前乱晃的手，直直地盯着她的脸，距离近得让她足以看清他眼仁中倒映出来的小人儿。

盛昭曦突然脸热得比刚刚挨了两巴掌时还难受，"你……你……想干吗？"

"去医院。"言铮弯腰拾起盛昭曦掉在地上的双肩包，包链敞开着，里面没吃完的零食散落一地。一弯腰，小腹里传来了隐隐的痛楚，他不动声色地单肩挎起她的包，牵着她往警局的方向走。

"不是去医院吗？"盛昭曦小声地反抗，想把手挣脱出去，却被握得更紧了。"痛……"她别扭地嘟囔着。

言铮的手稍微松了一点，但还是牵着她不肯放，像是生怕她跑了一般。

"车在警局门口，开车去。"他终于开口回答了她之前的问题。

"哦……"盛昭曦不知道他怎么会跑回来，但隐约觉得言铮情绪很不对，似乎在强压着怒气。也是，一个堂堂上市集团的老总，被几个绑匪打了，这口气是咽不下去。说到底还是自己连累了他。

"对不起。"

"对不起。"两人几乎同时说了一句对不起。

"你道什么歉？"盛昭曦诧异地问。

言铮欲言又止，最终还是别过了头去，"对不起，来晚了，害你差点儿被人绑走。"

盛昭曦摆摆手，"本来就不关你的事。我要多谢你才是，你又救了我一次。"认识的时间不长，却莫名其妙、三番五次地承了他的救命之恩，倒是让她越发不好意思了。

你们这种人

【从你眼里频频掷来的刺激，使我的痛苦永远新鲜。】——泰戈尔

"原来你在骗人啊！"盛昭曦在车上双手环抱着自己的包，想起刚刚发生的事情，还有些惊魂未定，但语气却轻松了起来。

"嗯？"言铮一边开车一边应答着她没头没脑的话。

"你不是说你不会打架吗，我看你打得挺熟练啊！平时没少练吧？"

"打架不是靠手，是靠这里。"言铮指了指自己的头。

"你推开那个矮个子男人是算准角度用巧劲儿去借力打力，我看懂了。但你怎么知道当时后面还有人要偷袭你？难不成你后脑勺长了眼睛了？"

言铮看盛昭曦认真地偷瞄着他的后脑勺，哭笑不得，"看后视镜。"

盛昭曦不明所以，偏头去看窗外的后视镜，看到镜中的自己，才后知后觉地反应过来他是在回答她的问题。从镜子里头看，她的左脸已经肿得老高，五个清晰的手指印看得分明。

言铮看她突然不说话了，分神扫了她一眼，看她呆愣愣地盯着后视镜里的自己，想来是看到了自己被扇肿的脸吓傻了。再怎么乐观，终究是个女孩子，刚刚经历这样的事怎么会不害怕。他刚想出声安慰两句，见盛昭曦突然一拍大腿，大声嚷嚷，"我去……这人太不讲究了，打人怎么专挑一边脸打呢？左右两边这么不对称，怎么见人啊？"

"……"言铮瞬间明白自己的担心好像是多余的。

言铮把车子开到中心医院，盛昭曦下车时看了下手表。还真是十七分钟，这人也太神了。

"你背过岳城地图吗？怎么把时间精确到分的啊？时速不一样的情况怎么算？你怎

么知道警方出警时间的啊?"盛昭曦化身为好奇宝宝,抱着书包跟在言铮身后机关枪似地问。

"我乱讲的。"言铮扯着她的书包把她拽到面前,"唬他们的,不然他们怎么会走?不过割腕失血死亡时间确实是有科学依据的,国外有做过相关的调查。"

他这话让她想起了靳司遇,靳司遇也喜欢引用这样或那样她从来没听过的数据支撑他发表的理论,但靳司遇从来不会像言铮这样变通。靳司遇迷恋所有客观精确的数据,逻辑严谨、清晰。对待每一个问题都认真得如同做实验。不会撒谎、不会骗人,除了最后那次……想到靳司遇,刚刚还笑嘻嘻的盛昭曦突然就笑不出了。

陆岑说靳司遇的事他们管不了,结果她刚走出警局大门不到一个小时的时间,就遭遇了目标明确的绑架。虽然现在还不能证明绑架她到底和这件事有没有关系,但她明白,自己想要调查清楚靳司遇死亡背后的真相,后面恐怕还有一条很艰辛的路要走。

言铮把她送进急诊室上药,自己就走出去打电话了。

护士给盛昭曦脸上涂了消肿的透明药膏,手腕上目前看是有轻微的软组织挫伤,为安全起见,医生建议她去拍个片。

盛昭曦拿着医生开的单据出门去找X光室,突然想起言铮刚也挨了打,虽然看起来没什么事,但最好还是和她一起去拍下X光放心一些。可是他人不知道跑哪去了,没在急诊室外。

盛昭曦在医院走廊找了一圈,最后隔着一扇防火门,看到他站在楼梯间打电话。她正准备过去叫他,突然听到言铮非常愤怒地对电话那头低吼了一句,"汤合行,你不要挑战我的底线!"

汤合行接到言铮电话时,本来还想问他怎么没来开会的事情,没想到被他先一步质问为什么要动盛昭曦。他顿时心虚地以为言铮从哪里知道了他收买媒体抹黑盛昭曦的事情。虽然感觉这么短的时间就被他发现有点诡异,但因为做贼心虚,汤合行也没有否认。

"我早说过你可以不接受我,但我容不得你身边有别人。你该懂得,我对你的包容也是有限度的。"这种默认并且理直气壮的态度激怒了言铮。

"汤合行,你不是我的谁。我感恩你过去的恩情,但这几年我该还的也都还清了。从今天开始,我辞职,我们以后不用联系了。"

"言铮,你敢!"汤合行以前没有和他说过重话,这次却没忍住,"你别忘了你自己到底是谁。离开我，你就什么都不是了。"

"呵……汤合行，你完全可以试试看。"他从来不怕人威胁。

汤合行知道自己的威胁在言铮眼里是幼稚得可笑，他那样笃定自己不会真的做出伤害他的事，"那……盛昭曦呢……你不怕她也哪天突然就消失了吗？"

言铮挂着冷笑的脸渐渐寒了下来，"汤合行，你不要挑战我的底线！"

他完全没有注意到身后推开了一半的防火门，和站在门后的盛昭曦。

"这次你找人绑盛昭曦的事，我可以劝她不要报警，但如果你下次再玩这种'游戏'，我……"他正说着，一转头就看见站在他身后神情恍惚的盛昭曦。

"原来我就是供你们两位随意消遣的游戏，你们吵个架、吃个醋都要拿别人的生命开玩笑？呵……我真不太适合参与你们这种人的游戏。"

你们这种人……

盛昭曦的话像一把利剑，在两人面前划出一条楚汉分明的界限——我和你们不是同一种人。

她转身就走，亏她刚刚还在担心他的安危，搞了半天，今天这场飞来横祸不过是人家打情骂俏的小插曲。

"不是，你听我说……"言铮拉住她想解释，被盛昭曦一把甩开。

"不是什么？你之前和我说对不起，是因为汤合行，是吧？"

"是。"言铮知道她想的是什么，却无法否认。

"汤合行要人来找我麻烦，是因为最近我们接触频繁，他吃我醋了，对吧？"

"……对……"

"那就没有误会了！对不起，我还有很重要的事情要做，实在没有时间也没有精力陪你们玩这种无聊的游戏。你们谁是谁非，自己回家关上门争个明白，不要把我牵扯进去！"

"盛昭曦！"言铮被她一连串不停歇的话逼急了，"你能不能听别人说一句！"

"不能！我求你了，我真的和你耗不起，你放过我吧！"盛昭曦听过很多这类人为了证明自己的取向，会尝试着和异性交往以说服自己是正常的故事。看来她不巧就成了这么一个试验品。

盛昭曦背上自己的双肩包，头也不回地朝反方向离开，顺手将手里医生开的单据丢进了垃圾桶。不知为什么，刚才差点儿被绑架，她都没有想哭，此时独自离开，她忽然有点儿想哭，亏自己之前还傻乎乎地真以为可以和他做朋友，他们这种人懂得什么是朋友吗？

她的背影消失在门外，言铮的手机闪进一条短信：我不会报警的，就当是为了答谢你的挺身而出吧，但是我们以后不要再见了。

言铮一瞬间觉得血气上涌，喉头滚过一点腥甜，腹部突然传来针刺般的剧痛，他扶着墙慢慢滑坐在地上，"噗……"有温热的鲜血无法抑制地顺着嘴角流出，意识也慢慢涣散。

"医生！这里有病人呕血了！"耳边传来惊慌的叫喊声，声音似乎很远。有人跑来跑去，言铮觉得身体一轻，被抬到了移动病床上，手中的手机掉落在地上。一束刺眼的光线打在眼上，有一个声音在问他："能听到我说话吗？"他没有力气回答。

一番检查过后，医生跟护士长说，"病人是急性胃出血。通知手术室准备手术台，并尽快找到病人家属！"

护士拾起地上的手机，准备联系病人家属，可是这个病人手机通讯录里根本没有任何关于家人的备注。在一堆"总"结尾的名字里，只有一个看上去比较亲昵的称谓"昭昭"。

护士纠结了一番，尝试着给这个号码拨了过去，但对方手机关机。无奈之下，只有拨给他通话记录里的最后联系人。这次对方倒是很快接了。

"您好，请问您认识言铮先生吗？"护士对着病人钱包里的身份证念他的名字。

等电话那头的人来到医院，护士才知道自己刚刚打电话的对象居然是汤氏制药的老总——汤合行。她领着焦急的汤合行到手术室门口，"手术还没有结束，您可以在休息区等候。"

"他现在是什么情况？"

"听医生说是急性胃出血。您放心，这种手术没有太大危险。"护士姐姐努力露出和善的笑容，希望给他留下一个好印象。

"没有太大是多大，我要具体数据！"长相斯文的某人突然大吼，吓了护士一跳。而且这问题可把护士难住了，她犹犹豫豫地回答道，"大概……九成……"

"也就是说还有百分之十的失败率？"汤合行的声音听起来很危险，吓得护士大气都不敢出了。他二话不说雷厉风行地直接打电话，找来中心医院院长给言铮做手术。

手术很顺利。院长说病人是外伤引起的应激性溃疡，有护士说听见他昏迷前在楼梯间与人发生争吵，所以也不排除是情绪过激加上外伤共同导致的胃出血，所以才有呕血症状。病人胃里发现阿司匹林、可的松等药物成分，应该是长期服用药物的慢性胃炎患者。

"胃出血可大可小，一定要注意日后的调理。"院长交代一句就离开了。等言铮被推出手术室时，汤合行正坐在等候区饶有兴致地翻着言铮手机里的信息。

原来言铮生气不是因为他买通媒体的事情，而是有人想绑架盛昭曦。看来这个黑锅他可背大了。但从短信上看，言铮虽然气得要死，却还是为了保护他而不让盛昭曦报警，为此两人还闹翻了。这让汤合行不得不洋洋自得了一下。

言铮苏醒后第一眼就看到汤合行那副笑嘻嘻的死样子，手里还拿着他的手机。

"你又翻我手机？"他的声音听起来低哑无力，再加上惨白的脸色和一点血色都没有的双唇，使得原本的质问被说出后变得虚弱而无奈。汤合行最喜欢他这个样子。

"某人口口声声要辞职，关键时刻却还不是宁愿和盛昭曦闹翻而来保护我。"汤合行的话让言铮在心里翻了一个白眼。事实还真不是他想的那样，如果可以重来，他会帮盛昭曦拨好110，然后亲自把手机送到她手里。

汤合行自然不知道他在想什么，还贱兮兮地故意四下张望，"盛昭曦呢？你因为她被打得胃出血，她人怎么不见了？你说，这些女人是不是靠不住？"

言铮懒得理他，闭上眼睛养神。

"喂。"汤合行推了他肩膀一下，言铮痛得倒抽了一口凉气，怒道"想让我死就直说。"

汤合行摊手，"抱歉，忘了你刚做完手术。不过言铮，这回你真是冤枉我了。盛昭曦被绑架的事不是我做的！"

"你自己之前都承认了。"

"我之前以为你说的是别的事。我最多也就是买买水军在网上黑黑她，绑架那样的事我可做不出来。"

言铮仔细打量汤合行的神情，觉得他不像在说谎，"买水军也不行。你现在……马上让他们……收手……咳咳。"言铮一激动，就咳嗽，手术的伤口被扯得生疼。

汤合行立马帮他顺气，"好好好。求您老别折腾了。半条命都没了，还想着人家。也没看她念着你的好啊。不是说再也不见了嘛！"

言铮横了他一眼，汤合行立马投降，"行行，都听你的。行了吧？"

言铮有点儿担心了，如果真的不是汤合行，那么，还有谁要针对盛昭曦？

"哎呀……"汤合行一声怪叫打断了言铮的思考，他无奈地转过头看着他，"你又怎么了？"

汤合行摆出无辜的眼神，"言铮，我说了你别生气……盛昭曦已经上了网娱新闻头条，我真没想到他们手脚这么快……"他把手机凑到言铮面前，醒目的宋体标题《美女谈判专家竟是当年校园霸凌》。

盛昭曦走进酒店时，被行了极大的注目礼。出入这种高档酒店的，哪个不是西装笔挺、珠光宝气，只有她，全身上下脏兮兮的，背着拉链被扯烂的双肩包，脸肿得老高，手上还缠着绷带。

门口服务员皱眉上前拦住她，显然把她当成了走错地方的人。毕竟这是本市最好的酒店，服务员还是很有礼貌的，"小姐，请问有什么可以帮到你的吗？"

"我是来办入住的。"盛昭曦指了指前台。

服务生欲言又止地看了看她，终于忍住了，径直将她领到了前台。盛昭曦知道服务员此刻恐怕恨不得把价格牌举到她面前，问她住不住得起。她心下郁闷，早知道会遇到这种破事，昨天就不该订这种高级酒店，这些地方从来都是先敬罗衫后敬人。

盛昭曦算是被富养着长大的姑娘，虽然她平日里过得不是很讲究，但在吃和住上面，却从不会亏待自己。尤其是她从小就有换床睡不好的习惯，所以她外出会尽可能选条件好的酒店，而且好酒店相对安全，没想到这次被当成乞丐了。

想起害她变成现在这副模样的罪魁祸首，盛昭曦就气不打一处来。因为手受伤不方便洗澡，她一进房间索性就直接扑到了床上。柔软的大床拯救回了她今天折腾掉的半条命。

她在床上小憩了一下，脑子里一会儿想着靳司遇的事，一会儿想着言铮的事，怎么也睡不着。等她想起打开手机的时候，涌进来的未接电话、提醒短信把她的手都震麻了。

爸妈各给她打了两个电话，秦婧五个，言铮一个，周怀瑾三个，连老彭和谢勇这些同事都给她打过……还有些未知号码。这是过年吗？怎么大家都在同一时间想起了她？连爸妈都打了几个电话来，看来这事非同小可。

盛昭曦想了想，先给秦婧回了电话，"怎么了？才走一天就想我了？是不是喝了我亲手煲的粥，觉得特别离不开我了？"

"……"秦婧无语，"小样儿，你就别贫了，自己出什么事了不知道吗？"

秦婧难得这么严肃地跟她说话，盛昭曦不由地坐直身体、试探地问："怎么了？"

"之前许桐不是打电话到电台来了，不知道是谁顺藤摸瓜把当年的事情挖了出来。

媒体喜欢蹭热度，现在正拿这件事大肆炒作，网上全在攻击你。你这两天小心点儿，就别上网了。"

听到这事，盛昭曦惊讶了一下反而冷静下来，"小妞，你难道不知道越是要人不要做什么事，人们就会越想去做吗？"

"你这是找虐。"秦婧啐了她一口，"不管你现在出差干什么，都先放一放，快点回来。起码在自己的地盘上，我比较放心。"

秦婧每次为了她的事都着急上火的，这辈子能有个这样的朋友，盛昭曦知足了。

"紧张你的可不止我一个，你爸妈，还有周怀瑾，今天都给我打了电话。周怀瑾说这次的舆论来势汹汹，而且传播速度超快，他怀疑背后有网络推手。他已经着手帮你查，你自己也上点儿心，快点儿回来。"

"好啦。我这边的事比较要紧，等我办完，就马上回去。"盛昭曦回应。

秦婧又劝了几句，但盛昭曦一贯都是很有主意的人。她也不再阻拦，只劝她自己出门在外多加小心。

盛昭曦又一一给爸妈、周怀瑾，还有几个要好的同事回了电话。毫无例外，被叮嘱了无数次，爸妈还嘱咐她这个周末一定要回家一趟。周怀瑾更是发挥出他当主持人的专长，有条有理地跟她说了半个小时。他说，"世人都习惯用眼睛去看东西，而不是用心。用嘴巴去说话，而不是用脑。所以他们看不见真正的你，你也无须念着那些没脑子的话。"周怀瑾有时候说话像个哲学家，虽然难免世故，却很实用。

盛昭曦享受着这些平凡又真诚的关怀，比起外面的狂风暴雨，起码身边这片净土让她感到很温暖。她唯一没有回的电话便是言铮的，她现在最不想有联系的人就是他。

过头的善良是愚蠢

【我生来就是为了叫你小小的名字。】——艾吕雅

盛昭曦还是拿出笔记本电脑上网看了关于自己的新闻。这回的负面消息直接让她登上了头条,各大新闻网站和社交媒体都在疯狂转载。真是好事不出门,坏事传千里。

"十年前,恒城四中校花霍某投河自杀。据当年的同学回忆,其疑因不堪忍受校园暴力而自杀。而家境优渥的'凶手'逍遥法外,赴美镀金,十年后摇身一变成了警局谈判专家,更是在近期一档很火的电台节目做常驻嘉宾。这究竟是一场精心策划的炒作,还是又一次被网络监督掀开的陈年真相。"

新闻稿里的措辞十分巧妙,被逼远走他乡留学被说成为逃避法律责任赴美镀金;家境优渥被暗指为帮助她逃避法律制裁的幕后黑手;在电台做嘉宾的事更是被指为炒作。

真真假假,夹杂着真实信息的谎言最难分辨。评论区热闹非凡,有些评论看得盛昭曦啼笑皆非。一瞬间蹦出了无数她的陈年同学,指证她当年嚣张跋扈,整日和一些被称为害群之马的女牛玩在一起,不学无术、欺凌弱小。

"我知道这个人,四中的。她以前在食堂插队,还辱骂推打值日生呢。"

"她们那几个小太妹专门欺负低年级的女生,把人家堵在角落,打人家耳光。我是低她一届的小学妹,我朋友就是被她们打过的当事人。"

"她和许桐两个人当年就跟连体婴儿似的,许桐做什么坏事都没少她这一份。"

"许桐早就坐牢了,她仗着家里有钱什么事都没有。现在还当警察了,真是讽刺。"

"嘘……局内人偷偷爆个料,她当年是暗恋人家校草钟子如,可是钟喜欢霍,所以她才这么针对霍。"

一个个多年未被提过的名字,被人重新翻了出来。现实又一次毫无预兆地将她推到了深渊的边缘,不过这一次她比自己想象得镇定很多。也许,这就是靳司遇说的成

熟。成熟并不是竖起身上所有的刺冷漠地面对一切人和事；成熟是温柔地拥抱这个世界，用绝对宽广的心胸去接纳一切，无论是关心你的，爱护你的，还是诋毁你的，践踏你的。

第二天，盛昭曦起了个大早，新闻里的那些事并没有影响到她太多。她只是随便扫了几眼就去睡了，因为还有更重要的事情等着她去做。

昨天她拜托了陆岑替她疏通关系，预约了今天去岳城监狱拜访霍闵年。时过境迁，没想到第一次"见他家长"会是在这样的场景下。她甚至不知道霍闵年知不知道有她这么个人的存在。但无论如何，盛昭曦十分珍视这次见面。她起得很早，特意化了个淡妆，选了一件素淡大方的连衣裙，即使靳司遇不在，她还是希望给他的父亲留下一个好印象。

没想到，她到达城郊的岳城监狱时，却被告知霍闵年不愿意见她。

"请问你有没有说清楚，我是为了他儿子的事情来的。"

"说了。昨天陆队长就已经打过招呼了。"狱警有点儿不耐烦地回道。

"那霍叔叔……"盛昭曦不解地追问，"能不能拜托再帮我去问他一次？我有很重要的事情要向他了解，他为什么不肯见我？"

狱警又仔细打量了她一眼，"你和网上照片长得一模一样。"

"什么？"

"我都看新闻了，头条。你当年读书欺负人的那些事。"

盛昭曦沉默了几秒钟。她没有想到狱警会突然和她说起这件事，也没想到网络信息的传播速度如此惊人。谣言远远快于真相。

"那不是真的，而且我来这里是为了见霍叔叔，和我从前的事没关系。"

"没关系？"狱警十分不理解地看着她，"你凭什么觉得霍闵年会愿意和一个害死自己女儿的人见面？"

女儿？！盛昭曦如遭雷击。

霍闵年，霍司妍，靳司遇？

"他父亲霍闵年最早是恒城的一个区长，后来调升到岳城做副市长，育有一子一女。"

"他还有妹妹？"

"好像是继母生的，后来死了。靳司遇的生母早逝，他随母姓，所以跟他妹妹并不同姓。"

"我哥告诉我，彩虹是因为阳光射到空中接近圆形的小水滴，造成光的色散及反射而成的。当中以40至42度的反射最为强烈，也就是我们见到的彩虹。彩虹又不是神仙，许哪门子愿？"

"闭嘴。你哥是傻子。"

记忆像走马灯一样在盛昭曦的脑中闪过。靳司遇是霍司妍同父异母的哥哥？但靳司遇在她面前从来没有提过霍司妍！盛昭曦越想身体越凉，像掉进了一个无底的黑洞，身边所有的一切都开始崩塌。

她给秦婧打电话："你知道霍司妍有个哥哥吗？"

"知道啊。她以前不是老喜欢在我们面前炫耀她哥哥是个天才嘛。不过她哥应该是早就出国了，我们都没见过。有段时间我们还笑她吹牛，你不记得了吗？小曦，你怎么了？"

盛昭曦压了压太阳穴，"靳司遇就是她哥哥。"

"什么？！"秦婧比她更惊讶，"你说他会不会……会不会是故意接近你，然后甩掉你，来为霍司妍报仇的？"

"我不知道……"人一旦陷入胡思乱想就会喜欢钻牛角尖，把一切想得很绝望，眼下盛昭曦就是如此。她突然无法确定她深爱的那个人是为了什么和她在一起，又到底是为了什么神秘消失的。

她又给许桐打了个电话，问了同样的问题。靳司遇回国的时候，许桐已经出狱。她也许知道些什么自己不知道的事。

"我见过他一次。"许桐虽然惊讶她怎么突然提起这件事，但还是一五一十地跟她说了，"他来找我，希望我到他妈妈面前亲口作证舞蹈房的钥匙不是你给的，你和霍司妍的死没有关系。我不知道他为什么要我这么做。这些证词我当年在法庭上就说过了，但他妈妈根本不相信。小曦，对不起。当时我刚和戴海川结婚，我怕被老公发现我以前的事，所以拒绝了他。我不是不想帮你……"

"那不是他妈，那是霍司妍的妈妈。"盛昭曦生硬地打断她。

许桐听不懂她在说什么。

盛昭曦为自己刚刚和秦婧通话时那一瞬间对靳司遇产生的怀疑而感到羞愧。靳司遇回国是真的想要和家里提他们的婚事，即便他知道妹妹因她死，他的家人很难接受她，他还是为证她清白而四处奔波，希望说服家人。没想到家里突发变故，他的一切努力还没结果就被卷进了一场更大的风暴中，然后丧命。她能想象得到他当时经历了怎样的绝望，而这一切，远在美国的她毫不知情。

经历了短暂的失神，盛昭曦找狱警借了纸笔，坐在探视间写了一封长信。关于和霍司妍的过去她没有解释太多，现如今无论如何解释，恐怕都无法弥补他的丧女之痛。她信中万般恳求，只希望霍闵年能给自己一个机会，了解清楚靳司遇和他家里当年到底发生了什么事情。她叙述了靳司遇从被抓到惨死的诸多疑点，向霍闵年承诺一定要把这件事查到底，找出真相，替靳司遇讨回公道。信中她留下了联络方式，再三请求霍闵年想通后随时联系她。

盛昭曦刚从监狱出来就接到医院打来的电话，让她今天再来医院换一次药。如约到了医院，才发现是汤合行和言铮设套叫她来医院。

言铮说想让汤合行当面给她道个歉，汤合行不耐烦地瞥了她一眼，没有道歉，不情不愿地说，"叫你来只是说清楚一件事，绑架那事不是我做的！"

"我不想跟你们多说，是与不是你自己清楚。"盛昭曦转身想走，却被汤合行拉住。

"不要逮着什么脏水都乱泼。"汤合行手上力气很大，拉得她手臂生疼。

盛昭曦脾气也上来了，"敢做就要敢当，你在电话里自己都承认了，现在又后悔了？"

"我那是以为……"话到嘴边，汤合行刹了车，开始掂量找水军在网上抹黑她和绑架她到底孰轻孰重。

"怎么样？没话说了吧？"盛昭曦最看不起这种做了又不敢认的人。她不想再和他们争辩，转身要离开，汤合行拉着她不让走。两人推搡之间，言铮怕汤合行伤到盛昭曦，上去劝阻，没想到被盛昭曦回手一推，撞到了一旁的桌角上。

言铮的脸色突然变得很难看，捂着小腹滑坐到床上。指缝间的红色渐渐扩大，病号服上的血迹晕染开了一片。

汤合行赶紧按紧急呼叫铃，医生过来将他扶着躺倒在床上，掀开他的衣服发现是手术缝合的伤口裂开了，赶紧又叫护士拿了针来重新缝合。

没有打麻药，言铮疼得出了一身冷汗。盛昭曦站在旁边吓得不敢乱动，这才想起为什么昨天她走了，他却到现在还留在医院里，原来是后来做了一场手术。盛昭曦平生最怕别人对她好，见他昨天居然伤得这么重，对他的愧疚之心立马盖过了之前的责备之意，小声问汤合行，"他怎么了？"

"还不是为了救你，被人打得胃出血。"汤合行故意把情况说得很严重，反正看到言铮那个样子，他也不想给她好脸色。

正在进行缝合的言铮，听到这话，扭头瞪了汤合行一眼。汤合行不服气，转过了头懒得理他俩。

"你要不找人来绑我，也不会闹出这么多事。"盛昭曦也不服气。

汤合行被激怒了，指着她的额头说，"智障都知道我就是再想绑架你，也不会连着言铮一起打啊。谁知道是不是你当年害死的人家属找你报仇呢，害人精！"

整个病房里的人都被他吼得一愣，医生沉默地完成手里的缝合工作，尴尬地收拾了东西快速离开了这个是非之地。

想到靳司遇，盛昭曦整个人晃了一下神，几秒钟后突然讪讪地跟他说："你说得对。我是害人精。"她又朝着言铮鞠了一躬，"对不起。"说完就快步离开了病房。

"盛昭曦！"言铮扶着走廊的墙壁叫她的名字。她的脚步顿了一下，想了想，没有回头，重新拔腿想走。

"你再走我就跑过去追你，反正伤口裂了大不了再缝一次。"言铮威胁她，目光直直地盯着她的背影。

果然，盛昭曦还是心软停了下来，但依然是踌躇着背对他，站在原地。

言铮一手撑墙一手轻护着小腹上刚刚缝合的伤口处，往她的方向慢慢挪过去，"你别动，我现在追你太难。"

盛昭曦看他走得辛苦，蜗牛一样慢吞吞地蹭了过去，扶着他坐在走廊的长椅上。

"还在生我气？"

盛昭曦摇摇头，"不关你的事。"

"那为什么要跑？"

"你看见了吧？"

"什么？"

"网上的那些新闻，说我十年前逼死了我的同学。"看着医院来来往往的人，她把下巴埋进脖子上的丝巾里，好像想把自己藏起来的样子。

言铮却好似完全不在意，"看到了。那又怎么样？"

"你没有什么想法吗？"盛昭曦觉得如果自己只是个旁观者，一定也会觉得故事里的她太不是人。

言铮想了想问，"你真的害死了你的同学吗？"

"没有……"盛昭曦声音由大变小,"可是……事情确实是因我而起。"

别人将莫须有的罪名安在她身上,久而久之,她也习惯性地把这些过错都揽到了自己身上。当时她被送到美国,被所有亲人朋友抛弃,跟着她的只有重重的负罪感。盛昭曦那时候已经患上了轻微的抑郁症,产生过轻生的念头。好在上天让她遇到了靳司遇,他帮助她慢慢走出了那个噩梦。但是这次媒体的大肆报道和愈加恶劣的舆论压力,使得她又开始不停地怀疑自己。

今早在岳城监狱的碰壁已经让她心烦不已,言铮受伤的事让她充满愧疚,汤合行的一吼,成了压垮骆驼的最后一根稻草。一瞬间,她真觉得世界上所有的错都是她犯下的。没有她什么都不会发生,她好像又要掉入了十年前的那个怪圈中,好在言铮及时拉了她一把。

"过了头的善良有时候就是愚蠢。"言铮轻轻地说。

盛昭曦猛地抬头看向他,这句话靳司遇以前也说过!但她马上摇摇头,试图摇掉自己脑子里那个疯狂的念头,"你太像我一个朋友了。不是长相,也不是性格……我也说不清哪里像,你总是让我想起他。"

"我本来就是你的朋友。"

"呵。也是。你本来就是我的朋友。"盛昭曦跟着他的话说了一遍,语气涩涩的,"你为什么这么帮我?"

"一个男人奋不顾身地保护一个女人,除了喜欢,还能因为什么?"言铮说得自然,听上去一点儿都不似表白。

"你不是GAY吗?"盛昭曦的反问让他无语,"放心,我不歧视你们的。"

"……汤合行只是我的朋友。他这人说话直,心眼……"言铮顿了一下,"心眼也不坏。这次绑架的事情真不是他做的,之前是我误会他了。你最近出入要小心一些,岳城有人想针对你,加之这次网络事件,如果有人利用网民的愤怒想攻击你,千万别中了人家的圈套。"

"嗯。谢谢。"盛昭曦听出他是真的在关心自己,也为自己昨天的鲁莽而感到歉疚,"昨天我说的那些都是气话,你也别放在心上。"

"你昨天说什么了?"言铮看着她很认真地问,"手术麻醉打多了,我都忘了。"

盛昭曦笑了,"我昨天说回恒城要请你吃饭,既然你不记得了,那就不作数了。"

"吃饭的事我还记着。"言铮一本正经地胡说八道,"你什么时候回去?"

"今天吧。会提早开完了。"盛昭曦看着他身上还没换下来的脏病号服,突然良心发现,"不然我向警局请几天假,留下来照顾你到出院为止?毕竟你是因为我才进医院的。"

"不用。汤合行这尊大佛天天在这,你留下来还要看他脸色。"言铮并没有戳穿她说谎来开会的事情,指了指站在远处的汤合行。

盛昭曦越过他,看到病房门口一脸怨念的汤合行。估计是被言铮禁止靠近,他正愤恨地盯着她。她也不客气地回了个白眼给他。对这个莫名其妙的人,她就是喜欢不起来,就算他没有绑架她也一样。

女人的直觉告诉她,他好像一直对自己充满敌意,尽管在言铮面前他装得很随意的样子,但眼里总有一闪而过的恨意。那是真正的恨。

危险在暗处

【因为别人去寻求庇荫,而你却去触碰危险。】——安德雷森

盛昭曦第二天在酒店收拾行李准备回恒城的时候,接到岳城监狱的电话。

"真的吗?他愿意见我了?"盛昭曦刚刚还略显忧郁的脸,听到那边的话立马迸发出一种活力,"我马上过去。"

下午,盛昭曦按照约定的探望时间准时到达岳城监狱外,发现陆岑在门口等她。

"陆队长,你怎么在这?"

"这个世界没有不透风的墙。"陆岑耸耸肩,"你真的要进去?"

"为什么不?"

"我只是想说,你不一定能得到你想要的答案。反而会把自己放到一个危险的境地。"他话音刚落,盛昭曦就看见一个中年女人穿着一身干练的西装,提着一个Hermes限定款的皮包从监狱大门走出来。

她看了一眼头顶的太阳,停下脚步从包里掏出一副墨镜。戴上墨镜前好像还瞥了盛昭曦一眼,嘴角勾起轻蔑的一笑。盛昭曦刚想仔细打量她,她又马上踱着高跟鞋,头也不回地上了一台宾利。

盛昭曦总觉得她有些眼熟,又想不起来在哪见过。反而是车上的陆岑皱着眉头,在心里嘀咕:果然还是把她引来了。

"你快去快回,我在车里等你。"陆岑对盛昭曦挥手。

盛昭曦感觉到陆岑突然绷紧的神经,一下子也被感染了,变得惴惴不安。好厉害的女人,仅仅瞥一眼都让人这么紧张。

盛昭曦执意要去见霍闵年,结果被陆岑一语中的。霍闵年见她居然是劝她不要插手,"人都死了,现在再来查有什么意义?看在小遇的份上,当年你欠小妍的,我也不

想再追究。你走吧。"

"这事不管您想不想追究，我都会追究到底。您就真的忍心看司遇这么不明不白地被人害死？"

霍闵年平静地抬头看了她一眼，"小遇跟我提过你。"

盛昭曦一愣，神情一下变得哀伤起来，"他说什么。"

"他说要和你结婚，不管我们同不同意。"那是他当初离开美国时跟她说过的话。

霍闵年冷笑一声，"你有没有想过，他的命运是因为你才变成这样？你才是我们一家人的劫数！"

霍闵年连一个反应的时间都没有给她，"今天叫你来就是想跟你说清楚，你以后不要再来找我了。我不会再见你了。"

与预想中南辕北辙的见面，让盛昭曦完全蒙了。昨天电话里狱警还透露说霍闵年决定要见她以后情绪高涨，好像准备了一堆要说的话，可今天却给她吃了个大大的闭门羹。到底是为什么呢？如果没有话要跟她说，完全不需要主动提出这个见面。除非他就是无聊，想要看盛昭曦白跑一趟，但盛昭曦觉得霍闵年不是这么闲的人。到底哪一环出了问题呢？无来由地，之前在门口遇到的那个女人的身影在她脑海里一闪。

"可以帮我查下探访记录吗？在我之前还有谁来看过霍闵年？"盛昭曦回到车里哀求陆岑。

"不用查了。是高敏。"

盛昭曦的眼睛一瞬间瞪得很大，刚刚那个身材婀娜、风韵犹存的中年女人就是靳司遇的继母、霍司妍的母亲高敏？

霍闵年落马的时候，霍家的人死的死，坐牢的坐牢，唯独高敏能全身而退。盛昭曦没有想到她不仅没有因此受到打击，反而越发的荣华富贵。在霍闵年任副市长到被人举报下台的十几年里，据说他贪污的金额上亿，盛昭曦不相信作为枕边人的高敏会丝毫不知。但高敏把自己摘得干干净净，最后坐牢的却是远在美国的靳司遇。

别人或许不信，一个贪污高官在海外留学的儿子，要说他没有参与境外洗钱听起来都不合理。但盛昭曦是最清楚靳司遇为人的人，他不可能明知他父亲做这种事，还同流合污的。

那么，如果靳司遇没有做过，是谁在这些年里能轻易拿到他的签名，最后还让他心甘情愿地认罪？霍家的钱去哪儿了？他的死真的是巧合吗？答案呼之欲出。

高敏的手机在Hermes的皮袋里振动，她掏出来一看，是一条匿名的短信："妈，我好冷。"笑容僵在她的脸上。

同一时间，盛昭曦和许桐的手机上也都收到了差不多内容的短信。

当年霍司妍在晚上回家的路上，选择了自沉于弥河。尸体在冰冷的弥河里漂了一整夜，第二天才被人发现。高敏握着手机的手在发抖。是小妍的灵魂回来了吗？

想到弥河的水那么凉，小妍娇柔的身躯就那样漂浮在河面上的样子，弥河的滔滔大水也浇不熄高敏的怒火和仇恨。十年来，她连做梦都鲜少梦见小妍。今天却收到一条这样的短信，她说，妈，我好冷。高敏一会儿掩面大哭，一会儿又愤恨地觉得是有人在设计害她。

她找人去查信息来源，是没有登记的太空卡。拨打过去永远无法接通。而对方发了这条短信后，再无音讯。

高敏愈发坐不住。手机又开始在台面上滋滋地振动，高敏像看到了魔鬼一样盯着它良久不敢去碰。过了一会儿，她深吸一口气，才拿起手机。

"妈妈，让她们来陪我。（笑脸）"

"小盛，你是谢勇……"陆岑顿了一下，继续接道，"的朋友，所以我多嘴再劝一句，那个女人你别去惹她。"

"你一早就知道她有问题？"盛昭曦反问，她皱眉看着他的目光满是质疑和失望。

"……"靳司遇意外去世后，他也曾试着去追查过真相。但踢到了铁板上，上面不许他再管下去，他只能偷偷地查。可是刚查到高敏身上，他的身边就开始有不断的'意外'。

车子被"不小心"地剐花，远在乡下身体硬朗的老爹突然就摔断了腿，怀孕的妻子在上班路上遇到怀着小猫被车辗死的母猫。

单纯胆小的妻子心惊胆战地给他打电话，说吓坏了。电话刚挂，他就收到一条匿名短信："下次就不是猫了。"那一刻，陆岑就明白了，他们是被天罗地网网住的鱼，越挣扎死得越快。他知道作为一名刑警，他不称职，但他毕竟是小人物，他实在无法用妻儿爹妈的性命去赌一个与己无关的真相。

盛昭曦默默听完他的讲述才终于明白，为什么一开始陆岑就极力劝阻她不要掺和进来。这就是他说的水太深。

水太深，所以靳司遇被人打死也没人敢多问一句。

水太深，所以她不过是稍稍打听了一下靳司遇的事情，就马上遭遇绑架。

水太深，所以就算她已经站在他面前，霍闵年还是什么都不敢和她说。

盛昭曦不想勉强陆岑了，说到底这只是她一个人的战斗，不能拉别人下水。

陆岑尽责地将她送到高铁站，目送着她进站后才离开。临近暑假，正是学生回乡的高峰期。高铁站里提着行李箱、朝气蓬勃的孩子们挤挤攘攘、有说有笑。整个站台都是一片欢声笑语。大多数拿着行李的人都选择了坐扶梯，楼梯反而没什么人。盛昭曦没什么行李，索性爬楼梯。

一群大学生嘻嘻哈哈地从她身后走来，盛昭曦微微侧过身子努力给提行李的孩子们多腾出些位置。

手机正在这时响起，是许桐打来的电话，"小曦，你看到那条短信了吗？"

"看到了。"

"是她回来了？"许桐的声音很惊恐。

"这个世界没有鬼，是有人想借此做文章。别怕。"盛昭曦是警察，她才不会相信这些怪力乱神的东西。

"啪嗒"有一把阳伞落在她脚下，是身后的一个女生手滑被挤掉的。

"美女姐姐，麻烦你帮我捡一下。"女孩和她身边的伙伴都提着很重的行李，空不出手来，女生只好嘴甜地求她。

粉色的阳伞就静静地躺在她脚下一阶的台阶上，盛昭曦想也没想，一手拿着手机，一手弯腰去捡。

突然，一只大手在她的腰部推了一把，盛昭曦嘴唇微张还没来得及叫出声，就失去平衡滚下了楼梯。咚咚咚，头一下又一下磕在楼梯上，最终摔到站台的瓷砖地上。血顺着瓷砖一直流到了轨道边。

"啊！"女生惊恐的叫声，四周嘈杂的议论声，高铁由远及近的轰鸣声，在盛昭曦耳里成了一片嗡鸣。

她被血色模糊了的双眼挣扎着看向楼梯的最高处，一个穿着西装的女人轻蔑一笑戴上墨镜，优雅地转身离开。

因为送人去车站的车特别多，陆岑的车还堵在高铁附近。透过车窗，一辆救护车从反方向的车道呼啸而过。他心里突然浮起不好的预感。原地掉头再次回到高铁的停车坪，刚好看见医生们抬着担架从站台里出来正要上车。担架上躺着的是浑身是血的盛昭曦。陆岑觉得多年前那种恐惧感又慢慢从脚尖爬上来。没有当过弱者，就不会体会到那样深刻的恐惧和绝望。

盛昭曦睁开眼时，头痛欲裂。她看着雪白的天花板，一时反应不过来自己在哪，左腿因为骨折而被高高地吊起。

秦婧是第一个发现她睁眼的人，她叫了一声，周围的人都围了上来。一个个连声问她感觉怎么样，盛昭曦从左到右头转了一圈儿才把人看齐。

秦婧，周怀瑾，老彭，刘梵，谢勇，陆岑，连爸爸妈妈都赶来了。

"这孩子不会是摔傻了吧？怎么半天不说话呢？"盛爸爸伸手想去探她的额头，被妈妈一巴掌挥下去了。

"你怎么说孩子的？去去去，走开点。"妈妈把他挤开，凑到盛昭曦面前，轻声问她："孩子你还好吗？有没有哪不舒服？"

她很多年没有看见父母在她面前这样吵架拌嘴，为她"争风吃醋"了。当年父母不顾她的哀求，将语言不通的她一个人送出国"避风头"，然后就将全部精力放在了培养弟弟身上，对她不闻不问，一晃就是十年。十年后再归故里，在这个家里，连她自己都觉得自己就是一个外人。

这么多年过去了，盛昭曦并不恨他们，她只是一直以为这个家不再要她了。回国后，她独自搬出来和秦婧住，有空才会回去吃一次饭。一家人客客气气，也算和美。只是每每看到爸爸骂弟弟挑食，而妈妈袒护着他的时候，她才有点羡慕。

今天他们对她终于不再客客气气，又能听到那久违的夹杂着疼爱的责怪。她一时哽咽，哑着嗓子叫了声："妈……"

妈妈的眼睛瞬间湿润了。自己身上掉下来的肉，她怎么会不懂。这些年女儿一个人在国外，他们能给的只是钱而已。好不容易盼到她回国，这孩子却坚持搬出去自己住。她对他们客客气气，但正是这种客气，让他们知道盛昭曦心里有一条愈合不了的伤疤。她不再是那个对着他们撒娇耍赖的宝贝了，而是长成了一个熟悉的陌生人。今天或许是个转折点。

"我怎么会在这？"

"我问过出警的同事了，报警的人说你是在楼梯上被人挤得摔下去了。"老彭站在床头回答。

被挤？虽然当天高铁站确实是人多，但她确定是有一只手推她下去的，而不是挤。但当着父母的面，她只能遮掩，"可能是，假期车站返乡的学生太多了。"盛昭曦有意无意地看了陆岑一眼，陆岑躲开她的眼神，借故离开，谢勇出去送他。

"这些大学生真是的，挤什么挤啊？又不是上不去车。警察说现场人太多了，也确定不了到底是谁把你挤下去的。这叫什么事儿啊！还好你是走到半截才摔下去的，这要是再高点儿还不得出人命。"秦婧愤愤不平地转头对周怀瑾说，"我们下一期节目做一个主题就叫'大学生文凭，小学生素质。'"

"可别这么说，现在小学生素质挺高的。"周怀瑾笑着回道，但他虽然和秦婧说着话，眼睛却一直盯着盛昭曦。

"对对……连小学生都不如。"

盛昭曦看着这两个人唱双簧一样，心里的沉重散去了一点儿。

谢勇刚刚送完陆岑回来，看着她的眼神有些欲言又止的古怪。盛昭曦想兴许是陆岑和他说了什么，但这事看起来不简单，她不想把更多的人牵扯进来。

确定盛昭曦伤势不重，老彭他们当天就赶回恒城了。盛昭曦让周怀瑾也跟着一起回去，但他借口岳城有配音活动不肯走，秦婧也在旁边帮腔，怂恿他留下。

盛妈妈看出来小伙子对自家闺女有意思，捂着嘴乐个不停，挤眉弄眼地直掐她爸的手肘。本来他们要轮流陪床，但陪夜的人只能坐着，盛昭曦死活不肯他们在这陪，将他们统统赶回了酒店。

夜里一点，病房走廊上站着一个穿病号服的男人。他还没出院，她又被送进来了。他们真是和岳城的医院结上了缘分。透过病房门上的透明玻璃，言铮看见她虽然一条腿还被吊在半空，但仍然睡得很香甜。

他推开门走进去，脚步声很轻。

"这场仗我陪你打。"他坐到病床边，撩起她耷拉在额前的碎发，在头上的绷带上印了一个轻吻。

谈判组第一次任务

【人心比万物都诡诈，坏到极处，谁能识透呢？】——《圣经》

出院后，盛昭曦马上投入到了工作中。谈判小组的培训已经进行到尾声，很快他们就要被安排到新建的谈判小组正式上岗。

谈判组开张第一天就有案子找上门来了。石库门一间平房里，一个三十多岁的女人要携女儿自杀，是邻居报的警。刘梵接到报警电话后第一时间通知了谢勇和盛昭曦。谈判小组紧急集合，前往石库门。

那一带是恒城出了名的"贫民窟"，聚集着这个城市几乎所有的低收入人群，社会背景复杂。在车上，谢勇抓紧时间搜索了当事人王莉的资料：丧偶，无业，独自抚养一个刚上初中的女儿王萍萍。赋闲在家，平时消费却不低，信用卡每个月都有大额消费，但最近两个月的卡债一直没还。

"很好。待会到现场，我做主谈，小梵做策略，你继续搜查王莉的资料，看有没有什么亲朋好友，平时社会关系网怎么样，重点关注感情生活这一块。"

先到的同事已经在出事的巷口拉了警戒线，可看热闹的群众里三层外三层的，怎么都劝不走，三人好不容易才挤进警戒线里面。拉警戒线的警察一边带他们往事发现场走，一边介绍大致情况。

"她将门窗堵死，搬了燃气罐进屋，说要引爆天然气和女儿一起死。"

"有没有说诉求？"

"没有。她就一心求死，我们说什么都油盐不进。"说话间，他们已经走到了王莉家门口，透过门上的玻璃，可以看见客厅里的情形。王莉拿着把刀，在屋里走来走去，表情狰狞，像是发了疯一样。孩子倒在沙发上，睡着了一般安详。看到这场面，刘梵紧张地吞了下口水。他们都在彼此的视线范围内，相互一览无余。如果强冲进去，后果无法预料。

盛昭曦径直拿起同事手里的扩音器向里面喊话，"王莉，我是警方谈判小组的盛昭曦，我是来帮助你的。有什么需要你都可以和我们说，不要伤害自己和女儿。"

"你们全都滚。不要你们管。"王莉隔着窗户吼得声嘶力竭，说完拿着刀子快步走到女儿身边，高举起刀子。

"你冷静点！萍萍还小，她是无辜的。就为了钱？你舍得送她去死吗？"

王莉的手在颤抖，迟迟下不去手，但又不肯放下刀子，"你们不懂。我是为了她好，今天我们娘俩不死，以后只会死得更惨。"

这句话让盛昭曦意识到这不是一起简单的、为生计所困而想不开的案子，极有可能是王莉母女正遭受着生命的威胁。

她眉心紧拧，俯在刘梵耳边说了几句话，刘梵点点头，绕到巷子口去了。

"查到了。王莉的信用卡账单里不时会出现百货商场男装部的消费记录。最近的一次在一周前。她应该有个关系固定的男友。"盛昭曦的耳机里出现了刘梵的声音。

"阿莉，你那个男朋友呢？你出事他不管吗？"

王莉听到她提那人，浑身都僵了。表现出来的是深深的恐惧，"我没有男朋友。你不要乱讲！"

"是他威胁你？不要害怕。警队这么多人都在这里，他如果敢伤害你，我们马上会把他抓起来。你告诉我，他是谁？"

王莉脸上露出挣扎的表情，"不能说……我不能说。"

"他们关在房子里多久了？"盛昭曦扭头问警队的人。

"已经超过三十分钟了。虽然我们暂时不清楚屋内燃气泄漏速度，但时间拖得越久，爆炸风险就越大。附近这么多群众，为了安全起见，最多再等十分钟，谈不下来我们就要强攻了。"特警队显然并不信任他们这个靠嘴皮子工作的新部门。

耳机里传来刘梵的声音，"老大，邻居说最近有一个男人频繁进出王莉家。以前没怎么见过，不知道是不是她男友。因为王莉私生活混乱，经常有不同的男人进出她家，他们都见怪不怪，但最近是固定那一个人。那个人总是戴顶帽子，看不太清长相，但手上有一个蛇形文身。"

盛昭曦心头"咯噔"一响。心中隐约有感，却不敢确定，只能试探地问，"你的男朋友是老九？"

"不是他……"王莉一闪而过的惊慌已经出卖了她。如果不是老九，正常应该是反问老九是谁。

"阿莉,我和老九交过几次手,他现在已经无路可走,被抓是迟早的事。如果你配合我们,我们一定可以抓住他的,而且我保证你和萍萍的安全。"

王莉握着刀的手终于暂时放了下来。

盛昭曦趁机乘胜追击,"让我进去慢慢和你谈好吗?外边太冷了。"

王莉小心翼翼地躲在门后,把门推开了一条缝,"只能你一个人进来。"

盛昭曦走到门口就闻到了里面那股天然气的味道,她悄悄从脚边踢了一块石头,抵住了门。

天然气爆炸极限为5%-15%,在空气中浓度达到10%时,遇到火源即刻会爆炸。她让王莉开门便是为了降低天然气在空气中所占比例,减少爆炸的可能性,用以争取谈判的时间。

盛昭曦进门后先打量了一下房内的格局,手在背后做了个手势。特警队的队员都挨着门边贴了上去,这是如果谈判不成功,随时准备强攻的信号。

"外头真冷。有热水吗?"盛昭曦指了指沙发旁的热水壶。

"喝吧。"

盛昭曦自来熟地端起热水壶倒了两杯水,塞给了王莉一杯,"折腾了一早上,你是不是水都没喝一口,嘴唇都发白了。你先喝口热水,我们慢慢说。"

经盛昭曦这么一说,王莉确实觉得口干舌燥,水不烫,她忍不住一口气喝完了整杯,面色较之刚才也缓和了许多。

食物和热量会让人自然地放松警惕,迅速拉近谈判专家和当事人之间的距离。盛昭曦坐在沙发上探了探孩子的额头,体温正常,生命体征也都在。应该只是被迷晕了过去。

"我会想办法保你们,你可以试着相信我一次。你连死都不怕了,还怕什么呢?"

"你不懂。你不了解老九他们那帮人,他们没有人性的。"

警方已查明,老九那伙人是国际人口贩卖组织成员。最近本省拐卖绑架案频发,想必跟他们脱不了干系。如果王莉是长期参与作案,那她有来源不明的财产就可以解释了。

"你帮他们做事?他为什么要杀了你?"

"我知道了不该知道的秘密。我看到了Ten。"

Ten Chou也到了恒城?盛昭曦心中大惊,"你在哪里见过他?"

王莉避而不答，"你们会保护我们的对吧？"

"我保证。"

"我要申请二十四小时保护。等我安全了，我再把我知道的事告诉你们。"

"没问题。"盛昭曦通过耳机跟刘梵说，"小梵，让特警队把车开到王莉家门口来。"

刘梵从盛昭曦进入房子后，一直紧张地监听和远程从窗口监视屋内的谈判情况。虽然谈判进行得很顺利，但是她没有放松过警惕，仔细观察着房里每一个主谈有可能忽略的细节。

"老大，那个孩子有点儿古怪。"小梵轻轻说。

盛昭曦回身打量了一眼，孩子还是半倒在沙发上没有苏醒的样子，"怎么了？"

"普通人昏迷应该是全身发软，她虽然是半倚在沙发上的，但身子明显还使着劲，姿势保持得很僵硬。她可能是在装晕。"

此时车已经开到了门口，王莉还在收拾要带走的东西。盛昭曦心念一动，上前抱起王萍萍。孩子的身体轻飘飘的，没费多大劲就抱起来了。这不是一个失去意识的人该有的重量。

"我们先出去了，车在门口，你收拾好就出来。"盛昭曦故意对王莉喊话，抱着孩子先往平房外走。

刚走出平房门口，王萍萍耷拉在旁边的右手上突然露出一只塑料打火机，她迅速点燃，猛地往屋里一抛。泄漏的天然气遇到明火不是爆炸就是燃烧，无论是哪种情况，还在屋内的王莉都难逃一劫。

盛昭曦怀里的孩子露出得逞的笑容，但这笑容维持不到一秒，谢勇就闪身上前一脚飞踢，精准地将打火机踢落在门外的沙土地上。这身手利落得让远处观察的刘梵忍不住在心里给了他一个大大的赞。盛昭曦将王萍萍抓住，马上有特警队的同事将她带上了另一辆车。

从刘梵发现苗头，到盛昭曦确认，到她抱着王萍萍往外走时给他们俩使的眼色，再到谢勇全神戒备、一击得手，这一切他们三个人配合得天衣无缝。

王莉出门来还不知道发生了什么事，看见有人押走王萍萍，就想冲上来要阻止。盛昭曦指了指落在旁边的打火机，王莉像一下子明白过来什么，脸色变得灰白。"看来你还有其他事需要跟我们好好交代了。"盛昭曦面无表情地说。

儿童拐卖案

【我虽爱，但追求不到手，而你却应有尽有。】——雪莱

按照之前承诺的，王莉母女得到了警方的二十四小时保护。她也供出了老九的另外几个窝点，但是却坚决不肯把Ten的身份说出来。在她看来，这是她最后一张底牌。

因为王萍萍先前的举动，母女俩被分开看守。盛昭曦看了王萍萍的口供得知，自从她的爸爸死后，王莉好吃懒做，很快就坐吃山空。开始她凭着一点姿色交往各种男人，从他们身上拿好处，带着王萍萍勉强度日。

直到遇上了老九，她开始帮老九做拐卖小孩的事，以此得到了大笔收入。为了能成功哄骗到小孩，她连自己的女儿都算计。在王萍萍读小学的时候，她借着女儿的名义约她同学到家里来玩，然后将她同学骗走交给老九。因为谁也不会怀疑到一个小学生身上，王莉得手几次。直到王萍萍发现了她做的事。

王萍萍被巨大的愤怒和震惊冲昏头脑，当着老九的面，嚷嚷着要告发他们。

老九不怒反笑，"阿莉，我从前倒没注意过自己家里就有个好货色。这丫头倒可以卖个好价钱……"虎毒不食子，王莉拼命护着，老九才没有带走她，但临走时老九威胁她们母女说，如果这丫头敢乱说一个字，就把她俩一起装到货船上卖了。

从那晚后，王萍萍就开始计划着向自己的母亲复仇。终于等到了这个机会，是她建议母亲用引爆天然气的方法带她自杀的。她没有喝下母亲放了安眠药的水，就是想趁她不备放火逃离。

"一个小孩子能知道什么天然气爆炸？总觉得这个法子不是她能想出来的。"盛昭曦看完口供和谢勇聊起来。

"你是不知道，现在小孩子电脑玩得比我们还溜，这些东西在网上一查都有。"谢勇边说边打印出一张蛇形文身和老九的照片，准备去找王莉辨认，确认那人是不是

老九。

盛昭曦看着文身照片若有所思，"小勇，你经常见到罪犯身上的文身。有没有见过这样的？或者知不知道这个文身图案是什么意思？"

她在打印件反面的空白处用铅笔画了两个重叠"∞"，像两个躺倒的8。

谢勇仔细看了看，"我见过单个的。这是无限符号，在西方普遍代表的意思是复仇。双的就不知道什么意思了。"

"复仇？"盛昭曦心中对于那个人的疑虑更深了一层。正在她愁眉不展之时，许桐的电话打了进来。

许桐约盛昭曦下班后一起吃饭，就约在上回的咖啡厅里。许桐说上次"霍司妍"短信的事把她吓得不轻，现在心里还是有些不安。

"有件事，我上次没说。现在想来很可能和霍司妍的死有关，小曦，你要帮帮我。"

"有什么事，你慢慢说。"

许桐说，当初为了霍司妍的事坐了几年牢，再出来时等着她的只剩下佝偻着背的父母。曾经的一切就像前世发生的事一样，尽管只是二十出头的年纪，但对未来已经不再抱有任何幻想。

父母卖掉了原来的房子，举家搬到了城市另一头的小巷里，避开了所有熟人，替她改了户口和姓名。她也蓄起了长发，换下中性服装，好像这样就能将自己彻头彻尾从许桐这个身份里脱离出来一样。

父母托关系将她塞进附近的工厂里做流水线上的女工。若是放在过去，许桐是打死也不会去做这样的活的。可她看到父母的白发和直不起的背，也只能赔着笑脸和所有戴着口罩的女工们说"请多关照"。

后来，她遇见了心理医生戴海川。第一次见面，看着她的病例，他亲切地问她："你也是四中的？说起来我还是你学长。"他比她大了许多届，对她的事应当是毫不知情的。在戴海川面前，她是年轻漂亮、身材姣好的城市女孩许薇。年近四十、经济基础雄厚、单身未婚，命运终于垂怜了她一次。

结婚之后，她主动辞去了工作，回家做了全职太太。戴海川不缺钱，自然乐得金屋藏娇。很快他们又有了一个儿子——戴乐乐。

"我那时候真以为我是时来运转了。"许桐苦笑，"可是，乐乐的失踪让整个家都天翻地覆了。"

"乐乐是怎么失踪的？"

"乐乐有点孤僻不合群,我就给他报了个星乐培训的早教班。那天我像往常一样带他去上课。碰到了两个男人和一个老太太。"许桐回忆起那天发生的事仍觉得痛不欲生。

她牵着乐乐走在恒城最繁华的商业街——光熙路上。那几个人突然围了上来,有个男人二话不说先甩了她一个耳光。另一个男的一把将戴乐乐抓过去抱在怀里,孩子太小,还不太会说话,只是被吓得大哭起来。那个老太太却马上在他嘴里塞了一枚奶嘴。

孩子吮吸了两口,神情就变得呆滞了起来,不哭也不闹,乖乖地趴在男人的肩膀上,睁着眼睛愣愣地盯着许桐,好像不认识她一样。被打蒙了的许桐挣扎着去抢孩子。但那三个人对她拳打脚踢并激烈谩骂,骂的都是听不懂的外地话。

许桐听不懂他们说什么,只是拼命地往回抢孩子,但她势单力薄,向周围的人求救,围观的几十号人却没人上前帮忙。最后,她死死抓住他们,跪求他们别伤害孩子,但毫无作用,眼睁睁看着孩子被他们抱走。

盛昭曦只听了一个开头就觉得这个套路非常熟悉,这和在岳城绑架她的手段如出一辙。

"我怎么也没想到,光天化日之下,人贩子敢这么明目张胆。"

"你有没有觉得作案的可能是熟人?"

"有!因为那个男人居然知道我儿子叫乐乐。我觉得他们是有备而来,而不是随机选择。但奇怪的是,孩子被抢走以后,我们并没有接到赎金的电话。报案后警方在我家里蹲守了几天,没有任何消息,最后只有撤走了。"

星乐福利院,星乐培训机构,都是针对孩子设立的机构,这两者之间有没有什么联系?盛昭曦在心中暗自推测。

"你老公是从这件事之后开始对你家暴的?"

许桐沉默了一会儿,没有正面回答这个问题,"我老公自己是精神科医生,但他迷上了修行,对我和乐乐都很冷淡。"

"只是冷淡而已?"那晚的热线电话她还记忆犹新,但许桐不愿意讲,她也不逼她。

"小曦,你说会不会是霍司妍的鬼魂来找我们报仇了?"

"这个世界上没有什么鬼魂。我会跟秦婧商量,借他们节目寻找乐乐。警局那边我也会拜托同事多关注一点。总之,今后有任何需要帮忙的事,随时找我。"

许桐感动地拥抱她,连声说"谢谢"。她们谁也没注意到,咖啡厅对面有人躲在暗处偷拍了两人吃饭的照片。

周末是《周秦听世界》时间,秦婧和盛昭曦一起出门去电台。走到地下车库,盛昭曦总觉得身后有人跟着她们，但转头又看不到人影。

"阿婧，你有没有看到什么人？"

秦婧忙着提高跟鞋，压根没有注意到周围，"没有啊。之前那帮想要采访你的记者都被周怀瑾打过招呼了，应该不会有人自找没趣了吧？"

《周秦听世界》这期主题在盛昭曦的建议下定为"妇女儿童拐卖案"。电台答应以许桐的案子为蓝本，除了给嘉宾面子，也是因为上一期节目里许桐的电话引爆了话题热点，把节目的收听率一下子炒到了历史最高。"直播家暴""校园往事""美女谈判专家"，这里面有太多兴奋点可供挖掘了，盛昭曦火了，他们的节目也火了。

这期节目里有不少听众打电话来提供疑似戴乐乐的信息，无论真假他们都一一记下，希望能从里面找出真正有用的线索。

没想到，节目播完，盛昭曦走出电台时，又有大量的媒体堵截采访。主流的那几家媒体，周怀瑾打过招呼的，都换了人来采访，听说负责人都换了。看来，这事背后那个推手势力庞大。

话筒堵到嘴边，问起的都是很尖锐的问题，刀刀见血。

"对于当年霍司妍的死，你感到内疚吗？"

"答应上电台节目，是否是为了炒作？"

"你指使许桐欺凌霍司妍，是因为校草钟子如吗？"

"网上有人称赞你是百年才出一个的美女警察，你有没有整过容？"

问题越跑越偏，盛昭曦的心情被搅得很糟糕。换在平时，她或许还会辩驳几句，但现在刚刚做完节目，她现在一心记挂着戴乐乐的事。

孩子失踪超过半年，寻回的概率越来越小。节目刚刚播出，眼前这些媒体对这种事丝毫不感兴趣，反倒抓住她的陈年旧事没完没了。他们想的都是怎么抓住观众眼球，就拿霍司妍的事来说，相比真正的事情经过，恐怕他们更想听到的是一段"三角恋"的故事。他们蜂拥而至为的不是真相而是流量，真是讽刺！

周怀瑾和秦婧替盛昭曦挡开媒体的话筒，掩护着她往外挤。

"滴滴⋯⋯"路边有一辆大切按了按喇叭，言铮按下车窗朝他们招了招手。他们三步并作两步上了车，关上门将所有媒体都甩在了门外。

车子开上高架桥，才把后面跟着的媒体甩掉。盛昭曦身子向前倾，趴在驾驶和副驾驶中间的空隙处和言铮说话，"你怎么会在这？"

"路过，没想到碰上这么一出大戏。"他看到盛昭曦在电台门口被围，就一直在路旁等着当她的后援。

"刚刚那群记者太过分了，问的都是些什么乱七八糟的问题啊？"秦婧义愤填膺地为盛昭曦打抱不平。

盛昭曦没吭声，言铮从后视镜里瞟了她一眼，见她脸色很平静，轻声问："需不需要我找人打点下媒体？"

之前汤合行已经联系过几家重点媒体，让人把黑她的文章撤下来，但这件事实在是太火了，转载太多，舆论的热潮一时半会儿也控制不住。

"不用了。热度也维持不了多久。"

"那好，有什么需要随时跟我说。"

"谢谢。比起这个，其实我更想做点什么来改变恒城现在人口拐卖严重的现状。"

"我看就应该严打，人贩子抓到就判死刑，看他们还敢不敢。"秦婧提议。

"这样也会增加被拐人被害的概率，一旦抓到是死刑，人贩子会一不做二不休地跟警察拼个鱼死网破。"周怀瑾不是很赞同她的话。

"怀瑾说的有道理，应该找更两全的办法。像国外的Amber alter就很值得借鉴，可惜民众对这个问题重视度还远远不够，要推行起来还有困难。"

"如果国内能建立起一个像Amber警报一样的系统，一旦有孩子或成人走失或者被拐，周围社区所有人的手机都能通过自动化警报系统收到通知，那受害者被解救的概率就能提高很多。拐卖问题单单依靠警力很难解决，聚集民众的力量才有希望。"言铮一下子就接收到了她话里的重点。

周怀瑾看他们俩一来一回很有默契的样子，默默地向后靠在椅背上不再插话。

对于言铮的一点就通，盛昭曦很兴奋，侃侃而谈，"现在社交网络空前发达，就算不能马上建立全国性的Amber系统，利用社交网络来监督身边发生的拐卖绑架案，也是行之有效的办法。"

"不错。我建议警方可以在社交网络上成立一个帮助走失被拐儿童回家的官方账号，统一同步更新信息。"

"好主意。我回去就和局长商量。"盛昭曦兴奋得几乎要跳起来。很久没遇到一个能聊起来这么顺畅的人了，言铮好像能读透她心里所有的想法，还适时地替她查漏补缺。这种感觉是让她有些久违的熟悉和心动。

行差踏错

【行善的，复活得生。作恶的，复活定罪。】——《圣经》

第二天，关于盛昭曦的新闻就上报了，即使她没有回应任何问题，报纸上仍然密密麻麻地写了一大版。

最让她介怀的是，连身边的人都遭到了波及。有几家报纸刊登了她和周怀瑾外出吃饭的照片。媒体猜测他们正在交往，因为周怀瑾的爷爷在恒城有显赫的身份。盛昭曦被暗指是gold-digger（钓金龟婿的人）。

各大社交网站对此事的关注持续升温，网民和媒体频频入侵盛昭曦的私生活。被偷拍跟踪都是小事，有些"正义斗士"人肉出她的私人信息，住址和工作单位都被公开了。

从那天起，恒城警局的投诉电话就没有断过，她的车也被戳过几次轮胎。有人还在网上扬言要侵害盛昭曦的人身安全，以此为死去的霍司妍讨个公道。键盘侠们，打着为民除害的口号赤裸地暴露着自己的扭曲心理。

在一堆五花八门的报道中，有一家报纸显得异常质朴。它的标题不吸引人，但逻辑紧密，罗列出了大量当年盛昭曦如何与许桐勾结害死霍司妍的"事实"，声称信息来源于当年的知情人。并且有很多细节确实是当年发生过的事情，但在事实中又穿插了大量的猜测和虚构。当事人明白，但吃瓜群众不知，自是当事实来听。报道图文并茂，其中有几张明显是最近她和许桐一起吃饭的那次被偷拍的。

许桐出狱后改名，断了和过去的联系，就连她的丈夫都不知道她过去的那些事。现在无故被牵扯进来，无疑是给那个本已摇摇欲坠的家庭雪上加霜。

盛昭曦看了报道心中就有一阵不好的预感。仿佛为了验证她的预感，当晚，她看卷宗看到凌晨，刚刚洗漱完正准备入睡时，手机铃声猛地响起。吓得她魂魄一散，顿觉一股寒意从脚底冒起。

她接起电话后才知道这股寒意从何而来，是许桐的声音，"小曦……我……杀人了……帮帮我。"

盛昭曦开车往许桐家的别墅区走，脑子乱成一锅粥。她一边开车，一边拿起手机拨打110，但手指悬在通话键上面，却迟迟没有按下去。这个电话拨出去，就等于再次把许桐送进监狱。而且这一次，她恐怕就再也没有机会出来了。

不如先去看看究竟是怎么回事，如果她真有罪，我是不会徇私的！盛昭曦默默给自己做着心理暗示。车子停在许桐家门口，盛昭曦犹豫了一会儿，给言铮拨了一个电话。

幽暗的室内，电话屏幕无声地闪烁着，穿着宽大帽衫、戴着口罩的言铮看了一眼来电显示，迅速按断了电话，继续翻找手边的文件。

汤合行刚从外面回来，远远就看到办公室里有一束光亮闪现，他在接近办公室的时候，轻轻将手放在门把手上。

盛昭曦看着被挂断的电话有点儿失落，深吸一口气，下车进了许桐家的花园。门是虚掩上的，一推就开了。客厅的灯关着，只有门廊顶上悬着一顶昏黄的小吊灯。盛昭曦尝试着叫了一声许桐，没有人回应。

她下意识地抬头一看，许桐正站在半层楼梯上盯着她。她还是穿着那件酒红色的真丝吊带睡裙，这次没有外面那件罩衫，一半的吊带已经滑落在肩头，手臂上到处都是深浅不一的青紫。头也破了，血结了痂凝固在额角。手里还握着一把尖刀，刀刃上在滴血。赤着双脚，脚上也沾着血。

"许桐？"盛昭曦此时已经被吓得魂都丢了一半。

"这边。"许桐神情呆滞，刀尖指了指楼梯上。她转身自顾自地往楼上走去，留下一串血足印。

盛昭曦忐忑地跟着她上了楼，才走到二楼楼梯口，就闻到主卧里有一股浓稠的血腥味和怪异的香味。

许桐机械地推开门，盛昭曦隔着她探头，就看见了匍匐在地上的尸体。

"小曦，我捅了他十几刀，你……帮我看看他死了没？"许桐的脸色青白，没有一点儿生机。有那么一瞬间，盛昭曦怀疑，死的那个其实是她。

根本不用走近，盛昭曦就知道结果了，戴海川的肠子流了一地，身体都已经呈现出了尸僵。

"他已经死了。"盛昭曦用尽量平静的声音说出这句话，然后掏出了手机准备报警。

许桐突然"扑通"一声坐到地上，丢下刀，双手掩面痛哭，"我一定是疯了！"她手上的血和着眼泪一起淌在脸上，给此刻的场景更增添了一股诡异。

盛昭曦只得先放下电话安慰她，"到底发生了什么事？"

许桐伸出手臂上的伤口给她看，"他打我，用皮带和衣架子抽我。我跟他结婚五年，没有穿过短袖，因为我怕被别人看到我身上的伤。所有人都以为我嫁入豪门，野鸡变凤凰……我不能让我父母再跟着我丢一次人……"

盛昭曦扫了一眼系在床梁上的那根麻绳，想象着他是如何将她绑起，用皮带抽打她，不禁一阵心疼。

她曾经调查过戴海川，恒大附属医院有名的精神科医生，对待病人一向耐心，同事之间口碑也很好。没人能想到一个在外温文尔雅的名医，心中竟有这样的阴暗面。

"乐乐出生后，他连着孩子一起打。也许是孩子小时候受到了惊吓，才变得那样孤僻。我恨他，他不单毁了我的一生，还毁了乐乐的一生。"

为人母的心情，即便没有亲身体会，也能懂得。盛昭曦心疼得上前抱住许桐的肩膀，她跌坐在地上，睡裙无意间撩起，她才发现许桐没有穿底裤，私处是一片撕裂的通红。

"他还对你……"盛昭曦眼里有惊痛，许桐顺着她的目光看下去，赶紧手忙脚乱地用睡裙遮挡。

"每次他打完我以后，都会和我道歉。他会亲吻我的脚，跪在我面前求我原谅。他说都是因为他太爱我了。刚开始我还会原谅他，认为他其实是爱我的，只是压力太大。后来我实在忍无可忍，他也变本加厉，如果我反抗，他就更厉害、更变态！"说到这些，许桐仿佛又亲历了一遍那可怕的经历。房间的空气里还弥漫着他之前点燃的催情精油的香味。蜡未燃尽，人已阴阳两隔。

"这些事为什么不早告诉我？你为什么不离婚！"盛昭曦感到痛心疾首，心里的天平不自觉地向许桐倾斜。

"他告诉我他是因为有病才会这样，他说他会接受治疗。我信了他，一直等着他治好。可是今晚他想杀了我！"

戴海川今晚有一个饭局，回来很晚。他事先已经和许桐说过，她便先睡了。大概睡到一点多，戴海川回来了，她迷迷糊糊听见关门的声音。

"回来了？"许桐哝哝了一句，转了个身便继续睡。

戴海川没有应她，她突然感觉有冰凉的金属贴在她颈边，然后就听到他说："你的时间到了。"

许桐一下就醒了，清楚地意识到贴在她颈上的是一把刀，"老公，你干什么？"

"别叫我老公！"戴海川一身酒气，显得很暴躁。他单手去解皮带，半天解不开。恼怒地将小刀丢到地上，双手解下了皮带，然后没有一丝犹豫就往许桐身上招呼。许桐痛得满床打滚闪躲，但心里还在庆幸着他把刀丢开了。

他将她拖拽到地上，他在那方面一直有些侮辱性的怪癖。她不愿意说细节，盛昭曦也没追问。

他在冰凉的地板上虐待她，还不停地殴打她，那一刻他眼里的恨意让她觉得他是真的要打死她。

最后，他再一次捡起了地上的刀。他说，"许桐，骗我好玩吗？"

汤合行一把推开办公室的门，打开了灯。

房内空无一人，惨白的灯光在夜里特别瘆人。桌上的文件还是保持着他离开时的样子，摊开在桌上。他眼神阴鸷地走上前摸了摸文件夹的背面。每个文件上都有隐藏的标记，只有他一个人知道。为了方便排序整理，看似杂乱无章的书桌上都有迹可循，也可以第一时间辨别出来有没有其他人动过。

文件顺序没有变，连页码都是他离开时看的那一页。汤合行再次谨慎地巡视了一遍办公室，只有书桌上的电子钟在半点会闪现出幽蓝的光。

言铮踩在外墙的空调机上，攀着窗台。四楼说高不高，但摔下去也不是闹着玩的。他小心地贴在墙壁上，一直到办公室的灯重新关上，才慢慢站起身悄悄往里看。汤合行已经离开了，但是办公室的窗户推不开了。

汤合行的办公室有安保系统，系统启动后门窗自动上锁，室内监控自动运行。一旦有人闯入就会触发报警。

言铮朝下看了一眼，如果站在大楼下面朝上看，外墙上的情况是一览无余的。从汤合行离开办公室到坐电梯下楼，总时间不会超过三分钟。没有时间犹豫了，他松开抓着窗台的手，把双手往衣袖里一藏，用袖子隔着手抓住墙外的排水管借力滑下。

楼下的厚草坪和墙根处垒的一叠硬纸箱皮接了他一下，言铮摔在上面，脚踝一阵钝痛。他拖着伤腿快速离开了大楼。身形刚刚转过拐角，汤合行就从大楼里走出来了。汤合行抬眼又看了一眼自己办公室的窗口，才转身离开。

言铮扔掉外套，在邻街打了一辆车径直去了lotus酒吧。

博爱那群人的应酬原本他不想去，现在倒是非去不可了。见言铮大半夜突然西装笔挺地出现在包厢门口，院长罗金胜赶紧迎了上去。今时不同往昔，自从汤氏宣布即将发布有效治疗孤独症的药物后，所有医院的人都在笼络汤氏制药，希望拿到独家代理权。

言铮是汤氏的二把手，小汤总面前的大红人，自然也成了他们讨好的对象。他们甚至还记得言铮之前喜欢的那个包厢公主，早早地把她叫进来候着了。言铮很配合地坐到赵小夕身边，接过她手里递过来的酒很爽快地一饮而尽。他放下酒杯时深深地看了赵小夕一眼，赵小夕脸色微红地低下了头，不知道他是否还记得她。

言铮坐在沙发上一言不发，一杯接一杯，酒倒是喝了不少。院长走过来敬酒，他起身相迎，醉醺醺地绊在茶几上，整个人带着一茶几上的烟酒摔在地上。丁零当啷一阵玻璃碎裂的声音，所有人都吓了一跳。赵小夕手忙脚乱地过来扶他。言铮单手撑地，皱着眉坐在一堆玻璃渣子上喊："别动，脚崴到了。"

其他人见状赶紧过来扶他，两个大男人一起才把他架起坐到沙发上。在场的有医生，被叫过来给他检查。

言铮连连摆手，称自己没有大碍。他站起来，又给自己满了一杯酒，主动说："是我喝多了，扫了大家的雅兴。我自罚一杯。"

人家礼数做足，罗院长自然是买账的，死活劝他早点儿回去休息，又打电话叫来了言铮的专属司机小谢送言铮回去。

言铮拖着一瘸一拐的右腿醉醺醺地离开了包厢，只有赵小夕知道他根本就是在演戏，因为自己递给他的酒杯里盛得都是水。

小谢扶着他上了车，言铮在车后座闭眼假寐，"明天帮我向汤总请个假，就说我腿崴伤需要在家休息。"

"是。"

另一边，恒城郊外垃圾堆填区的上空燃起了臭气熏天的浓烟。火光下，两个女人并肩而立。

没事了。明天周二，全城一周的垃圾都会运来这里。等明早垃圾车一来，所有的事就都结束了。盛昭曦盯着火光目光呆滞，却显示出了惊人的冷静。

"谢谢你。"许桐伏在她的肩头无声地哭泣，盛昭曦在此刻成了她最大的支撑。

言铮回到家中，从冰箱里拿出冰袋给脚敷上冰，又拿出了笔记本电脑，靠在了沙发上。他手速极快地默打出了一份合同文件，这是他在汤合行办公室看到的，汤氏正要签署的一份关于合资研发治疗孤独症药物的协议。

他向来有过目不忘的本领，连金额数字日期都能记得一字不差。合同表面上没有什么问题，乙方联系人为高敏。但在交易的分成部分，乙方收益却远远超出了甲方汤氏，这就不太符合常理了。而且乙方签名是一个潦草的T，这个T代表的是谁？

正在他思考时，手机又开始震动了。言铮放下膝头的笔记本，伸手去够茶几上的手机。他一动，右腿脚踝处盖着的冰袋就掉到了地上。顾不上去捡，先接通了电话。

"你还在公司？"是汤合行的声音。

"在家。"

"怎么你的车还停在公司地下停车场？"

"今天陪博爱医院的人去夜总会喝酒，把车停在公司了。小谢送我回来的。你怎么这么晚还在公司？有什么事吗？"言铮将问题抛了回去。

"没事。你又喝多了？下次这样的应酬你不用去，现在是他们来看咱们脸色做事的时候了。"

"创业容易守业难。现在还不是端架子的时候。我无碍，你放心。"言铮是眼见着汤合行从零开始，一步步做大汤氏（中国）的。他们的兄弟感情是真，为了公司付出的心也是一样的真。

言铮盯着电脑上渐渐灰下去的屏幕，如果汤合行真做了什么，他是否真能毫无顾虑地出卖他？

他懊恼地从茶几上收回了脚，左右活动了一下，还是剧痛难当。不会是骨裂了吧？他有些烦躁地拿起电话再看，发现未接来电显示还有一个未接来电是昭昭的。

一想到她打过电话给他，言铮躁动不安的心就像被一只大手瞬间抚平。他放下膝头的笔记本，给她回拨了过去。

对方无法接通。

当局者迷

【我们有一份黑暗要忍受。】——艾米丽·迪金森

盛昭曦醒来的时候头痛欲裂,记忆里有一片火海的画面。

昨晚进了许桐的别墅后到底做了什么?她回忆起来总觉得记忆很模糊。她狠狠按了按太阳穴,突然想起来什么,瞳孔一瞬间放大,整个人从床上弹了起来。

昨晚她开车载着许桐去了垃圾堆填区,她们在那里焚毁了戴海川的尸体。这个主意甚至是她提出来的。盛昭曦的背后惊出了一身冷汗。她分不清这到底是一场梦还是真实发生的事情。

"丁零零。"家里的电话铃声响起,吓得她一激灵。

她听见秦婧跑过去接电话,"她还没有起床,你等等,我去叫她。"

没过一会儿秦婧就过来敲门,门被推开一条缝,"你醒了?你局里的电话,说你手机没开机。"

盛昭曦拿过床头柜上的手机,果然已经摁不亮了。她抹了一把脸,心神不宁地走到客厅去接电话。

"今早郊外的垃圾堆填区发生小范围火灾,火被扑灭后,消防员在现场发现了一具烧焦的男尸。法医正在进行解剖,死者暂时身份不明。你赶紧来局里,局里要开会。对了,小盛,你注意手机别再关机了。媒体那边摩拳擦掌等着报个大新闻,领导指着你去救火呢,关键时刻总找不到人领导是要发火的。"老彭在电话里简要和她说了案情。

盛昭曦挂了电话以后,原地呆了呆,一动没动。

没错,昨夜是她告诉许桐,等到明天垃圾车一到,一切都会被掩埋的。她们昨夜明明已经确认把火星给全部灭干净了,甚至还在现场冒险多停留了一个小时,就是怕火星复燃。为什么垃圾场又着火了?

也许真的是天网恢恢。夏季高温，未灭的火星在凌晨又燃了起来。新一周的垃圾还没有运过去，戴海川的尸体还是被暴露出来了。

盛昭曦头疼得更厉害了，她想不明白为什么自己去的路上还想着打110，但后来会答应帮许桐抛尸，甚至会主动提出这样的方案？

秦婧已经梳洗好，正准备出门，看见她还呆立在那里，好奇地问："发生什么事了？"

"阿婧，我……"盛昭曦欲言又止，看着秦婧紧皱的眉头，她又把话咽了回去，"没事。工作上遇到点儿麻烦。"

"你上次受伤的假还没休完，工作如果太辛苦就别做了。"秦婧一向是这样护犊子的姿态，生怕她累着。

盛昭曦脸色缓和了一点，勉强挤出了一个微笑。送走秦婧后，她把手机充上电，手机刚一亮起就涌进了几个未接来电提醒，全是言铮的。

昨夜她去找许桐之前给言铮打了一个电话，但他没有接。天意弄人，没想到一夜之间一切变了。她不知道昨天那个电话言铮接了会怎样，但现在，她身为警务人员，知法犯法，无论如何都没有开脱的理由了。

正在此时，手机再一次响起。盛昭曦决定去自首。

"喂……"听到对面类似抽泣的呼吸声，言铮一下子急了，"怎么了？你在哪？"

"言铮，我做了错事。"她的语气像个受了委屈又犟着不肯哭的小孩。

确认她安好后，言铮提着的心稍稍松了一下，"发生什么事了？你别着急，慢慢说。"

盛昭曦讲了昨夜发生的事，并说自己准备回局里自首。

言铮没想到昨夜发生了这么大的事，可隐隐地又觉得这事里透出一种说不上来的不对劲儿，"你先别急，现在哪儿也别去，在家等我。"

"局里为了这件事急召大家回去开会。我不能让大家瞎忙，我要去自首。"

"盛昭曦！你听我说，我明白你的心情。但你给我半天时间，开会的时候你先什么都不要说，开完会后我在木梨阁等你。一定要来。"

盛昭曦心神不宁地握着手机，举棋不定。谢勇又打了个电话催她回局里开会，她才胡乱收拾了一下出了门。

会上主要是通报了一下今早在垃圾堆填区发现的男尸情况，然后分配了每个人的工作。谢勇负责去查找近三个月的失踪人口报案记录，看有没有符合死者身份的人。老彭和其他几名刑警去堆填区现场寻找有价值的线索，而盛昭曦主要负责拟公关稿，配合媒体报道此事。

盛夏的季节，顶着高温去满是恶臭的垃圾堆填区翻找线索，实在是个非人的差事。盛昭曦觉得没脸面对老彭他们几个，怎么也不明白自己怎么就会行差踏错走到今天这个地步。

"你怎么脸色这么差？昨晚做贼去了？"谢勇看她状态不对，拍了她肩膀一下打趣她。

盛昭曦被说中心事，目光闪躲着，拿起笔记本匆匆离开了会议室。

木梨阁是一家茶苑，装饰得比寻常茶馆高雅。门前有小桥流水，门内是丝竹管弦。若说咖啡馆是你侬我侬的小资情调，茶馆就更像一个老江湖。人们来这喝茶说事，谈的大多是消息。消息便是金子，事关金子的事，那自然都得隐秘一些。

盛昭曦跟着服务员走了半天，才看到坐在一个四面垂了竹帘的亭子里的几个人。亭子立在水面上，四周一览无遗，四处都没有可容人藏身之处。

亭子里已有两男一女，除了言铮面朝着她的方向，另外两个都看不清面容。待她走到亭子跟前，挑起竹帘时才看清那个女人是许桐，而此时言铮正附在许桐耳边不知说了什么，许桐做出惊愕的表情，"我根本不知道你在说什么！"

言铮看见盛昭曦进来，淡淡地坐直了身子，在场的人也都各自收拾了神色。盛昭曦看着面前这架势有点懵，本来以为言铮是单独约她，不知另外两个人是什么情况。

"过来。"言铮拍了拍身旁的一个蒲团，将她叫过来落座。

"这是贾律师，是本市打刑事案件最出名的律师。我把另一个当事人也请过来了，就算要自首，我们也要先弄清整件事。昭昭，我知道你是局里的人，同事不会太难为你。但是为免碰到个别的，还是有所准备，别自己先乱了分寸好。"

言铮说得很委婉，他是怕她被人逼供、诱供。但事情就是她做的，她也无从抵赖，不过言铮替她打算的这份心思，她还是感受到了。

坐在右侧的贾律师朝她微一颔首。毕竟是见过大场面的，沉稳过人，面对两个有杀人嫌疑的女人，也并未露出丝毫的个人情绪。只是冷静地引导她们说出当时的情形，从而找出案情的关键。

根据许桐的描述，贾律师说她的案子可以往自卫杀人的方向打，加上她老公有长期的家暴史，胜算更高。许桐这样的案例，他接触过不少，国内被家暴的女人一般羞于对外声张，越是受过良好教育的女人越是如此。不管本身多么优秀，骨子里都刻着根深蒂固的男权思想，想着嫁鸡随鸡、嫁狗随狗，忍一忍就过了，可最终往往是忍不下去就酿成一场大的悲剧。贾律师建议许桐先去做个伤情鉴定，最好能再找些亲友的供词加以佐证。

可是这案子难就难在盛昭曦到了以后，她们画蛇添足，第一时间不是报案而是去抛尸焚尸，这就把情节拖向恶劣了，最少都是一个妨碍公务罪。

"是谁提出这个主意的？"贾律师推了推鼻梁上的金丝眼镜问。

言铮盯着许桐，许桐保持沉默，但是眼睛却有意无意地瞟向盛昭曦。

"是我。"盛昭曦没有推诿，她记得昨夜是她提出的垃圾站抛尸的建议。按说以她的专业背景，她无论如何也不可能那么做，但昨夜好像在那一瞬间，人性中所有疯狂偏执的那一面都跑了出来，她现在也百思不解。

可能是她同情许桐的遭遇，也有可能是当年对她的愧疚感作祟，她想帮她逃脱牢狱之灾，所以才那样建议。现在想来真是愚蠢之极，不仅害了许桐，还把自己也拉进了深渊。

"杀人后，是你主动打电话给昭昭的。"言铮问许桐，用的却是肯定的语气。

许桐点了点头，有点儿怯怯地看着盛昭曦。

"这就奇怪了。杀人这种事，尽管你是误杀，也是万万不想让人知道的。你不报警，却第一时间找昭昭。这是为什么？"

"我害怕。当时不知道该怎么做。我第一时间想起了她。"

"你们关系很铁？铁到连杀人这种事，你都笃定她愿意帮你瞒下来？尤其是你明知她还是个警察。你打电话给她的目的究竟是什么？"言铮的语气越来越急促，显得有些咄咄逼人。

"我……我们曾经关系很要好。"许桐反过来凄凄然地看着盛昭曦，她们的关系曾经好到她为了她逼死过一个人！

盛昭曦主动跳出来护她，"是我上次留下的联系方式，让她有任何问题随时找我的，我知道她老公家暴，我怕她出事。不关她的事！"

言铮不再进攻，身体后倾做了个舒展的姿势，并为自己又斟了一杯茶。

"贾律师，我还有些话跟她们单独聊一下。"

"我打个电话。"贾律师拿起公文包，先出去了。

许桐有点儿怕言铮的样子，局促不安地往盛昭曦边上蹭。言铮放了一杯茶在她面前，突然问："你还记得高敏吗？"

许桐有一瞬间的失神，她怎么能不记得，那个女人当初在法庭上没有大哭大闹，甚至能条理清晰地陈述自己女儿被发现时的样子。许桐一直感受到有个目光无时无刻不在追随着她，那种恶毒怨恨让她不寒而栗。只是时隔多年，她出狱后隐姓埋名，就再也没见过那个女人了。

"戴乐乐就读的儿童培训机构，她是董事长。"

许桐显然不知道这其中的利害关系，震惊过后也表示释然，"她应该不认识乐乐吧，那么大一个学校。"

"或许吧。但你最好想想你老公是怎么认识你的。你可知，她和你老公所在的科室有多年的生意往来？"

许桐如梦初醒，眼睛一下子圆瞪，"你的意思是她设计了我和戴海川，乐乐被拐的事也和她有关？"

"万事皆有可能。你觉得呢？"言铮打太极一样将问题又抛了回去。

是怎样疯狂的人会花这么多年的时间来设一个局报仇？许桐猛地站起了身，匆匆道别，"小曦，我会和你一起去自首，但你给我一点儿时间去找高敏问清楚乐乐的事。"

看着许桐失魂落魄离开的身影，盛昭曦不悦地皱了皱眉，"她已经够苦了，你为什么要利用她去对付高敏？"

"我们有共同的敌人。有些时候只是各取所需，不存在谁利用谁。"

"你明知道一个母亲有多紧张自己的孩子，你何必用这样没影的事情去让她再徒增伤悲。"盛昭曦不满他的擅作主张，离座想走。

言铮急忙起身去拉他，但腿上有伤，绊到桌脚又踉跄了一下，"呃……"

盛昭曦闻声回头看，见言铮面色痛苦地捂着脚踝半跪在蒲团上。这才发现他右脚上裹了绷带，亭柱旁还立了一根拐杖。

"这又受伤了？"她无奈地搀扶起他，口气里有嗔怪的意思。

言铮见苦肉计奏效，反手锁住她的手腕，盯着她的眼睛说："你听我说……许桐没有你想的那么简单。"

另一头，负责筛查视频监控的同事指着天眼拍摄的画面上的一辆黑色大切诺基说，"这辆车怎么这么像我们盛警花的车？"

画面被放大再放大，显示出的车牌号正是盛昭曦的。

凌晨，通往城郊垃圾站的唯一一条路上出现了盛昭曦的车子。这是巧合还是……同事们面面相觑，一时不知该不该将这个发现报告上去。

与此同时，盛昭曦在言铮和贾律师的陪同下回到局里自首。大伙儿万万没想到，刚刚还在一起开会讨论案情的同事竟会是凶案嫌犯。谢勇和刘梵听说后也火速赶回了警局。还在臭气熏天的垃圾站里翻找证据的老彭接到局里电话时，还以为自己听错了。他火急火燎地赶回局里，看见盛昭曦坐在审讯室里，正是她平时坐的位置的对面。

谢勇正在神色凝重地为她做笔录："为什么给许桐提出焚尸的建议？"

"不知道。一时鬼迷心窍。"

老彭中途闯进去，还带着一头大汗，也不顾审讯过程是在录音的，"孩子啊！你糊涂啊！你怎么能犯这样的糊涂！"

盛昭曦与许桐之间的是非，他是听说过的，但他没想到，平时那么聪慧敏捷的人会犯这样低级的错误，他是以一个长辈的身份替她感到痛心疾首。

盛昭曦更加羞愧了，她红着脸声音如蚊蚋一般："对不起。"

老彭和谢勇拿着笔录垂头丧气地从审讯室里走出来，盛昭曦的口供条理清楚，毫无漏洞，连想找出破绽来证明她是无辜的都没有办法。

原本和贾律师在替盛昭曦办手续的言铮看到他们出来，走过去单独拉住老彭，"听昭昭说您是刑警老前辈，有件事千万得拜托您。"

"你是？"

"我是她的朋友。"

老彭以前经常看见一个被称作周老师的男人在盛昭曦身边跑前跑后的，倒不知何时又半路杀出这么个帅哥来，"有什么可以帮到小盛的，我一定不推，但如果你想让我徇私枉法，对不住，我也不能那么做。"

"您误会了。我正是想拜托您务必秉公处理。"言铮信誓旦旦地说，"盛昭曦她是个怎样的人你我都很清楚，她不可能无缘无故做出这样荒谬的事，所以请您去现场取证时，千万注意一下环境和证物的细节，也许能发现一些其他的线索。"

老彭深深地看了他一眼，"你的意思是，小盛她帮助许桐抛尸并非出于自愿？可是我刚刚替她录口供时看不出她是被人强迫的啊！"

"有时候，眼见未必是真，自己也未必了解自己。"言铮话里有话，但点到为止。

这场仗我陪你打

【你若专心寻我，就必寻见。】——《圣经》

许桐是在高敏的办公室被警察带走的。

她的供词和盛昭曦的差不多，戴海川常年对她家暴，儿子被拐失踪后这种情况更甚，他将所有的罪责都怪到她头上。昨夜戴海川在外喝醉后，回到家对她起了杀意。她在反抗中失手杀了戴海川。一时惊慌失措，便拨打了好友盛昭曦的电话求助，盛昭曦赶来后替她出了主意，将尸体拉去垃圾堆填区焚烧掩埋。

许桐在公安机关的安排下，做了伤情检查。她身上确实有多处外伤，有些陈旧伤能证明她确实长年遭受暴力侵害。

更让警方震惊的是，许桐的检验结果显示她体内有司卡因的成分，含量还不算小，是长期服用的结果。她本人对此似乎毫不知情。这种成分常出现在毒品或者精神科药物中，长期服用累积到一定的量会致死。但许桐并没有吸毒史，结婚前虽有轻微抑郁但早已治愈。她本人也表明自己没有服用任何精神类药物。

"你如果不是滥药，还有什么药物是你长期服用的吗？"

"啊？"许桐似乎被点醒，"安眠药！我因为失眠，床头柜里常备着一瓶安眠药。"

"药是你自己买的？"

"不是。这种药药店不能随便卖。戴海川是医生，他给我从他们医院开的。"

录口供的两个警官互看了一眼，案情已经再清晰不过了。戴海川早有杀妻的念头，并已经付诸行动。尽管法律对于妇女因长期遭受家暴导致犯下罪行并没有特别区分对待，但这种情节在定罪量刑上是要参考的。

证词链完整了，剩下的就是证物链。戴家的主卧一进去就能闻到淡淡的血腥味，但血腥味中夹杂着一丝怪异的香味。

老彭目光搜索了一圈，拿起了梳妆台上的一盏精油灯。很多人喜欢点精油助眠，但这味道并不是常见的几种助眠植物的香味。老彭问身边的人，有谁闻得出这是什么香味，谢勇摇了摇头，旁边另外一个年轻的男警员有点儿不好意思地小声说了句："是那个……用来助兴的。"

他五一小长假刚刚结婚，大家听了都理解地露出了善意的微笑。

戴海川被杀当晚曾强迫许桐发生关系，所以点了这种精油也在情理之中。老彭放下精油灯去看别的物证。许桐清理过现场，地面上看不出明显的血迹。但用鲁米诺反应一测，实木地板上曾留下过血迹的地方就清晰可见了。

根据血液的分布情况分析，老彭在地板上大致画了一个范围，是尸体最后倒下的地方及可能呈现的姿态。但是靠近床尾的位置，有拖拽痕迹，有可能是移动尸体时产生的。

谢勇从抽屉里找到一瓶安眠药递到老彭面前，"这就是许桐说的那瓶药。"

"带回去化验一下。"

"是。"

凶器也在别墅小花园的土里被挖了出来，是一把名牌的水果刀，刀面细窄而锋利，泛着寒光。刀刃和刀柄的连接处还残余着未抹干净的血迹。

按许桐的供词来说，她家客厅茶几上常备着新鲜水果，也有一把水果刀。当晚戴海川就是拿着这把刀想要杀了她的。

警方带走了凶器、床头柜里的所有药物、许桐和戴海川的少量衣物。老彭是最后离开的，他走的时候想起了言铮拜托过他的事，又回到别墅仔细地查看了一遍，最后将那盏精油灯一起带走了。

贾律师为盛昭曦办理了取保候审手续。下午两点，盛昭曦拎着狱警刚刚还给她的包从看守所里垂头丧气地走出来。

她一抬头就看见言铮挂着一根拐杖站在马路对面定定地看着她，她勉强打起了精神回以一个微笑。

"在里面受欺负了？"言铮摸了摸她的头，语气倒是不太沉重。

"没有。"

"上车。"言铮为她拉开了后车门，他腿受伤这几天都是司机小谢开车接送，他和盛昭曦并排坐在后座。

"我们去哪？"

"嗯……去我家改善下伙食。"

"你家？你要亲自下厨给我做吃的？"

言铮微笑地看着她摇了摇头，"不。是你做。去给我改善下伙食。"

"我都这样了，你可别折腾我了，咱们在外面随便吃点儿吧。"

"我是伤员，外面那些东西吃不了。你还欠我一顿骨头汤！"

"什么时候的事？"盛昭曦不记得有这回事。

"大概是我给你请来贾律师的时候的事，律师费就用骨头汤来还吧。"

"我还是用钱来偿还吧。"

"我拒绝。"言铮气定神闲地坐定，也不管盛昭曦的连声哀叹。

事实上，盛昭曦整个下午除了把排骨洗干净丢进锅里外，其他的事就不记得了，因为在等着水烧沸过一遍排骨的时候，她就在沙发上睡着了。

这两天，她就没怎么合过眼。看守所里，她清清楚楚地意识到，自己已不再是一名警察和谈判专家，甚至不再是一个普通人，她变成了囚犯。将来的一年或是几年她都要在这里这样度过。这种心理认知压得她喘不过气来，更别说睡着觉了。

梦里都是身边的人对她的嘲笑，"你到底是警察呢？还是杀人犯？"

"我不是杀人犯！我不是！"盛昭曦喊着从梦中惊醒，身上的毛毯滑落在地上。她恍神了一会儿，才想起自己是躺在言铮家的沙发上。下一秒就有清甜的香味混合着肉味钻进鼻孔里，她的肚子马上配合地咕噜噜叫了起来。

盛昭曦看了一眼窗外，天已经黑了，墙壁挂钟上的时针指向了七。

开放式的厨房里还有"嗒嗒嗒"的切菜声，她转过头看见言铮背对着她站在料理台旁切西红柿。他的拐杖立在一边。

厨房里一盏昏黄的灯光打在他的背上，配合着满室食物的香味，让盛昭曦感受到了浓浓的人间烟火气，那是曾经的四年里多么熟悉的场景。她的眼眶有些微微的湿润。

言铮察觉到身后的响动，回头看见她已经醒来，坐在沙发上呆呆地看着他。同样暧昧的感觉也萦绕在他心头。

"开饭了！"他回神报以一个温柔的笑，自己伸手取下了围裙。

桌上摆了六道菜，除了一道汤以外，其他是红彤彤的一片。恒城的菜是出了名的咸麻辣，盛昭曦的口味一向重。桌上摆着的正是她最喜欢的那几道菜：水煮牛肉，剁椒鱼头，麻婆豆腐……虽然心事重重，看到这些美味依旧是食指大动。

言铮拄着拐杖把最后一道菜端上了餐桌，最简单的糖拌西红柿，这道菜盛昭曦毫无兴趣，眼睛全盯在肉上面一动不动。他自己拉开椅子坐下来，"可以开动了。"

"这全是你做的？"盛昭曦双目含着崇拜的光，她认识的会做饭的男人屈指可数，靳司遇也是为了她才学了几样。说来，靳司遇一向是很专一的人，包括做菜，也永远只做那几样，但做到极致，所以盛昭曦百吃不厌。离开了他，她已经很久没吃过谁亲手做的菜了。

"我只做了汤和番茄。"言铮指了指厨房，盛昭曦看到了一家知名酒楼的外卖袋放在垃圾桶旁。

"你点的外卖？"崇拜的星星之火瞬间熄了下去。

"你排骨没洗完就睡着了，我一个残障人士能点个外卖已经算身残志坚了。"言铮面色坦然地为自己添了一碗汤。

盛昭曦无所谓地耸耸肩，双手合十："我开动了。"

她的筷子刚伸到水煮牛肉上面，言铮就把菜盘给移开了。然后从她手里把饭碗给端了过来，开始添汤。汤是排骨汤，加了鲜百合，所以她刚刚醒来时闻到了一阵清香。

"我不想喝这个。"她有点儿委屈地瘪了瘪嘴。刚关了两天放出来，好不容易能吃上一口好吃的。

言铮没有理她，"你两天没好好吃东西了，猛得吃这么辣，胃会吃不消。先喝点儿汤打底。"

"跟我爸似的。"盛昭曦嘟嘟囔囔地接过来，赌气舀了一勺塞进口里，味道似乎还不错。暖暖的清汤流进肚子，不仅没填饱她的肚子反而让她食欲更开了。她一口气喝了个碗底朝天，然后开始东一筷子西一筷子，嘴巴忙不停。反倒是言铮一直慢条斯理地在夹那盘西红柿，偶尔喝一口汤，别的动也没动。

"这么多菜你都不吃？"

"胃痛。"言铮放下筷子，连西红柿都只吃了小半盘。

盛昭曦这才想起他有胃病，抱歉地跟着放下了筷子。说好她来做饭的，结果自己却睡着了，"要不我再给你炒个青菜？"

言铮觉得平时没脸没皮的盛昭曦不好意思的样子有趣，"你继续吃，我喜欢看你吃东西。"

"是不是看着都觉得很有食欲？"以前秦婧也这么夸过她，跟她一起吃饭总能吃得比较多。

"嗯。像看到了一只小猪仔。"言铮的食指越过餐桌按她的鼻头，把她压成一个猪鼻子。

"你才是。"盛昭曦恼怒地拍开他的手，反去捏他的鼻子，被言铮一个歪头躲开了，还顺势抓住了她的手。感受到手心温度的融合，两人同时一怔，本来还在笑着的盛昭曦尴尬地挣开了手，她突然意识到自己这种行为无异于在同言铮打情骂俏。

"我去洗碗！"她猛地站了起身。

"我帮你。"言铮去拿手边的拐杖。

"不用了。"盛昭曦手脚飞快地把碗筷叠在了一起端去厨房。

等她从厨房出来的时候，客厅里没看见言铮。窗外不知何时下起了暴雨，电闪雷鸣。她轻声地叫了他一声。

"这边。"言铮的声音从里面的一个房间传出来。

盛昭曦循着声音找过去，推开门发现是一间书房改造成的放映室，有一整面的落地窗，雨水顺着玻璃形成一道水帘。房间一面墙中间是一块白布，投影仪空投在上面。屏幕左边是一整面墙的书，右边是一整面墙的碟片。房间正中只摆了一个大沙发，右边靠墙放了一张书桌。每一块的空间都留得很大。让人站在中间感觉像进入了巨人国。

盛昭曦第一次来他家，总觉得举止把握不好分寸。她踌躇地问道："你看电影，那我先回去了？"

"嗯。"言铮正站在放碟片的墙前，偏头看了一眼窗外，"雨太大了。现在开不了车。"

"看这部电影好不好？"言铮不等她反应，抽出一张碟片问她。

《美丽心灵》，讲的是一个患有阿斯伯格综合征和精神分裂症的科学家纳什的精神世界。他是天才，也是疯子，盛昭曦曾经非常喜欢这部电影，因为靳司遇和纳什各方面都很像。

"像我这样的人，迟早有一天会疯的。"靳司遇陪她看这部电影的时候，曾说过这样的话，"如果我疯了，你以后怎么办？"

"那我就把门关起来，陪你做一个疯婆子。"盛昭曦的笑颜如同她的名字，变成了一个小太阳。那些回忆又一次浮现在盛昭曦心头，不知为何每每和言铮在一起，这些回忆都会频繁地找上门来。

言铮将碟片推入了电脑，然后走去关灯。灯一灭，整个房间就只有投影仪的一点弱光。他走到沙发旁边，手指在一个破碎的玻璃瓶上面划了一下，滴了一滴血落在瓶中。瓶中的液体一下子发出非常漂亮的蓝色荧光，房间整个都亮了一下，然后慢慢弱了下去，变成很柔和的光线。

鲁米诺反应液？盛昭曦好奇地趴在瓶子旁，荧荧的蓝光映在她的五官上十分柔和，"我之前听说，有个荷兰的科学家用这个发明了一种以血液发光的灯，我那时候还在纳闷哪个变态会买这样的灯自虐。"

言铮也坐了下来，两人分坐沙发的两端，"只有这种液体可以产生出这种特殊的蓝光。很美，不是吗？我想要的，无论要付出什么，都会得到。"话里的深意让盛昭曦感到微微的心惊，这个男人的执着好像超乎了她的想象。

两人各自占据沙发的一边，盛昭曦抱着抱枕靠在沙发扶手上。电影看到一半，她又睡着了。等她再醒来时已经是电影的结尾处，她发现自己竟然侧躺在言铮的大腿上，而言铮的手就自然地搭在她的手臂上。

她正想挣脱，言铮突然开口："The most important discovery of my life, it is only in the mysterious equations of love. That any logical reasons can be found. You are the reason I am. You are all my reasons."（我生命中最重要的发现就是爱。在爱的引导下任何逻辑关系和真理都会被发掘。你就是我的真理，你是成就我的真理。）

电影的结尾，纳什最终获得了诺贝尔经济学奖。他站在领奖台上深情地看着他的妻子发表了如上感言。言铮跟着电影中的英文原音同步说了出来，他低哑的声音在夜里念着英文独白，配合着窗外的雨声，有种独特的安宁。那声音仿佛钻进了耳里，挠得盛昭曦心里痒痒的。她一时竟沉了下去，忘了挣脱。

电影结束，投影的画面黑了。房里只留下荧荧的蓝光和滋滋的电流声，第一时间没有挣脱开，现在反而不知该如何是好了。盛昭曦只好继续装睡，她僵着脖子等着言铮叫醒他。

言铮轻轻顺了顺她的头发，像在安抚一只小猫，"敌人已经来了，这场仗我陪你打"。

盛昭曦轻颤了一下，这句话感觉好熟悉。

嫉妒是魔鬼

【生活说着无与伦比的谎话，高于期待，高于谎言。】——茨维塔耶娃

"叮咚。"门铃在这时响起，恰好缓解了盛昭曦的尴尬。

言铮轻轻挪开她的头放在沙发上，自己起身去开门，盛昭曦听到拐杖敲击在地上的笃笃声渐渐小了下去。她这才坐起了身，愣愣地想起他刚刚说的话。

上次她腿摔伤住院，有一晚入睡后，感觉有人来看她，睡得迷迷糊糊中她依稀听见那人在和她说话。但她听不清他说了什么，转眼又睡着了，后来她一直以为那是个梦。原来那个人是言铮，他说的话也早就进入了她的潜意识。

她和高敏的这场仗是为了靳司遇而打的，言铮这么奋不顾身地扑进来，真的用"喜欢"二字就可以解释得清楚吗？

门口传来两个男人说话的声音，但听不太清具体在说什么。她悄声走到书房的门口，从里往外，可以看到客厅的镜面墙映出来的门廊的场景。

言铮的背影挡住了来客大半个身体，但还是可以看清是汤合行。她知道偷听墙根是很不好的行为，但她太想弄清楚言铮身上的秘密了。

"你……不要……高敏……我……知道……你是……盛昭曦她……"两人间的谈话多半是汤合行在说，言铮只是间或地"嗯"一声。他们的声音不算大，盛昭曦只能依稀听清楚断续的几个字。

大概是汤合行听说了她的案子，来劝说言铮不要插手的。盛昭曦想现身让汤合行知道自己的存在，继而结束他们的谈话。可她刚走出书房门几步，就听见汤合行气急败坏地大吼，"万一让她知道你的身份，我们这么多年的辛苦就白费了！"兴许是言铮不温不火的态度逼急了汤合行，他的声音一下子拉高了许多，盛昭曦被这一声怒吼给弄得进退两难。

汤合行还没压下去火气，抬头就看见了盛昭曦站在离客厅不远的过道处，"你有客人？"

言铮也是一惊，回头看见盛昭曦站在那，也不知她听到了多少他们的谈话。

言铮仔细打量着她的脸色，想判断她知道了多少，"你醒了？"

"嗯。时间挺晚了，我也该回家了。"盛昭曦装作没有听到他们的谈话，和没事人一样看着言铮和汤合行。

"那我送你。"成年人之间都有种默契——只要不点破就维持表面的和平。

"你的腿都这个样子了，还送什么送。"汤合行阴阳怪气地在旁边瞪了盛昭曦一眼。

言铮显然并没有把他的话放在心上，只在征求盛昭曦的意见，"时间有点儿晚了，我就不叫司机过来了，我陪你打车回去。"

"不用了。我自己打个车回去就可以了。你们……早点儿休息。"

最后这句话把汤合行逗乐了，盛昭曦好像默认了他在言家的主人身份，心情一好，"得得得，别争了，我来送。"

最后汤合行开车，言铮陪着，把盛昭曦送回了家。

回了无数次的家，这回却怎么也迈不开脚步。

从她去自首，到被拘留，到现在。她一个电话都没有给秦婧和家里人打过。有时候越是亲密的人，越是开不了口。

秦婧就算一开始不知道，这两天也早该收到消息了。但她竟破天荒没有来拘留所看她，连她取保候审出来也没有联系她。大约她也接受不了自己日夜同住的人是个杀人焚尸的帮凶这件事。

盛昭曦想好了，如果秦婧不愿意，她会马上搬出去。这个时候和自己扯上关系的人，都没有好果子吃。她不想再拖累秦婧。

钥匙插入锁孔，旋转两周推开了门。意料之中的黑暗，不知道秦婧是睡了还是在外面应酬未归。

她蹑手蹑脚地进了门，手刚按在电灯开关上，就听见黑暗中的客厅里传来一声："小曦？"

盛昭曦被吓了一大跳，迅速按亮了房间里所有的灯。

秦婧就抱着双膝蜷缩在沙发上，披头散发，脸色苍白，像是刚刚生了一场大病，有气无力地看着她。

"你这是怎么了？"盛昭曦放下手中的包，匆匆跑过去，双膝跪在地毯上去探她的额头，看她有没有发烧。

秦婧拿开她放在额头上的手，双眼死死地盯住她，问："你真帮许桐杀人了？"

盛昭曦的神色僵了一下，缓缓松开手，拉开了两人的距离，"我帮她抛尸，隐瞒了她的罪行。"

"为什么不告诉我！为什么什么都不和我说！"秦婧突然有些歇斯底里，将沙发上的抱枕拍得啪啪作响。

"对不起。"盛昭曦讷讷地回应，"我会……"她想主动提出搬走的事，却突然被秦婧一把抱住。

"你知道我有多担心你吗？你知道周怀瑾有多担心你吗？他去拘留所没有接到你，打电话也不接，在家等到凌晨才刚刚离开。你为什么什么都不告诉我们？我们到底还是不是你朋友？

"我托容易去调查了戴海川的背景，周怀瑾也通过家里的关系到处去活动。我们都为了你操碎了心，你却只会玩人间蒸发。"

"对不起。"此刻盛昭曦除了对不起，好像已经无话可说。她又一次做了错事，辜负了所有爱她的人，但这一次他们没有抛弃她，反而给她提供了最坚实有力的后盾。

秦婧语无伦次地数落了盛昭曦一顿之后，陷入了长久的沉默。

"小曦，你老实告诉我，你之所以愿意帮许桐做这样的事，是不是因为你觉得欠了她的，霍司妍的事始终在你心里都没有放下。"

当年霍司妍和盛昭曦交恶，原本不关许桐任何事。许桐处理这件事的方式上纵有万般不是，但说到底是为了她出头。许桐为此付出了最宝贵的青春，而盛昭曦远走他乡对她不闻不问，要说心里没有一点儿愧疚，那是骗人的。

"这么多年前的事，过去了就别提了。"盛昭曦挥挥手似乎想赶开那些荒谬的念头。

"不。过去的不能就这么过去。"秦婧一下从沙发上爬下来，跪在盛昭曦面前。

盛昭曦被她这一跪弄得丈二和尚摸不着头脑，慌忙要扶起她。她的膝盖却有如千斤重，沉在地上不肯起来，"你让我说完。"

盛昭曦不勉强她起来了，索性自己也跪到地上和她面对面。

"我才是整件事的始作俑者。那年开学，霍司妍突然开始针对你都是因为我……"

差距大只会产生羡慕，而差距小的人之间才会有妒忌。

霍司妍当年是校花，成绩又好，家里有权有势，在四中是被奉为女神的存在。秦婧和她做朋友，并没有多大的压力，因为心里清楚，这样的人生是自己可望而不可即的。尤其是霍司妍因个性高傲，在其他人那里并不讨喜，只和她们二人交好。秦婧可以和她成为好友，只感到莫大的荣幸，根本谈不上嫉妒她。

反而是盛昭曦，外貌成绩样样都不出众，个子身材还不如自己，人缘却出奇地好，大家都把她捧在手心，她和谁都玩得来。这不免让三个人中沦为绿叶的秦婧感到不甘。

盛昭曦对谁都很大方，不爱计较，脾气又好，不管班里谁有困难找她帮助，她都乐于伸出援手，而且每每都是尽心去为别人谋划，所以身边总是围着一大群朋友。她成绩不算太好，文艺方面却拿得出手。学校各类演讲、歌唱、主持人大赛，都可见她的身影，久经磨炼也出落得落落大方，交友圈就越发的广泛。

作为她最好的朋友，秦婧也多得惠泽。认识了各个圈子的不少人，但每个人见她的第一句话都是："你是小曦的好朋友吧？"

她身上被牢牢贴上了标签——盛昭曦的朋友，甚至失去了自己的名字。这种感觉很痛苦，没有人比她更懂。明明那个人也没有比自己优秀，偏偏那个人还是自己最好的朋友。活在盛昭曦的光芒下，她彻底融入黑暗，但又无论如何舍不得离开这样的光芒。带着这样不堪而卑微的念头，她们相安无事做了多年好友。直到那年的校园歌手大赛，她和盛昭曦又一次搭档上台。

有一个在学校里很有名的学长，初赛、复赛、决赛，一场不落地来为她们加油鼓劲儿，并且每次表演结束都给秦婧送花，是只送花给她。花间夹着的那张红色贺卡上面写着的"秦婧"二字苍劲有力，像写在了她的心上。

人人都跟她说学长喜欢她，二八年华，情窦初开是再美好不过的事。但那时恰逢秦婧父亲升职举家要搬迁的当口，父母开明，告诉她可以自己选择去留。如果选择留下，就住在姨妈家完成高中学业。

秦婧原本是想随父母走的，但因为学长的出现让她犹豫了。她打算在比赛结束后表白，如果对方也有意，她就不走了。秦婧那时候整日心中就像揣着一只小兔子，既不安又雀跃地期待着总决赛的来临。

总决赛那天，她打扮得很漂亮。当时就已经将近一米七的身高，拖着一袭长裙，踩着一双镶了水钻的高跟鞋。她心中觉得自己就像变了身的灰姑娘，只等着走到王子面前。

那本该是属于她的一晚。

然而比赛结束，她却在后台亲眼见到学长拿着一个精致的礼物盒，红着脸近乎虔诚地看着盛昭曦。首饰盒里的水晶苹果闪着耀眼的光芒，那是对于中学生而言价值不菲的礼物。秦婧看了一眼自己鞋子上镶嵌的水钻，自嘲地笑了笑，"假的永远是假的。"

最为讽刺的是，就在这时花店的人又送来了一束指明给秦婧的花，她这才知道原来花里的卡片都是花店里的人代写的。学长情商高，因为两人是组合，所以都替她们准备了礼物。只不过盛昭曦拿到的是学长亲自挑选、亲自送上的礼物，而她得到的只是一束顺带的定时花束。

所有的委屈和不甘在那一刻爆发，秦婧将花和鞋子都丢进了垃圾桶。没想到这时遇到了来后台找盛昭曦的霍司妍。她向霍司妍大倒苦水，以为自己可以得到另一个好友些许安慰，没曾想等来的却是一盆浇头的冷水。

"你喜欢别人，别人就一定要喜欢你吗？小曦又没有做错什么。如果你心有不甘，你可以和她当面说啊，背地里来和我讲她坏话，这样真的好吗？"

霍司妍是先和盛昭曦成为朋友，才通过她认识秦婧的，所以想也没想地就站在了盛昭曦的一边。她一向说话直率，也不管别人的感受。若是放在平时，秦婧静下来一会儿也就想清楚了，可那时正在气头上，便被霍司妍的这句话给点爆了。

"这些年和她做朋友，她出尽风头却把我踩在脚下。我的感受她不可能毫无所知，但她沉默地享受着所有人的拥护，装着老好人的样子，享受着我这个绿叶的陪衬。我受够了！"

霍司妍看她就像看着疯子，"这么累就别做朋友啦！何必勉强自己。不是一个层次的人，做朋友很累。"这话里话外分明还是向着盛昭曦。

当然了，针扎不到身上是不会痛的。秦婧冷笑。霍司妍是同样被万千宠爱的人，怎么会懂她的痛。那就让她也被扎一下吧。

"你这么帮着她，你以为她真的把你当朋友？"

"这话什么意思？"霍司妍皱眉，显然是不信任的，却又控制不住自己的好奇心。

"你以为你和高三那个学长晚自习后约会的事，真的是被巡逻老师不小心撞破的？你怎么不想想那个秘密基地有几个人知道？"

"小曦不会这么做的！"盛昭曦笑闹着拿学长的事打趣她的画面还历历在目，她怎么会出卖他们，"你只是气急了才乱泼脏水。"

"当时你原本是代表学校去参加全国英语演讲比赛的，最后你被抓早恋取消比赛资格，是谁代替你去比赛出尽了风头的？"

"……"

"我不甘心做她的绿叶,你觉得她又甘心做你的绿叶吗?她在我面前说过你多少坏话,你又怎么会知道?盛昭曦不过是把那些心思藏得比我更深一些而已。"

做了这么久的朋友,霍司妍最在乎的是什么,秦婧摸得清清楚楚。只要抓住那几个死穴,谎话多说几遍就会成真,而且以霍司妍骄傲的个性,绝对不会去当面对质。

高二开学,秦婧一句话也没有留下就转学离开了。

后来霍司妍突然反目,甚至为了公开羞辱盛昭曦,开始和钟子如交往;盛昭曦在众叛亲离之际遇见了许桐,和她交好,也会忍不住向她抱怨霍司妍的事;许桐找人去教训霍司妍,导致她不堪受辱沉河自杀……

后面发生的这一切的一切都脱离了秦婧的想象。她万万没有想到自己当年一时的气话,会引发后面那么多"灾难"。

霍司妍死了,盛昭曦从万人捧变成万人踩,被驱逐出国,许桐坐牢。一个恶意的谎言结出的恶果已经超出了她的承受能力,所以以后来连承认的勇气都丧失了。

自从盛昭曦回国,秦婧千方百计联系上她后,就以最大的努力去弥补她,决定扮演好一个真正的闺蜜。她原以为事情到这也该结束了,又是万万没想到,命运会经她手让盛昭曦重遇许桐,甚至盛昭曦还为了当年的事做出这样的傻事,把自己的未来都搭了进去。

"你能不能原谅我?"秦婧趴在盛昭曦的膝盖上止不住地抽泣。

听完这一切,盛昭曦仿佛一下子老了很多岁。言铮的身份,秦婧的秘密,许桐的私心,她不是没有察觉,只是想做那只把头埋在沙子里的鸵鸟而已。靳司遇曾经告诉过她,每个人都有一张假面。在假面世界里做真实的自己,是要付出难以想象的代价的,但是不要怕,他会陪她。

"这场仗我会陪你打。"言铮的话一下子又钻进了脑子里。

时过境迁,再说恨也谈不上,盛昭曦只是觉得有点儿累。

"阿婧,我很高兴你能和我坦白。我们之间谈不上原不原谅,我帮许桐做的这件错事,怎么也怪不到你头上来。当年太幼稚,对你造成的困扰我到今时今日才明白,我也欠你一句抱歉。"

"你不要这么说……"秦婧哭得更厉害了。小曦这么平平淡淡地和她说话,反而让她觉得生疏了,她宁可被骂一顿或被打一顿,都不希望她这么客气地和她说话。

盛昭曦扶起她,"我有点累了。今晚让我先休息,好不好?"

她自顾自地走进房间,秦婧看着她的背影和那扇关上的房门,感到彷徨失措。

反戈一击

【创伤方才收口,那黑暗却又鲜血一般将白日淹没。】——雪莱

再过两天许桐的案子就要开庭了。

目前所有的证词、证物都坐实了盛昭曦包庇的罪名。贾律师建议以自首情节为入手点来辩护,尽可能地减轻刑罚。

警局里,老彭看着手中证物袋里的精油灯怅然若失,刚拿到手的检测结果表明,里面的精油确实是催情用的特殊香料,并没有什么其他玄机。只是检测报告里指出,精油里还有少量其他未明元素,以目前本局的技术,无法确定是什么,很有可能只是一些杂质,不影响整体结论。

老彭犹豫再三,还是决定带着精油灯和报告去一趟恒城ICAS检测中心。作为外资的第三方专业检测机构,ICAS的技术和设备应该比他们要更先进。如果能弄清楚那最后一点未知的成分是什么,不管结果对案情有没有影响,老彭觉得自己也算对得起这往日同事一场的情谊了。

他私人付了加急的费用,要求两天后许桐的案子开庭前拿到结果。

一辆不起眼的银色小车等候在研究所外,坐在车里的人看见老彭从ICAS走出来,拨通了一个电话,"言总,彭警官刚送了东西进ICAS去做检验,我还要不要继续跟?"

"跟。"言铮挂了电话,看到盛昭曦正略带疑惑地看着他。他温柔地拍了拍她的手背,"是股票上的事,我们继续听贾律师说。"

ICAS有自己的一批生化医学方面的实验人员,也有外援机制,在遇到棘手的问题时,会去求助其他专家。言铮的专业就是生化制药,虽然他目前做管理,但资历在,所以他也是ICAS的外援专家之一。

有这层关系网在,他打听起来一些事也不显突兀。晚上,他给研究所的老大赵甫教

授打了一个电话，"赵老师，我是言铮。"

"嗯？小铮啊，好久没听到你消息了。上次惠康灵的发布会我看了，产品很好！后生可畏啊！"赵甫教授年纪大，一直做研究，并不像社会上的人一样一口一个言总叫他，反而让他觉得和赵教授在一起最自在。

"老师过誉了。"言铮笑笑，直奔主题，"今天研究所是不是接了一个外单？"

"哈哈哈。你这消息也太灵通了，是警局的人送来的单子。怎么？这案子和你有关系？"

"只是想提前打听下结果。现在出结果了吗？"

"其实这事你不问我也正要去找你，说来这单子真有些棘手。我们这居然也验不出来那个成分到底是什么。发回美国总部也许能有结果，但又偏偏是个加急的单子。两天时间就要出报告的。我这正想着找谁接手比较合适，你的电话就来了。你有空吗？"

言铮本来只想打探一下消息，直接受邀参与检验倒是意外惊喜。

"有，我现在就过来。"

当即叫司机过来送他去了ICAS研究所。言铮在前台拿了许可证，由专人陪同上了十三楼，赵甫教授正穿着防辐射服在实验室里专心做实验。

陪同的人想进去告知，被言铮拦下了，"等一等。"隔着一层玻璃，言铮拄着拐站了半个多小时，赵教授的实验告一段落才终于发现他站在门口。

赵教授看见他露出恍然大悟的神色，然后匆匆脱下放射服走出实验室，"哎呀，你看我这记性，一做起实验就什么都忘了。你之前还给我打过电话的，啧，都过去四十分钟了。"赵教授看了一眼手表，有点儿懊恼。

言铮反过来宽慰他，"没事。我刚站在外面也学习了不少，时间没有荒废。"

赵教授是打心眼儿里喜欢这个孩子，之前小汤总给他们推荐言铮时，说他是什么美国名校毕业的高才生，赵甫心里还持怀疑态度。这年头海归多了去了，那些打着科研的幌子想捞取名利的年轻人也不少，真正能沉下心来做研究的有几人。后来合作过一次，这个年轻人惊人的才学和专注的态度才真正让他另眼相看。

那次也是帮警局做的一个检验。几个研究员分别做，其他人做出了血液、泥土、指纹、衣物纤维等分析报告就close file了。赵甫当年负责审核报告，看过其他研究员的报告以后也觉得主要的东西大致都涵盖了，没有什么问题。可言铮迟迟没有交报告，在实验室里每天一站就是十几个小时。最后在那件动力锯的刹车装置里提取出了非常细小的一根海藻类植物。根据那个海藻，警方判断出了凶器被丢的真正位置，也找到了失踪多时的受害者的尸体。

那个案子以后，赵甫又和言铮共事过几次。他发现言铮尽管年龄不大，但才华和思想绝不在自己之下。平日里言铮虽然尊称他为赵老师，但在赵甫心里，他们就是一对忘年的莫逆之交。他多次尝试说服言铮转行做科研，他的智商和能力天生就是属于实验室的，根本就不应该混商场，但言铮均以帮助汤合行为由拒绝了。

赵甫听说过一些关于他们二人的传闻，但对于他而言，这些个人私事他无心过问，真正的有才之人是上天赐给科学的礼物。

距离上一次合作有一年了，这一次又能和言铮一起做研究，赵教授十分开心。但看见他拄着拐杖时很吃惊，"腿怎么了？"

"崴了一下，小事。"

赵教授替言铮领了一套防护服，带他进了实验室。言铮看到实验桌上摆着的精油灯，一下子就联想起盛昭曦曾说过的怪异的香味。心中有种直觉，一定能从这东西里找出些许证据。

"这就是我们这次的单，你先看看这份警局的报告。找其中微量的不明元素到底是什么就是我们的最终目标。"

言铮仔细看了一遍警局出的报告，这盏精油灯里的精油添加了一种特殊的香料，闻到的主香是玫瑰味，对性冷淡有奇效，俗称催情精油。报告里列出了精油的所有成分，除了一种未明的元素。报告里推测是蒸馏过程中产生的杂质。

这种说法对付外行倒是可以，专业人士是不信的，所有分析不出的东西都被叫作杂质，其实再难分析的物质都是可以追根溯源的，差的只不过是技术和时间。

离开庭时间只剩下不到36个小时，言铮一分钟都不敢耽误。

他拄着拐在试验台前艰难地移动。第一步是提取精油，分离成分，可是因为那个未知的成分数量太过微小，很难与其他元素分离。言铮和赵教授分别做了多次分离实验都以失败告终。

"太快了。"眼看天蒙蒙亮起，赵教授摇了摇头摘下护目镜，"这种未明物质和其他成分在蒸馏过程中分离的时间就是一瞬，没有完成分离就会立马融合，很难抓住那个时间点啊。"

言铮也摘下护目镜，揉了揉太阳穴，连续五六个小时的时间眼睛眨都不敢眨，现在太阳穴突突地跳得厉害。

"再来。"短暂的休息后,他又马上戴上了护目镜。

"我叫助理提了早餐过来,先出去吃一点儿。"赵教授看出他的疲劳,拍了拍他的肩膀。

"您先去,我再做一次就来。"言铮没有抬头。

实验室的门开合了一次又一次,工作人员进进出出,言铮就站在试验台前没有动过。他发现没有拐杖,操作速度可以快个十几秒,索性就将拐杖扔在了一边,骨裂的右脚一挨地就钻心地疼。他试着用足尖点了点地板,才慢慢将整个脚掌放下去。反复活动几下对这种痛楚也就麻木了些。

分离实验最大的难度就在于速度,言铮本就心细手快,丢掉拐杖后移动速度也得到了保证。再多做了几次,终于将未明元素单独提取出来了。

"终于可以吃早餐了。"言铮长舒了一口气,脱下眼镜。抬手一看表才发现已经十一点多,马上就要吃中饭了。他对着赵教授摇头苦笑。

好在研究所的饮食是二十四小时随时供应,他们很快吃个中饭,倒也没耽误什么时间。言铮的胃病不能饿,真饿昏了也无法继续后面的工作。他选了最快捷的白馒头,三两口嚼碎了吞下,饱肚养胃。不到十二点,又恢复了工作。

第二步,找出未明物质的真身,这才是重头戏。可是这种成分在研究所的数据库里匹配不到任何一样元素。

"没有数据记载,看来还是功亏一篑。"赵教授有点儿丧气。

言铮拖着已经痛到麻痹的右腿坐到高脚凳上,一时也有些怔忪。他的手机在储物柜里一直嗡嗡作响。

明天就是开庭的日子了,昨天从贾律师那出来后到现在,一直联系不上言铮。盛昭曦莫名有些失落,就好像临上战场失去了战友的感觉。

说到底,高敏也好,许桐也好,从来都是她一个人的事。自己怎么能因为言铮那两句话就魔怔了?看来凡事想从别人身上找依靠是最不理智的做法。

她洗了一把脸,拍了拍双颊,看着镜中的自己。

"你要清醒。"

到底是克制的人,直到开庭的那一刻,盛昭曦也只给言铮打过两个电话。站在被告席上,她扫视了一下听审席上的人,依然没有言铮的身影。她便愈加努力地挺直了背脊。

盛昭曦是作为许桐的附案审理,所以先开庭的是许桐的案子。公诉方起诉她故意杀人罪，辩方以基于长期家暴的正当防卫来做无罪辩护。许桐的伤情报告加上警方开出的证明，证实她有被人慢性下毒造成的精神损伤，为她博得了很大的胜算。

在贾律师觉得这单案子已经胜券在握时，却万万没想到公诉方在最后抛出了一个致命的证据。

"根据最新目击证人证实，我们有理由相信，被害人在被焚时，仍是有生命体征的。换句话来说，这不是一起自卫杀人或是失手杀人案。这是一起有预谋、有组织的共同犯罪的残忍谋杀案！"

公诉人的手狠狠地由许桐指向了盛昭曦。盛昭曦的眼里头一次有了恐惧的神色，她们焚尸的时候，戴海川还没死？这怎么可能？

公诉人说，一名垃圾站的员工称那晚目击到她们焚尸的整个过程，因为太过害怕而没有报警。直到凶手自首，他才敢站出来作证。他说他看见盛昭曦点火的时候，那个男人还在呻吟。

"你撒谎！"

"被告注意法庭纪律！"法官提示。

杀人罪和包庇罪的案件性质有天壤之别，法官临时决定休庭重新安排审理。如果她们之前的供词属实，加上证人的证词，那在这个案子里，许桐至多只是伤人，而盛昭曦才是直接导致被害者死亡的凶手。

第二次开庭，盛昭曦直接被合并为故意杀人案共犯来受审。之前和贾律师商量好的自首认罪方案无法实施了，那晚发生的事毕竟只有当事人知道，所以盛昭曦选择自辩。但戴海川在被烧时未死的事情让她乱了分寸，满脑子都是自己杀人了。一向伶牙俐齿的她，这会儿连辩解的勇气都没了。

关于那一晚发生的事，她的记忆一直很模糊。会不会戴海川当时真的没死？他曾求过她手下留情？盛昭曦居然都不再确定了，她不敢想下去了。

"第二被告盛昭曦，请问你是何时何地，又如何发现被害人戴海川的尸体的？"

"上周一晚上，大约凌晨十二点左右，许桐打电话给我说她失手杀了她先生。我赶到她家时发现的。"

"你之前可曾见过他们夫妇二人，两人关系如何？"

"在案发前两个月，我曾见过他们一次。他们夫妻之间关系比较冷漠，我怀疑戴海川曾长期家暴许桐，致使她最后冲动杀人……或者说伤人。"

"你说怀疑，就是你未曾亲眼见到过？"

"是。"

"提出将尸体丢到垃圾场并焚尸这个建议的是谁？"

"是我。"盛昭曦低头羞愧地回答。

是她提出将尸体抛到郊外垃圾场的，许桐说如果尸体就扔到那，第二天新的垃圾运来堆填时，就会被人发现。于是她想了想，提出了焚烧的主意。每天垃圾站要焚烧那么多垃圾，应该不会被发现。

"最后真正动手的人是谁？"

"也是我。"尸体是用她的车运走的，许桐害怕，所以火也是盛昭曦点的。

"据悉，第二被告是警局的一名公职人员，在得到第一被告许桐（化名许薇）的电话求助并赶往现场的时候，你为什么不第一时间报警？反而选择帮其隐瞒，你难道不知道这是知法犯法吗？"

"我知道。"盛昭曦连一句多余的辩解都不愿意说，贾律师连连摇头，这样下去毫无胜算。

公诉方则是越战越勇，"所以你铤而走险帮助第一被告许桐做出杀人焚尸这么凶残的事究竟是出于何种目的？"

"我不知道他那时还活着……"盛昭曦的解释在咄咄逼人的公诉人面前显得毫无说服力。

"你知道的。"公诉方的检察官很嘲讽地笑了，"而且据我所知，你和第一被告许桐早在十年前就是关系非同一般对不对？"

盛昭曦咬了咬唇，沉默了，不愿又提起那段陈年往事。

"反对。公诉人的问题与本案无关。"贾律师站起来提出反对。

公诉人不紧不慢地回复法官，"当然是有关的。十年前的案子直接关联到此案两名嫌疑人的动机。"

"反对无效，请第二被告继续回答问题。"

盛昭曦长吸了一口气，"我们十年前是同校高中同学，关系很好。但自从我出国后，我们就没有联系了。"

"你们没有联系的原因不是因为你出国留学了，而是因为你们当年合伙逼死了你的同班同学，许桐入狱而你畏罪潜逃！"

此话一出，满堂哗然。

旁听席上开始指指点点，原来这两人早在十年前就干过同样的勾当。

周怀瑾凝眉不语，秦婧则是着急地向周围人解释："不是这样的，不是这样的。"可是没有人听她说话，大家都喜欢猎奇，越是阴暗越有爆点。法官不得不敲响法槌来维持秩序。

在这样的慌乱中，盛昭曦反而冷静了下来，"我做出徇私包庇的选择是我的错，但这和十年前的案子无关。当年的当事人好不容易才恢复平静的生活，为了满足任何目的而再揭人伤疤都是另一种残忍。"盛昭曦有意无意地看了一眼旁听席上的秦婧，她也不想她再做出同样的联想。

"当年法院判我无罪自然证明我是清白的。公诉人以阴谋论来做无端假设没有任何意义。如果公诉方有任何证据能证明两个案子有关，请举证。"

公诉方的这名检察官姓左，在这一行工作十多年了。他早就关注过盛昭曦，作为恒城唯一一个从国外聘回的谈判专家，盛昭曦自己或许不觉，但体制内的人都十分关注她。

刚一回国就在"6·6岳城劫机案"中立了大功，还没等大伙来得及认识她，马上被人晒出黑历史，遭遇人肉搜索。在网络暴力如此严重的现代，她居然还能高调地出席电台节目来宣传反拐卖、反家暴。这大起大落的活动轨迹，别说左检察官摸不透，几乎没人能懂。若说她是图名图利的小人，应该不会在劫机案中挺身而出救下整个飞机的人；若说她是干干净净的君子，又不会屡屡卷进这种恶性事件。以左检察官来看，这大概就是个在国外待久了，喜欢肆意妄为，由着自己性子来的大小姐。

当他得知自己是此次案件的公诉人时，心里有隐隐的激动。终于有机会和这个谈判专家当面交锋了。为了这场官司他做了充足的准备，本以为她该是牙尖嘴利让人难以招架的。万万没想到这个谈判专家像个鹌鹑一样只会点头称是。

这是盛昭曦第一次的反击，左检察官觉得心底又有种斗志被燃烧起来。

"请问被告人许桐，你为什么要以假名许薇与你的丈夫戴海川结婚？"

"我不想被他知道我以前坐过牢，十年前我的案子在四中人尽皆知，我怕他因为这个嫌弃我而不肯结婚。"许桐看起来很诚恳柔弱的样子，一点儿也让人联想不到"霸凌"二字。

"也就是说一开始这段婚姻就是建立在欺骗的基础上？据我所知，戴海川比你大了整整十九岁，你愿意嫁给他是不是就是图他的财产？"

许桐惶然无措地看着检察官一个劲儿地摇头，"不是的，那时候我得了轻微的抑郁症去医院看病，我是他的病人，他对我很好，又主动追求我。我封闭了自己许久，遇到他才真正动心。"

"反对公诉方提出毫无理由的推测。"贾律师站起。

"反对有效，请公诉方注意措辞。"法官发话。

"那如果你们夫妻关系很和谐，为什么他会对你有长期家暴行为？"

"大概是因为孩子的事，我们的儿子戴乐乐被拐失踪后他就性情大变，经常对我拳脚相加。我觉得他是在责怪我没有看好孩子。"

"这种情况你有没有跟你的父母或其他家人提过。"

"没有。我觉得丢人。"

"一件你觉得很丢人的事，连家人都不敢说的事，为什么可以轻易告诉第二被告盛昭曦，甚至不惜打电话到电台去公之于众？"

许桐看了一眼盛昭曦，"我们俩之间……不一样。"

这个不一样很微妙，在检察官听来就是默认了她们之间的特殊联系，而在盛昭曦听来却是对两人过往感情的一种肯定。

她接着解释道："我是被打怕了，偶尔听到那次电台里的节目主题正好是关于家暴，而客座嘉宾居然是我消失多年的老朋友。我很想找到小曦，和她聊聊天，鬼使神差地就拨通了电台电话。后来还被我老公发现了，又是一顿毒打，当晚所有听众都可以作证。"

左检察官沉默了一下，家暴一直被许桐当作挡箭牌，而大众的同情和导向往往会在无形中影响法官的判决。就像一个车祸枉死的人，如果他是无恶不作的坏人，大众往往会说一句"老天有眼"，而不会去深想这个车祸责任究竟属于哪一方。一旦被害人身上有污点，舆论自然会倾斜到相对弱势的被告人身上。何况是这样一个给妻子下毒，在实施家暴过程中又故意杀人未遂的男人，他被失手杀死，没有人会同情他。但检察机关是不能抱有这种先入为主的偏见的，死人不能为自己辩护，只能依靠公检法机关来维护公正。而且经验告诉他，抽丝剥茧后的事实往往要比想象中更加残忍和曲折。

"你的家境贫寒，攀龙附凤嫁给戴海川后，全家的生活都跟着改善了，而你的父亲还迷上了赌博，欠下了巨额赌债。"左检抽出一张字据，"这是你父亲向赌场的人打的借条，数额高达四十万之多。据邻居证实，他曾向死者寻求帮助，被拒后还大吵过一架。是不是？"

提到家人，许桐流露出心虚的表情，"他们是吵了一架，但是……"

"被害人与你的夫妻关系破裂，又不愿意帮助你滥赌的父亲。你看夫妻情断，无法再从他身上捞到好处，所以你起了杀意，对不对？"

许桐不知如何作答，被告席上突然传出一声冷笑，盛昭曦目带嘲讽地看着检察官，"我为检察官深入骨髓的大男子主义思想所震惊，在你眼里女性都是男性的附属品，有钱就意味着绝对优势。攀龙附凤、捞好处，这些词您脱口而出，自然随意，想必以您现在的身份地位，家中的太太也是如此攀龙附凤、权衡利弊才有了这段婚姻。左检察官，您是否也该多做提防？"

对于这种有明显针对性的言论，左检察官的脸色十分难看又不好发作。

"第二被告请尊重法庭纪律，在未被提问之前不要随意发言。"

"对不起。"盛昭曦朝着法官鞠了一躬，虽然这位女性法官对她进行了口头批评，但显然是偏向她这一边的。

公诉方又传召了另一位证人，是死者的密友徐鹏，是他同医院的外科医师。

"被害人死前曾和你在一起喝酒，他有没有表现出什么异常？"左检问。

"他喝醉了，一直在说他老婆骗了他。"

"说了她骗了他什么事吗？"

"具体我也不知道。好像是说她老婆最近经常网聊，他怀疑她和别的男人有染。戴医生是个非常好面子的人，这些事平时都不会和我们说，那天如果不是喝醉了也不会说。"

"在你眼里，死者与他的妻子平日里关系如何？"

"很恩爱。他们是老夫少妻，加上戴医生平时医院里的事情多，没什么时间陪她，就在别的方面对她百依百顺。"

"你觉得他们的孩子被拐的事情对被害人有什么影响？对他们夫妻关系又有什么影响？"

"影响肯定是有的，他整个人都憔悴了很多，还请了很长时间的假去找孩子，但我不止一次听见戴医生打电话宽慰他的妻子，应该不存在责怪的问题。"

"你撒谎！"许桐情绪激动地指着徐鹏，徐鹏脸色一变，正色道："我以我医生的医德起誓，我说的句句属实。"

"谢谢证人。"左检察官颔首送走了他，转而指向许桐，"是你在撒谎！"

"你们的关系破裂根本就不是因为孩子的事情，是被害人知道了你的真实身份，才对你百般不满，而你也早就察觉了此事。于是你将计就计，和你的挚友盛昭曦一起合谋杀死了你老公，反正这事你们也不是第一次做了，你还可以拿到他大半身家供你父亲还赌债。"

"不是的，不是的。"许桐双手抱头，胡乱抓着头发，说话也语无伦次，像是到了一个临界点，再推一步就会发疯。

"既然问题牵扯到我，可以让我说几句吧？"盛昭曦看着法官，得到她的首肯后才再开口。

"左检察官的想象力还真丰富，许桐嫁给戴海川多年，就算离婚也能拿到他一半的家产，为了区区四十万的赌债用得着杀人吗？而且，如果你的假设成立，那我呢？我陪她杀人又能捞到什么好处？钱？我从来不缺。"

左检察官对盛昭曦的资料了如指掌，确实知道她家经商，生意做得大，因此不存在金钱的动机。

"你是不缺钱，你欠的是人情。十年前欠的人情债。"左检察官又把攻势集中在许桐身上，"你当年逼死的那个女同学和你不同班，甚至毫无交集，却是盛昭曦的死敌。你把事情全揽在身上，让她远走高飞。这次你杀人，她又替你放火。你们真是对好姐妹啊！"

"别说了，别说了！"许桐崩溃地大拍桌子，"我承认我们当时焚尸的时候，确实知道他没死。可是小曦说那时候就算再送去医院也没救了，我们还会暴露。所以……我听了她的。"

一瞬间满庭都安静了下来。许桐哭得梨花带雨，一个劲儿地朝盛昭曦说对不起。盛昭曦双眼瞪大，不可置信地看着这个在她背后捅刀子的人。

总有人在暗中守护你

【我把你造得像我的孤独一样大。】——艾吕雅

言铮看着电脑上最后一个Match的标志,只觉得眼前一片雪花。赵教授正趴在桌子上休息,他们已经连续工作了三天。官司早就开庭,连彭警官都已经放弃了,这单任务已经宣布失败,言铮却还在继续。

ICAS的数据库里匹配不出来,言铮犹豫再三,登录了他在母校M.I.T的学生账号。这个账号从他回国后就没有再登录过,但这一次他不得不借助M.I.T这个全世界最全的化学药理学术资料系统来完成报告。又是连续高强度的工作五个小时后,言铮终于得出了最终的成果报告。

这种新成分被命名为4-Ho-Mipt,类似于一种迷幻药,但它的功能比较特殊。这种元素会通过控制额叶和颞叶,使其活跃程度降低让人产生敌意冲动、偏执妄想,或自我感觉良好等现象。这两部分影响自控力和同理心,这些部位活跃程度降低意味着人会缺乏道德推理和抑制自身冲动的正常能力。很多心理变态的连环杀手都是天生的额叶和颞叶脑功能低下。

这就解释了为什么盛昭曦本来准备报警,可是在别墅里待了一会儿后,就失去了她作为警察的基本道德和判断力,而选择了另一种不可理喻的做法。

"赵教授,结果出来了……"言铮有气无力地从打印机里扯出最后一张实验报告,扶住打印机桌子呼吸急促。

赵甫一开始没有注意到他的异常,欣喜地接过报告快速扫了一遍,眼里是摄取新知识时兴奋的光芒,"太好了!"

他再抬头看言铮时,发现他嘴唇发白,手按在小腹处,面有痛色,眼神都有点迷离了,"你脸色怎么这么差?没事吧?"

"没……"言铮话未说完，整个人就已经倒了下去。他躺在地上，身体开始颤抖，赵教授扶起他才发现他的嘴角流出了像红线一样细的血丝。

赵教授脸色大变，按了紧急求助铃，"快来人啊！"

言铮入院，是二次严重胃出血，因为他自己一直忍着不说，拖延了治疗时机，情况很危急，需要立即手术。

赵教授马上找了汤合行过来。同时第一时间联系了彭警官，通知他过来取报告。他们这一行最大的心愿不就是力所能及地揭开遮住真相的那一层面纱吗？言铮累到入院才完成的报告不能蒙尘。

"我当初介绍他给你们研究所帮忙，是因为他兴趣所在，可是给你们当个外援，也不用这么做牛做马奴役他吧？他有严重的胃病，上次胃穿孔就已经要了他半条命了，你们研究所到底是想谋财还是害命啊？"汤合行一见赵甫二话不说就发了一顿脾气。

赵教授是知道这个笑面虎的名号的，平日见面哪怕再是敌对关系，那都绝对是和和气气的。能让他发这么大火也实在少见，可他自己也着实冤枉。赵甫无奈地摊手："这案子是言铮自己要参与的。连续在实验室里不眠不休一坐就是三天，吃喝也不规律，我们劝也没用，这铁打的人也受不住啊！不过话说回来，做科研的人就是需要这种精神。"赵教授言语间对言铮这种行为竟是赞赏多于反对的。

在汤合行眼里，赵教授就是个迂腐的老头，成天喊着做科研，说到底ICAS研究所还不是得找项目盈利。他懒得和他多说。恰巧这时彭警官赶到了医院，火急火燎地四处张望。

"老彭，这边。"赵教授朝他招了招手。

彭警官大步流星地走了过来，也没有留意到身边那个板着脸的年轻人。

"这是你要的报告。老伙计，实在不好意思了，这次你要的东西拖延了。现在才给你也不知道耽误什么事没？"

"别这么说。我知道这次的任务很难，我给的时间也太少。现在能拿到结果也是意外惊喜了。结果如何？"

"里面有一种新型致幻剂，会导致人额叶和颞叶脑功能低下，进而冲动易怒，丧失道德准则。如果嫌疑人是在闻到这种香味后犯罪，很有可能是遭人设计。你们往这个方向查查。"

"太好了。我就说小盛不会是这种人。"老彭将报告在手心里拍得啪啪作响，"这个线索太重要了。赵教授,太谢谢您了。"

"不是我的功劳,是我们研究所请的外援专家,这不,人都累倒了进医院了嘛?"

老彭往手术室的方向张望了一眼,并未想到这个专家会是言铮。他面带歉意,"等案子结束,我一定再带着当事人来好好谢谢你们。"

老彭走后,汤合行来套话,"这单子是警局的?"

"嗯。不过是私人委托。"赵教授毫不设防,"也许还是小言认识的人。他之前主动打电话来找我问过这单子的进展,如果不是他的加入,这一定没办法结单的。"

汤合行看了一眼手术室,嘴唇抿成了一条线,默默掏出手机给高敏打了一个电话。

法庭上风云突变,被指同谋的两名被告突然反目。

盛昭曦信誓旦旦说自己抛尸之前已经确认过戴海川已无任何生命体征,戴海川当时不可能还活着。但许桐却说,她们把戴海川拉到垃圾场时曾看见他手指头动过,自己当时反悔想将他送医,但盛昭曦却坚持要焚尸灭迹。

遇到窝里斗的情况,公诉方是乐得其成的。贾律师请求暂时休庭,重新排期上庭。就在这时,左检察官又拿到了警方送来的一份新的报告。内容是证明盛昭曦是在闻到有致幻剂成分的精油后实施的犯罪,这样的话恶劣程度及量刑标准都会和原先有出入。而且精油灯的出处也需要再仔细调查,公检方将报告呈给法官,同样要求休庭。

盛昭曦做了一个很长的梦,她梦见了自己回到了17岁,秦婧没有转学离开,像从前一样每天上课会给她带一瓶温好的牛奶;霍司妍将她的错题本丢到桌上要她以后别再犯这种蠢错误;短发的许桐和另一个男孩追逐着从教室外的走廊跑过,嘴里喊着:"你再敢欺负高二一班的盛昭曦你就死定了!"

靳司遇手提着单肩包,倚在教室门口等她下课,金色的夕阳将他柔软的头发染成暖色。她笑着迎向他走过去,像电影里的慢动作一样,可她惊愕地发现自己每靠近他一点儿,他的身上就燃起一点儿火苗。火苗蹿起来的一瞬间将整个人都包围起来,盛昭曦僵在原地被眼前的场景吓到了,靳司遇在火光中痛苦地向她伸出手来,"你为什么……要害我?"他的喉咙里发出的声音,像个老头。脸上的人皮一点点剥落,竟变成了戴海川的样子。

盛昭曦尖叫着向后退,可是突然有一只手在后面使劲将她向火光的方向推了一把。她错愕地回头,推她的人竟然是刚刚给她送牛奶的秦婧,她满脸的怨毒和不甘,"你也去死吧。"

同时，火光中飘来另一个女孩的声音："小曦，一命偿一命，很公平。"

盛昭曦嘴里喊着不要，不要。突然感到后腰一痛，许桐手里的刀插进了她的身体。许桐的短发不知何时已经长长，长到垂地。她的双眼空洞无神，口中喃喃地念叨："你欠我的，是你欠我的。"

人性究竟能丑恶到什么地步？盛昭曦在噩梦惊醒后，思考着这个哲学性的问题。

她拿起身边的手机，刚刚就是这个东西硌在腰上把她疼醒的。手机里有一个特殊的文件夹，储存着在一起的四年间靳司遇和她发过的所有信息。感谢现在手机发达的传输功能，不管更换多少次手机，这些回忆都被原封不动地保存了下来。

"在哪？""想吃什么？""我来接你。""九点回。""傻。""乖。""嗯。"

有意义的，没意义的，每一条都存了下来。

无论过了多久，都可以想象到当初他说那些话时的神态和语气。静静地，耐心地，清冷里透出丝丝的温柔。

曾有一个人，全身心地对她好过。他的全世界只有她的那种好。

每次觉得走不下去了，读读这些短信好像他又回到了她的身边。提醒着她，人性能有多恶就能有多善。现在切切实实伤害她的人，过去也曾真真切切地善待过她。

"滴滴"两声手机邮箱弹出新的邮件提醒，是M.I.T发来的一封警告邮件。

"A long-distance login happened on your account, please make sure it is an operation by yourself。"（您的账户异地登录，请确认是否本人操作。）

当初靳司遇失踪后，为了查出更多线索，盛昭曦登录了他的Gmail邮箱。账号密码都是她一早就知道的，她抱着试试的心态登录，没想到竟然成功了，密码他没改过。用完后她一直关联着这个账户。靳司遇的这个邮箱已经很久没有开启过，以至于她都忘了这回事。

这次却突然收到邮箱登录警告，原因是他的学校账号被异地登录，邮件下还附上了异地登录的时间和坐标。

盛昭曦的眼睛一点点瞪大，看着屏幕上显示的时间和地点。白天她开庭的时候，在恒城，有人登录了靳司遇在M.I.T的学校账号。

这个账号是学生本人用来进行Self-Service（自助服务）的。选课、交学费、进校图书馆系统查资料，统统都需要登录这个账号。这不像社交网络的账号，这种校内专用的账号是不存在盗号或是共享的情况的，因为别人也没用。换句话来说，这是只有靳司遇本人会登录的一个账户。有一秒钟，盛昭曦脑中闪过他还活着的念头，欣喜若狂。

她坐起身来，直直地盯着手机里的邮件，仿佛能透过它看见靳司遇就端坐在书桌前，面前架着一台电脑，他的手指飞快地在键盘上敲打，时不时扶一扶眼镜抬头朝她微笑，复又低下头继续认真地盯着屏幕上的资料。

他还在那里，甚至就在恒城，在一个她不知道的角落里，继续做着他喜欢的研究。我可以这样期待吗？

盛昭曦双手合十，小心翼翼地问着上天，像个乞求糖果的孩子。

言铮手术的麻药劲儿终于褪去，他慢慢睁开了眼睛，看着天花板。一瞬间也不知自己身处何时何地，他喃喃地张开嘴，下意识想要叫一个人的名字。可是嘴张了张，却没有发出声音。

意识和记忆已经在一瞬间回到了体内。

"你醒了？"汤合行本来横着躺在沙发上的，发现他睁眼，一个挺身从沙发上坐起，"恭喜你又去鬼门关逛了一圈。"

"真棒啊！"汤合行一边说一边鼓掌，言铮知道自己又要接受他的毒舌洗礼了，索性闭上眼，左耳进右耳出。

汤合行发现他根本没看自己，突然凑到他脸前，对着他的脸，"究竟什么案子值得你累成这样啊？"

言铮睁开眼看着他的眼睛，"无论什么案子我都会尽心尽力。"

典型的逃避，汤合行保持这个姿势一动不动地和他对视了几秒才笑着退开，"对了，我差点儿忘了我们言总还曾经是大名鼎鼎的科学家呢！"

言铮下意识地隐瞒了这事和盛昭曦的联系，巧妙地又把问题抛了回去，"你怎么会在这里？"

"研究所老赵一个电话把我叫来的。你以为每次你有事都是谁在旁边的？狼心狗肺的家伙。"

"……"

"言铮，如果你一直忘不了过去，你迟早会被过去的自己害死。"汤合行突然正色道。但严肃的表情维持不过两秒，又恢复了嬉皮笑脸，"你醒了就没事了，我也回家睡大觉了！Bye……"

窗外月明星朗，汤合行走后病房里就回归了一片宁静。夏天就快要过去，但这个夏天的尾巴冗长得好像不会结束一样。麻药过去后伤口痛得睡不着觉，言铮想喝水，只有自己撑起身体，伸手去够台子上的水杯。

　　病房门被轻轻推开，一个穿着白大褂的男人走进来。明明称得上魁梧的身材，走路却没有声音。

　　他径直走到床边拿起那个透明的玻璃水杯，又提起热水壶倒了一杯水递给他。言铮几口喝完了一整杯水，抬起手背拭去唇边的水珠，"谢谢。"

　　来人小心翼翼地扶着他平躺下去，自己拉了一把椅子过来坐在病床前，"小盛那件案子的证物报告是你做出来的吧？把自己折腾成这副样子。"

　　"案子怎么样了？"

　　"现在休庭准备二审。言铮你不该插手这件事的，关心则乱啊！"

　　"我查出了真相，这就够了。她不是自愿去做那样的事的。"

　　"怕只怕这个真相未必能帮到她。"

　　"什么意思？"

　　"以你和盛昭曦的关系，你碰过的证据还能算证据吗？对方一定会咬死你徇私，就算你提出再去其他第三方受检，他们一样可以说你已经在证据上动了手脚。被污染的证据是无法再采纳的。"

　　"……"言铮知道他所言非虚，确实是自己疏忽了，但已经发生的事就没有回旋的余地了，只能见招拆招，"上次我发给你的合同查得怎么样了？"

　　"汤氏掌握着主要收留孤独症儿童的星乐福利院，而高敏经营了一家专门针对孤独症儿童的星乐培训机构，这似乎能解释他们为什么要合作去研发治疗孤独症的药物，但究竟哪个是因哪个是果就不好说了。"

　　"那个T是谁？"

　　"现在还不清楚，只知道高敏身后有一个很硬的后台，应该就是这个T。单凭一个T字也无法锁定目标。"

　　"和外资企业有这么深的羁绊，可以往有外籍背景但长期活跃在境内的富商身上查。如果锁定在恒城、岳城两地，范围就更小了。"言铮下意识地摩挲着中指上的戒指。

　　白衣大褂男人轻笑，"你不做警察真是可惜了。"

　　"你呢？你为什么要掺和进这件事里来？六年前你不是早已经决定要明哲保身了吗？"

陆岑眼珠子转了一圈，"你想听真话还是假话？"

"假话。"反正长夜漫漫，言铮想听听他能编出什么鬼话。

"那当然是因为我熊熊的正义之魂啊，尤其是在遇见小盛以后，她那么执着，凭着自己小小的身躯都要去对抗那些庞然大物，追寻真相。我堂堂刑警队队长，当然也不能落后。"

"真话呢？"陆岑说起大话来就刹不住车，言铮打断了他。

陆岑收起夸张的神色，一脸苦相，"这是上级下达的任务，我不能拒绝。就这么简单。"

言铮笑着摇了摇头，明明是可以拒绝的吧，这是个真话中掺着假话，假话里含着真话的回答。

真正下定决心要把整件事调查得水落石出是在哪一瞬间呢？大概是在高铁站外看着满头是血的盛昭曦被抬上担架的那一瞬间开始的。被视如蝼蚁的生命，不管是盛昭曦、靳司遇，还是他自己及家人。每一个鲜活的生命对那些黑暗中的人来说都那么不值一提。想真正保护家人的办法不是退缩，而是将那群想操控生死的人彻底拽下来。越是渺小的人，在巨大的压力下就越能爆发出难以想象的毅力和决心。所有小说里看上去是小人物一样的存在，最后被逼到绝路，都会发大招。只有到了那时候，人们才会发现他是男主角。陆岑不无骄傲地想，在孩子长大之前，我也得当一回大英雄。

"你传过来的福利院那边所有孩子的资料，已经全部调查清楚了。我们发现实际人数和档案记录有较大的出入，这些年失踪了不少孩子，都是患有孤独症的孩子。你的下一步任务就是找出这些孩子的具体身份。"陆岑正色，将这次来的目的说清楚。

"嗯。"

快到护士巡房的时间了，陆岑先一步离开了。就像算准了一样，陆岑刚走，盛昭曦的电话就在此时打了进来。

"喂？"电话那边是小心翼翼的软软的声音，像一团柔柔的棉花，"你还没睡？"

她打电话本来是想碰碰运气的，没想到真的有人接。

"你怎么这么晚也没睡？"言铮把问题抛了回去。

"刚做了一个噩梦，睡不着了。"

言铮在电话这头无声地微笑，会在噩梦惊醒时第一个想打电话的人意味着什么，恐怕连盛昭曦自己都没有察觉。

"今天庭审你为什么没来？这两天也联系不到你。"盛昭曦没有意识到自己的语气里竟有些委屈。

"唔……"手术的刀口突然一阵抽痛，言铮闷哼一声,把头埋进了枕头里。他不想在这样特殊的时期还要她为自己的事分心，"对不起。我前几天临时出国出差了，二审我一定会来。"

"你做什么噩梦了？"言铮蜷缩起身子，手按在小腹上又不敢太用力，胃里像针扎一样，一抽一抽的，全凭着毅力忍了下来。

把手机放在耳边，听盛昭曦开始絮絮叨叨地说起梦里的人和事，电话那头传来的软软的女声让言铮紧绷的神经慢慢放松了下来。

"我有时候想，也许他还活着。"盛昭曦突然话锋一转。

"谁？"言铮尽量控制着自己声音里的不自然。

"我之前跟你说过的和你有点儿像的朋友。"

"为什么突然有这样的想法？"

"嗯……"盛昭曦犹豫了一下，"说不清，也许是我一厢情愿的幻想，总而言之，我只要他活着就好。不管发生了什么，只要他告诉我他还活着，我就什么都不怕了。"

言铮静默了良久，慢慢地说："不管他是否还活着，他都希望你好好过。"

"你怎么会知道他在想什么？"

"因为我和他一样的中意你。"

挂断电话，两人各怀心事。

她最后这两句话就像是在暗示着他什么，难道她已经知道了些什么，还是他多虑了呢？

他真的不是靳司遇吗？为什么我对他的依赖感那么强烈？只要那个账号再登录一次，她就可以找到答案了，盛昭曦暗暗祈祷。

你不知道的事

【在群星之中,有一颗星是指导我生命通过不可知的黑暗的。】——泰戈尔

二审开庭,因为新证据的出现,案件变得更加复杂。两名被告因为说法不一,使庭审出现变化。许桐请了新的律师替她辩护,贾律师则继续做盛昭曦的辩护律师。

有人推着轮椅进了法庭,旁听席上的人都自觉给他让了一个位置出来。言铮坐在轮椅上,膝间盖着一块毯子。被告席上的盛昭曦隔空和他对望了一眼,彼此眼神里已经形成了一种默契。

台下的周怀瑾忍不住偏头打量了这个男人一眼,目光若有所思。

秦婧今天因为电台有事迟到了,偏偏又在停车场遇到一个和她抢最后一个车位的人。对方显然没有什么谦让的绅士风度,她正在前面倒车准备进车位时,对方的车直接停在了她要停的车位上。幸好秦婧踩了一个急刹,否则两车就撞上了。

有这么开车的吗?她气不打一处来,解开安全带下车去理论:"什么人啊?开辆宝马就可以横冲直撞?这可是法院!"

司机位上下来一个人,弓着腰连声说抱歉,"我们赶时间,一下子没注意到。小姐,实在不好意思。"

"不好意思有用吗?这车位明明是我先准备停的,你给我让开,这事就算了。"

宝马车后排下来一个年轻人,一米七几的个头,看上二十岁左右,还是个没长开的半大男孩。穿着一件黑色T恤,五官冷冷的。

"走。"

男孩说话时眼睛并没有看着谁,好像当其他人都是透明的一样,说完自顾自就向停车场的出口方向走。

"小少爷,等等我。"司机左右为难地来回看,"小姐,你看这……实在是不好意

思了。"不等秦婧再发难，司机就追着男孩的脚步跑开了。

"没礼貌的熊孩子。我就当发善心帮助智障儿童了！"秦婧双手拢在嘴边，用确保男孩能听到的音量，大声朝着他们离开的方向喊道。对方依旧头也不回地离开了。

切……还小少爷……这是什么年代了，当拍电视剧呢！秦婧愤愤地踢了宝马车一脚。最后她只得把车停在法院后门的小巷子里去，再徒步走回来。等她进法庭的时候，案子已经开审了一段时间。她目光寻找到周怀瑾坐的位置，蹑手蹑脚地走到了他身边，还发现言铮也坐在不远的地方。

周怀瑾朝她点了点头，她拢了一下裙摆坐下来，小声凑到他耳边说，"对不起，刚刚碰到一个烂人抢我的车位，才迟到了这么久。"

"没关系，给你介绍一下，这是我的弟弟周怀安。"周怀瑾身体往座椅靠背后倾了一点儿，露出了坐在他左手侧的人。

黑色的T恤，臭臭的扑克脸，一个低头专心致志玩手里的木头的少年。

"是你这个熊孩子？"秦婧挽起衣袖想给他点儿颜色瞧瞧。

对方头也没有抬一下，依旧当她是空气。

"怎么？你们认识？怀安，叫姐姐。"直到周怀瑾开口，他仿佛才意识到旁人的存在，抬头面无表情地叫了一声"姐"。

秦婧被他这一声姐给噎住，当着周怀瑾面不好发作。故意胡乱揉了揉他的发顶，像个巫婆一样恶狠狠地从牙齿缝里挤出一个"乖！"

本以为以他的臭脾气一定会瞪她几眼或者厌恶地躲开，没想到周怀安还是拿她当空气，不闪不躲也不回应。

"不好意思，我弟弟有孤独症，他不太懂回应我们。"周怀瑾的解释让秦婧一愣。这样一来，她反而像那个理亏的人了。

庭上唇枪舌剑激烈万分，秦婧收了心认真地听了起来。

"警方新提交的报告证明，在你家别墅卧室里的那盏精油灯，案发当晚燃了含有特殊成分的精油。请问第一被告，当晚是谁点燃的这盏精油灯。"公诉方正在盘问许桐。

"是戴海川点的。"

"何时点的？"

"我不知道具体时间，大概在他喝完酒回来开始强迫我发生关系之前点的。"

"你知道这精油灯里的特殊成分是什么吗？"

"我不知道。我只知道这种精油是用来助兴的。我老公毕竟年纪大了，习惯用这些东西助兴。"许桐回忆了一下,"那晚刚好旧的用完了,我记得他当时嘀咕了一句,然后开了一瓶新的。"

"你说那晚他原本是想杀了你。那他怎么会想到在杀人之前还要点燃精油灯助兴?"

"他……有那方面的特殊癖好。在床上施虐是家常便饭的事,在他拿出刀子之前,我也没想到他是想杀了我。关于这方面我有伤情报告可以作证。盛昭曦她当晚也看到了。"

盛昭曦点头,确认她说的属实。当晚她确实曾看到过许桐遭受凌虐的伤口。

"以被害人工作的忙碌程度看,应该没有时间去买这些东西。精油是你买的吗?"

"不是。我说过,是我老公拿回家的!"

"我的问题结束了。"左检察官坐下了。

贾律师站起,要求提几个补充问题。

"精油中所含致幻剂的作用是导致人失去理性,忽略道德准则,易怒冲动。我有充分的理由怀疑,我的当事人第二被告盛昭曦,是在吸入这种致幻剂之后做出的冲动决定。是不基于本人意愿的决定。请问第一被告同意我的说法吗?"

"我不知道什么致幻剂,但她当晚所有决定都是出于自愿的,没有人胁迫。开车抛尸,点火焚尸都是她亲手做的,甚至……她是知晓戴海川被烧时还是活着的。"

"她在撒谎。"旁听席上的周怀安突然冒出这样一句话,秦婧和周怀瑾都看向他,迷惑不解。

秦婧再问他刚刚的话什么意思,周怀安就不愿再开口,只是旋转着手里雕刻到一半的木头,又沉入了自己的世界。

"你口口声声说我当事人知道被害人未死却依然坚持焚尸,你如何得知当时他未死的?"

"我看到他的手指头还动了一下。"目前为止,许桐按照高敏教她的说辞一直能从容应对。

"也就是说,你先发现你的丈夫当时未死,但你仍然同意我的当事人焚尸的建议。"

"我……"许桐一时语塞,"我当时太害怕了……"

贾律师没有给她再编下去的时间,"你一共刺了被害人多少刀?"

"大约十几刀,我没数。"许桐心跳如鼓,强行令自己冷静下来,她知道这时候多说多错。

"那你们在抛尸之前,都没有确认过被害人的情况?比如说探探气息,听听心跳之类的。"

"没有。"仿佛为了加倍证明自己的说法,许桐幅度很大地摇了摇头。

贾律师之前和盛昭曦的沟通，她很肯定地说自己当时虽然看到戴海川伤状惨烈，已经不可能生还，但出于职业习惯还是做了最后的确认，确认他确实是死亡，她们才放弃了叫救护车而是选择抛尸的决定。即便戴海川当时真的没死，但在焚尸之前她们也绝对不会知晓。许桐冒着把自己一起搭进去的风险，泼她这盆脏水的做法很是让她摸不着头脑。

"这么说，你在连续捅了你的丈夫十几刀后，未经任何确认就拜托我当事人帮助你抛尸，甚至在明知他可能未死的情况下，仍然允许我当事人焚尸，是吗？"贾律师根本不给她喘息的机会，连连发问。

"那可是你的丈夫！那个被烧焦的人于我的当事人而言只是个有过一面之缘的陌生人，但却是你朝夕相处的丈夫。你做出这样残忍的事，却在一遍遍强调你的可怜和害怕。这合逻辑吗？"

许桐流下了几滴泪水，"他这样对我，我早已仁至义尽。"

"好一个仁至义尽。"贾律师冷笑一声，"报告法官，我请求传召一位新证人。"

新证人是与戴海川他们同住一个别墅区的邻居，他们的别墅群盘山而建，每一栋相隔空间都很大，所以很多邻居之间彼此并不认识。许桐心中忐忑，不知道这个证人是谁，他又看到了什么。

"请问证人，您在6月24日晚十点在哪里，在做什么？"

"我在围着别墅后山夜跑，一边跑一边在听电台节目。"

"您夜跑的时间听的是什么节目？节目内容是什么？"

"我当时听的是一档新节目叫《周秦听世界》，谈的是家暴。"旁听席上的秦婧和周怀瑾对视一眼，没想到会牵扯到节目上来。

"您当时跑步看到了什么？"

"我看到了3栋的业主戴医生正坐在他们家庭院里打坐。我还和他打了个招呼。"

贾律师提供了一张戴海川别墅的户型图和实地照片，别墅前有一片开放式的私有庭院，戴海川建了一个凉亭在里头，还摆了一套古色古香的实木桌椅。照片上的凉亭被红笔圈了一个圈，"当时您看到被害人就是坐在这里打坐对吗？"

"对的。"

经证人这么一提，盛昭曦也想起当晚他见到的戴海川穿了一身禅服，确实像是个修行之人。

"您认识被害人和他的妻子，也就是第一被告许桐吗？"

"我曾在戴医生的医院看过病，知道是住一个小区的邻居，但我不认识他老婆。"

"事情已经过去两个月有余,您何以对当时听到的电台节目有如此深刻的印象?"

"当晚有一个女人打电话到节目里,就在节目直播时遭到了家暴。我碰到戴医生时,还和他感叹了一下现在世风日下。"

"您是说,电台节目的互动环节里,有个女听众通过电话直播了她遭到家暴的过程,而在同一时间,你看见了在凉亭里打坐的被害人,还上前和他聊过天对吗?"贾律师重复了一遍他的话。

"那个打电话的人是否就是被告席上的第一被告许桐?"

"是。"证人看了许桐一眼,被她恶狠狠的眼神一瞪,自己反而像个做错事的人低下了头,"我也是在案发后才知道是她的,她当时用的不是真名。"

"不,她在电台里用的才是真名。"贾律师接口到。

"事实已经很明显了。在许桐口口声声在电台里说她的丈夫正在家暴她的同时,戴海川正在自家庭院里打坐,对此一无所知。"

此话一出,满庭再次哗然。之前所有同情许桐的人都对自己的同情心被利用而感到愤怒。

"第一被告许桐机关算尽。她因为早已对丈夫不满,或是网聊有了外遇,所以故意在电台里营造出被家暴的假象,早早地铺垫好舆论优势。她在杀人后第一时间通知我的当事人为她殿后,因为害怕我的当事人不肯帮她,甚至使用了致幻药物导致我的当事人在违背自己意愿的情况下替她焚尸。无论在道德上、法律上,她这种行为都该受到最严厉的谴责。我恳求法官认真考量第一被告证词的可信度。"

一旦许桐的诚信度丧失,她的证词就不再可信,那么她对于盛昭曦明知被害人未死仍坚持焚尸的指控自然也就不攻自破。

许桐盯着自己的律师,那个高敏为她请来的律师。昨天明明说好的,他们在二审里会主要攻击那个证物报告的可信度。报告中所谓的致幻药物之前闻所未闻,何况这份报告还是出自盛昭曦的亲友之手,根本不可信。可是她的律师躲开了她的目光,低头假装看文件,根本不做任何反击。

许桐知道,自己被卖了。

"妈妈,我不怪你。"高敏手里拿着手机,屏幕上的字狠狠地刺痛了她。

明明知道是骗子干的,甚至是个居心不良的骗子。但这个活在手机中的女儿有着和她一样的喜怒哀乐,当她想小妍的时候会陪着她说话,当她在报复盛昭曦那个贱女人的时候会替她加油，她就像自己所有心思幻化出来的一个人。哪怕是个骗子也好，反正顺着"它"就是顺着自己的心意。

这次失利，这个骗子不仅没有责怪她的退让，反而用小妍的口吻来安慰她。明明已经抓着盛昭曦的把柄，可是迫于其他的压力，临门一脚却不得不收回，功亏一篑。她的羽翼未丰，还不足以和那个人对抗。

况且，高敏没想到真的有人能查出这种成分。精油是她送给戴海川的，所以致幻剂这条线不能让警方再继续挖下去了，只能把全部都推到许桐身上。这样一来，也不得不放盛昭曦一马了。

二审最终出乎意料地风平浪静地结束了。许桐因犯有故意杀人罪，被判处了无期徒刑。盛昭曦犯有包庇罪、抛尸罪，念其受药物影响且有自首情节，属于非自愿犯罪，从轻处理，赔偿被害人家属三万元整，并处九十六个小时的社会服务。

判决下来后，许桐开始掩面哭泣。她的父母也在旁听席上号啕大哭，老母亲哭得几乎快要昏死过去。

"桐桐啊，是我害了你，是我害了你。"她父亲一直拍着自己的大腿，这场面看得盛昭曦也有几分心酸。

另一头的旁听席上，每个人的反应也各有不同。秦婧长出了一口气，最后这样的结果真是令她喜出望外；周怀安依旧是事不关己的态度；周怀瑾则是一脸胸有成竹的淡然。言铮回头打量了三人一眼，最后探究的目光落在周怀瑾身上，怎么看他都像早就知道结果的样子。

盛昭曦看着轮椅上的言铮。言铮则一直看着周怀瑾，回过头来才发觉盛昭曦在看他。冰封般沉寂的面容终于有了一点儿松动的痕迹，向她回以了一个温柔的微笑。

原来真的可以有无论中间隔着多少人，你的眼里只看得见他的瞬间。一个勾唇，一个点头，都似慢速回放一般在她眼里播放着。

是他了。盛昭曦心里有了答案。

她被当庭释放，第一时间奔向了言铮。俯身环抱住他的脖颈，小声在他耳边说，"司遇，太好了。"

言铮身体一僵，没等他否认，盛昭曦马上松开他。一一和秦婧、周怀瑾拥抱，"谢谢你们一直都在。"

"你不生我气就好了。"秦婧后怕地看了一眼盛昭曦的身后，"小曦，她在看你。"

盛昭曦转身看见许桐被狱警押着往后面走，她的父母跟跄地隔着旁听席的栏杆跟在她身后。许桐的口型是在对她说对不起。

盛昭曦心里一颤,连日来的委屈、疑惑、害怕,都在她的道歉中被瓦解。她一直目送着许桐被带出视线。

"她一定是被人利用了。"言铮一语中的。

"比起这个,更重要的是快去寺庙里拜拜!祛除晦气,大吉大利!"秦婧手舞足蹈地拍打着盛昭曦的肩头,好像她真被什么晦气给笼罩着一样。

周怀安偷偷用手肘推了推周怀瑾,递过去一个木头雕的小狗,"给她。"

周怀瑾怜爱地摸了摸弟弟的头,"傻孩子。"

他把手里的木头小狗转送给盛昭曦,"小曦,恭喜你平安度过一劫。这是怀安送给你的。"

"太可爱了。谢谢你。怀安。"

周怀安不理会她,只是瞪了哥哥一眼,这个笨哥哥难道不懂他是让他借花献佛吗?干吗把自己扯进来!突然一下子要应付这么多人,真是烦。

秦婧揽过盛昭曦的胳膊,把她往前头带了几步才小声说,"小曦,别理他。这孩子脑子异于常人。"

"听到了。"周怀安冷冷的声音从后头冒出来。

秦婧回头,苹果肌把眼睛挤得眯成一条缝,皮笑肉不笑地说:"我说这孩子脑子异于常人的聪明。"

周怀瑾哈哈大笑,"走,一起去吃个解秽酒。"

"好嘞。"盛昭曦绕到言铮后面,接替司机小谢推动他的轮椅。因为她刚才的试探,言铮心中点忑,尴尬地想要闪躲却无处可避。

"回家啦!"秦婧雀跃却又小心翼翼地打量着盛昭曦的背影,不确定她还有没有在生自己的气。

"怀安,想吃什么?"周怀瑾假装看不见走在前头亲密的两人,体贴地问询弟弟的意见。

"哥,那个男人在怀疑你。"周怀安则死死地盯着言铮的后脑勺。

"无妨。"周怀瑾轻笑一声也随着他的目光看向言铮,都说情敌相见,分外眼红,这话真不假。

重新聚在一起的五个人看似其乐融融,却又各怀心事。

你心里的人是谁

【若是你不说话,我就含忍着,以你的沉默来填满我的心。】——泰戈尔

客厅和房间里堆满了纸箱子,盛昭曦正在收拾行李,准备近日搬出和秦婧合租的公寓。

晚上,盛昭曦坐在书桌前一遍遍地刷新网页,靳司遇的学生账户自那次之后再也没有登录过。

两声敲门声打断了她的思路,秦婧探进来一个头,"我可以进来吗?"

"当然。"她合上电脑起身拉开了门。

自从许桐的事情后,秦婧对待她的态度一直是小心翼翼地,好像生怕得罪她一样。盛昭曦觉得无奈,却也知道有些事情不是嘴上说一句没关系就可以真的过去的。

"你真的要搬走吗?"秦婧挽着她的胳膊,声音里带着恳求。

"对啊。没办法。官司的事最终还是没瞒过爸妈,加上工作也丢了,他们下了死命令要我回家住。"盛昭曦拍了拍秦婧的手背,"阿婧对不起啊,说回就回,说走就走,给你添麻烦了。房租我会付到年底的,你慢慢找室友。"

许桐的案子把盛家爸妈吓得不轻,想到自家女儿在外面居然碰到这种事,保护欲爆发的盛家父母就恨不得把她别在裤腰带上。

"我不舍得你走嘛。"秦婧在她的胳膊上蹭来蹭去。

盛昭曦拍了拍她的头,"乖。我也舍不得你。我会经常回来看你的。"

两姐妹亲昵了一会儿,终于找回了一点儿往日的亲密来,也可以敞开心扉好好谈一次了。

"是我害了你。"秦婧还是觉得于心有愧。当年盛昭曦被千夫所指,远走他乡。如今又被许桐所害,差点儿陷入牢狱之灾。这一切她都是始作俑者。

"阿婧,不要这么想。人各有命,很多事是注定的。如果不是你,我怎么能碰到靳司遇呢?你知不知道那几年我在美国真的很开心。"

"靳司遇他到底是个什么样的人?能让你挂心至此。"秦婧第一次听她以这么松快的语气谈起他,不禁又起了好奇心。

"他呀,看起来很聪明,其实一根筋的厉害,头脑太简单以至于有时候出去会受欺负,但他自己完全感觉不到。他很自我,不认识的时候觉得是个很冷漠的人,可是其实很温柔也很细心。他不太会讲话,但是会认真地倾听你的想法。"

"这么说起来,倒有点儿像周怀安那臭小子。"

"是啊。他们都有孤独症,所以有时候我从怀安的身上就好像看到了靳司遇的影子,觉得很亲切。"

"孤独症不是不会说话吗?那你怎么和靳司遇交流啊?他会搭理你吗?尤其是刚开始的时候。"秦婧有些好奇。

"他们不是不会说话,只是不善于交际,一张口就很容易得罪人。但是他如果愿意和你说话,也可以三天三夜讲不完。那时候我感到迷茫的时候,靳司遇经常用他强大的逻辑思维帮我排忧解难。说起来,我能那么快走出小妍事件的阴影,他功不可没。"

"可是……霍司妍不是他的妹妹吗?"秦婧觉得不可思议,他一早就知道盛昭曦是谁,他难道从来就没有恨过她吗?

盛昭曦眼神一闪,垂下了眼睫,"那时候我并不知道,现在想起来……那时候他心中大概也是很痛苦的。一边想要治愈我,一边也觉得对不起小妍。可是,这就是靳司遇,他认为我在小妍自杀这件事上没有主观过错,他就不会迁怒于我。"

就像他觉得离开我是为了我好一样,他也可以克服自己的感情羁绊,毫不犹豫地消失。后句话盛昭曦没有说出口,却已感到口中苦涩。

"被送去美国,你痛苦吗?"秦婧那时曾试着通过各种途径联系她,但都以失败告终。盛昭曦的父母切断了她和过往一切的联系,就是想让她重新开始。

盛昭曦笑笑,"刚开始很空虚,痛苦到我都想轻生了。可是遇到靳司遇以后,我好像就没时间去痛苦了。"

秦婧明白,所有过去后可以当作笑话一样来讲的故事,发生的那一刻一定也不轻松。

"你知道他有多夸张吗?自从第一次见面他发现我有自杀倾向后,他就每天拉我去教堂,我不肯接受洗礼信教,他也不勉强。就盯着我坐那听福音,然后强迫我去和其他人聊天。拜托,我那时候口语真的很差。磕磕巴巴地说,别人的回话里十句有九句听不懂。他英语好，不管我怎么求助，他也从来不帮我翻译。任由我出洋相，一遍遍说pardon。"

秦婧知道盛昭曦是个很爱面子的人，能想象到那时候的她估计只想找个地缝钻进去。

"我就偏偏不信这个邪。我越是说不出我就越要说，长期下来，不管说得好不好，反正是顺了很多。然后他带我去听演奏会，去见他在M.I.T和哈佛的那些大神朋友，听他们的学术演讲。总之是很高精尖的东西，我听不懂只想睡觉。他就丢给我那些专业词汇书要我去背，一天不背50页词典不准去见他。每次听讲座的时候，还要我总结给他听这次演讲的梗概是什么？他还给我找了一份报社文职的工作，我每天要写新闻稿，背单词，学口语。真的忙得没时间去想什么痛不痛苦的事了。"

盛昭曦回忆起那些苦日子觉得又好笑又怀念，"那时候我也不知道为什么那么听他的话，可能只有他这一个朋友，格外珍惜吧。"

"原来学霸连谈恋爱的方式都是这么学霸。"秦婧目瞪口呆地感叹道。她大学读播音主持专业的时候，每天声色犬马过得可乐呵了，让她每天做这些事，真会要了她的小命。

"经过那段时间的积累，我顺利考进了波士顿大学的沟通与谈判专业。专业也是他建议的，他说我既话痨又歪理多，适合这个专业。"盛昭曦笑了笑，其实当时靳司遇还说了后半句话。

"昭昭，你的同理心和有主见都高于常人很多。有同理心没有主见的人只会变成烂好人，有主见没有同理心的人就会变成偏执狂。而你两样都有，以后我希望你能用你的能力去好好帮助别人。"

盛昭曦问秦婧："阿婧，你信不信，当人往高处跨一个台阶的时候，再回头看原先那些快要折磨死我们的事情，原来那么的微不足道。我并没有想过太多如何去摆脱过往的问题，我只是把自己变得更强大了，然后以前那些缠绕住我的荆棘自动就挣断了。"

盛昭曦口中的靳司遇就像黑夜中的那颗启明星，给她指引方向，带她走出黑暗。如果是这样，秦婧懂了，靳司遇确实受得起她这么多年的念念不忘。

"搬走之前，我们一起去一次南昭寺吧！"秦婧说上次在法庭上说过要去拜佛还愿的，不能食言。

"我还叫了周家兄弟。咱们一起去，就当散个心。"

盛昭曦想了想，"好呀。我再叫上言铮一起。"

秦婧怪模怪样地打量她，"你和言铮……是不是？"

盛昭曦露出一种近似羞涩的神情，"还不至于，但我好像对他有点儿感觉。"

"我以为，除了靳司遇，你不会再喜欢上别人了。"秦婧有点儿意外，她踌躇了一下，"我从容易那里听说了一些事。"

她把言铮收受医院回扣的事告诉了她，而且说他负责的那个福利院也不简单。容易说估摸着是和汤氏那个孤独症儿童的项目有关，总而言之他不是善茬。看着盛昭曦脸色慢慢变青，秦婧赶紧转了话头，"其实说来说去都是道听途说，你就多留个心眼儿总没错。不过，你有没有想过周怀瑾怎么办？"

"什么怎么办？我和他又没什么。"

秦婧欲言又止，看着她吞吞吐吐地说："你觉得没什么，他可不一定这么想。你知不知道这次案子周怀瑾做了多大的牺牲？"

盛昭曦疑惑地皱起眉头，"什么牺牲？"

"那天周怀瑾打电话我不小心偷听到的。他为了你在求他爷爷。我猜最后关头出现的力证你清白的那个精油灯的证据，肯定有他爷爷的帮忙。"

盛昭曦一直以为是贾律师的水平高加上自己运气好，没想到这里头的曲折原委这么复杂。

"听说周怀瑾其实是个私生子。他爷爷非常有势力，从东南亚发家，一路做生意做到中国，商政界通吃的那种。但因为周家兄弟的母亲不是明媒正娶的儿媳，周爷爷和他们关系一直很紧张。总而言之就是，为了你的事，他第一次低声下气地去求了他爷爷。"

听完这些，盛昭曦觉得心头压了一块重石，所谓最难还的债就是人情债。

"我知道了。我会找个机会和他说清楚的。"

盛昭曦打电话邀请言铮和她一起去南昭寺，言铮却以腿脚不便为由拒绝了。盛昭曦不知道是不是自己上次太过直接的试探吓退了他，他现在好像有点儿躲着她的意思。

约好的踏青之日，一大早周怀瑾就带着弟弟驱车在楼下等了。秦婧还躺在床上揉眼睛，"去那么早干吗？"

"我们先去超市买点儿踏青的零食，一起去山上吃。"

秦婧知道她这个爱吃零食的坏习惯，怨声载道地爬起床来洗漱。

进了超市，周怀瑾推着购物车，还迷糊着的秦婧跟在三个精神奕奕的人屁股后头游魂，一个恍惚的工夫她就跟丢了。没想到这么早超市里就会有这么多人，都是为了早上的特价蔬菜来"赶集"的大婶。

秦婧透过黑压压的人头在找寻另外三个的身影，突然有一只手将她从一群大妈中间拉了出来，"慢死了。"周怀安皱着眉头很是不爽的表情。

这段时间周怀安经常跟着他哥一起来电台做节目，在那里依然是谁也不搭理。除了周怀瑾，他唯一会给点儿反应的就是秦婧。

有时候周怀瑾忙起来了，秦婧就帮照看一下，带他去食堂吃饭或者安排个专属位置给他一边雕木头，一边等他哥哥。没想到的是他年纪不大，已经是个市级的木雕艺术家。

周怀瑾说他从小只钟情于雕刻和计算机。秦婧以前听盛昭曦说过，有孤独症的孩子专注度往往比其他人要高，虽然学的不多，但至少会精通一样。接触一段时间后就会发现，这个看上去凶巴巴的男生，其实就是只纸老虎。你给他搓圆捏扁他都不会生气，所以秦婧早就在他面前作威作福了。

她捏了一把周怀安弹性十足的脸蛋，"小屁孩，要你管！你哥他们呢？"

"零食。我们，买水果。"周怀安说话真是能省就省，秦婧在脑中组织了一下他的话。盛昭曦他们应该是去买零食了，嘱咐他们俩去买水果。

"走走走。"秦婧拉起他的手，又一头扎进了大妈堆里。

蔬菜和水果在一区，人太多了。秦婧手掌又紧了紧，发现她竟然握不住周怀安的手，"人太多了，你抓紧我一点儿，别跟丢了。"

周怀安低头看了一眼秦婧白皙秀气的手指，因为吃力地抓着他而指尖泛红，他微挣了一下甩开她，又马上反过来将她的五指紧紧地包在手中。和她指尖一样泛红的，还有他的脸。

周怀瑾推着购物车跟在盛昭曦后头，她在一排排购物架前挑选着零食。看中什么随手就往车里放，也不看价格，不知不觉就堆了小小一车。

"你有什么想吃的零食没？"盛昭曦手中拿着一包进口的水果干回头问他。

"没有。选你喜欢的就好。我不爱吃零食。"

"哈？还有不爱吃零食的人。"盛昭曦的表情像听到什么不得了的事。

周怀瑾笑而不语，就算经历过再多风波，她始终是个被保护得很好、没真正吃过什么苦的孩子，所以心地善良，天真烂漫，同理心强。这些都是生活优越的孩子才能拥有的奢侈品质。

"给怀安拿一包牛肉干吧。他喜欢吃。"

盛昭曦笑笑，原来他是个弟控。她扫了一眼货架，拿了最大的那包。

"你们俩是亲兄弟吗？"

"是。同父同母。"

"很少听你提起你父母。他们是做什么的？"

周怀瑾沉默了良久，"他们都死了。"

"对不起。"盛昭曦本来是想把话题引到他家，再挑明谢谢他的好意。没想到触及了他的伤心事。

两人一时无语。

"没关系。已经过去很多年了。我对他们印象也不深。"周怀瑾故作轻松地笑，"怀安说小时候我只跟他一个人玩，都不理爸妈的。"

"怀安说？"这词用得奇怪，仿佛不是他亲历过的一样。

"嗯。还记得我跟你说过六年前我大病一场，忘性大。很多事都是怀安后来转述给我听的。母亲去世后，我和怀安被爷爷带走抚养。直到六年前，我生了病，我们才被送去英国。病好后，以前的事都是他告诉我的。"

难怪他连自己家门口的路都会走错。盛昭曦若有所思。六年前？这个时间节点对她来说有些敏感。

"我听秦婧说……"盛昭曦正想再问，突然同一排货架的另一头传来激烈的辱骂声，"谁让你拿的！给我放回去！"中年妇女尖利的叫骂声，让四周所有人都看了过来。起初盛昭曦以为是抓小偷，等中年妇女侧过身，她才发现对方只是一个十岁左右的孩子。

小女孩手里拿着一包薯片，因为很多人往这边看，她的手也就越抓越紧，仿佛放开手扔掉的不是一包薯片而是自己的尊严。或许对这个年纪的孩子来说，他们还未必知道"尊严"二字怎么写，但已经有了模糊的概念。

中年妇女看她越发地抱紧了那包薯片，感觉自己的权威受到了挑战，扬手一个巴掌就甩了上去。

女孩手一松，薯片被拍得掉落在地上。眼泪珠子就在眼眶里打转，却迟迟不肯落下去，只是目光变得越来越深。

盛昭曦看不过眼，走上前拉开小女孩将她护在身后。周怀瑾伸手想拦她没来得及，她又是想也不想地就把自己置入了一个是非之地。

"你为什么打人？你是她母亲吗？"

中年妇女看到半路杀出来的是一个年轻姑娘，气势更足了，"关你屁事。我的孩子我还不能打了？"

"你的孩子又不是生下来给你打的。你懂不懂什么叫人权？"

周怀瑾摇了摇头，她把国外那套理论搬过来根本就起不了作用，只会让别人觉得她幼稚。

果然，中年妇女像听到了什么好笑的笑话，"我不懂！我只知道我是她妈，她长了虫牙不能吃这些，她却老是不听话。我教育教育还不行吗？我这是为了她好。"

"既然是为了孩子好，你就不能好好说话，非得动手？"盛昭曦很烦国内父母这种"打你是为你好"的言论，他们根本不懂伤了孩子的不是那一耳光的力度，而是当着这么多人面，伤害了孩子的尊严。

中年妇女也不想过多纠缠，愤愤地瞪着她骂了一句"有病"，然后一把将女孩从她身后拉出来，"不买了，回家！"

女孩被拉得跟跟跄跄，回头看着她的目光里有感谢也有无助。

她这次刚好撞见了可以帮得了她一次，以后呢？离她长大还有那么久，在这样的环境下，她会变成什么样的人。

盛昭曦长叹了一口气。一直旁观的周怀瑾这才走到她面前，"知道自己做错了什么吗？"

"我？做错了？"盛昭曦生气地指着自己的鼻子，"你是想说我在多管闲事吗？"

"当然不是。你是在妄想改变一个这辈子永远不可能改变的大人。"

"所以呢？我就该袖手旁观任由她辱骂殴打那个孩子？"盛昭曦依旧不明所以。

"事情不是这样办的。"周怀瑾晃晃手中的名片夹，"你该做的是引导这个孩子不要再误入歧途，而不是试图说服那个大人。刚刚你和大人争吵的时候，我已经把你的名片塞给那个孩子了。如果她想自救，她会找你的。"

一瞬间，所有的气恼烟消云散。盛昭曦突然有种醍醐灌顶的感觉。自己这么久以来凭着一腔热血到底是在做什么。除了彰显完了她所谓的正义感后，她到底还帮到了他们什么？周怀瑾用自己的方式给她上了生动的一课。

南昭寺建在恒城最高峰的顶端，需要爬到山顶才能看到大庙。

盛昭曦觉得言铮没来是件好事，他的腿还没好利索，爬这种山对他来说确实是太辛苦了。虽然通往大庙的路修了盘山车道，但是几个人一商量，好不容易出来郊个游，直接开到山顶太没意思了，就把车停在了山脚下。

刚刚买的大包小包的零食这时候倒成了个负担，秦婧说要不留在车上，建议大家爬上去找个馆子吃。盛昭曦虽然有些舍不得那些零食，但也不想成为别人的负担，赞同秦婧的提议。

周怀瑾看到她的表情，没说什么，径直去车后备厢翻出一个登山包，把超市买来的水果零食都装了进去，塞得鼓鼓囊囊的。盛昭曦知道他是为了自己，心中更过意不去。提议把这些东西分一分，他们一人提一点。周怀瑾摆摆手拒绝了，把硕大的背包往肩上一扬，"走。"

他们爬到半山腰，为了减轻周怀瑾的负担，在半山腰上铺张桌布进行野餐。

除了刚刚买的东西，周怀瑾从背包里拿出了特地为周怀安准备的水果沙拉，还有怀安专属的碗筷。秦婧看得目瞪口呆，这哥当得果然跟爸爸一样，可是周怀安也不是小孩子了啊！

"矫情的小鬼。"秦婧嗔怪地拍了一下周怀安的头。

周怀瑾正在用保温杯里的热水替他消毒碗筷，没能拦住秦婧。周怀安最讨厌别人碰他头了，如果弟弟发火，弄得秦婧难堪就不好了。他忐忑地看着弟弟正准备给他顺毛，没想到周怀安却一点儿反应也没有，还是一脸安然地摆弄着手里的木头。

他微微惊讶，看了一眼秦婧，心里好像也隐约地明白了些什么。

盛昭曦格外喜欢周怀安，因为他简直是个缩小版的靳司遇。所以她也特别能理解周怀瑾对弟弟那份爱惜的心情。当初照顾靳司遇的时候，她恨不得把饭喂进他嘴里才安心。

尽管靳司遇智商极高，生活自理能力却堪忧。在认识她之前的几年里，他在美国只吃两种食物，汉堡和方便面，也得亏他没吃成大胖子。他们俩刚刚同居的时候，盛昭曦出去买菜，要他在家先把米饭煮了。就是淘米开个电饭煲的事，没想到等她回到家，看到靳司遇正盯着电饭煲发愣。原来这家伙把生米直接放进了电饭煲里，他不知道要加水，直接把电饭煲给烧焦了。类似的事情比比皆是。

那几年里，一个不太会照顾自己的大小姐和一个完全不知道照顾自己的大少爷，能在异国他乡生存下来简直是个奇迹。但就是在这样比比皆是的乌龙中，两人确实度过了人生中最美好的四年。

"怀安，你几岁了？"盛昭曦主动靠近他去搭话，他还是一副生人勿近的样子不爱搭理她。

"他今年二十二了。"周怀瑾替他作答。

"哇，看不出啊。小鬼头，你看起来就跟十七八岁的小孩子一样。"秦婧认真地又打量了一遍他的五官，怎么看都是稚嫩的娃娃脸。盛昭曦第一次在飞机上见到他的时候，也是这么觉得。

周怀安抬头扫了秦婧一眼，眉头皱起，似乎很不乐意听她这么说。

盛昭曦没有被他的冷漠吓退，对付这样的冰块她太有经验了。以前那个大冰块她都融化了，"怀安，你是不是特别喜欢木雕？"

果然提到他感兴趣的东西，他的目光马上活泛了些，"嗯。"

他从自己的背包里翻出了好几个完成的作品展示给他们看，这里面有动物、有植物，唯独没有人物。

盛昭曦明白，患有孤独症的人和外界沟通很少，没有深入了解过任何一个人，也没有兴趣去了解别人，又怎么能雕刻出栩栩如生的人呢？

"小马，骆驼，这个是荔枝。"周怀安兴致勃勃地一个一个介绍，盛昭曦就耐心地听着。

"这都是小安获过奖的作品。"周怀瑾无不骄傲地说。四个人围着周怀安的作品品头论足，在说说笑笑中结束了野餐，继续上路。

因为是以休闲为目的的踏青，他们也不着急，慢悠悠地在登山道上走。身旁的旅行团和登山队的人走了一拨又一拨，时间在他们四个人身上就像静止了下来一样。

吃食消灭了一大半，登山包轻落落地吊在周怀瑾的肩上，他走得也轻快多了，"谢谢。"盛昭曦指了指他的背包。虽然路程不远，但她是知道那个包有多重，看似斯文瘦弱模样的人其实很有顶天立地的魄力。

"嗯？"周怀瑾发现她指的是背包的事，摆了摆手，"小事，别放在心上。"

"还有案子的事。"盛昭曦看秦婧他们还落在后面，隔开了一小段距离，索性直接挑明了，"我知道这个判决结果是你为我奔波了很久换来的。谢谢你。还有，对不起，让你委屈了自己。"

周怀瑾没想过要告诉她这些，没想到她不知从哪里还是听到了消息，他也不否认，算是默认。

"你现在好好地在这里就是最大的感谢了。"周怀瑾还是一如既往地会说话。

盛昭曦以前不懂，以为他圆滑势利。他教过她的那些做人理论，在她看来也是不值一提。见到他和周怀安相处以后，她才发现，一个如此世故圆滑的人背后还有一个像一张白纸一样干净的弟弟。成长必然是苦痛的，周怀安没有感受到，那是因为周怀瑾替他受了。从小就没有父母的肩膀可以依靠，还有一个生病的弟弟，他能一力扛下来真不简单。没有人是超人，可想而知，他保住了他想保护的人，就必须有牺牲，例如他的骄傲，他的信仰。

"我知道要你向你爷爷开口不是件容易的事，这么大的人情，我真不知道该怎么还。"

"你知道的。"周怀瑾突然停住脚步看着她，目光灼灼逼退了盛昭曦。

"我……你……你想要的我给不了。我心里有人了。"

"你想什么呢？我只是想让你陪我回家去吃顿饭而已。爷爷年纪大了，老是催着我带女朋友回家。女朋友我是没有，你这个女性朋友可以充个数。"周怀瑾是何等玲珑的人物，从来不会让别人和自己陷入为难的地步，瞬间自己就找了个台阶下。

盛昭曦咬唇想了想，"周爷爷帮了我这么大的忙，是该当面拜谢的。什么时间合适，你来安排吧。"

"下个月爷爷寿宴，你当我的女伴可好？"

盛昭曦想起言铮有些犹豫，周怀瑾怎么会看不出她的为难，"冒昧地问一句，你心里的人是你以前在美国的那个男朋友，还是上次在法庭上的那位言先生？"他的语气平静，像只是在询问普通朋友的恋情一般，听不出敌意。

"我也说不好。"这话说出来，自己都觉得薄情，但关于言铮就是靳司遇的猜测毕竟还没有落实，她不方便说太多。

"死去的人我比不过，活着的那个，我还可以争取一下吧？"

信男信女

【在这黄昏的朦胧里,好些东西看来仿佛幻象一样。】——泰戈尔

许桐戴着手铐穿过长长的走廊,到达探望室门口,狱警才解开她的手铐。桌子对面坐的男人与她之前只有几面之缘,但第一次在木梨阁见他,就有种眼熟的感觉。他的眼神凌厉,仿佛能一眼看穿她的内心,让她不敢直视。

这个人是将她引去找高敏的人,虽表面上看来他和盛昭曦交好,搞不好他和高敏也有扯不清的关系。许桐现在已经不会轻易相信任何人。她们之间的恩恩怨怨,她也疲于再和任何人提起。如果这次来访的人不是让狱警送了一张疑似乐乐的照片进来,她也不会同意见他的。

一坐下她就直奔主题,"照片里的小男孩到底是不是乐乐?"

她从囚衣的口袋里掏出那张照片,照片里的小男孩穿着一件类似医院病号服的衣服蹲在地上玩。因为照片是远距离拍摄,只能看得清侧脸,身形和面容有七八分相似,她并不十分确定。

"你为什么要陷害盛昭曦?"言铮不喜欢被人牵着话题走。

"为什么每个人都要来和我谈条件?我不说你不也猜到了吗?"许桐将手里的照片摇晃得哗哗作响。

"我想听你亲口说。"

那天,许桐跑到星乐培训学校找高敏。

她被秘书领进办公室,高敏仿佛早就知道她会来,一直等在那。上次见她,自己还是十几岁的年纪,这个女人当时看起来就有种很干练的漂亮。十年过去了,她好像还是当年的样子,保养得很好,很难从她身上看出一丝一毫丧女所带来的颓然。

"坐。"也许是久居高位的原因，高敏说话的语气带着一种命令感。

许桐也不是吃素的，她没有坐下。反而双手撑桌越过桌面逼近高敏，恶狠狠地像是马上要挥下拳头，"乐乐在哪？"

"高总……"秘书还没有离开，站在门口怯怯地请求高敏指示，需不需要叫保安。

"你出去。没有我的允许，不要让任何人进来。"高敏挥了挥手，秘书逃跑似的退出了办公室。

高敏的眼神回到许桐身上，她一点儿都不害怕这种故作凶狠的纸老虎，"很绝望吗？"

许桐眼波荡漾，不知她葫芦里卖的什么药。

"你这还不算绝望。我亲手把我的孩子从河里抱出来的时候才叫绝望。"

"你到底想怎么样？"许桐哀求她，"你恨我你就拿走我的命，你别伤害乐乐。"

"我不想要你的命。我玩得挺开心的。"高敏红色的指甲嗒嗒地敲在办公桌上。

"你认识我老公？"许桐迫不及待地去求证刚刚言铮说的话。

高敏的嘴角勾起了一抹嘲讽的笑容，"我认识戴海川快二十年了，不然……你以为你们怎么会认识的呢？"

记忆中自己是因为出狱后精神抑郁入院咨询碰见的戴海川。戴海川是个事业有成、温润如玉的良人。原以为是生命中的一个转折，却不想是有心人早就挖下的坑。原来，她和戴海川都是高敏手中的一枚棋子。许桐如遭雷击，不禁开始怀疑人生。自己这几年来的生活轨迹，她的欣喜、她的愤怒，每一桩每一件原来落在高敏眼里都像个笑话。

高敏瞟了一眼许桐袖口下露出的伤痕，神色中的嘲讽更甚，"想到用这一招除掉戴海川拿遗产，也是不错的点子。"

"你在说什么？"许桐遮住衣袖，慌张地避开她的眼神。

"你打电话给电台说戴海川家暴你。呵……戴海川性格是很阴，记仇得很，但绝对不是会明里动手的人。他这人，把面子看得比命重，怎么会给人落下这样的口实？不过他自己也万万没想到，千挑万选娶了个劳改犯做老婆，老婆还不安分，在网上找野男人。他心里有气啊，喝醉酒和我说过几次了，想起你对他做出这样的事，他恨不得杀了你。"

"你……你还知道些什么？"

"许桐，出身差的坏男人心里有气就会打老婆，就跟你爸打你妈一样，所以你有惯性思维是正常的。但你知道出身良好的坏男人会怎么对付欺骗背叛他的人吗？"高敏起身走到她的红酸枝书柜前，拉开了抽屉，在里面翻找了一会儿，拿出一个小棕瓶子。

"你别忘了。他是一个精神科专家。"

许桐接过来，将瓶子转了一个圈，看到标签上写着司卡因。她不懂医，但也知道这不是什么好东西，"这是什么？"

高敏耐心地给她解释："司卡因是从南美灌木古柯叶中提取出的一种生物碱。服用过量会出现兴奋、头晕、反射亢进、失眠、攻击性、幻觉、惊恐。长期服用会出现头痛、心悸、心绞痛、心律不齐，最后会因为高热，惊厥死亡。"

她故作同情、实则得意地看着许桐，"你每天服用的安眠药里就有这样的成分。"

许桐向后退一步，跌坐在皮椅上。难怪不管吃多少安眠药依旧失眠，难怪总是莫名地头痛，原来他早就开始下手了。

夫妻同床异梦，甚至处心积虑地想着如何杀死对方，这才是高敏想要看到的局面，狗咬狗的一场好戏。

"恭喜你在这场游戏里活了下来。再晚一点儿，走的那个可就是你了哦。"

"你为什么要告诉我这些？"这种药无色无味，混合在安眠药里很难被发现，如果没人提示，警方根本不会想到去检验一瓶安眠药。这可是许桐打赢这场官司的关键证据，一旦她可以举证戴海川切实存在要谋杀她的嫌疑，她正当防卫的立场就站得更稳了。但高敏绝对不会这么好心地帮她，她一定还有更阴损的目的。

"倒也不蠢。我要你……"她附在许桐耳边说了一句话。

许桐连连摇头，"不，我不可以这样害她。"

"别演了。许桐，我不喜欢演技拙劣的人在我面前演戏。你不是也很恨她吗？恨她改变了你的一生，恨她害你入狱而自己远走高飞。"高敏又露出她不耐烦的一面，仿佛拆穿别人的假面是件很浪费她时间的事，"否则，你怎么会杀了人以后第一时间打电话给她呢？你一早就想拉她下水，现在只不过是再做得彻底一些罢了。"

许桐的脸色由红转白，连昨晚她家发生的事她都一清二楚。当然，如果她说她在别墅里安了摄像头，她也不会再吃惊了。高敏掌握了自己一切的犯罪证据，也有能让她翻身的筹码。

她清楚地知道自己和高敏不是一个段数的对手，她的一举一动在高敏眼里都像透明的一样。

"如果我帮你做了这件事，你能把乐乐还给我吗？"许桐已经失去了来时的气势汹汹，高敏现在之于她就像洪水猛兽，她除了在洪流中保全自己，什么也做不了。

"当然了。"高敏笑起来的样子竟意外地给人很真诚的感觉。

人人都有不止一副面具,许桐以前习惯装凶逞强,后来喜欢装柔弱博同情。每一张面具她都适应得很好,但她觉得像高敏这样的人,她的面具已经和脸长在了一起。不需要太费力,就可以让别人轻易相信任何她想让人相信的东西。

"你为什么这么恨她?"许桐不解,按说直接促成霍司妍自杀的人是自己,高敏却好像更恨盛昭曦。

"比起一把刀,我更想会会拿刀的人。"

"我知道是高敏威胁你,为了儿子你才在法庭上改口供。但是我问的是一开始,一开始,你为什么在杀人之后要把盛昭曦拉下水?"

许桐眼神闪烁了几下,"我需要她做我的证人。"

"不止这个。"言铮抬手看了看表,"不要浪费我的时间。"

"我……我恨她当初背叛我,一个人出国逍遥快活。我为她做了那么多,她哪怕只要来监狱和我告个别,我都不会这么恨她。"

就为了这个?言铮琢磨不透所谓女生之间的友谊,这比他所设想过的所有原因都要简单得多。

"那种致幻剂是怎么来的?"那根本不是随便能搞到的药,ICAS动用所有资源查了几天几夜才得出这药的成分。

"我不知道什么致幻剂。"

"你不知道?"言铮仔细研判着她有没有说谎。

"我真的不知道。那精油确实是我们平时常用的牌子。戴海川买回家的,我没有往里面加什么致幻剂。我最初只是想让小曦做我的同谋,她是警察,证词也会更可信。当时她提出要抛尸焚尸时,我都吓了一跳。我不知道是那个精油在作怪,我以我儿子的名义起誓。"

她神态不像说谎,如果这个药不是从她这里来的,那么这件事里就一定还有个幕后黑手。有人利用许桐与丈夫之间的嫌隙,处处煽风点火。这个神秘人甚至一手策划了让这对夫妻之间由相知相爱,到生出嫌隙,到最后互相想置对方于死地的局。无论死的是哪一个都对他有利。这个人还必须要精通药理,有地方绑架并藏匿戴乐乐。高敏一个人真的能完成这所有的事吗?言铮心中不免有疑虑。

"和你一直在网聊的人是谁?"

许桐想了一下，"如果我告诉你，你会救我儿子吗？"

"我还不确定这个男孩是否是戴乐乐，所以才把照片带给你看。你儿子的事我已经在跟，你不需要再因此受任何人的威胁。"

"好，我告诉你。网上有一个叫复仇俱乐部的地方，但是没有R给的密钥，外人根本进不去。"

"R是谁？"

"就是戴海川以为我出轨的对象，其实我们只是通过网站认识的网友。说这么多，你到底为什么要帮我？你是小曦的男朋友？"

"这不关你的事。"言铮不自然地别开目光，"请你记得，你还欠她一句道歉。"

言铮离开之前留下一句，"你当时捅了戴海川十几刀，你真的有那么恨他吗？"

许桐怔在原地，直到铁门"哐当"一声响起，言铮已经离开她的视野，她才反应过来他是在暗示自己。

言铮之前以为这致幻剂是许桐下的，如果不是许桐，那她和戴海川也是这药的受害者之一。许桐因为自己原本就打算报复戴海川，所以并没有意识到自己当时也像魔怔了一般。她捅了戴海川十几刀，直到肚破肠流才停手，现在想想，这些都不是她的本意。这么说，这个官司还有得打。许桐自从被判无期徒刑后就死寂的心又一次燃起希望。

南昭寺的香火一年四季都很旺，庙里的游客络绎不绝。还未进庙，门前先是两个巨大的焚香炉。香客们先诚心许愿，再将买来的香烛和写了名字地址的纸包一同扔入香炉，最后再按各自所求进不同的菩萨殿。

"我们有68、108、288、388的香烛套餐，你们要哪一种？"

秦婧拉着他们在大庙门口的香烛店里转悠，盛昭曦本是不信这些的，秦婧却神叨叨地嘱咐她千万不可在大庙门口说不信，佛祖会生气的。

"我们要最贵的那个套餐，来三份。"秦婧招呼老板。

老板没想到几个年轻人这么阔气，乐呵呵地拿了三大包打包好的香烛套餐，"这可是整个南昭寺最好的香了，佛祖一定会感受到你们的诚意的。"

每个套餐里都有一个纸包，上面需要写敬香者的姓名、地址和出生日期。

周家兄弟共同写了一套，秦婧写了一套。盛昭曦写上了自己的名字后，想了想又加上了靳司遇的名字：

信男信女 盛昭曦 靳司遇敬上

大庙门口因为焚香而燃起的浓烟袅袅升起，伴随着噼里啪啦的爆竹声形成了一幅热闹而嘈杂的画面。人们奔波着为自己或亲人、爱人祈愿，那么渺小又虔诚的愿望汇集在了一起，在这一方土地的上空形成了一种非常玄妙的气场。如果愿望有实体，那么现在应该会看见每一缕燃起的烟火里都夹杂着密密麻麻的字。

"愿我女儿今年考上重点大学。"

"希望我们今年能怀上孩子。"

"我要升职成功，当上科长！"

"佛祖赐我一个如意郎君吧！"

盛昭曦看着香炉里被燃尽的香烛纸包，仿佛看到了那一个个愿望升腾而起。靳司遇曾经告诉她，神爱世人。如果世界上真有神，它爱的大概就是世人身上这股子烟火气，还有那一点点无论多困难都抱着美好期冀的倔强。

"咱们烧香许愿吧！"周怀瑾提议。

秦婧举着那有她半个身子长的大香烛，对着大殿鞠了三个躬，"希望坏运气以后都离盛昭曦远远的！希望她以后都顺顺利利，心想事成。"她大声喊出自己的愿望，然后动作夸张地将香烛整个扔进了炉子里。

秦婧真心实意地将自己的心愿许给了她，盛昭曦为此感动不已。

"你这样大声许愿不会灵验的。"周怀瑾故意打趣她。

"心诚则灵。"秦婧无所谓地耸耸肩，"轮到你了。"

周怀瑾看了一眼盛昭曦，盛昭曦假装不知，踱开了几步躲到一边去许愿。面对明显的拒绝，他仍然诚心地许了个愿。

"喂……你的愿望也是关于小曦的吧？"

"说出来就不灵了。"周怀瑾岔开话题。

秦婧将周怀安拉过来，"小子，都到了庙里了，也不知道拜拜。来，许个愿。"

"我没有愿望。"周怀安说得诚心实意，秦婧张了张口，半天没有挤出一句话来。

"好吧。弄了半天，咱们中间活得最明白的其实是这个小鬼头。"无欲则刚，无念则强。除了周怀安这样子的，还真没几个人能做到。

盛昭曦离开他们一段距离，偷偷地双手合十向佛祖祈愿，"佛祖啊，原谅我一直以来的自傲自满，我不信你，我以为人定胜天。但如果你能让靳司遇平安回到我身边，我愿意一生向善，将您奉为信仰。"

不远处，周怀瑾隔着烟幕看见她闭着眼许愿的虔诚模样，猜测着她的愿望里有没有出现他的名字。

她许完愿提起香烛往前走，正准备丢到香炉里，突然后方有人隔空丢了一袋香烛鞭炮进去。

火舌猛地往外蹿来，夹杂着噼里啪啦的鞭炮声，盛昭曦来不及反应，就感觉到火舌朝着她扑面而来。她下意识地偏头，感觉头顶上有一阵风带过，她已经被人搂在怀里蹿后了几步。

周怀瑾单手环着她的肩膀，另一只手将她按在怀里，动作亲昵又自然。

她抬头看向他，他也正低头看着她，还是那磁性而温暖的声线："没事吧？小太阳。怎么这么不小心？"

靠着他的胸膛，恍惚间，盛昭曦又感觉到那种熟悉的依赖。这一个两个的，真是见了鬼了。但她脑中突然好似捕捉到什么信息，"你刚叫我什么？"

被名字囚禁起来的人

【真实的含义被误解，轻重被倒置，就成了不真实。】——泰戈尔

周怀瑾爷爷七十大寿当天，他亲自开车来盛家接盛昭曦。

盛昭曦搬回家中后，父母看得严。她天天待在家里，有时间就陪陪弟弟盛明曦。弟弟和她打照面的次数屈指可数。虽然说血缘至亲，从小没在一起，多少有些生疏。尤其是盛明曦现在正是调皮捣蛋的阶段，隔三岔五地找盛昭曦麻烦，不是把她的钱包藏起来，就是将她刚刚晒好的衣服丢进水盆里。

盛昭曦决心要好好整治一下这个熊孩子。她整天忙着与熊孩子作战，把早先答应了周怀瑾去吃饭的事忘得一干二净。直到周怀瑾找上门来，她才想起答应陪他去他爷爷的寿宴。

周怀瑾礼数周全，来的时候为盛昭曦准备好了从头到脚的一身礼服、鞋子和首饰。

淡紫色欧根纱长礼服、一对黑珍珠耳环和一双缎面珍珠扣高跟鞋。看上去素雅大方，怎么看都应该是长辈会喜欢的那种类型。

"周爷爷的大寿是今天，你怎么不早说。我都没来得及备礼。"盛昭曦坐在副驾驶位，将手包放在膝上。

"无妨。后车厢里我已经替你准备了上好的茶叶、卷烟和一个金寿桃。就当是我们一块送的礼物了。"

盛昭曦当然明白同送长辈一份礼物意味着什么，决意不肯，"前面拐角处就是太古汇，你在那停一下，半个小时内我就能买好，不会耽误晚宴的。"

周怀瑾没有勉强，停好车，耐心地陪着她去逛商场。

太古汇里名品汇集，但以周爷爷的身份和年纪并不会稀罕这些。盛昭曦想到周爷爷上了年纪，多少腿脚会有劳损的问题，便买了一副有按摩功能的护膝。

周怀瑾在一旁看着，越发觉得这女人可爱，"难怪老人们都说要生个女儿防老，女儿果真是贴心的小棉袄。我那些礼物在你这礼物面前可显得俗气了。"

他说着掏出钱包想要刷卡，被盛昭曦拦住了，"我已经结过账了。"刚刚在包装的时候，盛昭曦就偷偷让营业员去结了账。周怀瑾颇觉无奈，这界限划得真不是一般的清。

自从上次他在南昭寺失口叫出她的外号，并解释说是听阿婧提起过的，她便有意无意和自己划清界限。许是她心中对这个称呼太过珍视，旁人连叫一声都觉是侵犯。

因为选礼物耽误了一会儿，他们到的时候，别墅门口已经停了不少的车。在一众豪车里，周怀瑾的小林肯简直是一股清流。如果不说，很难想到他会是这家主人的孙子。

周怀瑾跟周老爷子不亲近，所以从未在任何公开场合提过爷爷，反而周怀安是从小跟在爷爷身边，虽然从不与人交际，在爷爷的圈子里反倒比他更有存在感。大家都知道周老爷子有个不爱说话的宝贝孙子，却不知有周怀瑾的存在，这点和盛昭曦在盛家的处境倒很是相似。

见到二人一同走进来，客厅里的人们扫了一眼发现并不是什么大人物，马上继续自己的交谈。第一个迎上来的是周怀安。

"哥！"他直接推开围在他身边企图攀关系的人，扑上来挽住周怀瑾的胳膊。

因为他的称呼，旁边的人就都看了过来。

盛昭曦在人群中寻找言铮的身影未果，周老爷子先主动走过来了。他过来拍了拍周怀瑾的肩头，"来了啊。"

周怀瑾"嗯"了一声，两人关系看上去就很紧张。

"这位想必就是盛小姐了。"老人今日七十大寿，看上去却像个五十几岁的青壮年男人，气质卓然，拄着一根白杨木制的轻便手杖，个子不高但身型硬朗，很有军人的范儿。听说他年轻的时候当过兵，果然气质不凡。

"周爷爷好。"盛昭曦乖巧地点头，马上将手里的礼物递上去。

周老爷子接过以后，看也没看就交给了管家。管家拎进了偏厅的储藏室，透过门缝，可以看见里面堆积如山的礼物。周怀瑾皱眉，心知爷爷这是成心在给她下马威，刚想发作却被盛昭曦拦了下来。

盛昭曦想想也知道自己的小礼物势必是被轻慢的，其实这样的人家大都是这样的作风，算不上什么。就算老爷子是故意针对她，为了人家出手相助的情谊，也是得忍的，何必头次见面就加剧爷孙俩的隔阂呢！

因为寿星亲自相迎，大众的目光也纷纷移向了门口这对年轻男女。有人认出了这段时间在恒城出尽风头的盛昭曦，都讶异于她怎么会出现在周老爷子的寿宴上。

"怎么大伙都在门口杵着呢？"一个风韵味十足的声音从他们身后传来，打断了人们的议论纷纷。盛昭曦转头看见来人，全身的血液都要凝固了。

高敏还是一身干练的套装，英气中又透着妩媚。谁也不能说她是个上了年纪的女人，只会用风韵犹存来形容。大厅里出现了短暂而诡异的寂静。

知情者知道，盛昭曦高中时的丑闻，受害者正是高敏的女儿，这两人如今凑一块，可是一出好戏。而在盛昭曦眼里，这个女人除了是霍思妍的母亲，还是害死靳司遇的凶手。两人心里都是仇人相见分外眼红，表面上却只当不识。

"哟……老爷子亲自来门口迎着，是知道我请了一尊佛像吗？"高敏笑呵呵地叫司机把礼物抬上来，一尊半人高的玉观音像，通体晶莹，光泽饱满，品相上佳。

"这可是我抬去寺里请宏一住持开过光的，保佑老爷子身体健康，长命百岁！"

周老爷子显然很吃这一套，笑得眼睛都眯了起来，却佯装嗔怪，"一口一个老爷子的，不老都被你叫老了。"

"哪能啊，您这不是老当益壮吗？"高敏说完，做作地拍了拍嘴，"我怎么又说了这个字，该罚，我待会儿自罚三杯。"

高敏的交际手腕盛昭曦看在眼里，嗤之以鼻。难怪她当初爬得稳，抽身快，就凭着这撒娇发嗲的本事，想不发达也难。

周老爷子叫人将观音抬去客厅中央的木座上供着，那小心翼翼的架势真是当晚独一份。此时大伙儿的关注点也全都放在了那尊观音像上，啧啧称赞，只有盛昭曦看见一个人影从二楼的楼梯口一闪而过。

她正欲细探，又看见言铮从众人身后的偏厅快步走了出来，混进了人群中。

言铮刚不动声色地从偏厅储藏室里出来，一抬头便对上盛昭曦的目光，没想到自己的行踪被她看见了。她眼中有讶异的神色，正想出声同他打招呼，他却朝她轻轻摇了摇头。

"小曦，你们比我还先到啊！"不知从哪里冒出来的秦婧突然从后面勾住她的肩膀，盛昭曦这才移开了目光。

"你怎么也来了？"

"我邀请的。"周怀安过来护航，这是他第一次邀请别人到家里做客。

秦婧的到来让盛昭曦在陌生的场合里终于找到了一点儿依靠，松了口气，也把刚刚的情绪小心地藏了回去。

言铮是以汤氏制药副总的身份跟着汤合行来赴宴的。汤合行这厢刚和老爷子打完招呼，就看见了一进周宅就不见人影的言铮，径直走向他问，"到哪去了？刚刚一直没看到你人。"

"找洗手间去了。"言铮的腿还没有好利索，虽然离了拐杖，走路比常人还是要慢些，汤合行也没有再多问。

"过来给你引荐一下周老爷子。"不知道周老爷子从哪听说言铮是生化制药专家，也是汤氏的骨干，指名道姓要认识他一下。

汤合行给老爷子介绍言铮的时候，高敏一直在旁边状似无意地打量他。这个男人给她的感觉眼熟得厉害，但仔细看五官又根本不认识。

"小汤总手下的人都和你一样年轻有为啊，来，敬言总一杯。"高敏从路过的服务生的盘子里端了两杯酒，递了一杯给言铮。言铮身经百战，接过酒杯豪爽地一饮而尽。

周老爷子就爱这种脾性的人，抓着言铮一起又连喝了几杯。两人越聊越投机，言语间流露出欣赏，竟有收他为干儿子的意思。

"老爷子可够偏心的了，我父亲都认识您这么多年了，也没见您说要我当干儿子。"汤合行知道言铮胃病严重，应付过高敏就差不多了，赶紧借机岔开话题把酒拦了下来。

"臭小子，你爸都要叫我一声大伯，我要是认你做干儿子，这辈分岂不是乱了。"周老爷子笑着拍了拍汤合行的肩膀，"其实说来你们的年纪和我的大孙子差不多，我还没给你们介绍过他吧？"

周老爷子今日把这寿宴做大，就是为了把鲜少露面的周怀瑾推到台前，依周怀瑾的性子，从前一直反感此事，这回好不容易抓住帮盛昭曦这茬儿，让他服一回软，老爷子当然要一次把他收得服服帖帖。至于高敏想要报仇云云，他倒睁眼闭眼，并不关心。

汤合行认识周家这么久，竟没听说过有这个孙子，更没想到会是和盛昭曦混在一起的那群人之一。难怪上次高敏最后突然收手，看来是周家在后头施压。

大厅人太多，周家兄弟带着盛昭曦和秦婧上二楼周怀安的卧室参观他的木雕作品。

为了方便照应弟弟，周怀瑾和周怀安的房间是通的，中间隔着一扇推拉的木门。周怀瑾推开那扇门，大方地给她们参观。门那头连着的先是一片用作书房的地界，再里头有个屏风隔断的地方才是他的卧室。设计颇为巧妙，既方便走动，又各自保有隐私。

秦婧和盛昭曦参观着玻璃柜里的木雕，看得兴致勃勃，周怀瑾则坐在自己的书桌前摆弄电脑。

盛昭曦感觉到脚边有什么东西轻轻蹭了蹭她的脚踝，今儿穿的这件长礼服剪裁层层叠叠，又厚又重，她低头看过去，并未瞧见有什么东西，以为是裙摆扫到脚。注意力又回到了琳琅满目的木雕上。

过了一会儿，另一只脚也感到痒痒的，她终于忍不住了，"阿婧，你帮我看下我裙子底下有什么？"

她边说边提起厚重的裙摆，秦婧正准备蹲下去瞧个仔细，一个绿色的小脑袋先慢悠悠地探了出来，然后是背上高耸的壳扫着她的裙摆，慢慢地爬了出来。因为它的缓慢，让本该吓一跳的盛昭曦和秦婧都平静了下来。

"小绿！"周怀安先反应过来，双手抱着它的大龟壳，一把将它拎了起来。小绿的绿豆眼跟他对视着，两边都耐得住性子，一下子还真对上了。

秦婧站在他们中间，左看看右看看，发现这俩竟陷入一种诡异的对决中，谁也不肯先转移视线。

"小子，你跟只乌龟较什么劲儿，它能活几百年，你能吗？"

周怀瑾也走过来，"对不起，吓到你了。"

盛昭曦摇头，突然想起什么，"这就是你之前跟我提过的那只老龟吧？"

"嗯。那边还养了鱼，你想去看看吗？"

盛昭曦看周怀安和乌龟的较劲一时半会儿还不会结束，而秦婧一边骂着一边又观战得起劲，便跟着他过去了。

周怀瑾书房里的鱼缸远远没有盛宅的大，四四方方的缸里面只有两条小鱼。一条棕红发亮，一条蓝绿虹彩，尾鳍很大地呈扇状，好似旌旗招展，颜色艳丽，十分漂亮。

"这是斗鱼？"盛昭曦曾在泰国看过一场斗鱼比赛。

斗鱼以好斗闻名，所以是不能共养的。泰国有一种比赛，会选出体格健壮的雄鱼放在一起打斗供人取乐。在打斗中，斗鱼变色数次，体色由最初的灰暗到突然发出金属般的光泽。随着搏斗的激烈，体色会从灰绿变为紫色，再由紫色变为浅黑色，过程很是漂亮。然而一场鏖战结束，鱼儿们往往遍体伤痕，脱鳞、断鳍、流血，甚至倒毙。侥幸活下的，也会光彩不再，最终被人丢弃。于人，只不过是一场乐子，于它们，却是有死无生，盛昭曦始终觉得是太过残忍。

周怀瑾这里的两条鱼却好像相处得很和谐，所以她也不确定是不是别的品种，看出她眼里的疑惑，"是斗鱼，你仔细看这里。"

盛昭曦凑近来看，才发现鱼缸中间有一块透明玻璃片将它们的领土一分为二，鱼儿游到中间撞到玻璃板就打个转往回游。

"刚开始图它观赏性好，只买了一条，就是蓝色的这只。但一条太孤单了，想着给它找个伴，卖鱼的说它和别的鱼放在一起会自相残杀而死，我这才知道它的厉害。没办法，只有想出这主意，用玻璃隔开，既互不伤害，又有个伴儿。"周怀瑾解释道。

"也难为你了。"盛昭曦手指截截鱼缸，蓝色的鱼儿很有灵性地游过来，隔着玻璃亲吻她的手指，"真有趣……"她念叨着。

"你们想喝点什么？"周怀瑾见她玩得欢喜，转身问其他两人。

"可乐！"

"茶！"

"牛奶……"三个人同时说出了三种饮品。

"看来我有得准备了。"周怀瑾无奈地笑着，耸耸肩走出了卧室。

周怀安结束了与乌龟的战争，回头继续跟秦婧讲解不同的篆刻小刀用法，盛昭曦逗着鱼儿，突然听到她的手机"叮"的一声，提示收到了一封邮件。

她走过去拿出手机，收到一封用户异地登录的警告邮件，和上次那封如出一辙。又有人登录了靳司遇的账号。

盛昭曦脸色苍白地避开秦婧他们，走到窗边去给谢勇打电话，"如果我有一个IP地址，可不可以查出具体位置在哪？"

"一般来说最多只能查到在哪个城市，很难查出具体地址。"

盛昭曦眼神黯了黯，她已经知道这个地址就在恒城，"谢谢。"

"等等，我话还没说完。可是我不是一般人，所以我可以查到目标点直径五百米的区域。"谢勇说话大喘气，加上一本正经地自吹自擂，让盛昭曦咬牙切齿。

"看来周末要给你单独加练一堂体能课了。"

"五分钟内马上给你查好！"

盛昭曦这才满意地挂了电话，忐忑不安地等了五分钟。这绝对是盛昭曦度过的最漫长的五分钟，她虽然先前心中有七八分的把握，言铮和靳司遇有某种联系，但她也怕这不过她是给自己移情别恋找的借口而已。如果言铮并不是靳司遇怎么办？如果言铮就是司遇，她又该怎么办？过去的种种让她心乱如麻。

五分钟后，她收到了谢勇传来的地图，图上红笔圈出的一块是燕岭区别墅群，正是周宅所在的地方。

盛昭曦的心提到了嗓子眼儿，靳司遇或者说正在使用靳司遇邮箱的那个人有很大可能就在周宅里。要怎么找出是谁呢？

她用自己的邮箱发了一封邮件过去，"Who are you?"（你是谁？）

邮件发送成功的同时，盛昭曦听到周怀瑾书桌上的电脑里"叮"地响起新邮件提示音。

她不可置信地走到书桌后面看向电脑屏幕，排在第一位的新邮件署名"小太阳"："Who are you?"

盛昭曦的眼泪不自觉地在眼眶里打转，撑着椅子才不至于跌倒。一旁和周怀安玩耍的秦婧察觉出她状态不对，上前扶住她小声问："怎么了？"

而此时周怀瑾正端着托盘上的四杯饮料推门进来，看到她们站在他电脑前，脸色一变。放下手中托盘，一个箭步冲上来合上了电脑屏幕。

盛昭曦一把抹掉眼泪，"阿婧，你带怀安出去一下，我有话和周怀瑾说。"

秦婧狐疑地在他们俩之间来回扫了一圈，才牵起坐在地上的周怀安，"怀安，我们出去玩。"

待门合上，房里只剩他们两人后，盛昭曦努力平复情绪，"你有没有什么要和我说的？"

"我不知道……六年前我醒来，我就是周怀瑾了。"他目光哀戚地看着她，"对于过去，我没有任何记忆，直到怀安慢慢地告诉我过去的所有事。可是我的记忆里总是闪过一些不属于周怀瑾的画面，这六年来，我不停地寻找拼凑真正的自己。然后我遇到了你，才终于找到了记忆里那个模糊的身影的脸。"

如果六年前靳司遇一回国，就被人移花接木秘密顶替了原本的周怀瑾，送去英国，那入狱的是谁？埋在墓园的人又是谁？周家是否知道整件事的内情。盛昭曦心情复杂，一直期待着解开谜团却好似越来越乱。

"为什么不一早告诉我这些？"盛昭曦捂着半张脸，她在羞愧，相似的嗓音、相似的长相，就连那些左右不分的小习惯都是一样的。他用他的方式一遍遍在暗示她，她为什么还会认错人？

"小太阳，你记不记得在南昭寺的时候，我问你心里的人是谁。你说你不知道。你现在心里装的其实是言铮，并不是我，对吗？那就让靳司遇死在你的记忆里，不要再一次毁了你的幸福……"

"不！"他话未说完就被盛昭曦紧紧抱住，"不……司遇……我要的就是你。"

她在他的怀里泣不成声，心中那一点莫名的遗憾，在久别重逢的喜悦和羞愧中被掩盖了过去。

火灾逃生

【云霾堆积,黑暗渐深。你为什么让我独自在门外等候?】——泰戈尔

两人依偎间,周宅里却突然响起尖锐的火警警报声。盛昭曦从周怀瑾的怀里抬起头来,有点懵地看着他。

"小曦,起火了!"秦婧推开门时,看到的便是这样的光景,盛昭曦紧紧环抱着周怀瑾的腰,泪眼婆娑。

她怔忪了一下,才想起冲进来的目的,又重复了一遍,"一楼起火了,管家在疏散大家,我们也快点儿出去。"

一楼,管家匆匆跑到周老爷子身边汇报,"老爷,是一楼偏厅着火了。"

偏厅离正厅距离近,今晚正厅里又聚集了很多人,都是显贵之人。控制不及就容易造成人员伤亡,周老爷子吩咐管家进行紧急疏散,并打开所有大门供宾客离开。现场一片兵荒马乱,周怀瑾四人已经跑到接近大门的位置,盛昭曦却突然调头往回跑。

周怀瑾看了一眼已经跑出去的秦婧和周怀安,又追着盛昭曦跑回去了。

"我要烧死你们这群王八蛋!"大厅里传出一阵癫狂的怪叫。

有人提前布置了助燃剂,火势蔓延极快,眼看就要蔓延到大厅,整个大厅的温度迅速升高,像个大蒸笼。

那个发狂放火的人叫冯荣生。他挟持了言铮,汤合行在试图与他周旋,但他手上拿着刀抵着言铮的脖子,让他们不敢轻举妄动。刚刚冯荣生在纵火时被言铮发现,扭打之际他掏出刀挟持了言铮。

盛昭曦突然折返亦是因为看到了这一幕,此时四周因为打斗一片狼藉,高敏送的观音被打碎在地。客人们都撤出了周宅,大厅里只剩他们几个人在。

"你先出去报警,直接通知谈判组的人过来。"盛昭曦一把拉过汤合行,将他往门

外推。虽然汤合行对她一贯反感，但危急时刻还是听从了她的指挥，迅速跑了出去，正撞见了往里跑的周怀瑾。

眼看火舌就要往大厅蹿来，盛昭曦看见周怀瑾也跟了进来，"你回来做什么？这里危险，你快出去！"

周怀瑾不动如山，"我陪你。"

言铮看出二人眼神之间有些不同寻常的情愫，心绪复杂，他催促着周怀瑾带她离开。

"你还是先管好自己吧。"冯荣生紧了紧他脖子上的刀，言铮的颈间很快出现了一道血痕。

"你冷静点！我是谈判……我是盛昭曦，是来帮助你的，你有什么条件我都可以答应。"盛昭曦脱口而出。

这种承诺实实在在是违反了他们的谈判守则的。谈判第一要义就是"Never say yes to the first offer"（永远不能答应对方提出的第一个条件）。

盛昭曦从进入这一行开始，就没有犯过这样的低级错误，正所谓关心则乱。

她稳了稳心神，不等那人反应过来，马上岔开话题："你是谁？你为什么要纵火烧了周宅？"

"这群有钱人都是黑心的！我叫冯荣生，之前在这家做装修工人。因为工伤右腿残疾了，找他们赔偿，他们却说是我自己操作失误，还要我反过来赔延误工期的钱！"

盛昭曦这才注意到他的右腿确实是跛着的，反头看了一眼周怀瑾。周怀瑾摇头表示并不知情。这套别墅确实是为了庆祝爷爷寿辰重新装修了，但他们也是才搬回来的，估计施工的事爷爷八成是不知道的。

"荣生，我很理解你的心情，但这与这位先生并无关系，你为什么要连累无辜？"

"我刚刚躲在一边都听到了，周老头和这人有说有笑，还说要认他做干儿子。他发现我放火马上不要命地扑过来。你们都是周家的狗腿！"四周的温度越来越热，空旷的大厅终于也要沦陷了。

"我们先出去再谈！再待在这里所有人都会没命。"

"我本来今天就没想活着出去。我现在就是个死残废，连做苦力都没人要。我活着还有什么用？有你们几个陪我一起死，我也不赔了。"

一个农民工最在乎的就是自己还能不能靠劳动赚钱，盛昭曦一下子抓住了重点，"我可以聘请你！我父亲是盛世建筑的董事长，虽然你现在腿脚不便，但你有丰富的工地经验，公司里一定有你能做的事。"

冯荣生的眼神有一点儿松动，像是在考虑她的条件，"你说的是真的？"

"真的。我现在就可以和你签份劳工合同，薪资至少能保证你一家人的吃穿用度，但我们起码要出去才能签约，对吗？"盛昭曦乘胜追击，"你想想你的亲人。你有没有老婆孩子？你是整个家庭唯一的劳动力吧，你一死了之，他们怎么办？"

冯荣生终于放下了手里的刀。"把刀给我，我们先出去好吗？"盛昭曦向冯荣生伸出手。

他跛着脚一瘸一拐地上前把刀交给盛昭曦。还没等他们松一口气，门口的横梁被烧得砸了下来，堵住了出入口。

"穿过餐厅后面还有个门通到花园！"周怀瑾指挥几人往那边跑。

此时整个房子已经被火海包围，两位男士要护着盛昭曦，还要照顾着腿脚不便的冯荣生，走得举步维艰。

穿过餐厅时，盛昭曦头顶的吊顶被烧融砸了下来，周怀瑾眼明手快把她揽了过来，烧得滚烫的石膏砸到了他的肩上。

"呃……"周怀瑾闷哼一声，捂住肩膀。

"没事吧？"盛昭曦紧张地拉过他。

"没事。快走。"周怀瑾痛得脸色发白，四周的浓烟呛得他说话困难。

突然，一块沾湿的桌旗落在他们头上。是言铮把餐桌上的桌旗扯下来，桌上的水都倒了上去，然后丢给了他们。他的嗓子已经发不出声音，做了个手势要盛昭曦带着周怀瑾披上桌旗先冲出去。他去扶腿脚不便的冯荣生垫后。

周怀瑾伤势严重，盛昭曦没时间考虑太多，一咬牙用湿桌旗披在两人头上，扶着他先冲了出去。就在他们闯出后门的同时，餐厅的后门也被烧塌。言铮和冯荣生还在里面。

"言铮！"盛昭曦再想冲回去已经没有了路。

"小曦……"周怀瑾拉住她，一张口就直接晕了过去。

街道上警笛声大作，救火车和救护车都赶了过来。周怀瑾被抬上了担架。

外面的人全都围了过去察看情况。周怀瑾已经陷入昏迷，他脸上被烟熏得一片黑一片白，身上的衣服都被烧得卷了边，露出左下腰一片烫红的皮肤，肩头也是一大片烧焦的痕迹。

"言铮呢？"汤合行质问她。

"他和冯荣生还在里面!"

"这到底是怎么回事!"寿宴变成了火海,孙子受伤,请来的客人生死未卜,周老爷子气得直抖。

"你们不要围得太紧,给他一点儿新鲜空气。"医生驱散着围观的人,给周怀瑾做检查,"暂时没有生命危险,只是吸入了大量的浓烟昏迷了。肩上的烫伤比较严重,需要做手术。派一个家属随救护车,现在立即送医院。"

周老爷子年纪大,又受了惊吓,周怀安更不可能照顾人,所有人都看着作为他女伴来的盛昭曦,可是言铮还没有出来,她哪里放心得下。

"你先陪怀瑾去医院。言铮这边有消息,我马上给你电话。"秦婧推了她一把,将她送上了救护车。

救护车门合上,响起鸣笛,渐渐开远。

五分钟后,消防员听到楼侧面有一声重响。赶过去发现是言铮和冯荣生从起火没那么严重的二楼用床单窗帘编了一条绳子爬下来,因为爬到一半绳子被扯断,他们二人跌落下来发出了重响。

消防队员立马上前去搀扶,言铮头磕到石头,满脸是血,但神智还算清醒。另外那个男人捂着右腿躺在地上,哼哼唧唧。

周老爷子认不出这是哪位贵客,吃惊地问:"这是谁?"

言铮接过医护人员递过来的毛巾,按在还在往外冒血的额角上回答:"纵火犯。"

过火的地方主要是别墅的一楼,但因为冯荣生在一楼的一些角落上浇了油,导致火势起得很猛,给人造成火灾很严重的错觉。这次火灾没有造成人员死亡,两名伤势较重的伤者入院后伤情都已稳定。

据后来冯荣生交代,他是周家大宅装修时的内部维修工人,因为装修时从高处跌落而造成右腿终身残疾。但工头把事压了下去,并没有上报给周家。还骗他说因为他操作失误,房主不肯赔钱,只虚情假意地给了他几百块钱了事。

这几百块对于失去了唯一劳动力,还要花大笔钱去治病的冯荣生家来说,连杯水车薪都算不上。他出院后就已经是债台高筑,几次去周家讨公道都没进去院门。

"你知道周家是什么背景吗,你就敢去找事,真是不怕死。人家有钱有势,弄死你就跟弄死一只蚂蚁一样简单。"这样的话太多人和他说了,在又一次被高利贷的人威胁只剩最后期限的时候,他想,就算是蚍蜉撼树,他也要和这些人同归于尽。

周家老爷子的寿宴简直是天赐良机，他在这里做工几个月，早已摸清了整栋别墅的地形，趁宴会来往人多，他偷偷溜进来，把汽油洒在了各个不引人注目的角落，然后躲在后院等待时机。

　　没想到，点火的时候，被言铮撞上了。

　　对于所有犯罪事实他供认不讳，估计会被判处三年以上十年以下的有期徒刑。

　　陆岑看完了冯荣生的笔录舒了一口气，他走到楼梯间给言铮打了个电话。此时言铮刚刚包扎完，还拍了片子，正在休息室里等结果。

　　"喂。"电话里的声音有些许疲惫，刚刚和那个纵火犯搏斗加逃生，耗费了不少体力，又摔破了头，现在还有些眩晕。

　　"言铮你吓死我了，我还以为是你为了制造混乱放的火。"虽然为了达到目的有时候不得不越矩，但在那么多人的场合纵火的危险性也太高了，出什么事他还真不一定能保下来言铮。

　　"放心，火灾和我无关。我还发现了一点儿意外的惊喜，我们见面再说。"

　　汤合行拿着他的X光片走进来，言铮从容地挂断了电话，将手机塞进西裤口袋中，"结果怎么样？"

　　汤合行看着他不说话，言铮自己一把扯过他手里的片子，因为专业的原因，简单的X光片，他能看得懂，"有瘀血？"

　　"嗯。医生说脑子里还有瘀血，需要留院观察。"

　　言铮"哦"了一声，放下手中的X光片没有再多问。

　　汤合行被他这副生死由命的态度给气着了，推了他一把，言铮顺势跌坐回沙发上，无奈地望着他，不知道他又发的哪门子少爷脾气。

　　"你说关键时候你那个盛昭曦靠得住吗？她现在可是陪在周大少爷身边，早忘了你是哪位。"

　　"周怀瑾也在这？"

　　"是啊。比你先一步到，刚刚做完手术。你在她心里可比不过人家周家大少爷。你和他是同时在火场里遇险，盛昭曦可是抛下你陪着他入院的，现在还眼巴巴地守在床前呢。女人这个东西，真是善变。今天可以喜欢你，明天又爱上别人。"

　　言铮自是不信他这些添油加醋的话，但是若说没有看出盛昭曦对周怀瑾的紧张，那也是自欺欺人。

晚间，住院部里穿着白大褂的夜班医生推开了言铮的单人病房。

"你来了。"言铮摁亮了台灯。

陆岑急切地凑到了病床前，"你说的意外惊喜到底是什么？"

"呐……"言铮从病号服的口袋里掏出一小瓶透明液体。

"这是什么？"陆岑拿起来摇晃了一下，看不出什么名堂。

"东莨菪碱注射液。"言铮盯着这瓶药若有所思，"高敏表面上送的是一尊观音，可观音里头还藏着别的东西。"

"就是这个？做什么用的？"

"东莨菪碱是一种白色粉末状毒品，是从南美洲一种名为波拉切洛的常见植物中提取的，毒性剧烈，与安定药一样具有镇静催眠的功效，可以导致人的部分记忆丧失。无味，在不知情的情况下吸入，人会变成行尸走肉般的人偶，任人摆布，仿佛被人洗脑，醒来后对那一部分的记忆全无。这也是致幻剂的一种。这个是用东莨菪碱制成的注射液。"

"又是致幻剂？"陆岑想到盛昭曦案子里的精油灯，真的只是巧合吗？

"所以我们在福利院地下室里找到的戴乐乐，也是被注射了这种药才会变得人事不知？"

"是。"不只是戴乐乐，受害的还有很多人。

这种药产地单一，来路窄，查起来也容易锁定范围。陆岑把药揣进口袋里，"太好了。目前为止你的任务都完成得很出色，我唯一的要求是希望下次不要在医院见你。"他扯了扯身上顺来的白大褂，手掌在鼻子前扇了又扇，"消毒水味太难闻了！"

复仇俱乐部

【你要使父母欢喜，使生你的快乐。】——《圣经》

盛昭曦陪着周怀瑾做完了手术，接到了谢勇的电话，他们在调查这场火灾的事。也得知言铮和冯荣生都平安脱险，一直悬着的心终于放了下来。她拜托谢勇到医院来一趟，替她转交一份东西给冯荣生。

打完电话，盛昭曦坐在病床前，开始手写一份聘书给冯荣生。她还打算替冯荣生请一个好律师打官司，即便她已不再是警局的谈判专家，但谈判专家一诺千金的守则不能忘。

周怀瑾麻药还没过，还在沉睡。她听说了言铮也在这个医院住院，本应该趁这个间隙去看看他的伤情，但脚下的步子却怎么都迈不开。

她让谢勇查过周怀瑾六年前在医院的病历，他当年确实遭遇了车祸，医生诊断为全盘性失忆症。他没有说谎，很有可能真正的周怀瑾已经在车祸中丧生，而不知出于什么原因，靳司遇阴差阳错地顶替了他的身份。

病床上躺着的是她思念了整整六年的人，他披荆斩棘终于回来了，她的心却好似走远了。这是她无法接受的事，她觉得此时迈出一步都是对爱情的背叛。

周怀瑾醒来后，得知盛昭曦一晚上都在守着自己，一直遣她回去休息。她拗不过，才拖着疲累的身躯回家。回到家里已是第二天下午，爸妈知道昨晚周家大宅失火的事情，见她一夜未合眼，虽然担心却也没问太多。

"你赶紧去睡一会儿。"看到她疲惫的神情，妈妈心疼地替她把肩上的包拿下来。尽管累极，盛昭曦还是先洗了个澡。等她走进卧室的时候，就看见盛明曦四仰八叉地躺在她的床上等她。

"扫把星，回来了啊？"臭小子嘴巴欠抽得很。但她现在眼睛都睁不开了，没精神跟他计较，单手把他掀开，"滚一边玩去。"

盛明曦滚了个圈，让出一个人的位置，但还是缠着她说话，"你说你怎么去哪儿都有事儿？要不要考虑回美国去祸害美国人民啊？"

"关你屁事。"盛昭曦挥挥手赶苍蝇一样。

"我给你看个有趣的东西呀。"盛明曦从枕头底下掏出他的IPAD，划拉划拉几下，从背后举到她眼前，"你看这个。"

"嗯嗯……"盛昭曦意识已经开始模糊，眼睛都没有睁开，只是应付他。

"他们在教人杀人呢！"盛明曦想引起盛昭曦的兴趣，可是她已经睡熟过去了。

盛明曦百无聊赖地拿回IPAD，躺在她旁边继续刷帖子里的聊天记录。

"R可比你温柔多了。"他自说自话。

最近这个新替身很当红啊！R对她特别关心。替身叫什么美来着？哦，彭小美。一个粉嫩的Hello Kitty头像。这种软妹子真敢按他们说的做吗？

盛明曦是班上乃至整个学校的孩子头，他活泼好动又总能拿出些新鲜玩意儿，同班的男孩子都很服他。

"啊。好无聊啊……最近有什么好玩的？"课间，他单脚撑着靠背椅摇摇晃晃地抱怨道。

围着他的男孩子们叽叽喳喳地讨论起来。

"最近出了一个新的动作类游戏，叫雇佣兵。我妈给我买了。盛明曦，下课去我家玩吧？"

"不去。无聊。"

"学校旁边新开了一个游乐场，咱们周末可以去。"

"那是小女孩子去的地方。"盛明曦撇着嘴巴不屑地摇摇头。

上课铃声响起，大家回到各自的位置。盛明曦还在思索着有什么乐子可寻。一个纸团扔到他的桌子上。

他展开纸团，上面歪歪扭扭地写着的一行字吸引了他的注意力："给你看点儿新鲜的。"

盛明曦回头，看见坐在最后一排的刘铭朝他眨了眨眼睛。刘铭是班上电脑玩得最好的，因为他有个在大学读计算机的哥哥，所以总是有些好点子。

刘铭给他看的是一个名为"复仇俱乐部"的聊天论坛，登录进去的程序十分复杂。

刘铭说是他哥在浏览的时候，他偷看到的。盛明曦大概看过一遍里面的内容后，觉得就是一群中二患者聚在一起吹牛，没什么实际意义。他混在里面不说话，就全当作一个乐子看看。直到他在电视上看到王萍萍的采访，才发现之前那些人在群里聊的事情都成了真的。

盛明曦开始有些害怕，却也隐隐地觉得兴奋。他试着和群主R开始聊天，R却出乎意料的是个非常和气的人。

他和R诉说自己有一个比他大十几岁从未见过面的姐姐，姐姐突然归国抢走了爸妈所有的关心。他以前听爸妈说过，姐姐上学的时候做错过事。爸妈应该是不喜欢她的，可是为什么却对她比对自己还好。她回国以后还惹出好多乱子，爸妈不得不把她从外面召回来管着。这么一个爱折腾的女人，还老喜欢摆着姐姐的架子管着他。不准他玩游戏，不准他说脏话，简直堪比一个后妈。

R说："听起来是个很讨厌的姐姐呢。"

"就是。"

"那我们要不要整整她？"

盛明曦犹豫地看了一眼躺在他身边熟睡的姐姐，犹犹豫豫地问了一句："怎么整？"

"不如……先想办法让她喜欢的人讨厌她。"

姐姐的手机在包里震动，盛明曦盯着那个帆布包看了三秒，然后从包里拿出了手机，来电显示是言铮。他摁掉了，对方又锲而不舍地打。他继续挂。最终不耐烦地直接摁了关机键，把手机又放回了包里。

盛昭曦再醒来的时候已经是第二天早上，盛妈给她熬了一碗粥。她睡眼惺忪地坐在餐桌前，一边喝粥一边看早间新闻。

随着第一声啼哭，医院的新生儿产房里又多了一个新生命。年轻的父母盯着孩子的轮廓，明明有点儿塌的鼻子也看着可爱。最初的喜爱和依赖，随着成长的轨迹开始发生偏移。摩擦、矛盾、代沟、隔阂，每一个词都可以适用于大部分的中国亲子关系中。百分之九十的孩子都可以在忍让和爆发中寻找到一个平衡，然后他们长大了，走出原生家庭。他们也许又变成了父母当年的样子，也许不会。可也有些孩子永远也走不出那个困境了，王萍萍便是这其中之一。

早间新闻正在播放一起恶性的杀母案，当事人正是王萍萍。

这事前两天盛昭曦听刘梵说起过。在安全屋里，王莉母女一起洗澡，其他警察就守在屋内。王萍萍还是在浴室里了无声无息地杀害了她的母亲。看上去如此瘦弱的孩子，在看守所里被记者问及为什么执意要杀害自己母亲时，她竟然笑了，"我就是讨厌她。不想再看到她。"

电视机前的盛母长叹一口气感慨道："现在的小孩子就是宠坏了，一点儿不满意就喊打喊杀。父母都快变成高危职业了，难怪越来越多的年轻人要当丁克。小曦，你以后有孩子可得好好教育。"

盛昭曦之前接触过这对母女，知道一些内情，这孩子也是可怜。突然又想起超市里那个小女孩，"也许还有什么我们不知道的原因呢。"

自家这个女儿凡事都把人往好的方向想，盛母不赞同地摇摇头，"再怎么样也不能杀害自己亲生母亲啊。这可是生她养她的人。太没良心了！这样的孩子生下来就该掐死。"

盛昭曦耸耸肩，不置可否。她看到桌子上那半盒没用完的名片夹有点儿发怔，也不知道超市里那个女孩后来怎么样了。

在超市挨打回去后，彭小美又和妈妈大吵一架，甩上了房间的门。原因荒谬得厉害，她洗完澡忘了第一时间穿上袜子，就先去玩电脑了。

妈妈冲进书房将袜子甩在她脸上，"洗完澡袜子都不穿就跑出来发什么骚？"

一句话就把小美的眼泪逼出来了，她实在不懂一个母亲怎么可以这么轻易就对自己的女儿说出如此恶毒的话。明明可以说一句最简单的"天气凉了，先穿上袜子再玩。"她却偏偏要用最激烈、最难听的话来伤害她。不知道从何时开始，辱骂已经成为她们母女之间交流的最常态。

自从她妈妈偷看她的日记，在日记里发现了她对同班一个男孩子朦胧的情愫后，她就好像成了一个让母亲觉得羞耻恶心的存在。母亲用尽自己所知道的最难听的词来形容她，"你才几岁，想男人想疯了？犯贱！"

小美心中原本觉得这份喜欢是很美好的。男孩是她的邻桌，很可爱的小男生，人也很好。她每次忘带什么文具，都是从他那拿。他的字写得很漂亮，老师问的问题都会回答，是个又聪明又礼貌的男孩子。有人喜欢这样的男孩子难道不是理所应当的？

大家都喜欢他。只不过因为他们是同桌，来往更密切一些。小学毕业时，小男孩送了她一个校门口五块钱买的薰衣草瓶，里面放了一张卷起的小纸条。纸条上写的是：心想事成。

最简单的祝福，让那些甜蜜的小心思开始发酵。初中他们又分在一个班，让这份喜欢得以延续。然而这种最原始而纯粹的感情，在母亲眼里都是肮脏、龌龊的。妈妈本来就脾气不好，再因为这个事情，小美在她面前做什么都是错的。

就像今天在超市，自己不过拿了那包薯片，就被妈妈当众赏了一耳光。虽然有个漂亮姐姐站出来替她讲话，但以妈妈泼妇骂街的功力，漂亮姐姐根本不是她的对手。另一个英俊的大哥哥偷偷塞给她一张名片，要她有困难打电话。

她注意到他们是一对，望着他们结账离开的背影。小美羡慕地想，如果我是他们的孩子就好了，他们一定会理解我，会好好听我说心里话。

她在房间里打开自己上锁的书桌抽屉，抽屉里早已没有了日记。自从母亲上次偷看她日记还大言不惭地说："你十八岁之前就是我的附属品，我有权利看你的任何东西。你不要和我提什么隐私，我是你监护人，有本事你就从这个家里滚出去。"从那以后，她就把所有日记撕掉，再也没有写过任何东西了。

十八岁为什么那么远？小美叹了一口气，从抽屉里拿出了一个粉色的翻盖小手机。

手机是六年级暑假的时候王萍萍给她的，她自己并没有手机。爸爸是警察，经常不在家，妈妈只是事业单位的一个小科长，她的家境并不是很宽裕。何况在妈妈眼中，手机这种玩物丧志的东西她也完全不需要。

王萍萍是她小学六年里最好的朋友。她家好像条件很好，虽然是单亲家庭，但吃穿永远是他们班最好的。四年级的时候王萍萍就买了第一部手机，这在她们全校都是独一份的。大家都很羡慕她。但小美知道王萍萍没有看上去那么风光漂亮，她也和自己一样在家受尽侮辱，她的妈妈还不停地给她换新叔叔。

也是因为相近的遭遇，她们才能变成最好的朋友，互相倾诉自己糟心的事。她们还约好毕业一起去同一所中学，不管遇到什么事都一起面对。但王萍萍最近心事重重，问她什么都不肯说。

小美也有自己的小烦恼，最近几年恒城被拐的孩子太多，自己同班同学里都有两个走失了。妈妈每天来接送她下课，这样她就不能和她喜欢的同桌一起回家了。

有一天，王萍萍突然把手机塞给了小美，说自己以后不会再来上课了，她要去一个很远的地方，再也不会回来。

"如果你以后实在撑不下去了，你就打开这部手机，里面有教你找到帮助你的人的办法。不过我希望你永远也不要用到它。"

后来她看了新闻的报道，终于明白王萍萍所谓的要去一个很远的地方是指什么。她将手机封存了起来，连同那张名片一起。

现在面前摆着这两样东西，左边是那个漂亮姐姐的名片，右边是萍萍的手机。小美左右为难不知道该向谁求助。

门外又传来捶门的声音，夹杂着难听的叫骂声，"说两句就锁门。生你不如生块叉烧，起码不会顶嘴。真恨不得没生你，你怎么不去死！"

眼泪滴了下来，砸在手机屏上，小美右手拇指没有来得及察觉就已经按下了开机键。有些事情一旦开始，就像射出去的箭，没有回头的余地。只能一往无前，直到射中靶心。

小美打开萍萍手机的备忘录，里面详细介绍了如何用TOR浏览器进入一个域名以.onion结尾的网站。

萍萍说你在其中一个叫"复仇俱乐部"的帖子里找到R，R会帮助你的。

小美忐忑地打开了这个网址，网站界面有点儿像平时经常用到的论坛形式。大多数是英文留帖，她看不懂，"复仇俱乐部"几个汉字在一堆英文中就很明显，她打开后，里面自动弹出来的信息刷得她眼花缭乱。

"萍萍已经完成了她的使命，谁是下一个？"未读信息中的第一条就是版主R的发言。R是单词Revenge（复仇）的首字母。

小美不禁想，萍萍说的可以帮助她的人就是这个R吗？

R的帖子下面有几百条跟帖，都是论坛里的成员在讨论如何帮助下一个人完成复仇计划。论坛里鱼龙混杂，什么人都有，R在公告里要求所有人必须实名才能发帖。但他自己的所有信息都不详，年龄填写的是0，名字是R。

小美退回聊天页面，发现最新的回复都是在聊"她"。

"萍萍怎么上线了？"

"她不是被抓起来了吗？"

"被盗号了吧？R，快把这个盗号狗踢出去。"

"我不是……"小美赶紧解释，但又不知道怎么说清楚自己是谁。

这时R跳出来说话了，"这是萍萍的朋友，萍萍之前和我说过。让我们欢迎新成员，彭小美。"

小美有点儿惊慌，R竟然知道她的名字。

"小美，麻烦你改一下备注。以后萍萍的账号就归你了。"

小美忐忑地修改了萍萍的账号资料。

"原来是'替身',误会了。"小伙伴们管沿用前一个人账号的新成员叫替身,如果有人消失而又没有接替的人,R就会删除他的账号再吸纳新的成员。但如果前一个成员有内推,R更乐意接受"替身"。

群里对小美进行了热烈隆重的欢迎,让她有些受宠若惊。

"你来得比我想象中晚了一些。"R私聊了小美。

"之前萍萍没有跟我说清楚,我不知道这个俱乐部的存在。好奇怪,在网上都搜不到的,只有按照萍萍教我的办法才能进来。"

"当然了。我们这可是暗网。"帖子里的人似乎对此颇为自豪。

小美没听说过暗网,于是去搜索了一下:"暗网广义上指的是那些无法被搜索引擎收录内容的站点,有非公开访问机制,所以常被用于经营不合法生意,是犯罪天堂。"

"这个俱乐部是干什么的?"小美怯怯地问。父亲的警察身份让她比别的小孩多了一分警惕和对犯罪的防范。

"你别害怕,我们不会勉强你做任何事情。你有需要帮忙的地方就直接在这里问我们,大家都会很热情地替你出谋划策的。"R的口气没有冷漠凶狠,反而像个温柔的大哥哥。

就当网聊认识一群新朋友吧,有个地方倒苦水也不错,不管他们怎么说,只要我不照着做就行了。

小美放下心来,安心地跟R聊了起来。

恶魔在身边

【我们看错了这个世界，却说世界欺骗了我们。】——泰戈尔

彭小美站在自家六楼卧室的飘窗上，下面是来往如织的车流，门外是比往日来得更加猛烈的咒骂和捶门声。每一声都像捶在她的心上，小美瑟缩在飘窗上，手中紧紧地握着那部粉色的手机。

"彭小美，你翅膀硬了！长本事了！还敢写检举信到我单位举报我受贿？！我现在丢了工作，我们一起喝西北风吧！一起死吧！

"我到底有哪点对不住你！生你、养你，好吃好喝供着你。你是恶魔吗？是生下来折磨我的吗？小小年纪你早恋不学好，把大人的教导都当作耳边风。还存着报复的心思，整天脑子里琢磨的就是怎么来害我。好啊，现在如你所愿，你打开门，我们今天一起同归于尽！你把门打开！"

又是狠狠的一脚踹在门上，木门颤抖了一下，摇摇欲坠，好像下一秒就要坍塌。小美抱着膝盖号啕大哭，祈祷着有人能来救她。可是如期而至的不是白马王子，而是恶魔。

手机在手心中震动了一下，小美打开了翻盖，是R的信息。

"小美，勇敢点儿。杀了她。杀了她你就成功升华了。"

彭小美一把丢开手机大叫："你这个魔鬼！"

她不知道事情是从什么时候开始失控的。刚开始R就像个知心大哥哥一样，听她诉苦，听她说那些来自母亲的污秽不堪的漫骂。后来，他开始给她出主意，"小美，我们来反击吧？"

一开始不过是些无伤大雅的恶作剧，晚上偷偷把妈妈的钱包拿出来，害她出门没钱坐车；在妈妈的笔记本电脑上下载含病毒的游戏，以至于电脑瘫痪。看她气急败坏地抱

怨自己最近怎么那么倒霉，丝毫没想到是自己那个逆来顺受的乖女儿搞的鬼，小美觉得好笑极了。

然后，游戏开始升级。小美有时候也会想是不是玩得太过分了，但每次妈妈毫无道理地无端打骂，都让她心中的歉疚感一点点在减少。

"你做的这些抵不过她伤害你的百分之一。" R如是说。

最后当手中那封匿名检举信掉入到妈妈单位的意见箱底里时，小美似乎有一种预感，完了，我们玩到头了。

果不其然，妈妈很快被开除。这时，有匿名短信发到了妈妈的手机上，告诉她检举信是她的宝贝女儿写的。证据确凿，小美连挣扎的余地都没有。

妈妈暴怒地冲回家，对她不由分说地一顿拳打脚踢。她的头发被狠狠地揪起，耳光落在脸上，扇得她耳朵轰鸣。

提心吊胆数月，心终于落回了肚子里，报复的快感在这一刻升到了最高点。然后，接踵而至的是无尽的恐惧。

报复了，然后呢？

"妈妈失去了工作，她发现了，我快要被她打死了！"小美挣脱母亲的手逃回房间，熟练地锁上了门，给R发了求助信息。然后便出现了开头的那一幕。

R仿佛掐准了时机，逼她下手。当初是谁说的，我不会强迫你做任何事。他确实没有强迫，他就像温水煮青蛙一样，不紧不慢地把他们全都放在自己的锅中小火烹熟。嗯，命不久矣仍不自知的、可怜的青蛙。

萍萍，你当初也是这样吗？

彭小美绝望中突然想起了什么，她手脚并用地爬到书桌前拉开抽屉。把里面所有的东西都倒在了地上，在一片文具杂物中，她翻出了那张名片。

"丁零零……"盛昭曦的手机响起了，是个陌生号码。

"喂……"电话刚一接起，那边便传来女孩尖利的叫声："姐姐救我！"

"你是谁？"

"我是……我……"女孩紧张得话都说不清楚，"我是彭小美。超市！超市那个女孩。"

女孩慌张地想要唤起她的记忆，电话那头除了哭泣声，她还隐隐听到捶门和咒骂的声音。

"你妈妈又在骂你了？"盛昭曦叹了一口气，这么久没接到这个孩子的消息，还以为她过得很好，以为那天不过是她母亲心情不好的偶然事件，"你在哪？"

"我在……家园"电话那边的信号不太好，盛昭曦没有听清楚那个小区的全名，又问了一遍。

就在此时，门终于被踹开。妈妈冲进来，手里拿着铁质的衣架子一个劲儿往小美身上抽。

小美丢开了手机在尖叫，"妈妈！不是我！妈妈！"

"喂喂？"盛昭曦也着急了，不停地叫着小美的名字，而手机被丢在墙角，无人回应。

"不是我！是恶魔！是恶魔逼我的。"疯狂的妈妈根本没有理会彭小美的言语。小美被逼到了窗边，她顺手捡起了掉在角落的手机，"姐姐，是他逼死我的。"

这是盛昭曦听到的彭小美的最后一句话，然后电话那头就是呼啸的风声，随后是重重的砰的一声。继而是汽车急刹声，以及金属被压烂的声音。电话断了。

一个女人的头从六楼伸出了窗外，她大张着嘴，风吹乱了她的头发。整个世界在这一刻失去了声音。

盛明曦和同学放学回家的路上会经过一处菜市场门前。这里有提着菜篮子的老妇人，也有踩着单车的送货人，还有些从胡同里开出的小轿车。小贩吆喝的声音、讨价还价的声音、汽车鸣笛催促行人快走的声音，将这个路口变得十分嘈杂混乱。

彭小美砸下来的时候，他们正快步穿过这片脏乱的地方。于是，他们见证了一个神奇的瞬间。

随着砰的一声巨响，所有嘈杂的声音一瞬间都没了踪影。

她砸在一辆墨绿色桑塔纳车上，白色的裙子、红色的血、绿色的车漆在盛明曦眼里留下了丰富的色彩。

车的挡风玻璃被砸出了一个很大的窟窿，彭小美的身体反弹出去，落在了一个摆在地上的菜摊子上。菜贩子尖叫一声，连连后退，但大家很快又以彭小美的身体为中心围成了一个圈。

盛明曦等几个小孩毫无疑问被挤在外围，他们也没有去看热闹的心思。饶是盛明曦这样的小霸王，对有人跳楼这样的事心中也是害怕得紧。

"我们快走吧。"同行的小伙伴拽住他的衣袖往外走。盛明曦挪动了一下僵硬的双腿，跟了上去。经过围观的人群时，他听见有人说了一句："这不是住在六楼的彭小美吗？哎哟……她妈还在楼上往下看呢！这是杀人啊？"盛明曦身子一颤，飞快地跑走了。

晚上九点，那个粉色Hello Kitty的头像依然没有亮起。

最近论坛讨论的都是如何帮彭小美整治她的老巫婆妈妈。作为主角的她，往日这个时候早就在线和大家胡侃了，可是今天一直没有出现。

终于有人问了一句，"小美今天没上线？我们还在等着听她妈被领导骂得狗血淋头后的进展呢。"

此时，R平静地说："小美任务失败，跳楼了。"

"哦。"听到小美跳楼的消息，所有人都是漠然地回应一下，刚还盼着出现的人死了，这些人冷漠得仿佛这条命连一只猫狗都不如。即便是虚拟世界的朋友，这反应也够惊人的。

"谁是下一个？"R问，仿佛他们的世界里从来没出现过小美。

"明曦吧。他最近不是一直很烦他姐吗？"

盛明曦心虚地丢开了手机，他的手在发抖，仿佛自己是被盯上的猎物，是躺在砧板上待宰的鱼。

"我不要！你们这群疯子。"盛明曦发出一条咆哮的信息。

卧室门在这时突然被推开，盛明曦吓得一抖。盛昭曦莫名其妙看了他一眼，"又在做什么亏心事？吓成这样。"

盛明曦不说话，脸色还是惨白的。姐姐走过来探了探他的额头，"没生病呀。怎么这副脸色？是偷偷玩游戏了吧？放心。写完作业你玩一会儿我不会告诉爸妈的。"

盛明曦突然一下子抱住她的腰，"姐！"

盛昭曦悬在他头上的手顿了一下，然后轻轻地落下，揉了揉他刺猬一样硬的短发。自从搬回家以后，什么千奇百怪的绰号他都叫过，唯独没叫过一声姐姐。爸妈怎么骂他都不听，这小家伙就是很抵触她。偏偏同一个娘胎出来的，盛昭曦也是吃软不吃硬。她从不会顺着他，两人就像水火不容的死对头，从早吵到晚。

因为小美的事，盛昭曦今天一天情绪都不太好。看到家里这个小魔头突然朝她撒娇，不免又想起那个可怜的孩子，对他的态度也柔软了很多。

"你怎么了？"

"姐，我其实没那么讨厌你。"

盛昭曦笑笑，"我知道呀。"

"我不想死。我也不想你死。"

"什么死不死的。"盛昭曦扶正他，发现平时这个天不怕地不怕的熊孩子竟然满脸是泪，"到底怎么了？"

手机这时候不合时宜地响起，盛昭曦没有管它，还是拉着盛明曦的手问："谁欺负你了？嗯？"

他却好像一下子清醒过来一样，伸手擦了擦眼泪，"没什么，你先接电话吧。"说到底这只是个虚拟世界而已，只要他放弃这个账号再也不登录，R也没办法找到他，就是这样的！盛明曦在心里给自己打气。

电话是谢勇打来的，此番找她是为了彭小美的事情。随着小美坠楼的那部手机，最后的通话记录是打给她的。他们需要来找她做笔录，谢勇看到是她的号码，就主动接手了这事。

爸妈今晚有应酬，都没在家。盛昭曦看到弟弟一脸惶惶不安的表情，也不放心把他一个人丢在家里，"你要不要和我一起去一趟警局？十二点之前应该可以回来。"

盛明曦点了点头，第一次主动牵起了她的手。

有时候血脉亲情真的很难说，前一刻还怎么看都觉得面目可憎的小鬼头，一个拥抱和哭泣就可以轻易让她心软，觉得他也是她一生要保护的人。

车子开到一个路口，盛昭曦迷了路。以前和秦婧合租时，去上班的那条路闭着眼睛都可以走了，但这还是第一次从自己家里开车去警局。一个路口拐错就迷了路，绕了几圈又回了原地。

盛昭曦将车子停在路边的一个便利店门口，扭头问坐在后排的盛明曦，"我去问个路，你想喝点什么吗？"

"酸奶。"

"好。"盛昭曦捏了捏他的小脸蛋，弟弟乖巧的时候真的跟个小天使一样。下车之前她将后车窗摇下来一半给他透气。

盛昭曦进了路边的一家便利店，盛明曦一直透过车窗玻璃看着姐姐的身影，直到她走到冰柜后被挡住。

"咚，咚，咚。"有人敲车窗。盛明曦一回头，看见窗外有一只手伸了进来，"小明曦，你不听话噢……"

盛明曦吓坏了，有人敲车窗，他竟然下意识地以为是R。还好是熟人，姐姐的朋友秦婧从车窗外把手伸进来捏了一下他的脸，还有一个男人站在秦婧后面，面无表情地看着他。

"阿婧！"盛昭曦提着酸奶走出来，看见车边站着两个人。秦婧直起身子来，笑得很勉强，周怀安则是全程面无表情。

"你们怎么会在这？"

秦婧看她的目光有些古怪，"你不知道这是医院的后门？"

盛昭曦抬头看到医院楼顶的灯光牌才反应过来，这是周怀瑾住院的医院，难怪刚刚那个便利店那么多果篮鲜花卖。

"我要去警局一趟，迷路了，停车问个路。"

"前面那个路口左拐就到了。"秦婧给她指了一下路，但脸上的表情一直很不悦。

"那我先走了哈。" 盛昭曦打开车门，把酸奶丢进弟弟怀里，一边系安全带还一边嘀咕："刚刚是你惹婧姐姐生气了吗？她怎么一脸不高兴？"

盛明曦摇头表示不知情。待盛昭曦终于转到熟悉的警局大门，已经快十点了。谢勇打了个电话过来催，知道她是迷路了，还笑话了她半天。

笑闹着，她已走进了久违的警局，谢勇出来迎接她。看她牵着个小鬼头还诧异了一下，故意打趣她，"老大，动作这么快？"

"去你的，这我弟。"她大力拍了一下谢勇的肩，"老彭呢？怎么就你一个人？"

谢勇的脸色沉了下来，悄悄附在她耳边说："在医院呢。你不知道吗？跳楼的女孩是老彭的女儿。"

盛昭曦一下捂住嘴巴，吓得有点儿结巴了都，"你……你……你是说彭小美是老彭的女儿？"

"是啊。孩子太可怜了。现在还在医院抢救，恐怕凶多吉少。"

盛昭曦透过透明的玻璃窗可以看见审讯室里坐着一个女人，低着头，看不清面容。"里面那个是谁？"

"小美的妈妈，也是唯一在场的目击人。"

好像感应到这边有人在看她一样，她也偏过了头，但是因为玻璃是单向的，她看不到外面的人。果然是那天在超市的妇女，只是没了当初的跋扈，成了一个普通的面带憔悴的中年妇女。

盛昭曦让弟弟坐在办公区外的长椅上等她，并托了值夜班的女同事帮忙照看一下，就跟着谢勇去了另一个房间做笔录。

盛明曦静静地坐在长椅上看着审讯室里的女人，她双手插在自己的头发里，怎么也不敢相信现在发生的一切。女人焦躁的面容在盛明曦眼里一晃儿变成了自己的妈妈。差一点儿，再差一点儿，坐在这里面的不幸的人就成他的妈妈了。

盛昭曦讲述了在超市遇到彭家母女的经过。

"从那次见面以后就没有联系过了？"

"没有。所以她今天给我打电话的时候，我一下子都没反应过来是谁。"

"彭小美坠楼之前，你听见电话那头她们母女在吵架？"

"准确说是她妈妈在打骂她。"

"那她有没有和你说什么话？"

"她让我救她，还说是恶魔逼死了她。"

"你觉得她说的恶魔是谁？"

"也许是她妈妈？我也不确定。我只是在超市见过她们母女一面，她妈妈……"盛昭曦斟酌了一下措辞，"很不尊重孩子。"

"老彭是老刑警了，工作忙，经常不在家。嫂子一个人带着孩子，我听他说过，虽然嫂子嘴不好，心里还是疼孩子的。唉。可惜孩子小，都不懂。"

"你指望一个十来岁的孩子从辱骂中听出爱？"盛昭曦不懂谢勇的逻辑。

"还是太极端了。老彭两口子就这么一个孩子，骂几句说跳就跳了，这让她爸妈以后怎么活。"

不是几句话就跳楼了，这背后经历了什么，除了当事人谁也说不清楚。而且父母不是为了孩子而活，孩子也不该活成父母的附属品。不过这些话到嘴边又被咽下去了，盛昭曦想起周怀瑾的话，道理都懂，但做到很难。

"已经认定了是自杀？"

"从环境证供来看是自杀没错。"

"可是……"盛昭曦总觉得哪里怪怪的，小美在电话里一直强调有人在逼她，那个他会是谁？

她做完笔录已经十一点多了，小美妈妈还坐在审讯室里维持着一个小时前看到的姿势。谢勇端了一杯温水进去，女人透过门缝看到盛昭曦，愣了半秒，然后突然推开了谢勇，疯了一样冲过来，一把拉住盛昭曦的衣领，"是你！是你害死了小美！"女人头上青筋暴起，神色狰狞，看到盛昭曦才好像将冥思苦想的事情找到了答案。

盛昭曦将她的手指一个个掰开，谢勇也赶紧上来拉住她，"嫂子，不要闹事……"

"小谢，是她！就是她挑唆小美处处和我作对的。写检举信这种事她一个小孩子怎么会懂？如果不是有人教她，她怎么会做出这种事！"

"什么检举信？"

"嫂子，不可能是小盛。她是我们以前的同事，她不会做这种事的！"

"同事？"也许是因为丈夫的关系，女人对警察这个身份有天生的信任感，态度这才放缓了下来。

她拉住谢勇的手絮絮叨叨地说："小谢，我刚刚在屋里想了很久，我们母女俩怎么会走到今天这一步的。我们的关系就是在最近恶化得特别快。她经常和我顶嘴，背着我玩些小把戏以为我不知道。还喜欢一个人躲在房子里，不知道在网上和谁聊天，房里经常有笑声传出来。最后居然还写匿名信告到我的单位，信里的话非常恶毒，这绝对不是小美会说的。"

"既然是匿名信，你怎么会知道是小美写的？"

为了保证举报不被报复，单位举报箱前面是没有监控的。小美去做这样的事，一定也很怕被人发现，肯定会挑一个没人的时间去。这又是怎么会被迅速识破的呢？

"有人发信息告诉我的。可是我回电话过去是空号。"小美妈妈越说也越觉得蹊跷，"最奇怪的是，我们从来没有给小美买过手机，她那部手机是哪儿来的？"

"下午你跟我说过这个线索，我已经查过了，手机号码登记的是王莉，已经离世。她就是小美以前最好的朋友王萍萍的妈妈。"

"是那个王萍萍？"小美妈妈捂住嘴，联想到之前新闻里报道的王萍萍杀母的事情，觉得不寒而栗。

小美妈妈还没从震惊中走出来，就接到了老彭的电话，"女儿救过来了。未来七十二小时是危险期。如果能醒来，这条命就算保住了。"

她长舒一口气，眼泪掉了下来。哽咽着开口想说什么："老彭……"

"嘟嘟嘟……"老彭没给她说话的时间，话一说完马上挂了电话，仿佛一句话也不愿意和她多说。

她知道女儿跳楼的事，老彭在怪她。怪她不懂管教，怪她恶语相向把女儿逼到了绝路。她又何尝不怪自己。

谢勇见状马上打圆场，"嫂子，给老彭点儿时间，他担心孩子。"

小美妈妈无力地坐到靠墙的长椅上，扶着扶手直摇头。盛昭曦这才突然反应过来，本该坐在长椅上的盛明曦怎么不见了？长椅上还摆着半瓶他没有喝完的酸奶。左右找找，发现连委托照看他的女同事也不见了。

她的心慌了一下，正巧这时女同事端着一杯温开水走过来，她赶紧问："小赵，你看到我弟弟去哪了吗？"

"咦？他没在这吗？"看到盛昭曦焦急的模样，小赵也跟着紧张起来，"他刚刚有点儿咳嗽，跟我说想喝热水。大厅里只有冷水，我就进值班室里去拿热水壶给他烧水，来回总共就十来分钟。"

"你别急，他可能只是去厕所了。"谢勇安慰盛昭曦，为了稳定她的心情又加了句，"这是在警局，不会有事的。"

盛昭曦也明白他说的没错，可是没来由地觉得心慌。

谢勇调了监控，自从盛昭曦进了审讯室，盛明曦一直坐在长椅上乖乖地玩他自己带来的ipad。十点半的时候，他抬头左右张望了一会儿，像是在寻找什么人。未果，又低下头继续玩ipad。十点五十六分，他起身去和值班的小赵说话，只见小赵点了点头，就走向了值班室。盛明曦又四处看了一下，确认大厅里除了值班的小赵以外没有其他人后，他突然抱着ipad一溜儿烟地跑出了大厅。

他离开后不到两分钟，盛昭曦一行就走了出来。如果不是和小美妈妈发生冲突，她应该会更早发现弟弟不在的事情。

谢勇又调了警局门口的监控来看，盛明曦从里面冲出来，径直跑过了马路转角，消失在监控的范围外。看着弟弟小小的身影，飞奔过马路，盛昭曦的心都提到了嗓子眼儿。

R的复仇

【世界以它的痛苦吻我,却要求我以歌声回报。】——泰戈尔

盛昭曦又一次听到话筒里传来无人接听的提示音,言铮已经失去联络两天了。同时弟弟失踪也已经有四十八个小时了,警方已立案。

盛昭曦一开始怀疑是高敏所为,毕竟绑架这种事她早已做得驾轻就熟。

"要我怎么做你才肯放了我弟弟?"当她愤怒地打电话过去,高敏只回了她一句"神经病"。

在警局里把人拐走,这简直是一种对警方的公然挑衅,刑警队的人都投入了百分百的精力去调查。

通过天眼的记录,盛明曦最后出现的地方是警局不远处的人民公园门口,他拐进了公园。虽然公园的各个出口都有监控,但公园里面是没有的。各个出入口的影像证实,盛明曦只进未出。警方对公园展开了地毯式的搜索,依然没有发现盛明曦的踪影。

盛明曦是自己走出去的,和寻常的拐卖不同。从监控上看,整个过程中,除了他主动和值班的女警说过两句话外,再没有其他人和他有过肢体或语言的接触。

他为什么会在大半夜不听姐姐的叮嘱独自跑走了呢?警方最后将视线放在了他的那台ipad上,他们怀疑是有人通过社交软件留言,将盛明曦引出去的。

ipad早已被人关机,失去了追踪的可能。他们登录了盛明曦的所有社交软件账号,依然没有获得有价值的线索。

"他还有没有别的小号?"

"没有了。"盛妈妈哭着摇头,儿子的IPAD是她买的,里面下载的所有账号密码都是她申请的,儿子并不会自己注册账号。

"都是你!你不回来就什么事都没有了。"盛父盛母将弟弟失踪的过错都怪在了盛

昭曦身上，她大晚上带他出门却不照看好他，使他遭遇不测。

盛昭曦自知难辞其咎，默默将所有责怪都担了。盛明曦当初喊她麻烦精真是没有喊错。盛昭曦去弟弟的学校，找他所有的同学、老师一个个问话。小学生讲话没有逻辑，经常是答非所问，盛昭曦说得嗓子都哑得说不出话来。

又一个孩子离开谈话室，她在名单上划了一个叉。起身去走廊的饮水机接杯热水，准备润润嗓子再继续聊。学校的走廊上四面通风，把她的风衣吹得沙沙作响。她缩紧脖子快步往回走，课间有调皮的孩子从她身边吵闹着穿过，无意中撞到她，将她手里的热水打翻了一大半。滚烫的热水洒在手背上，很快手背就红了起来。她怔愣了一下，突然很想靳司遇，也很想言铮。有他们在的时候，自己不会这么狼狈，眼泪不知不觉掉在手背上。

一条灰色的毛线围巾从脖子后面围上来，一圈两圈，将她整个脖子和下半边脸颊都给裹了进去。寒风终于消停了。盛昭曦冻僵的脸上绽出满满的笑意，转头抓住身后人的手，"言……"

"是我。"周怀瑾一脸平静，看不出喜怒。

盛昭曦却对于自己刚刚的失言感到惴惴不安，"司遇……"

周怀瑾牵过她的手，从西装口袋里拿出一条素色的格纹手帕，将她的手指头一根一根擦干净。这年头还带手帕的男人简直和绝了种的恐龙一样难得，却是靳司遇一贯的作风。

"你怎么会在这里？"自从上次在医院一别，出了这么多事，她一时忙不过来，连他什么时候出的院都不知道。

"听说明曦失踪了，你在学校找线索，我过来帮忙。"这是周怀瑾出院的第二天，周家人对此颇有微词，"走吧。这个学校的老师我比较熟。"

"他没有小号啊。"男生刘铭在被问及这个问题时很肯定地否认了，说完他好像忽然又想起了什么，"啊！难道和那个论坛有关？"

刘铭说出了"复仇俱乐部"的事，但他提供的那个网址根本登录不了。据刘铭说，那是从哥哥那偷看来的URL。盛昭曦又联络到刘铭的哥哥，刘铭的哥哥说只是在无聊时候打发时间刷的网站而已，需要密钥才能进入。复仇俱乐部里面的人会互相倾吐自己遭遇的不幸和最恨的人，其他人就会出主意帮当事人报复回去。一般人也就当说着玩，但群主R很会引导话题，煽动情绪。不知不觉大家的情绪就会被带去一个愤怒点，然后开始出些很过分的主意。

"他们教别人在讨厌的人茶里下毒，什么钻石粉末可以磨得胃穿孔又查不出来之类的、千奇百怪、听都没听过的坏主意。"

"真的会有人听他们的这么做吗？"

"我原以为没有，可是最近有个杀了她妈妈的小女孩就是这个论坛里的人。"

盛昭曦和周怀瑾对看一眼，知道他说的那个女孩就是王萍萍。

"王萍萍的事情上了新闻以后，群里的人简直拿她当英雄。我觉得他们都是群疯子，就再也没有上过那个网站了。"刘铭哥哥说之后有一次想进去看一下，才发现入口都被改了。因为是暗网，没有R给的密钥，根本无法再次溯回。

"被报复的人都是些什么人？"

"大多都是爸妈或是其他家人。"

盛昭曦沉思了一下，王萍萍把手机给了彭小美，实际上并不是想给她手机，而是给她手机里的暗网。彭小美也报复母亲，然后出了事。而弟弟也是在进了这个网站以后发生了意外。这么说一切都在那个R身上，那他做这么多事是为了什么呢？反社会人格？

"R就像个正义使者，也许他觉得自己是在惩恶扬善。"周怀瑾说。

盛昭曦诧异地看着他，为他这个猜想感到震惊，正常人都不会这么想吧？R是个关键点，可是目前真正进入过"复仇俱乐部"的三个人，一个失踪，一个生死未卜，剩下的一个在看守所关着，却什么都不肯说。

就在她断了线索一筹莫展的时候，接到了谢勇的电话，"小曦，你来警局一趟。有新发现。"

警方通过多次调看公园的监控视频，发现公园靠近车道那一方有一座假山，山坡上有一条山间小径可以走到车道中间，那里没有监控，但路口两端都有交通摄像头。

他们又从交警部门拿了当天那个时间段所有经过的车子的记录。因为是繁华路段，车流量较大，光从照片上一时无法判断哪辆车有嫌疑。

盛昭曦赶到警局看了一遍所有的照片，在里面看到了一辆熟悉的车。她没出声，但心里有种不好的预感，也许只是碰巧路过，她这么安慰自己。

"这么多车，怎么能知道是哪辆带走了孩子啊？"同事头疼地看着毫无二致的照片。

谢勇想了想问："两个路口相隔多远？"

"1500米左右。"旁边的交警回答。

"给我查一下两个路口的准确数据，然后把每辆车的测速数据都调出来。"

"有什么用吗？"

"道路长度除以速度，可以估算出它们穿过这条路的正常时间。如果长于这个时间两分钟以上，就证明它在路中间有停留。"

"好聪明！"盛昭曦不禁为他的机智点赞。

"都是警察学校学的。"谢勇老实，经不起赞，尤其是盛昭曦的赞美，反而像受到了批评一样羞涩。

按照谢勇的方法，排查出有四辆车的通行时间与速度不匹配。其中两辆是发生了追尾事故，交警队有出警记录。还有一辆是爆胎了。剩下的唯一一辆嫌疑车是一辆黑色的大切诺基，那是言铮的车，虽然看不清开车的人，但车牌她认得。

盛昭曦倒吸一口气。怎么可能是他？可是自从盛明曦失踪以后，他也不见了踪影。这时间确实太巧合了一点儿。

"快去查出车主信息，请他到警局来配合调查。"

"不用查了，我知道是谁。"盛昭曦眼睛直直地盯着屏幕。

医院病房里，病床上的女孩手指动了一动。熬了两夜没睡的老彭，看到女儿眼珠滚动，像是有要苏醒的迹象，他欣喜若狂地按铃叫医生。

医生之前说七十二小时里如果小美没有苏醒，就可能会变成植物人。现在已经过了六十多个小时，每一分每一秒对老彭来说都是折磨。

听到紧急呼叫铃，门外传来一阵杂乱的脚步声，几名医生、护士同时跑进了病房。医生检查后确认她已经恢复意识，很快就会醒来。

"给她吊点儿葡萄糖，孩子刚醒来还不能进食。"医生吩咐护士长去准备挂水。听到医生的话，老彭悬在胸口的心终于坠了下来，人也踉跄地往后退了几步，脱力一般坐在隔壁的病床上，"太好了，太好了。"

盛昭曦和谢勇接到消息立马赶去了医院，小美妈妈因为没有摆脱嫌疑，依然被拘留中。他们刚刚从言铮的住所回来，家里没人。因为没有确凿的证据申请搜查令，所以他们无法破门而入。原本以为会无功而返，没想到离开的时候，盛昭曦在靠近言铮家的电梯门口发现了少量的血迹，地下停车场里言铮的车也不见了。

"这血……"谢勇不敢说下去，如果是盛明曦的，那对她打击太大了，只有往好的方面说，"从出血量来看，应该不严重。"

盛昭曦默默无语，她不相信言铮会对一个孩子动手，尤其是这个孩子还是她的弟弟，这毫无道理。小美的清醒是一个最大的好消息，如果能通过她找出与R有关的更多信息，就可以找到弟弟，也可以洗刷言铮的嫌疑。盛昭曦这么祈祷着。

小美慢慢睁开眼睛，一双乌黑的大眼睛依然无力地耷拉着，似乎还认不得人。

老彭拿棉签往孩子唇上沾了点水，干裂的嘴唇因为水的滋润才终于有了一点儿血色。

"爸……"孩子张了张嘴，但没发出声来，双眼紧跟着流出两行泪。

"没事了，没事了。"老彭抱着女儿瘦小的身体，眼眶也湿了。

鉴于孩子目前的身体状况，他们无法做长时间的问话。谢勇打印出几张有可能的嫌疑人的照片，一一举起来给她看。

"这里面谁有可能是R？小美，你见过他吗？"

小美的双眼从这些照片中扫过去，眼神定在了言铮的照片上，停滞了几秒。她颤巍巍地抬起手："是他……"盛昭曦的心也跟着她的手指停滞了。

待到彭小美可以完整清醒地做笔录，已经是两天后了，老彭一直陪着她。她讲述了自己如何通过王萍萍的手机进入复仇俱乐部，以及R是怎样一步步诱导她走向绝路的。

刚开始只是小打小闹的恶作剧，然后恶作剧渐渐升级。R会用各种方法说服她，让她觉得做得这一切是正确的，甚至是了不起的。到最后，R说妈妈必须死。那时候她想，如果妈妈和她之间的大战必须以要死一个为了结，那不如自己去死吧。

"反正我无论怎么做，都不能让妈妈满意，她无数次说希望从没生过我，那就这样吧……"彭小美靠在病床上，低垂着头，虽然嘴上说着放弃，眼里始终有一丝不甘和得不到认同的委屈。

"你恨你妈妈吗？"

小美点了点头，随即又摇了摇头，露出很矛盾的神色，似乎很纠结该怎么回答，最终还是说，"她是我妈妈。"

即便从来没有得到过一个好脸色，即便挨过的打数不胜数，即便从来没有被当作一个独立的人对待，但那半夜替她掖过被角的手，那寒冬腊月替她煲的一锅老鸭汤，那每次打完她自己躲在房里流的眼泪，她都看到了，她都记得。所以最后那一刻，她宁愿选择自己死。妈妈始终还是妈妈。

小美妈妈在病房外面看着满身纱布的女儿，听着女儿说的话，早已泣不成声。她多想冲进去抱抱她，仿佛她还是那个刚出生，躺在她怀里的乖巧婴儿。

老彭笨拙地搂住老婆的肩膀，十几年来，一心扑在工作上而缺席家庭生活，让老婆又当爹又当妈，让孩子受了这么大的压力，他有推脱不了的责任。

"你昨天指证这个人是R，你见过他？"谢勇举起言铮的照片再次向她确认。

"没有。可是他发过照片给我看。就是这个人。"

"仅凭一张照片？"谢勇皱眉提出质疑。照片完全可以是冒用别人的，甚至随便从网上下载来的。

"我也曾经怀疑过R是不是冒用别人的照片，毕竟这个男人长得很……出众。"小美斟酌着用了一个不那么落俗的形容词。

"那你是怎么确认照片是他本人的？"

"我们视频过。"小美想过如果R不是一个如此俊朗的男人，她会不会对他多一分戒心？这个答案是肯定的，毕竟少女心思总是容易被一些皮相的因素干扰。

"我当时说不信，他就开了视频。虽然时间很短，但我看清楚了是他没错。"

"视频里他在干什么？周围的环境怎么样？"

"很大的办公室，看起来很豪华。他坐在书桌前看着什么文件。然后抬头说了一句看够了没？就走过来关掉了视频。"

盛昭曦已经离职，不能参与案子，只能辗转从谢勇口中听说这些内容。证词里找不到什么漏洞，关键是小美没有陷害言铮的动机。

"另外，我们已经查实了一件事。王萍萍、许桐，都通过网络和这个R有过联系。"

她不禁一阵害怕，原来这一切背后一直有一双隐形的推手。

"那R为什么会找上小明曦，明曦他能有什么想报的仇？"

"……"谢勇露出为难的表情，"小美说那个叫明曦的孩子一直在论坛里抱怨对姐姐的讨厌，说姐姐抢走了父母所有的爱，希望这个世界上没有姐姐就好了。"

盛昭曦微微张开嘴，看上去有点儿吃惊，原来弟弟恨的人是她。

"R在之前的案子中都是远程操纵，这次却亲自动手了，所以明曦的案件必然有不同之处。"

"因为明曦不肯配合他。"盛明曦似乎找到了问题的关键所在，这个R是控制型人格，他享受把别人玩弄于股掌中的感觉，无法接受一丁点儿的忤逆和背叛。

失踪之前弟弟的情绪就有点儿失控，一直抱着她说什么生啊死啊的。许是那时就已经收到了R的威胁，可惜他没有留下一点儿关于R身份的线索。

省厅对这起失踪案表示很重视，给市局打电话督促办案。

"又有一个人失踪了。这是一起连环案件，你们最好并案调查。我稍后会把档案资料传给你。"

"是。" 没过多久，局里每个人的邮箱里都躺着一份周怀瑾的档案。

"周怀瑾也失踪了？" 谢勇滚动着鼠标查看案情简报。

"什么？" 盛昭曦感到不可置信，"我昨天还和他在一起的。"

局长从办公室出来向老彭这一组队员交代工作，看见盛昭曦也在场，他知道这次连环失踪案的被害人有她弟弟，所以并没有多说什么。

"相信大家都已经看过邮件了。周怀瑾的失踪已经是近几日连续发生的第三起人员失踪案。局里决定成立专案组，主要成员就是在座的各位，当然上头还会指派几名刑侦专家过来帮忙。目前根据前期调查，你们已经找出一个以R为首的网络犯罪组织的线索，做得很好。接下来两天，你们的主要任务是找出周怀瑾的下落和R的真实身份。如果有任何问题，及时向局里反应。"

"局长！" 盛昭曦有些忐忑地提出自己的请求，"可不可以让我加入这次专案组？"

局长下意识是要拒绝的，第一是她已离职，第二是她的亲弟弟涉案，会影响她的情绪。但转念一想，如果凶手真是按他们先前的推测，是个反社会人格障碍患者，组里确实需要一个有经验的谈判专家带队。用生不如用熟，便以编外专家的身份让她加入了专案组。

谈判小组的"金三角"以另一种状态重组了。接下来的24小时里，专案小组的人几乎没有合过眼。开会、去现场取证、盘问证人、分析痕迹，一刻不停歇。

因为之前的大火，周宅还在修缮中。周怀瑾自己住在周家另外一个两居室。他们打开门进去时，房里的暖气还是开着的，屋子很整洁。一床白色的毛毯被掀开一个角搭在沙发上，好像主人才刚刚起身离开一会儿。门锁没有被撬过的痕迹，证明有可能是熟人来访，也有可能是他自己出去的。

两居室的一间卧室是周怀安的，但床上没有被褥，他暂时还没有搬进来。

另一间多带一个书房的卧室就是周怀瑾的了。房间主色调是深蓝，像极了主人的性格，安静而深沉。

上次火灾并没有殃及二楼，他绝大多数东西都搬了过来，这里看上去和他之前的卧室没有太大差别。就连鱼缸都原封不动地带了过来，立在书房的角落。盛昭曦发现里面只有一条鱼，那条漂亮有灵性的蓝色小鱼不见了，剩下棕红色的那条也是伤痕累累的样子，鱼缸中间的玻璃隔板也不见了。

小绿慢悠悠地从她脚边爬过，往书桌下面爬去，优哉游哉地似乎一点儿也没察觉主人不见了。小绿背上的壳太高，不小心卡在书桌底层抽屉与地面的空隙间动弹不得，求助似地脖子向后弯看着她。

书桌是实木的，很重，盛昭曦抬不起来。她叹了口气，弯下腰，费了好大劲儿才把它拔出来。扯出来时，她看见小绿的嘴角沾了什么蓝蓝的东西，嘴巴还在咀嚼着。

盛昭曦脑中飞快地闪过什么。趴下去一看，书桌下的地面上果然躺着半截鱼的尸体，沾满灰尘的蓝色不再漂亮，还发出腐臭难闻的味道。她差点儿吐出来。

撑着书桌勉强站起来，手指摸到纸张的边角。周怀瑾的书桌上摊开了半页未写完的信纸。信是十分隐私的东西，如果有时间收起，断不会让它就这么摊在桌面上。这代表他离开家时非常匆忙，但桌上感觉还缺了点什么。

盛昭曦脑中灵光一现，缺了只写信的笔。是那只周怀瑾经常带在身上，还救过她一命的钢笔。笔去哪儿了呢？

盛昭曦戴着手套拿起了信纸，希望从上面找出一些蛛丝马迹。

"展信悦。今天我在学校找到了小曦，她看上去好疲惫。穿得也很单薄，握着一杯水怅然无措的表情，让人看了心疼。她一贯是独立的、坚强的，拒人于千里之外的。我该做什么才能打开她的心门？"

没有起头，也没有落款，不知道是要寄给谁的信。

桌上有个木色的纸盒，里面已经码了不少信封。盛昭曦随机抽出几封，拆开读了一遍。信里描述的都是他的日常，遇见了什么人、什么事。从大半年前开始，信里频频出现她的名字。

"展信悦。我今天在飞机上遇到了一个很特别的女孩。劫机这么大的事，每个人都怕得要命。她一个女孩子居然不管不顾地冲上去和歹徒谈判。听说她最后平安无事，我松了一口气。真想认识她。"

"展信悦。我又遇到她了，她在直播室睡得旁若无人，看上去人畜无害的样子。可是一醒来，就变成一只牙尖嘴利的小狮子，咬人时切中要害一击致命。她叫盛昭曦，是个谈判专家？真是个有趣的人。我们很有缘，不是吗？"

"展信悦。我好像发现了弟弟的秘密。怀安在做一件很危险的事情……"

"展信悦。我骗了她。我知道她心里念念不忘的是靳司遇，所以我去查他。小曦发现我登录他的邮箱，误以为我是靳司遇。鬼使神差地我竟然承认了，还用六年前那场车祸当幌子来骗她。我不知道这个谎言能维持多久？她知道真相会恨我吧……"

他的那些心动与思念，不舍与痛苦，都生动地跃然于纸上。盛昭曦拿着信纸，心中五味杂陈。但对于他不是靳司遇这件事，她却不太惊讶，心中也早猜到了答案。

求生战争

【你是我路上最后一个过客,最后一个春天,最后一场雪,最后一次求生的战争。】

——艾吕雅

专案小组在周怀瑾家中仔细取证,工作到了深夜。目前证据显示,这里没有发生任何争执的痕迹,锁完好,甚至没有采集到任何第三人的痕迹。大堂的监控可以看出,他独自离开,时间是晚上一点半,没有再回来过。

和盛明曦一样,半夜自己突然跑出去。到底是什么吸引他们自己走出保护圈,从而被人掳走。盛昭曦怎么也想不明白。

"老大,你快过来看!"

谢勇刚刚破解周怀瑾的电子邮箱,正在查看有没有什么可疑信件。有一封奇怪的邮件飞进了邮箱。专案小组的成员统统围到了电脑旁边。

邮件正文是一个链接,确认不是病毒以后,点击链接到了一个上锁的直播平台。已经临近午夜,在线观看直播的人数仍有上百人。

一片闪屏过后,先是看到一个昏暗的场地。有人推亮了开关,"啪啪"两声,头顶有两盏工业用的大照明灯悬荡在天花板上。每盏灯下都坐着一个人,分别是盛明曦和周怀瑾。两人都被蒙着眼睛,手脚被束缚在椅子上,而椅子下是两条静止的黑色传送带。

盛明曦的头歪在一边,属于昏迷的状态。

周怀瑾感觉到了眼前的光线变化,他大声吼了一句:"谁?"

"是我。"一个低哑的男声回答了他。

这个声音对于周怀瑾而言只是耳熟,却并不是能马上辨认出来是谁,但对于盛昭曦而言,却是无论如何也不会弄错的声音。她全身血液再一次凝固,张了张嘴要说什么,却像被哽住了喉咙。

谢勇第一个反应过来，他离开书房，小声跟其他同事说，"谁带了电脑过来？我来锁定信号源。"

"小梵，老大现在状态不好。如果有需要，你去主谈。"

此时，屏幕上有人从暗处走出，渐渐显出清晰的轮廓。言铮穿着一身白色的休闲装，T恤上依稀可见斑驳的血渍。他突然抬头望了一眼监视器的方向，眼里血丝密布，面色冷漠至极，真真像极了一个穷途末路的凶手。

"盛昭曦，我知道你在看直播。有一个有趣的问题需要你回答：你心爱的男人和你的亲弟弟，一定要选一个送进绞肉机，你会选谁？"

"为什么是我？"直播那头听不到这边的声音，刘梵迅速把她的话通过对话框输入进去。

这是她第一次通过打字来谈判，她的回复被主播设置了标红。

言铮瞟了一眼屏幕，"因为……你背叛了我。"一句话就道出了他的身份。

屏幕上开始有人疯狂地刷"复仇俱乐部万岁"的口号，看来，支持这个暗网的人大有人在。

"好精彩！"

"原来R长得这么帅。"

"怎么和R的声音不像啊。"

"R终于动真格的了。R，上！"

刘梵马上发言，中止这些疯狂的留言。

"我是警局谈判专家刘梵。R，你有什么要求可以跟我们提，不要伤害人质。其他无关网民请在五分钟内退出直播平台，警方正在追踪你们的IP地址。"

几分钟内，在线人数只剩两位数。

"我需要跟她直接对话。"

刘梵看了一眼站在身侧全身发抖的盛昭曦，她咬紧了嘴唇，对刘梵摆了摆手，"我来。"

盛昭曦坐到电脑前在输入框中打字，"如果你是他，我不相信你会变成这样。"

谢勇正在锁定他们的位置，她要尽量拖延时间。

"我不是为了跟你叙旧而来的。昭昭，你有一分钟时间选择。"言铮若无其事地低头摩挲着中指上的戒指。

"别叫我名字,我恶心。"

他一边说话一边走近机器,站在两台机子的中间,手指向周怀瑾,"他?"

"不!"盛昭曦下意识地打出了这个字。

"很好。你已经给出你的答案了。那么……就是小明曦了。"

这一次他没有任何停顿,径直按下了盛明曦所在的那台机器的绿色开关。机器轰隆隆开始运转,传送带运行,盛明曦一点点缓慢地被送向入口。现场站着的所有专案组成员死一般的沉寂,没有人敢出声。

"找到了!"尚不知情的谢勇兴奋地拍了一下桌子,"他们在一铁附近的一家废弃肉类加工厂里。"

与此同时,屏幕一黑,直播中断了。

警察在恒一铁路边的一个废弃工厂里发现了周怀瑾和盛明曦。两人都平安无事。

120急救车很快到达现场,盛明曦全身无明显伤痕,只是被人喂了大剂量安眠药,需要马上送医院洗胃。周怀瑾身上有摔打的瘀伤,头上也有受到撞击的痕迹,但是都不严重。现场掉落了一只宝蓝色的钢笔,上面还有血迹,和其他物证一并拿去化验了。

盛父盛母收到消息后赶到了医院,焦急地等在手术室外。这段时间盛昭曦没回家,现在见到爸妈还有些尴尬。好在没过多久医生就出来了,"孩子洗了胃,没有什么大碍了,就是这几天注意休息,补充点儿营养就可以出院了。"

盛妈妈拉着医生的手千恩万谢,盛爸爸也拍了拍盛昭曦的肩膀,别扭地说:"替我跟你的同事们说声谢谢。"

妈妈送走医生,回头拉着盛昭曦,"你这段时间都累瘦了。搬回来住吧!上次是爸妈情急说错话了,后来我们知道了,弟弟的事不能怪你。这段时间多亏你和你的同事们,你弟弟才能平安回来。"

盛昭曦正左右为难,不知如何接话,谢勇过来找她,"老大,你过来一下,我们单独聊两句。"

盛昭曦随他走到一边,问"怎么了?"

"你随我去周怀瑾那边一趟吧。这支笔的笔尖上的血液是言铮的,还沾了少许胃液。他们在工厂应该发生过激烈的打斗。我们要去录个口供。"

据周怀瑾的口供,被绑架的当天他陪着盛昭曦在学校跑了一整天,回到家已是深夜。他冲了个热水澡,又泡了一杯热茶坐到书桌前开始写信。他一直有给自己写信记录生活的习惯。

信写到一半，突然"哒"的一声，是有东西敲击在窗户上发出的轻微响声。他的房间在二楼，书桌临着窗。周怀瑾抬头，什么也没有发现，但他依然谨慎地盯着窗口的位置。

"哒"又一声，周怀瑾这才看清楚，是一团报纸揉成的纸团。他推开窗户，看见一个男孩跑远的身影，男孩穿着蓝色的卫衣和牛仔裤。盛家发的寻人启事上，盛明曦走失当天正是这样一身打扮。

来不及想太多，他抓起手中的钢笔径直追了出去。刚追到看见小男孩的小路上，就被人打晕了过去。

他再次醒来的时候，双眼被黑布蒙住。双手双脚都被束缚在一张靠背椅上。周围很阴凉，一丝光也没有。他试着大叫了几声，没有人回应。当时他也未曾意识到身边还有另一个人。

绑匪既然没有封住他的嘴，想必是个不担心被人发现的地方。他用被绑在后面的手努力够，摸到了自己裤子口袋中的钢笔，他小心翼翼地用小指勾了出来，拔掉笔帽，用钢笔笔尖偷偷割绑着手腕的麻绳。

正在这时，他感到眼前光线一亮，有脚步声靠近。他心中暗紧，不知是否会被发现手中的笔从而激怒绑匪，便故意大声吼了一句："谁？"

周怀瑾未曾期望会有人回答他，只是想转移绑匪的注意力。没想到来人竟真的回了他的话，一句"是我"，他就知道是谁了。他听见言铮站在较远处，在和谁说话。

周怀瑾眼睛上的黑布原本就不紧，一挣扎便更松动了，露出了一丝缝隙。过了一会儿，他可以看见一个人走到了他跟前站定，来人站定在旁边的机器旁摆弄着什么。

他手腕再一使劲，已经割开的绳子便彻底断了。周怀瑾迅速扯下眼睛上的黑布，眼前的一幕让他感到震惊。

周怀瑾和盛明曦分别处在两台巨型绞肉机的传送带上，而盛明曦身下的传送带正在将他往绞肉机里送，他还毫无知觉地昏迷不醒。

言铮背对着他站在操控机器的开关旁边，冷漠地看着孩子马上就要被绞成肉泥。周怀瑾想也没想就往旁边的传送带上一跃，将盛明曦连带着椅子撞飞了出去。言铮过来与他扭打，他用手中的钢笔刺伤了他。

撕打中，案发地就近的巡逻警接到局里通知已经赶到现场，慌忙中言铮顾不上他们逃跑了。

长针在火上炙烤后，直接缝入皮肤。

"唔……"言铮的头向后仰起，手指头上沾满了自己的血，浑身不停地颤抖。男人的手脚总是粗笨的，针脚也很不走心。缝合后简单地涂了些酒精，就直接缠上了绷带。

"小子，忍忍就过去了。"老九丢下手中的棉签，把言铮口中咬着的毛巾扯了出来。空荡的房间里只留下粗重的喘气声。

言铮一身冷汗，像水里捞出来一般，头歪着靠在椅子上。

"谢谢周老爷子出手相救。"他有气无力地说。

周什从暗处走出，"你从什么时候知道是我的？"

"从看到汤氏合作合同上的签名T开始。T是Ten，您的英文名字的缩写。您是越南华侨，家中有十个兄弟姐妹，您排行第十，真名其实叫周十。后因家中贫困，兄弟姐妹都陆续夭折或是被卖掉，只剩您孤身一人往返东南亚做人口贩卖并发了家，又涉毒、涉赌。十年前成功洗白财产，并取得中国籍，成为恒城首富，化名周什，并参与进了汤氏的孤独症药物开发项目。前阵子，您还亲自出马去墨西哥找患病儿童来做实验品，没想到失手被抓，还是靠老九劫机把您救出来的，对吗？"

十天前，陆岑拿了一份厚厚的材料去找言铮。

八十多份材料，全是星乐福利院由汤氏接手后失踪孩子的档案。这些孩子都在星乐福利院待过，无一例外都有孤独症的病史。

言铮整理出这份名单交给陆岑去查找他们的下落，得到的结果非常残忍。汤氏制药为了明确不同药物或者行为疗法的效果，用孤儿院的孩子做实验。在这些孩子身上往往会加大剂量和力度，用极端手段去证实效果。

这样的实验手段导致其中超过九成的孩子出现了严重的精神问题，被二次丢弃，最幸运的也不过是被收进精神病院关着。因为他们身上没有任何证明身份的东西，精神又有问题，所以从来没有人会想到是福利院的孩子。

从他们身上实验得出的有效方法和药物，被使用到那些有经济能力在星乐培训机构里接受治疗的孩子身上，以此来招揽生意，榨干患病儿童父母口袋里的钱。

言铮看完资料后，一把将文件拍到桌上，一向沉稳的他第一次表现出愤怒的情绪。他曾经怀疑过为什么自己的病会在汤合行救了他之后突然好了，而且他对于整个治疗过程毫无印象，他一直以为自己只是选择性失忆。

现在明白了，怪不得自己身体这么差，还总是梦见自己双手双脚被绑在床上，有人给他皮下注射各种药物。原来失去的那些记忆，在潜意识里还存在，如果这些存在没有出现偏差，那么整个治疗过程应该是十分痛苦的。

药物注射以后，身体忽冷忽热，仿佛有百蚁噬脑，又痒又痛。那些穿着白大褂的人会面无表情地将他的头按在水里，一次又一次去体会一种窒息的临界点。有时会用电击疗法，强迫他不能睡觉。在极度疲劳的状态下去做智力游戏，又或是语言沟通。最平和的时候，是有人在教他识字看书，不停地做对话训练，如果不予回应或是给出错误答案都会受到严厉的惩罚。

孤独症在国际上被认为是没有十分有效疗法的疾病，但汤合行的父亲相信极端的行为疗法加上药物辅助，必然会比温和引导要有用得多。这些看上去毫无章法的折磨，就是在一遍遍挑战患者的极限，将他强行擦成一张白纸再重塑。

就在他以为这样的日子永远都没有尽头的时候，有一天醒来，突然重见天日。他看到汤合行笑盈盈地站在他床边。大脑前所未有的清明，他可以自由地表达自己想说的话，也可以更好地控制自己的行为。他变得与常人无异，他被告知他的新身份是言铮，但他仍然记得他是靳司遇时的所有的事。他甚至比常人更加聪颖灵敏，他以为自己侥幸治愈是上天的眷顾，却从未想过这背后，还有一条血腥残酷的产业链。更多的孩子经历了他曾经历过一切，甚至现在都还在经历着，而他们没有他幸运。

在他离真相只有一步之遥的时候，高敏找上了他。她以盛明曦的性命相要挟，让他认下绑架事件，承认自己是R，想要再次将他推入万劫不复之地。盛昭曦是回来找他的，他当年是为了要娶盛昭曦才回来的，他们都是高敏的仇人，高敏怎么能让他们好过。

汤合行知道这一次高敏不会轻易放过言铮了，因此他不得不向周什求助，坦言言铮已经知晓了他们的全部秘密。但汤合行保证，只要周什能救言铮一命，让言铮顺利出国，那以后言铮绝对可以成为汤氏国外研发团队的骨干。

"汤合行和我说你是个天才，我还不信。你知道的，现如今，自诩天才的人满大街都是，但现在我知道你是货真价实的，靳——司——遇。"

周什故意说出他的真名，暗示他同样也知道他的秘密，言铮却是一副无所谓的模样。

言铮是个怎么样的人，周什不了解。但靳司遇是个什么样的人，他从高敏口中可是听说了太多。他是不可能仅凭一句话就放心和靳司遇这样的人合作的。

周什按了一下手中遥控器，墙上的电视屏幕打开了。电视画面是他的通缉令。

"中国籍男子，言铮，31岁，原汤氏（中国）制药集团副总经理。现面临绑架、故意伤人、教唆杀人、杀人未遂等多项指控，在逃中，请发现线索的市民及时与警方联系。"屏幕上播出言铮的证件照，西装笔挺，眉目如画，但就是看上去太假了。

"真丑。周老您帮帮忙，让他们把通缉令换张照片。"言铮撇撇嘴，满不在乎的模样。这张照片还是他入职汤氏的时候照的，在电视上怎么看怎么都像是一张整容脸。没想到当初被高敏赶尽杀绝之时，汤合行冒险将他救出，帮他改头换面，让他从头到脚无一处似原来的靳司遇，却还是躲不过高敏的穷追不舍。仇恨真可怕，让人变得疯狂又残忍。

周什见他不在乎，又按了一下遥控器，这次是娱乐八卦。

医院门口一大堆记者围着刚刚出院的周怀瑾，旁边搀扶着他的是盛昭曦。她没什么精神，看上去好像更瘦削了。风衣挂在身上空落落的，整张脸都埋在围巾里，头都不抬。

"您对这次被绑架的事有何看法？绑架者直播了整个过程是挑衅警方还是别有用心？您是如何虎口逃生的。"

"案件还未告破，暂时不方便发表任何评论。谢谢。"周怀瑾用警方教给他的标准回答应付着记者。

"听说您与嫌疑人还是旧识，在此事发生之前，您对言铮是什么印象？"

"案件还未告破，暂时不方便发表任何评论。麻烦让一让。"周怀瑾左手刚刚才拆了石膏，此刻却不得不拼命用手格开盛昭曦身前的记者，怕她被话筒砸到。记者们当然看出周怀瑾对盛昭曦的保护，纷纷将话题对准了盛昭曦。

"有人说这次绑架案是因情而起，两位是否好事将近？"

面对针对她突如其来的提问，盛昭曦呆呆地从围巾里抬起了头，眼里还露出迷惘的神情。

周怀瑾怜惜地将她的围巾紧了紧，微笑地看着她说："还早。我还在等。"看似在回答媒体，实则是说给盛昭曦听的。

盛昭曦将脸埋进围巾里更深了，在媒体看来这无疑是害羞的表现，纷纷起哄。

言铮躺在床上摇了摇头，面带嘲讽之色，"您不会觉得我还会在乎这个吧？"

"很好。女人而已，项目成功以后你要什么样的没有！"周什满意地点点头，"那这个呢？"

电视机的画面又一转。新闻台的一则短新闻。

"原岳城副市长霍冈年，因贪污过亿，六年前被判处无期徒刑。日前获悉，其在狱中自杀身亡。"短短十几秒，将一个人的一生轻描淡写地一笔带过，留给世人的都是充满猜测的冷嘲热讽。

言铮右手五指在被子里紧紧抓住了床单，伤口处一阵剧痛传来，脸上仍保持着淡然的笑容，"现如今这些还和我有关系吗？周老，靳司遇早在六年前就死了，现在我是只为自己而活的言铮。"

"哈哈。是个能干大事的人，没辜负你爸的希望！你爸走的时候只求了我们一件事，让你好好活下去。你可别辜负你爸的一片希望。"周什似乎很满意他的反应。

言铮只要想到年迈的父亲为了给他留下一丝生的希望而"畏罪自杀"，太阳穴就突突地跳得厉害，五脏六腑都在燃烧。

痛是痛到了极致，但却只能笑，向周什"讨个公道"："您再来晚一步，我可就死在您孙子手里了。"

"不会让你白挨这一下的，下周咱们还有笔大买卖。"周什拍了拍他的肩膀，"你好好休息，养精蓄锐之后好好表现。"

周什走后，言铮脸上的笑容渐渐收敛凝成冷意，房间里又回归了死一般的寂静。他缓缓闭上眼，想起当初同意做陆岑的线人时提出的三个要求：

第一，整个案子结束后，还他清白，恢复他作为靳司遇的身份。

第二，抓住高敏以后，将功抵过，为父亲减刑，让他有生之年还可以走出牢房颐养天年。

第三，保证盛昭曦的安全，案子结束前，不让她知道自己的身份。

最在乎的三样东西，短短一日之内全部失去。

小太阳，你是我最后一次的求生战争。

家好月圆

【"真实"的含义被误解,轻重被倒置,那就成了"不真实"。】——泰戈尔

中秋佳节,Lotous酒吧歇业一天。

花姐接到容易的指示,提前给盛昭曦在后面留了个小门。她走进去的时候,酒吧里还是一片漆黑。

花姐把吧台的灯打开,给她调了一杯酒。

"我不会调酒,这是刚跟容老板学的一种。他说叫醉生梦死。其实酒精含量不高,你先喝着,我去叫他。"

"谢谢。"盛昭曦没想到容易就睡在酒吧里。

做通宵生意的人,都没有早上。她已经特意挑在下午三点以后来访,他还是没起床。她抿了一口"醉生梦死",不是寻常的烈酒,口感很是清新。她看了一眼杯中火红带绿的颜色,味道实在和外貌不符。不过这个世界上表里如一的人又有几个呢?盛昭曦不禁自嘲地想。

容易身上披着一件皮衣,趿着一双拖鞋从包厢里走出来,仍然是睡眼惺忪的模样。花姐跟在他身后跟个老妈子似的叮嘱他多穿件衣服,容老板自然是口答鼻子应,当成耳旁风。

"那你们聊,我先走了。"花姐朝盛昭曦挥手打了个招呼,就从后门离开了。还把门给带上了。

盛昭曦这次过来,心态和眼光好像都不一样了。容易在她眼里不再是那个吊儿郎当的老油条,花姐也不是那个风姿妖娆的交际花了。他们就像生活中最常见的亲戚朋友,温暖而又琐碎。

"赵小夕还在路上,你先坐着等等。" 容易打着哈欠倚在吧台上,背躬成一个虾米

的形状。

"谢谢。"盛昭曦从吧台拿出一个玻璃杯,倒了一杯白开水给他。容易推开那杯白开水,又拿了一个杯子,给自己斟了一杯威士忌。

"小事。阿婧拜托的,这点儿小忙还是可以帮的。"容易搓了搓自己已经像鸡窝一样的头发,"赵小夕是言总在Lotous指定的包厢公主。如果她也不知情,我就没办法了。"

正在这时,酒吧门上响起了有规律的四下敲门声。一个人影投在法兰西彩玻璃门上。

"她来了。"容易起身去开门。

关于言铮,不管他究竟是不是靳司遇,她还是有太多的为什么无法理解,她需要给自己找个答案。

"我已经很久没见过言总了。说到底欢场上的客人而已,我也不是很了解他。"许是因为看到了通缉新闻,赵小夕很警惕。

"你不要担心,我来只是个人想问清楚一些事情。他要回扣那件事是你亲眼看见的?"

"是。"她回答得毫不犹豫,"不过那院长最后没同意,他们嫌百分之八太多。"

盛昭曦沉吟了一下,"听说言铮除了你以外,从来没叫过其他包厢公主,这其中有什么特殊的原因吗?"

赵小夕算是中上之姿,最引以为傲的大概就是年轻,脸上满满的是未经世事的天真,但除了年轻也没有别的了。

"他说喜欢我的名字。"赵小夕记得他和她说的第一句话就是问她的名字是哪个字?

有个答案呼之欲出,"除此之外,你还注意到他有什么特别的地方吗?"

赵小夕想了想说,"他喜欢摸戒指算不算?他那个戒指上用盲文点刻了一个词。"

"什么词?"

"啊?他说这是秘密,不能说的。"赵小夕及时刹车。

"事关重大,希望你配合。"盛昭曦故意板起脸吓唬她。

赵小夕犹豫再三,为难地靠近盛昭曦的耳朵,说出了三个字。

晚上,周怀瑾提着礼物去拜访盛家。

他到的时候,盛昭曦正陪着弟弟温书。经过这一劫以后,盛明曦乖巧了很多。在家除了温书,就是窝在姐姐的房里听她讲在美国的趣事。姐弟俩的感情好得连父母都要嫉妒。

最近盛家爸妈嘴上提周怀瑾的次数越来越多。看盛昭曦也不反感的样子,全家人都以为是好事将近。一切似乎都朝着一个好的方向发展。

"哎呀,是周老师啊,快进来快进来。"

"阿姨客气了,叫我怀瑾就行了。"周怀瑾将手中的礼盒递过去,站在玄关处脱鞋。

听到有客人来了,盛昭曦从弟弟的书本里抬头望向门口。

"怀瑾哥哥!"也许是因为救过他一命,盛明曦很喜欢周怀瑾。他跳起来,连拖鞋都没穿,就赤脚跑过去迎接他。

周怀瑾刚刚换好鞋,盛明曦就一头扎进了他的怀里,刚刚到他肩膀的身高,伸手只能抱得住他的腰。

"看我给你买了什么?"周怀瑾反手搂住他。

"乐高!"盛明曦一把抱住,脸贴在玩具上舍不得放手。

盛昭曦也走了过来,"你手才刚刚拆石膏,别又抻着了。"

"没事儿。我陪他玩会儿。"周怀瑾给了她一个安心的表情。

盛明曦朝她吐舌做了个鬼脸,"有了老公,忘了弟弟。"

盛昭曦作势要捏他,"你乱说什么!"

"你弟也没说错,迟早的事了。"妈妈笑眯眯地将碗筷一双双摆在桌上,今天或许往后,家里都要多添一副碗筷了。

暖黄色的灯光,柔软的地毯,空气中香甜的香薰蜡烛,还有齐齐整整的一家人。和记忆中的画面重合在一起,他几乎要醉在这样梦幻的氛围中。想要成为这个家里一分子的愿望,前所未有地强烈。

饭席间,盛父盛母起身郑重地向周怀瑾敬酒道谢:"怀瑾,如果不是你,我们今年中秋恐怕就无法一家团圆了。欠你的人情,我们盛家一辈子都记得。"

"叔叔阿姨哪里的话,明曦也是我的弟弟。"

盛昭曦拉起还在胡吃海喝的弟弟,压着他的头给周怀瑾鞠了一躬,"以后周老师就是你的干哥哥了。叫哥哥。"

盛明曦甩甩头,调皮地从姐姐的魔爪下逃脱,"难道不是姐夫吗?"

"臭小子。就你贫。"盛昭曦捏着他的耳朵训斥道,"你不乱跑能惹出这么多事来？"

"我才没有……是你叫我走，我才走的。"盛明曦搓着耳朵不满地嘟哝。

"你说什么？我叫你走的？"自从弟弟出院以后，她就没敢再提那晚的事，怕他留下什么心理阴影。但是至今她也不懂，为什么弟弟大晚上会自己一个人从警局里跑出去。

"那晚我坐那一边玩ipad一边等你，突然QQ上收到你的信息。你要我想办法避开所有人，跑出去联系爸妈。你说警局里有R的人想要栽赃你，你没办法脱身，只能躲在厕所给我发这条信息，要我快逃。"

盛昭曦听完觉得震惊无比，自己从来没有发过这样的信息。那晚在审讯室里做笔录，手机也未曾离身，是谁能用她的账户发了那些信息给明曦？

"你的QQ账户密码除了你还有谁知道吗？"周怀瑾问。

"没有。"盛昭曦仔细想了想，这个QQ号是她回国才申请的，之前有一次手机没电，就用秦婧的手机登录过一次。手机有记忆功能，可能保存了她的账号密码，但不可能是阿婧啊。

"也许是被盗号了。言铮的电脑技术应该不错，要冒用你的账号应该也不是什么难事。"周怀瑾轻声道。

盛昭曦沉默了，道理是这样没错，但那天谢勇突然联系她去警局做笔录是临时起意，她带明曦过去也是临时起意，言铮压根就不可能知道这件事，更别说还去警局骗出明曦。

那天在去警局的路上，她碰到过的熟人只有……盛昭曦深深地看了周怀瑾一眼，他信里提到过的怀安在做危险的事。

"好了好了，大过节的，还提这些不开心的事做什么。警方不是已经发了通缉令了吗？等着人抓到就真相大白了。吃饭吃饭。"盛妈妈听到他们再提起这些事心里很不舒服，打断了他们的谈话。

每个人都各怀心事吃完了饭。饭后，周怀瑾陪着盛父在客厅看电视。

电视上正在播放经济新闻："汤氏制药十年磨一剑，多年来在海外专注研究改善孤独症儿童的药物。他们投入了大量人力物力，最终成果终于在一周前开始面向国内市场销售。据悉，该药物研发出来已有四年之久。这四年来，汤氏一直在做小范围的临床测试，终于在今年通过了复杂的审核过程，得以面世。"

新闻里还报道了，近十年来，国内的孤独症儿童数量呈几何态势逐年递增，而国内外对于这种病的治疗一直是束手无策。很多得了病的孩子最后都没有摆脱被抛弃的命运。即便家里条件好的，也依然会在未来的读书、求职中饱受挫折。汤氏研究出的新药真可谓是利国利民的大好事，甚至直接受到了政府嘉奖。

汤氏制药发言人一再强调，这款药物效果因人而异，而且需要配合指定的行为疗法，也就是星乐教育推出的高阶训练法。此药一经上市，汤氏的股票价格直线上涨。高敏的星乐特殊教育机构也连带着被踏破门槛。

电视转播了对汤氏总裁汤合行的采访，这位年轻帅气的总裁在电视上侃侃而谈：

"股票上涨只是一个附带的收益。其实汤氏看重的并不是经济上的效益，更多的是解决民生问题。汤氏作为新进入国内市场的外资企业，能得到百姓信赖认可，我们受宠若惊。企业回报社会是持续发展的必然道路……"

盛父听了不住地点头，"真是个为国为民的好项目啊。汤氏的老总裁听说也是周老爷子的世交，有机会能见一面谈谈合作就好了。"

"会的。将来小曦在周家，叔叔阿姨也可以时常过来走动。"周怀瑾顺势答道，盛父笑得双眼都眯成了一条缝。

盛昭曦躲在卧室给秦婧打电话。电话响了很久才被接起，电话那头传来含混不清的声音，她好像有点儿喝醉了，"小曦啊……什么事？"

"阿婧，我还有件事想问你。"

"嗯。什么事？"

"你碰到我和明曦去警局的那天晚上，除了你和怀安看见我们了，你还和谁提过这件事吗？任何一个人。"

"没有啊。碰到你后我们就直接回了医院看周怀瑾。"秦婧想了想，"哦！怀安当时和他哥说了在医院后门遇见你和你弟。后来他爷爷叫人来轮班，我和怀安就走了。应该没有和其他人说过了。怎么了？"

"我怀疑……"盛昭曦刚想说，妈妈突然敲了敲房门叫她出来吃水果，她止住了话头。

"唉……"秦婧叫了一声，也是趁着酒劲上头她才敢问出一句，"你不是说你不喜欢周怀瑾吗？那天在寿宴上，你们是怎么回事？"

这事一言难尽，盛昭曦想解释都解释不清。

"你知不知道，我也喜欢他……"

"……"盛昭曦万万没想到，那天阿婧见到她怪怪的，原来是因为这个。

"为什么每次我喜欢的人，你都要跟我抢呢？"盛昭曦正准备向她解释，秦婧那头好像有人在叫她，她径直挂断了电话。叫她的那个声音很熟悉。

秦婧回头看着酒吧门口穿白色卫衣的男孩，和她喜欢的人有着相似的五官，却是截然不同的气质，"臭小子，你在这干什么？"

"今天是中秋节。"周怀安答非所问地攥紧手里的东西。

秦婧这才注意到他手里提着一小盒月饼，她嗤笑一声，"你是来给我送月饼的？小屁孩，真乖。"

她顺手想揉揉他的头发，周怀安下意识地躲开，眼里露出厌恶的神情，他可不想再被她当作个什么都不懂的小孩。

秦婧没想到他会躲，趔趄了一下，因为穿着高跟鞋而崴到了脚，一阵钻心的痛，眼泪一下就涌了出来。抬眼又见周怀安的臭脸，压抑了许久的情绪终于找到了发泄口。

"你既然这么讨厌我就不要来找我！送什么月饼，又是人人有份的那种吗？这月饼是你哥送给小曦的，打发你来顺手来给我送一份？"

"不……不是。"周怀安嘴拙，哪是秦主播的对手，半天没说出个所以然来，竟像是默认似的。

秦婧本来就喝醉了，想起那些糟心的往事和周怀瑾，一时气急败坏地将他手里的月饼打落在地，自己也跟着摔倒在地，"你滚……我不要这捎带上的关心！"

月饼盒子掉落在地，先是滚出一个手掌大小的月饼，然后一个木雕的兔子脑袋搭在上头露了出来。

本来见着盒子被打翻而脸色发白的周怀安，脸突然又唰地泛红了。

秦婧伸手从盒子里摸出那个木雕，雕的是一轮弯弯的月亮上面坐着一个长裙飘飘的女人，女人手心里还捧着一只小兔子。整个造型十分精致可爱。

"你这雕的是嫦娥奔月？"秦婧拿着木雕仔细欣赏起来，越看便越觉得这个女人像自己。她翻底座看，上面还真写了一个"婧"字。

他从不雕人物，这是头一回。饶是秦婧喝了七分醉，也明白是怎么回事了，"你喜欢我？"

若换作是平时，秦婧这种人精就算看破也不会说破，但今天，一切都豁出去了。

周怀安踌躇了一下，他不太明白秦婧说的喜欢是不是就是他心底涌动的那种情愫。哥哥和爷爷都没有教过他，但有些东西是无师自通的，于是他定定地回答："是。"

秦婧突然"呵"的一声笑出了声。她用木雕撑着脑袋,似乎很无奈的样子。

"这可怎么办啊?你喜欢我,你哥喜欢小曦,小曦喜欢言铮,而我……又喜欢你哥。"

周怀安紧紧咬着下唇,刚刚秦婧在电话里说的话他其实都听到了,原来阿婧喜欢的是哥哥。

"没关系。我……"

秦婧摆摆手,打断他的话,"小怀安啊,姐姐再教你一个道理,没关系这种话从来不是我们这种被淘汰者说的。被不喜欢的人喜欢也是一种受累。"

周怀安噤了声,秦婧彻底堵死了他的话,但他还是固执地站在她面前不肯离开。

秦婧一骨碌爬起身,眼里刚刚的醉意退了个一干二净。她将那个精致的木雕塞回周怀安的手里,"怀安,我们永远不可能。带着你就像带着个孩子一样,做不成你嫂嫂,我也做不了这个'小妈'。"

秦婧是故意挑了狠话说的,周怀安的脸上果然血色全无,本来一张娃娃脸看着更憔悴可怜了。看见他这副样子,秦婧心里也是扎着痛。可她不能一时心软就让周怀安心甘情愿地变成食物链最底端的人,这个滋味她已经尝得够多了,何苦再拉个垫背的。

酒吧门被推开,秦婧的朋友们见她出去太久没回来,就跑出来催她,"阿婧,干什么呢!快进来接着喝。"

"来啦!"秦婧故意攀着那个男性朋友的肩进了酒吧。

周怀安站在原地,手里攥着那个木雕越握越紧,月亮的尖戳破了他的手掌也不自知。

盛昭曦和秦婧通完电话和妈妈走回客厅,就听到周怀瑾正在和爸爸说话,"我打算今晚就向小曦求婚。"

他握了握口袋里的盒子,耳根发烫,余光瞟到盛妈妈和盛昭曦就站在客厅入口处,两个男人神色都露出微微的尴尬。周怀瑾心中忐忑,不知道盛昭曦刚刚是不是听到了他的话。

他索性直接站起身来,单膝跪地,从裤兜里掏出一个Tiffany的蓝色小方盒子出来,解开上面的白色缎带,里面是一个黑色的丝绒盒子,盒子中间嵌着一枚六爪经典款圆钻。钻石并不是很大,大约一克拉左右,但切工很美,在灯光下熠熠生辉。

盛妈妈捂住嘴,惊喜地看向自己的老公,兴奋之情溢于言表。盛爸爸搂住她的肩膀,同样微笑着看着自己的女儿,却比老婆平静得多。

"这个钻戒是用我自己的钱买的。我知道你不喜欢爷爷家那边的氛围,我可以不接手爷爷的生意。以后人生每一步，我都会脚踏实地和你一起走下去。小曦，你愿不愿意给我一个机会，让你的余生由我来照顾？"

周怀瑾的嗓音本就温润清朗，此刻更是格外深情，一如她最初听到的那句："I will give you all of me……"

他今天显然是精心打理过的，黑色的礼服，红色的领结，还摘掉了一直戴着的细框眼镜，头发整个梳到了后面。少了分书生气，多了些男人味。现在，带着志在必得的信心跪在她面前。

要说一点儿心动都没有是骗人的，有那么一瞬间，盛昭曦想起了秦婧的话"找个爱你的人比你爱的人要活得轻松一点儿"。

但没来由的，脑中却闪过言铮的眼睛，然后是秦婧醉醺醺的样子。

盛昭曦没有伸出手让他套上戒指，而是上前环抱住他的脖子，俯在他耳边低声说："我看了所有的信。"

周怀瑾面色一白，他一直怀着侥幸心理，希望她没有看见那些信。

"小曦……对不起，是我骗了你。但我对你的感情都是真的！"

"我知道。可是我现在没心情想这些事，等整件事告一段落后，我们再谈这事好吗？"

盛妈妈没有想到女儿会拒绝，不知所措地看着自己的老公。一面替女儿惋惜，一面又怕周怀瑾尴尬。

"姐姐，电话！"场面正尴尬时，盛明曦的喊声化解了难堪，她赶紧跑回卧室接电话。

"喂……"

"是我。谢勇。"

"小勇呐。中秋节快乐！"

"中秋节快乐。"对方的声音听起来很低迷，没什么心情寒暄的样子，"你手机怎么一直不接？"

"放在房间里没听见。"盛昭曦隐隐觉得这个时间谢勇打电话过来，有点儿不正常，"怎么了？"

"言铮死了。"

在那一瞬间，盛昭曦好像失去了理解能力，耳朵里嗡嗡作响，"你说什么？"

"我们已经找到了言铮的尸体。而且陆岑给我们带来了重要情报，R不是言铮，可能还另有其人。你要是有空儿就来局里一趟。"

终将孤独

【弓在箭要射出之前,低声对箭说道:"你的自由就是我的自由。"】——泰戈尔

一夜之间,天翻地覆。

时间推回到出事当晚七点。根据王莉之前提供的情报,老九今晚在大通码头有一批毒品交接,特警和缉毒队已经早早在大通码头待命。

省厅临时成立的专案组的人也埋伏地路边,陆岑坐在副驾驶位上,一动不动盯着码头。

晚上九点,女警小浓提来了盒饭,大家都饿极了,挤在车里低头急匆匆扒饭。

小浓从后面递了一份饭给陆岑,"头儿,还不知道要等多久,你先吃点儿东西吧!"

"谢谢。"陆岑接过饭,放在膝上却是没有动,面色沉重。

"您还是觉得这次行动安排不当?"

"嗯。"

之前省厅行动部署会上,他就提过王莉被警方带走,老九不可能不提防她泄密。但码头传回来的线报是,今晚的交易仍然没有取消。他就觉得这里头有诈。但缉毒队的人表示,他们跟这条线已经盯很久了。好不容易这回有个突破口能一网打尽,就算是陷阱,也要去一探究竟才能甘心。

陆岑警惕地望着车窗外,码头上是扮成地摊小贩、码头工人和拾荒者的便衣,大家隐藏在每个角落,等待着收网。

凌晨一点半,有六辆车开进港口。

这个时间点进码头,还这么多辆,暗中盯守的警察们已经有些昏沉的大脑瞬间清醒了,大家都打起了十二分精神。

小浓偷偷瞟了一眼陆岑,他还维持着单手撑在车窗上的姿势,一双黑瞳在夜里又亮

又深。盒饭已经被放到脚下，饭菜还是没有动。

车上陆续走下一些衣着随意的年轻男生，他们或倚在栏杆上抽烟，或聚在一起大声聊天，直到一个身材壮硕的男人下车呵斥了一声，他们才收敛起来，倭着身子站在一边。

陆岑透过军用望远镜认出那个中年男人便是老九。老九走到最后一辆车的后座车窗边说了句什么，有一个年轻人也下了车。透过望远镜看清那人，陆岑倒吸了一口凉气，竟是已经失踪许久的言铮。

老九叫言铮下车透个气，还有大半个钟头要等。两人走到了一边，老九递了他一支烟。

两人聊了些无关紧要的话题后，终于说到了正事："你觉得T要我们来接的真是奶粉？"言铮扬了扬手里的货物清单。

"还真说不准。T这个老狐狸心思太深了，我跟了他这么久都摸不清楚。"言辞之间似乎对周什多有不满。

言铮听老九的手下说过，劫机事件后，周什视大功臣老九为弃子不管不顾，让老九寒了心。虽然表面上还替他做事，心里恐怕早就给自己留了后路。

"你觉得周老爷子膝下两个孙子今后谁更有可能接替他的位置？"

"老头子可偏心他那个小孙子了。"老九不屑地撇了撇嘴。

"那你上次在飞机上还想挟持周怀安？是做戏给警方看？"

老九神秘地扫了周围一眼，朝他招招手，言铮把耳朵凑过去，"看你是自己人才说的……"

听老九说完，言铮把诧异都堆在脸上，"还有这层故事在？真看不出！"

"呵。这你就不知道了吧。相信我，那小子本事可大着呢。"

言铮搓了搓冻僵的手，四下打量了一下，"船还没来，我先去个洗手间……"

老九啐了他一口，"大老爷们儿，随地解决一下得了！"

言铮没有理他，拐进了码头的厕所。

黑漆漆的厕所里，言铮在各个角落里摸索了一番，运气不错，窗边有个螺丝钉还没生锈。

他躲在最里的格子间里撩起T恤下摆，用螺丝钉划开了小腹上还未愈合的手术伤口，手颤抖着从里面抠出一枚带血的微型定位追踪器。这是陆岑之前给他应急用的，如果意外失联，他们可以通过追踪器找到他的位置。

他之前将追踪器缝进伤口里，才得以通过老九的搜身检查。这枚追踪器启动后，信号发射的时间只有半个小时。半个小时内，如果没有定位成功就会失效，所以他一直留到现在这个关键时刻才取出来。

手上沾满了血，言铮洗手的时候才发现中指上的那枚戒指不知何时不见了。

凌晨两点，陆岑收到了言铮发射的信号。言铮并不知道他已经埋伏在他的附近。此时，黑夜里有一艘运载着沉甸甸货物的大船缓缓靠近。同时，隔壁的码头也有一艘客运游轮缓缓靠岸。

陆岑的望远镜从货船移到了对面那个灯火通明的游轮，"这么晚还有载客的游轮？"

"嗯。国内最近掀起一股乘游轮旅游的风，很多旅行社开了这个项目。这种豪华客轮上住宿、餐饮、娱乐应有尽有，很舒服的，一般这个时段报名的都是些中老年人，我之前还想给我妈报一个呢。"小浓回答道。

陆岑点了点头，将目标移回了三号码头的货船上。

言铮和老九已经跳到甲板上去核对身份，开船的人走进船舱，掀开一角盖在货物上的油布。果然都是奶粉，但是这些奶粉都是三无产品，连标签都没有。

缉毒队队长眼睛发亮："惯用手法。这里面十有八九是白粉。准备行动！"

"等等！"陆岑通过对讲机叫住他们，"小心有诈。"

缉毒队早就不满他自恃有线人提供情报，就对缉毒队的行动指手画脚，此时哪还听得进陆岑的话，直接把对讲器给关了。

言铮上了船，想近距离地检查下那些奶粉。老九也跟着他上去，打开一罐奶粉，舀了一手指含在嘴里，然后面色怪异地看向言铮："还真的是奶粉？"

言铮意识到自己被周什耍了，铁青着脸对着船下的人下令："卸货！"

那些跟车来的年轻人陆续上船开始搬货，警方的人不明所以，还在慢慢朝着这艘船靠近。言铮敏锐地察觉到码头上有很多便衣，意识到可能是陆岑的人，他在甲板上急急地做了个停止的手势。

陆岑透过望远镜看见了言铮的手势，急忙喝住要行动的队员，"回来！大家都撤回来！"

刚准备出动的省厅队员急急止住动作，可是有两组缉毒队员已经关掉了对讲器。

"你跟我过来一下。"老九招手唤言铮去了船的另一头，船体刚好挡住陆岑的视线。陆岑两头顾不上，心急如焚。

那两组没有收到命令的缉毒警和刚刚伪装成普通人的便衣一同冲上甲板，亮出身份，用枪指着船上的人大喝："别动！你们已经被包围了。举起双手来。"

船上的人双手抱头蹲了下去，警察跳上了甲板，检验货物。

刚刚负责接头的船长突然站起了身，拼命往船舱里跑。

缉毒队队长连开数枪。船长应声倒下，倒下时右手拉下了一层油布，露出里面一箱箱黑压压的火药！船舱内除了最上面一层是奶粉，下面的全是火药。油布上原本摆着的一排整齐的煤油灯被拉倒，坠入火药堆中。

几乎就是一瞬间的事，"轰"的一声巨响，船体爆炸，火光四起。然后是连续几声有规律的爆炸声，火力强劲。连隔壁码头的客轮都惨遭波及，玻璃全部震碎。不少游客被巨大的气浪掀翻，落入水中，大声的呼救声此起彼伏。

陆岑手中的望远镜跌落在地，警队很多同事，包括言铮都在船上。岸上的人面面相觑，谁也想不到会有这样的变故，T居然会丧心病狂地在船上安了这么多的炸药。

"快救人！"陆岑一声大吼，人已经向码头冲过去。小浓在车后座颤抖着手，拨出了120的电话。好在大通码头离市中心不远，又是深夜，消防车和救护车来得很快。

这种数量的炸药爆炸，货船上的人生还的概率很小，而且货船上还有警方的人。游轮那边都是群众，虽然重伤员不多，但受伤的人多，无论怎样，得先以抢救群众为主。所以现场救援选择了第一时间抢救隔壁码头客轮上的人。

无数头破血流的游客被担架抬上救护车，运至市内各大医院。有些伤势较轻的，就坐在原地等待救援。一时间，所有救护的人都围着客轮转，货船码头反而冷清了下来。

陆岑冲到了3号码头附近，寻找着言铮的身影。他的平板电脑上，红色的信号源一闪一闪地缓缓移动。显示着言铮的位置是漂浮在海上，但已经离货船有一段距离了。

陆岑正欲亲自下海搜救，无意间瞟到身边经过的一个担架，上面躺着隔壁客轮上救下来的一个女孩。这个女孩只有十五六岁的年纪，浑身脏兮兮的，她一只手捂着还在流血的头，另一只手捂着肚子，感觉是有内伤的样子。

陆岑心中隐隐觉得哪里不对，他转头打量四周哀号着的伤患，发现客轮上抬下来的好多都是些少年，而且女性偏多。她们穿着寒酸，甚至称不上整洁，一个个精神萎靡不振。

小浓的话浮现在脑海："国内最近掀起一股乘游轮旅游的风，很多旅行社开了这个项目。这种豪华客轮上住宿、餐饮、娱乐应有尽有，很舒服的，一般这个时段报名的都是些中老年人……"

对了！这个时间，有闲有钱的都应该是中老年人，怎么会有这么多未成年人出来乘游轮旅行？如果他们不是真正的游客，那他们……

陆岑的脑海里闪过一个想法，人体藏毒！这些人都是T拐卖来替他运毒的人！谁又能想到他会使出这样的苦肉计，先给警方致命一击，在他们慌了手脚后，又利用舆论的压力帮他清路。在这种生死关头，所有人都忙着救人，自然顾不上对游客的身份进行核实。这样，这些运毒者就从警方的眼皮子底下，光明正大地溜走了。

陆岑拨通了总台电话，"通知所有医院，不要放走一个伤员，每个入院的伤员挨个做身份验证。"

可是他心里深知其实已经来不及了，刚才趁乱已经走了一批。轻伤的人根本不需入院。就算被救护车带走的，后续的看管和身份验证工作也是难上加难。最终他们能抓到的不过是九牛一毛。

这场仗，终归是他们输了。

停尸间里，盛昭曦拽着陆岑的衣领大吼："他一直在为你们做线人！你为什么从来没告诉过我他的真实身份。"

"小盛，你应该理解，这是公务。而且他本人也不想让你知道。"

如果当初不是盛昭曦找到岳城公安局，信誓旦旦地说就算命都不要也要查清靳司遇的案子。陆岑也不会重新翻出卷宗，发现靳司遇当年的死亡报告可疑。待他顺藤摸瓜找到了靳司遇时，他已经改头换面变成了汤氏（中国）的副总经理言铮。

言铮潜伏在汤氏搜查高敏的罪证，想要为父亲报仇。没想到查出了T，同时也发现了自己的救命恩人汤合行犯下的种种罪行。

陆岑说服言铮和警方联手，来扳倒这个以研发孤独症药物为利益核心的犯罪团伙。言铮向他提出了三个条件，其中之一就是在事情彻底解决前，要向盛昭曦隐瞒他的身份。

"他是为了你好，高敏这些年虎视眈眈，一直没有放过你们。如果你提前知道他的身份，只会让你们都陷入危险的境地。"

"那你明知道他是你的线人，为什么还要发通缉令通缉他！"

"他是我的线人不假，可是绑架你弟弟和周怀瑾，意图谋杀他们，不是我和他约定的部分。你在直播里也亲眼看到了，是他！这点到现在为止，他也没有洗脱嫌疑。"

言铮的尸体就躺在平台上，盖着白布。烧焦的右手耷拉在外面，中指上还戴着那枚未熔断的白金戒指。

到死，他还是带着污名。

"不。我不相信。你们随便找来一具尸体就说是他。烧成这样你怎么知道是他！"

"我之前给过言铮一个微型追踪器。我们早有约定，不到万不得已不会使用这个追踪器。所以他失踪多日，我一直没有他的下落。那晚在大通码头，言铮启动了追踪器，后来发生了爆炸。这具尸体就是我们凭着追踪器发射出的信号，在海里找到的。"

"我不相信！我要求进行DNA鉴定。"

"小盛，我们也想过这个。但靳司遇的父亲已经去世，他没有直系亲属了，无法进行验证。小盛，请节哀。"

盛昭曦撑着发软的身子再一次走到尸体旁，她慢慢揭开上面的白布，尸体已经烧得面目全非，但右手还紧紧地握成拳头。

明明是恐怖至极的画面，但只要想到他是司遇，盛昭曦就觉得没什么可怕的。她试着去拉他的手，手指头已经被烧得像炭一样，一碰就掉下黑色的灰烬。她不敢乱动，跪在地上亲吻他手指上发亮的戒指。眼泪吧嗒吧嗒地掉到地上。

"对不起，没有相信你，又一次把你搞丢，我知道你是想要以此来惩罚我的愚蠢。我接受你的惩罚。"

那天，赵小夕在她耳边说的三个字是"小太阳"。

那是言铮用盲文刻在戒指上的字，他思考的时候喜欢抚摸她的名字。而他背上的文身是两个无限符号和一个太阳，代表复仇与永恒的爱。

作为靳司遇，他心中有恨，一直在为这场家破人亡的变故复仇。但他同时也在用小太阳这个名字时刻警醒着自己，不要行差踏错。她是他从未忘却的爱与信仰。

陆岑说言铮一直在等着恢复身份，堂堂正正和她相认。可惜的是，上天没有给他这个机会。

Always

【让死者有那不朽的名,让生者有那不朽的爱。】——泰戈尔

中秋以后,人们才意识到秋天是真的来临了。路边的大树都失去了春夏的绿意,枯萎的树叶一点一点落了满地。有人说秋天是适合分别的季节,因为秋意泛着透骨的凉,连孤独都成了一种常态。

盛昭曦早早穿起了白色的高领毛衣和灰色的长裙,像一个民国时期的女教师。她今日要去言铮家里收拾遗物,门钥匙是她厚着脸皮从汤合行那里讨来的。

"人不在了,房子留着也没用。你愿意怎么处置都随你。"汤合行像丢垃圾一样将钥匙甩给她。

"他的死真的和你没有关系?"盛昭曦将钥匙握紧在手里。

汤合行抬头,嘲讽地瞥了她一眼,"我比你更希望他平安无事。害人精,你知不知道,他本可以逃的。高敏认出他是靳司遇以后,紧追不放。我本来已经安排好他出国的。结果高敏绑架你弟弟逼他就范。"汤合行冷笑一声。

"你说他是不是个傻子?你弟弟和他有什么关系?好了,他留下来了,结果被你们当通缉犯追着跑。最后,嘣一声爆炸,灰都不剩了。"随着他口中的那一声嘣,盛昭曦浑身颤了一下,好像真的有爆炸发生在耳边。

"当初他还是靳司遇的时候,被人打到只剩一口气,我费了九牛二虎之力蒙骗过所有人把他换出来,前前后后他做了五次手术,下了三次病危通知书,才救回一条命。但声带永久受损,身上留下无数丑陋的疤痕。后来他的病发作,不开口说话,不和人交流。我死马当作活马医,经过了整整一年的特殊治疗,他才能正常开口说话。你知道他能以言铮的身份出现在你面前,这中间我们付出了多少吗?盛昭曦,所有人都可以不信他,唯独你……"他叹了一口气,扭开头去不愿再说。

盛昭曦咬紧下唇，半天才挤出一句话，"我是不会放过任何一个伤害过他的人的，如果让我知道你和这件事有关，我也不会放过你。"

"呵……那你恐怕要小心你身边的人了……"

盛昭曦觉得他话里有话，又不明白他说的是谁，她仔细辨别着汤合行话的真假，可是毫无头绪。有太多的结无法解开了。

拿到钥匙后，她独自一人搬着几个空纸箱子进了言铮家，这里和上次来的时候并无二致。那盏特殊的鲁米诺反应灯还在茶几上，盛昭曦将灯小心地收进纸箱里。

她走近书柜前，都是些原版的英文书。如果当初她再细心一点儿就可以发现，都是生物化学相关的专业书，和靳司遇当初读的一样。

很多书上面都有他的笔记和注释。盛昭曦翻到一本和其他书格格不入的英文言情小说*P.S. I Love You*，扉页上有粉色荧光笔画的桃心，下面写着"Joyce's"。这是她当初在美国无聊时买着课下看的，小说讲述了一个因癌症离世的丈夫Gerry，在死之前安排好了一切，帮助妻子Holly走出阴影重新面对生活。她看的时候一把鼻涕一把泪的，还被靳司遇笑话过。

后来她搬家，很多不要的书都送给了Lee。不知道这本他是何时托Lee寄回来珍藏起来的。

书被翻得已经起了毛边，可想而知，这几年他看过多少遍这本书。书的尾页是靳司遇写下的字迹："J，I MISS U。"漂亮的Trajan字体，钢笔的痕迹深深刻进了纸里。

I miss you，but I miss you。一语双关。（我想念你，但我也错过了你。）

盛昭曦猛地合上书，将它拥在心口上，不敢再多看一眼，珍而重之地放进了另一个纸箱里。

放碟片的架子上也有很多标注，几乎每张碟片里都夹了一张小纸条。有些是他对电影的评价，有些是他喜欢的台词。还有一类标的是"Joyce likes it"或者"Joyce will like it"。他把她曾经喜欢的，以及他认为她会喜欢的电影碟片都特殊标注出来。

他心中或许是希望着有一天，能慢慢陪她看完这些电影，可他们的机会只有那一晚，只有那一部电影的时间。

盛昭曦哭着将所有他做了特殊标注的碟片都放进纸箱里，每张纸条都取出来收藏好。

他的衬衣上，他的枕头上，都还依稀留下他的味道，盛昭曦紧紧拥住，感受着这稀薄的联系。

拥抱得紧了，她感觉到有一个长方形的硬物在枕头里。拆开枕套发现里面有一封英文长信。

"To My dearest（致我最爱的人）：

Joyce, I don't know who I am. Steven or Zheng Yan?（昭昭，我现在不知道我是谁。靳司遇或者言铮？）

Whatever I am, I am yours.（不管我是谁，我都是你的。）

I am so sorry I don't have much time to accompany you.（我很抱歉我没有多少时间去陪伴你了。）

I believe that you can take care of yourself without any help from me, because you are such a smart girl.（我相信即使没有我的帮助你也能照顾好自己，因为你是如此聪明的女孩。）

The only thing I want to tell you how much you changed me. You made me become a real human being by loving me.（只有最后一件我要告诉你的事，是你改变了我，你的爱让我成为一个真正的人。）

I was so awkward until met you. I am eternally grateful.（在遇见你之前我是如此的笨拙。我永远感激你的出现。）

But when I leave, please promise me you will try your best to accept another guy. I am just a little part of your life. Don't make me become an obstacle of your life.（当我离开之时，请你答应我你会尽你最大的努力去接受另一个人。我只是你生命中很小的一部分，不要让我变成你生命中的障碍。）

I never expect that you will remember me.But you must remember I will always love you.（我从未期望你记得我，只要你记得我永远爱你，无论生死。）"

（信以P.S, I Love You中的台词结了尾。）

"So all alone or not, you gotta walk ahead. Joyce, thing to remember is if we are alone, then we are all together in too."（不管你是否觉得孤独与否，你还是得往前走。昭昭，你要记得的是即使我们都是孤独的，至少我会陪你一起孤独。）

Always.（永远。）
Sincerely yours（谨启）

言铮的葬礼，由盛昭曦来主持。盛昭曦将那本 *P.S. I Love You* 放在言铮手边，亲手为他盖上了锦被，然后钉棺。

　　棺材盖一点点合上，盛昭曦接过旁人递过来的长钉和铁锤。

　　"咚。"一锤入木。

　　"小太阳，我会回来娶你的。我家人一定也会喜欢你的。"彼时的笑颜渐渐淡化成了他日的梦魇。

　　"咚。"二锤定位。

　　"小太阳，这场仗我陪你打。"黑暗中，他站在床边的侧影，明明当初没有看清，现在却像刻在了骨子里。

　　"咚。"三锤永别。

　　"小太阳，I Miss U……"力透纸背的文字和那些埋藏在心底多年的思念，永远没有机会再亲口说出来。

　　最后一锤力气大到让盛昭曦握着钉子的手都震得发麻，她脖间挂着的变了形的白金戒指随着她的动作荡起来，和当初站在Lotous招牌下抽烟的言铮脖子上荡漾的十字架重叠在一起。

　　钉子最后一点儿没进了棺材盖里。从今天起，连带着小太阳这个名字，随言铮一起埋进了地下。

　　曾经，只有你一个人叫我小太阳。

　　以后，这个世界上再也没有小太阳。

土崩瓦解

【夜的花朵来晚了，当早晨轻吻它时，它战栗着叹息一声，萎落在地上。】

——泰戈尔

言铮去世后，警方从他家搜出了大量证明汤氏制药受贿的文件资料和涉案人员名单。此外，陆岑手里已经掌握的汤氏利用福利院里患病儿童进行违规临床试验来研发药物的事实，只是还未找出幕后黑手T的真实身份。为了不打草惊蛇，警方仅以经济犯罪行贿的名义提审了汤合行。

一时间，媒体闻风而动。汤氏这段时间疯涨的股票也终于止住了势头。更有儿童家长爆出汤氏治疗孤独症的药物有很大的副作用，而汤氏为了顺利上市夸大药效，隐瞒了实情，欺骗求药心切的家长。汤氏制药面临着有史以来最大的危机。

一沓报纸被汤合行摔在下属脸上，"你是干什么吃的？怎么会让张丽群去媒体面前乱说话！"

汤氏的公关经理不敢直视他，"我们也不知道张院长怎么会这么做。"

星乐福利院院长张丽群不知为何，上了秦婧的节目专访，披露了汤氏的一些恶行。在这个敏感时期，引起了巨大的轰动。

节目的效果立竿见影，几大医院即刻中止了与汤氏的合作。乙方涉及违法，连一分钱违约赔偿金都拿不到。汤氏制药的孤独症项目后期融资出现了困难，最可怕的是T在此时也提出了撤资。汤氏（中国）岌岌可危。

专访里张丽群提到福利院有很多孩子都不是走正规程序进来的，是不知从哪冒出来的"黑户"，而且他们大多数都患有孤独症。

福利院有一栋旧楼是专门给这些患病的小孩住的，健康的孩子则住在另一栋。旧楼里半夜总是传出一些尖叫声，白天又发现不了什么异常，但是每隔一段时间，就会有孩子莫名失踪。

"失踪的孩子一共有多少？"

"我不清楚。反正我在任期间，不少于二十个。"

"他们就这么消失了，不会有什么问题吗？"

"没人管的。都是孤儿，本来进来的时候也没有手续，走得也隐秘。"

"为什么事隔这么多年你才决定发声？"

"我自己的孩子今年检查出了白血病，或许这就是我的报应。做这种事是会遭天谴的！报应迟早会来的……"

这篇采访被各大纸媒及网络平台转载，点击率高达千万。汤氏的企业形象可以说是一夜之间毁之殆尽。

时间推回到货船爆炸的第二天一早。

"高敏！我是不是把你惯出毛病了？"高敏的办公室大门被人一脚踹开，她惊讶地看着周什怒目圆瞪站在门口。

高敏有些莫名其妙地站了起身来，不知道这个老顽固一大早又发哪门子疯。员工都看着呢，她心中虽有诸多不满，却还是堆起了笑颜，娇滴滴地凑上去，好言好语地道："老爷子，您这又是怎么了？"一边说，一边把他拉进屋，关上了门。

"怎么了？你还好意思问我？你是不是疯了？"周什的拐杖在木地板上戳得梆梆直响。

"你在那条船上藏了炸药，现在闹出这么大的动静，你知道死了多少警察吗？"

高敏气定神闲地坐在蒲团上一边沏茶一边道："老爷子您莫急。你且听我说，我这是一石二鸟的绝妙好计啊。"

"我那个继子的性格我再了解不过，他不可能真心投靠我们，十有八九是警方的卧底，我们留他不得。汤合行处处保他，根本没把您的话放在心上。至于老九，那更是个随时会暴露您身份的定时炸弹。我们不如一次性除掉，以绝后患。我在警局有耳朵，这次行动早就被泄露。如果警察抓到老九，您也危险了。我这是在保护您！"高敏端了一杯龙井，坐在周什腿上，亲手把茶送入他的口中。

周什顺着她的手把茶喝了下去，又将她手中的茶杯拍碎在地，"高敏，你不要当我是傻子！你不过是想借我的手杀了你那个继子而已。你和他有什么深仇大恨我不管，但你别拿我的利益搞事！现在闹这么大动静，你说怎么收场？"

高敏揉了揉被拍红的手背，娇嗔道："老爷子下手真重呢。不管怎么说，你从我手里救走言铮，也是一点儿面子也没给我啊。"

"这事我还没跟你算，你带走周怀瑾是几个意思？再怎么说他名义上还是我孙子，你是不是太不把我放在眼里了！"

"反正又不是亲生的。"高敏撩起裙子露出了大腿，横跨在周什身上。她今日穿了件旗袍，大腿雪白，身段柔软。年岁带给这个女人的并不是苍老，而是更多的风情。

周什自问见过女人无数，却总是过不了高敏的美人关。她的语气拿捏得很好，有一点儿撒娇又带着些许害怕。好像他是个吃人的老虎，而她只是只无力反抗的兔子。这一套让周什很受用。

"你不要仗着我疼你就为所欲为。" 他捏住她的下颌，力道之大让她不禁皱了眉头，好在他的口气始终是缓和了不少。

"老爷子，不让做也都已经做了。索性我们就做得更彻底一些不更好？"

"毁了汤氏，我们的药怎么继续推广？"

"爆炸的事有老九这个替罪羊呢。制药的技术我们早都掌握了，这个平台没了，完全可以再找一个更听话的重新包装上市。现在的收益汤氏要分五成，太多了。"高敏伸出三个手指头，"三成，我可以搞定。"

周什搂过她的腰哈哈大笑，"所以为什么说女人比男人更可怕，尤其是你这种又漂亮又聪明的。"

"不敢不敢，分内的事。下次有机会再为您效劳。"张磊点头哈腰地应对着电话那头的人。刚挂了电话，一回头就看到陆岑站在他身后，"陆……陆队。"

"看到我你心虚什么呀？说话都结巴了。"

自从上次盛昭曦从岳城警局一出去就遭遇绑架，他就猜到了警局里有内鬼。陆岑不动声色地暗中观察，直到大通码头的案子过后，才终于将这个"鬼"给抓了出来。只是折进去这么多兄弟抓出个败类，实在不划算。他想着枉死的同事们，目光便凌厉了起来。

"没有啊，您不是去恒城查案了嘛，我没想到您这么快就回来了。"张磊心虚地躲开他的目光。

张磊的父亲是个老警察，在一次行动中牺牲。局里为了照顾烈士子女，在张磊高中毕业后就安排了他到局里工作。可惜这孩子从小就好吃懒做，靠着烈士子女的名头在岳城警局混日子，最后只能到传达室当个门卫。

陆岑也算是看着他长大的，但万万没想到他会走上这条路。

"借你手机用一下。"陆岑面无表情地伸出手。

"陆队，我手机快没电了。办公室不是有座机嘛。"张磊讪笑着把手背到了身后。

周什和高敏进了她办公室里隐藏的休息间，刚刚温存片刻，桌上的手机便响了起来。

周什坐起身来，扬了扬下巴，"你接。开外放。"

高敏照做，打开外放，把手机放在两人中间。

"高总，我们之间的联系好像被局里发现了。这次大通码头的案子我帮了这么大忙，您可要救救我。"

"你怎么这么不小心！你现在人在哪？"

"我说出来您不会派人来灭我口吧？我已经把我和您的通话录音，还有Ten就是周什老爷子的事都录了音，寄存了一个安全的地方。如果我出了任何事，你们的秘密都会公之于众！你一定要救我！"

"你在胡说些什么！"高敏的心里"咯噔"一声，想按断手机，手却已经被周什摁住。

周什脸色铁青地抓起手机摔到对面的墙上。手机四分五裂。

他反身将高敏压在身下，死死地掐住她的脖子，"你把我的身份告诉了一个条子？"

高敏手脚并用乱踢乱蹬，却逃不出他的大掌。男女力量的悬殊在此刻体现得淋漓尽致。

"我……没有……"高敏说不出话来，喉咙里发出呜呜声。空气好像一点点被挤出胸腔，她快要窒息。

高敏挣扎着从枕头下摸出一把匕首，没有一丝犹豫地往周什的手臂上刺下。

周什吃痛松开了手，高敏连滚带爬地跳下了床，举着匕首对着他说："你别过来。"

周什此时的愤怒远远大过于疼痛，他双眼通红，对匕首视若无睹，步步逼近。高敏头发蓬乱，脖颈间的手指印清晰地显现了出来。两人犹如关在笼中的困兽，彼此对视准备厮杀。

周什从后腰掏出一把手枪对着高敏，高敏手中的匕首脱力掉到地上，她双腿发软跪倒在地，连求饶的话都说不出口。

"高敏你完了。"

她也知道她完了。

电话那头传来嘟嘟的断线声,张磊手中的手机被陆岑夺了回去。

"陆队,我都按你说的做了。我这算戴罪立功吗?"

陆岑冷哼一声没有回答,走出去给盛昭曦打电话:"小盛,我想我们赌对了。T就是周什。"

"陆队,我还有个大胆的猜测。R很有可能就是周什的小孙子——周怀安。"

周什以前在境外当过兵,但他儿子却体弱多病。长大后也没有他的风骨,从哪方面都不合他的心意。后来他替儿子寻了一门亲事,女孩的父亲和他有生意往来,算是门当户对。没想到,一向老实的儿子对这门婚事却是宁死不从。后来被逼结了婚,也坚持不肯与儿媳同房。他才后知后觉地发现儿子居然在外面金屋藏娇,对方是一个文文弱弱的女人,和他儿子一副德行。后来儿媳主动提出离婚,儿子在外面的女人也怀了他的孙子。但他仍然解不开心里这个结,坚决不让儿子把他们接回家。

后来儿子去世,没想到这个女人倒比他想的要更有手段。居然借着带小孙子来看他的名义爬上了他的床。送上门的女人他没有理由拒绝,只是让他没有想到的是,这一切会被刚满四岁的小孙子看见。

那时候的周怀安确实还不懂得成人世界这些肮脏的事,但本能的厌恶和憎恨已经深埋于心。直到他长大后,彻底明白了他妈妈和爷爷之间发生的事情意味着什么,这份恨便在心中炸裂,彻底摧毁了他。

这一切是周怀安罪恶的起源。他憎恨他们,但他对现实无能为力,所以他躲在背后操纵着那些网上和他同样弱小的人去复仇,去完成他不敢做的事。因为他的计算机技术高超,所以事情进展得比他想象中的顺利,他便食髓知味,开始从一些热点新闻人物下手。

怂恿许桐,怂恿王萍萍,怂恿彭小美,怂恿高敏……帮俱乐部里的人一步步完成所谓的"复仇大计"。

直到轮到他自己。

"我在周怀瑾的信里知道一些,但不明确。这样看来,周怀安有犯罪动机,而且可以合理解释很多事。那天知道我和弟弟去警局的,只有秦婧和周怀安。他每次出现的时机都太巧合,而且他可以不引人注意地拿到秦婧的手机,登录我的账号骗出我弟。我建议可以先正面接触他,试探一下。"

"知道了。你提供的这个线索很重要，我们会去跟进。"陆岑回答。

"砰"的一声闷响后。

高敏觉得自己耳鸣了很久，一时之间竟分不清子弹是打在她身上，还是周什的身上。直到她看见面前的周什捂着左胸处慢慢跪倒在地，然后脸向下栽倒，临死前眼里还是满眼的不可置信。

高敏惊住了，双手抱在头上慢慢转过身来。她看见周怀安站在她身后，单手插在口袋中，另一只手中拿着枪，枪口还在冒烟。他的眼里没有惧怕、难过，抑或是兴奋、激动，没有任何一种可以称之为情绪的东西在他脸上出现。

他好像觉得很无聊，和他平时一个模样，对事事都不关心，好像那打死他爷爷的致命一枪不是他开的一样。

你见过恶魔吗？高敏觉得世上如果有恶魔，就是他这样的，让人发自内心的战栗。因为这个人无所畏惧，好像杀人也不需要任何理由。别人眼里天大的事对他而言，都只是一个心血来潮而已。

"不要杀我。"高敏只用她最后的理智挤出了这句话。

周怀安没理她，盯着周什的尸体，"你能处理吧？"

为了证明留着自己还有用，高敏一个劲儿地点头，"能能能……"

高敏处理周什尸体的时候，觉得有点儿恍惚。她一直攀附着，同时又惧怕如虎一般的人，就这样毫无征兆地倒在她面前。一切真像一场梦。

八年前，霍闵年刚上任副市长，决心要以打黑来建立政绩，首当其冲要收拾的就是以T为首的猖狂的人口拐卖组织。周什得到风声后，收买了高敏，一起将霍闵年拉下马，送进狱中。

后来作为枕边人，她有无数次机会可以杀了这个控制了她多年的老男人，可是每每考虑到利益，考虑到权力，考虑到种种牵一发而动全身的事情，她就会失去这个勇气。

高敏担心的这一切对于周怀安而言，却什么都不是。不得不说，比起老虎，有时候更可怕的是那些潜伏在身边的蝎子。看上去弱小得不值一提，可是冷不防被蜇一下就是必死无疑，而且连怎么死的都搞不清楚。

她刚才明明看到周什也对她开了枪，但子弹没有射出来。她捡起周什的枪，打开弹匣看了一眼，不禁感叹命运的滑稽：子弹卡住了，这就是命。

正义者审判

【他们嫉妒,他们残杀,人们反而称赞他们。】——泰戈尔

大通码头的案子发生后,作为R的最大嫌疑人言铮被宣布已死,各大网站的头条新闻都是在报道复仇者俱乐部和R的消息:《R与复仇者俱乐部不得不说的二三事》《天使与恶魔只有一念之差——R》《R是新时代的梁山英雄?》……

有人说R另有其人,还有人猜测R根本没死,只是制造这场爆炸为自己脱身。各大论坛里关于R的各种讨论帖层出不穷。复仇俱乐部在R被通缉以后,不仅没有销声匿迹,反而声名鹊起。R的行为被标榜成以正义之名帮助弱小,受到无数人追捧和推崇。网上出现了好多类似复仇俱乐部的组织,都在流传着一句话:"如果你被R杀了,那么证明你有罪。"

在这里,好像杀人与被杀都成了一种荣耀。他们甚至还发起了一场公投,选出"你认为罪大恶极、最该被杀的人"。拥护者们相信R会在暗处帮助他们复仇,但大多数人觉得不过是好事者在借用R的名义大行其事而已,因为真正的复仇俱乐部仍然是暗网,域名一直在更换,无法被管理和追踪,上次视频直播之后,再无新人能找到入口。

一时之间,复仇俱乐部成了很多青少年眼里最神秘和时尚的风潮。暗网的入口"密钥"能在网上被炒到四位数的价格。

在公投投票结果宣布后的五天,R再次现身。一个署名为R的人在暗网论坛里留下一个名为《正义审判》的帖子。帖子点进去看上去是杂乱无章的乱码,一开始很多人都骂他冒用R的ID来骗人。后来有一个IT行业的程序员破译了乱码,组成了几个视频链接,并列了出来分享给大家。好奇者们纷纷点开视频。

第一个视频是一个少女坐在桌前吃东西,少女看上去十七八岁的年纪,她的脚被铐在桌腿上无法离开。满桌都是各种看上去十分可口的食物,有火锅和各种零食。

她一刻不停地在吃，整段视频时长有将近十个小时之久。中间陆续有一只手将吃完的空盘撤下，重新换上盛满食物的盘子。

"什么嘛！直播吃东西吗？"有人感到被耍了，赌咒发誓一定要把这个传视频的冒牌货揪出来。

很多人没有耐心看完整的片段，直接将进度条拖到了末尾。然后他们才发现自己之前的想法多么幼稚。视频的末尾，连吃了九个小时，少女明显已经吃不下去，速度非常缓慢地持续在往嘴里塞东西，像中了邪一样。

"这样吃下去会死吧？"有人已经看不下去，好像那么多东西都是塞进自己的胃里一样。

终于少女的手停了下来，因为有一个黑漆漆的枪口抵在她的额头上，她双眼呆滞地看着摄像头。缓缓吐出两个字："救我。"

屏幕上显示出"游戏1结束"几个字。

一部分人吓得赶紧退出了链接，还有一部分人颤颤巍巍地点开了第二段视频。

这次是两个中年男女，一男一女对坐在沙发两边。两人眼里都是无尽的恐惧，但是又不得不乖乖地坐在原地。这次的游戏是俄罗斯轮盘。

有个画外音告诉他们，他们面前的这只左轮手枪里有六个弹巢，桌面上还有五发子弹。他们可以任意选择装入几发然后开始游戏。

游戏规则是，装好子弹后将弹巢旋转，两人轮流将手枪对准自己的脑袋按下扳机，直至有人中枪为止。

"你们两个必须死一个。"画外音如是说。

因为子弹射出的概率与装入的子弹数有直接关联，中年男人想也没想地选择了只装一发子弹。

他对面的女人哭得很惨，不停地求饶："我再也不敢拐卖那些妇女和孩子了，求你放过我这一次，放过我。"

男人同样是浑身颤抖，但心中想必是明白眼前的人是绝对不可能心软放过他们的。所以不如抢得先机，飞快夺过了桌上的手枪对准自己的头开了一枪。

很幸运，没有响。他将枪放回桌上，有点儿幸灾乐祸地看着对面的女人。

女人死死地盯着桌上的枪，终于伸手过去拿起了枪。闭上眼睛，对着自己按下了扳机。

仍然没有响。

原本两边都灰心丧气抱着必死的决心，现下反而燃起了生的斗志。

男人再次拿起了枪，缓缓指向自己的头，在按下扳机的一秒突然转向了女人，"你去死吧！"

他连扣几下扳机，只听到一声枪响。

屏幕上显示出"游戏2结束"几个字。

第三段视频的刚开始和往常的色情片差不多，在一个装修很精致的小房间里一男一女发生了关系。

唯一有点儿特别的是，这两人年纪都比较大。但好在都是保养得很得体的人，看上去也不是那么令人作呕。

有人认出视频里的男人就是前段时间新闻中报道过的富商周什，前段时间他被人杀害抛尸野外。周什被杀案尚未找到幕后真凶，是最近炙手可热的新闻素材。这个视频不知又会揭露出怎样的惊涛骇浪。

视频中的男女不知为了什么事发生了激烈的争吵。因为视频被消音，所以吵架的起因是什么不得而知，但周什十分生气地将女人的手机摔到了墙上，还动手打了她。女人掏出刀想还击，却被周什的枪给吓住。

就在她跪地求饶的同时，周什眉心中枪倒地身亡。凶手自始至终没有出现在画面中。

"游戏3结束"。

如果这是真实的视频，那这显然就是周什被杀的现场视频。"正义审判"视频中出现的人正是公投结果排在前几名的罪人。

复仇俱乐部对R的崇拜陷入了前所未有的狂热，R已经变成一个无所不能的代名词。与此同时，盛昭曦的电脑屏幕却突然黑了，屏幕上显示出一行字："盛昭曦，R邀请你参与游戏。"

有人将这三个视频下载下来放到各大网络平台上，引起了人们极大的恐慌。

"已经查清楚了，第一个视频中的被害人叫唐姿琪，是今年高考落榜，正在三中复读的女学生。她曾因欺凌同学性质恶劣，导致同学自杀而在网上被人'人肉'过。在复仇俱乐部公投'最应该去死的人'中排第一。第二个视频里的一男一女因为涉嫌拐卖并导致被拐少女死亡，是两个劳改释放的前人贩子。同样也榜上有名。第三个你们都知道了，就是周什和高敏。虽然公投中没有他们的名字，不知为何R将他们列入其中。现在视频中出现过的人，除了周什确认已经死亡，其余人生死不明。"

陆岑听完汇报，想起了盛昭曦说过的那段日记的内容，"或许周什的死只是R的个人私怨，R就是周什身边的人！"

省厅紧急开会讨论案情。

"这个高敏一直是我们的目标之一，这个节骨眼上消失，很有问题。"

"不管她是生是死，R留着她一定有别的用处。"

"那个网站目前我们没办法侵入，视频来源不详。现在已知的信息只有这么多，只有让小盛参加他那个所谓的游戏，才能挖出更多线索。"

"这太危险了。小盛还是个女同志，要是万一有个闪失，我们怎么向她家人交代！"老彭为了保护盛昭曦第一个提出反对。

"可是周家两兄弟现在都已经失踪，我们线索断了。只有参加游戏才有机会直接接触到R，找出他的真实身份与位置！"

会议室大门被推开，盛昭曦捧着笔记本电脑径直走进来，"我愿意。"

她将电脑摆到会议桌中间，屏幕全黑的底色上又显示出那句话："盛昭曦，R邀请你参与游戏。"

无法退出，只有一个红色的YES键。

"我一定要抓住R。"她移动鼠标，刚要点那个YES键，陆岑拦住她的手，"你想清楚没？"

盛昭曦点了点头，"只有这样我们才能知道R到底想干什么！"陆岑缓缓放开手，她毫不犹豫地按下了YES。

电脑上弹出一个视频，并配有变音过的背景解说，"欢迎盛昭曦加入五个孩子和火车的游戏。"

视频里有五个小朋友在铁轨上玩耍。铁轨有两条分轨，一条是已经废弃的，一条还在使用中。有四个小朋友跑到了还在使用中的铁轨上玩耍，剩下一个守规矩的孩子继续留在废弃的铁轨上。

这时一列火车经过，列车长看到了铁轨上的四个孩子。现在就算紧急停止，车子的惯性也会撞到四个孩子，但他可以启用制动机制将火车扳转到另一条废弃的铁轨上行驶，但那条铁轨上也有一个孩子。现在列车长有两个选择，继续行驶，撞死四个破坏规矩的孩子，或者转向到废弃铁轨上撞死一个守规矩的孩子。

"如果你是列车长，会怎么选择？你现在有一分钟时间准备答案，请在滴的一声后说出你的答案。"

视频到这里戛然而止。

"这是什么鬼题目？"陆岑摸不着头脑。

"这是一个很有名的伦理学方面的难题。没有正确答案，无论怎么回答都有站得住脚的依据，我不知道R为什么要我回答这个问题？"

"这道题很好选啊。四个孩子和一个孩子，当然选救那四个孩子的命了。"老彭说。

"不。虽然从人数上四个孩子占了优势，但实际上他们代表的是社会上的'犯规者'，犯规受惩罚是必然规律。换言之，他们需要为自己的行为负责。而废弃铁轨上的孩子是无辜的，他不应该为了别人的错误而付出自己的生命。抛开道德考量不说，站在列车长的角度来看，他继续行驶虽然撞死四个孩子，但他不需要对此负责，因为他也是'守规矩的人'。但如果他临时改道撞死那个无辜的孩子，必定会面临起诉，因为火车本不应该从那条路上驶过。"

"滴。"电脑响起一声提示音，话筒位置的灯在闪，麦克风正在录音。

"我选择撞死四个违规的孩子。"盛昭曦给出了她的最后答案。

"很好。换作是我，我也会选择和你一样的答案。有罪的人总该受到惩罚，不是吗？"R是在直接与她通话。

"现在我们的游戏正式开始了。"

生死游戏

【我们的名字便是夜里海波上发出的光,痕迹都不留就泯灭了。】——泰戈尔

"虹光立交桥因为发生车祸,加上处于晚高峰,现在整个路段双向均严重堵塞,请市民提前绕道行驶。"恒城交通频道的主播在通报着即时交通路况新闻。

"该死。怎么不早点儿说。"刚下班的小白领接了他在银行工作的女友,两人正好堵在了这座立交桥上,只能一点一点慢慢前移。

"算了。反正这条路也是回家必经之路。耐心点儿,交警来了迟早会疏通的。你看后头还有那么多车,我们算赶在前面的了。"女友拿出笔记本电脑,打开EXCEL继续着未完的工作。

虽然不好再抱怨,男人还是忍不住地唉声叹气。车子经过路面上一个小坑,后备厢传来"咚"的一声。

"你有没有听到什么声音?"男人问,女友摇了摇头。

"好像后备厢里有什么东西掉下来了。"

"是你放了什么在后备厢里吧。"女友做着手中的表格,回答得心不在焉。

"没有。我今早刚刚洗了车,后车厢都清空了。"

"可能是你听错了,你不放心的话,待会儿下了桥以后找个路边停下来去检查一下。"

男人心想也对,立交桥上不能停车。待会儿再去检查一下。

"高敏和复仇俱乐部投票选出的其他三名'罪人'在游戏中扮演'犯规者',而另一位神秘嘉宾将扮演'守规者'。盛昭曦,你是列车长。现在由你来决定他们的生死。"

"判断条件不足,最起码你应该告诉我守规者和犯规者的身份?"

"哈哈。我正等着你问这个问题。"

电脑屏幕上显示出五张被绑人的照片，以及他们的身份简介。前四个正是视频里曾出现过的人，最后一个满身血污，被捆绑着丢在地上，埋着头，额前的头发耷拉着，看不清五官，但照片下的注释是："守规者，靳司遇。"

盛昭曦大惊失色，跌坐在座椅上。司遇没有死！

室内的其他人也是同样震惊，立刻吩咐技术人员，"马上去核实照片是否是本人。"

"不用了，是他。"不会再认错的，那眉角的形状，那脖颈的弧度，还有那背后露出的文身一角。他真的没有死！盛昭曦又喜又悲，剧烈而又矛盾的情绪冲击着她的心脏。

"盛昭曦，你是否要感谢我？如果不是我救他出来，你这辈子再也见不到他了。"

在码头抽烟的时候，老九拾到了言铮的戒指，去厕所寻他时，发现他正在偷偷取追踪器。马上明白，言铮是假降。老九打电话将此事汇报给R，劫机事件后，他就不再效忠于周什，转投到了R的麾下。言铮对于R而言还有利用价值，所以他授意老九和他摊牌，再假装不小心放跑他，也好和周什有个交代。

老九没收了言铮的追踪器和戒指，并故意逼迫言铮跳海逃跑，没想到言铮刚跳进海里，就发生了爆炸。

在海中被爆炸余威所伤的言铮，在奄奄一息中被R救走，侥幸逃过一劫。而老九的尸首被误当成了言铮，R将计就计让警方就这么错下去，也减少了追查他的力度。

"你想要我怎么做？"得知真相后，盛昭曦反而冷静了下来。她的性格是越困难的时候越冷静。

屏幕上出现了虹光立交桥的实时监控画面，路面情况十分糟糕，可以说是堵得水泄不通。

"犯规者和守规者现在都在虹光立交桥上的某一辆交通工具上，并且每个犯规者身上都绑有一枚远程控制的炸弹。你有二十分钟的时间找出守规者所在的车辆，机会只有一次。如果你猜中了，守规者安全，其他犯规者身上炸弹引爆。如果你找错了，其他犯规者安全，守规者将作为替代品接受犯规者本该承受的惩罚。"

盛昭曦的脸惨白得像一张纸。靳司遇的命，高敏的命，其他几个人和立交桥上无数无辜的过路人的命，现在都掌握在她手里。

她终于知道R的目的。如果她选择救司遇，她就要与世界为敌，成为牺牲无辜生命的罪人；如果她选择救其他人，她就必须要承受得而复失的痛苦。无论她怎么选，她都必将为此付出惨烈的代价。

"我马上通知交警队在立交桥上实行交通管制，一辆一辆排查。对了，让电台播报紧急通知，通知每个车主即刻下车检查自己的车上有无异样，这样效率应该会快很多。"陆岑的脑子飞速地转起来。

"时间不够。"盛昭曦脸色更灰了一层。

"友情提示：一旦发现有外力介入，系统立即引爆所有炸弹，所有游戏中人物死亡，游戏结束。"电脑里就像有个人在监视着他们的一举一动。

盛昭曦强迫自己冷静下来，仔细浏览着实时路况上的每一辆车。桥面上大多是私家小车，还有几辆SUV和货车。一辆工程车和一辆校车。每辆车看上去都无比正常。既然R让她来猜，载有靳司遇的车一定不会和其他车有什么明显区别。

好不容易压下去的情绪，一下子又焦躁起来，并且急速升到顶点。盛昭曦的头皮发炸，脑子里一片空白。破绽！哪里有破绽？她不停地告诉自己要冷静，深呼吸。放大画面去寻找有没有司机表现异常。

可是没有。司机们要不就是十分烦躁地使劲抽烟；要不就在打电话和亲朋好友抱怨着堵车的"盛况"；还有人拿出手机自拍，准备发朋友圈，浑然不知自己现在就在生死一线间。

"逻辑是所有问题的脉络和指向真相的唯一可靠依据。"靳司遇曾经说过的一句话突然闪现在盛昭曦的脑海中。

作为理工科天才的靳司遇有着超乎常人的逻辑能力，能迅速跳过一切中间步骤，做出让人匪夷所思的判断。可无论他的判断看起来多么荒谬，只要顺着他的逻辑想下去，都会发现最终结果是正确的。他告诉她，所有判断都是基于逻辑，排除所有情感因素，凭着可靠的逻辑，就能找到该做的选择。

那么，R做事的逻辑是什么呢？

盛昭曦开始倒推。如果像她所猜想一般，周怀安就是R。周家覆灭，所有财产被没收，他被通缉。不可能像从前一样，一个电话就有无数人帮他做事。他需要凭一己之力去完成这个"游戏"。哦，不，也许还有他那个俱乐部的成员帮忙。但无论如何，运送人质的车子不可能是他自己或者同伙开。因为如果炸弹引爆，会搭上他们自己的性命，他们只是喜欢操纵别人，并不是不惜命。运送人质的车子可能是二至五台不等，靳司遇单独一台，其他四人可能各自一台，或者两两分组，或者在同一台车上。

想要不引人注意地将人藏在不知情的某辆车的后备厢里，车数越多，难度自然越大。这样一推测，五人分别乘一辆车的可能性就很小。

只要其余四人不是每人单独乘一辆车，那么他们就不可能是在小型私家车上，因为小型私家车的后备厢装不下两个及以上的成年人。这样排除了绝大多数的私家车，校车和工程车没有后备厢，也不可能隐藏人。范围就可以锁定在那几辆SUV和货车上。其中又以货车的可能性居大。这样基本可以锁定高敏四人所在的车辆了。

相反，靳司遇则可能在任何一辆私家小车上，但也并不是完全无迹可寻。R要控制堵塞，除了利用晚高峰制造车祸，还要确定有哪些车一定会在这个时间段通过立交桥。

虹光立交桥连接了恒城的CBD和河西一个最大的沿江住宅群——新港湾。这座立交桥也成了恒城的都市白领上下班的必经之地。

R要确定不知情的车主在这个时段一定会堵在大桥上，那么他一定是事先掌握了对方的固定作息时间表。有固定的作息，每天在这个时段一定会经过虹光立交桥，还有私家小轿车。满足这样条件的人，最大的可能就是居住在新港湾，在CBD工作的白领。

"谢勇，我需要在最短的时间内查到监控内的私家车车主里有哪些人是在CBD上班，而且住在河西的新港湾。做得到吗？"

"可以。"

盛昭曦手中拿着桥上满足她所说的条件的车牌号和对应的车主名单。

她已经确认过，虹光立交桥上仅有的几辆货车都在桥中的位置。换句话说，炸弹就在桥中心。此时她已经有八九成把握确定高敏和其他几个人质所在的货车，但靳司遇所在的车辆一时还是难以判断。

刚刚陆岑有句话倒是点醒了她，如果炸弹引爆炸药炸断了桥，桥面上的车都会被炸飞或者落水。R说五个人质包括靳司遇都在桥上，如果R遵守自己的游戏规则，那么他要如何保证引爆炸弹的时候不伤害到靳司遇？

这只能说明装载着其他几个人质的车和载着靳司遇的车隔了足够远的距离。靳司遇在桥头或者桥尾的位置！从那辆装载着炸弹所在货车的位置判断，靳司遇在桥头的某辆小轿车中可能性更大。

现已知车主是在CBD上班的白领，年纪不会太大，在新港湾有一套房子。上下班时间十分规律。目前车子已行至桥头，满足所有条件的车筛选下来不过两三辆。靳司遇就在其中一辆车上。

眼看二十分钟的期限马上就到了，她现在仍然还是只有R设定的两个选择：

一、说出"犯规者"所在的车辆，救下桥上所有人和"犯规者"，牺牲靳司遇；

二、在满足条件的几辆车里，随便选一个，如果赌错了，靳司遇就会遇险，万一猜对，靳司遇获救，"犯规者"及其他无辜生命因为她的选择丧命。

理智告诉她，无论怎么看，她都应该选第一种，因为第二种情况下的两个结果她都无法承受。但只有博这一次，靳司遇才有获救的可能，盛昭曦又陷入了无限的挣扎。

司遇，你想要我怎么做？她在心中默问。

时针往前挪动了一格，电脑显示屏上的红灯闪了一下。

"告诉我，你的答案。"R变音过后的声音显得十分诡异难听。

所有人都紧张地看着她。

盛昭曦抿着下唇，盯着屏幕上的监控画面，快要把它看出一个洞来了。

"最后三秒钟，给我你的答案。"虽然嘴上在催促，可是R却并没有一点儿不耐的意思。现在这一刻该是她最受煎熬的时候。他享受着看这样的好戏。有时候肉体上的惩罚并不算什么，从精神上摧毁一个人的信念才是最大的复仇。

"达鑫快递的货车。"盛昭曦咬紧牙关，一字一顿地说了出来。所有知情人都屏息凝神地等待着最终的结果。

在那一刻，R的虚荣心上升到极点，仿佛自己才是主宰世界的上帝。

以前老头子总说他全家都是废物，这一次，让他在九泉之下看看，谁才是真正的赢家。

"恭喜你，成功救下犯规者们。守规者将会被俱乐部回收。"

盛昭曦双腿一软，瘫坐在地上。特警队那边得到消息后立马派了拆弹专家过去拦截达鑫快递车。真的在货车上找到了被装在纸箱中的四个人，还拆除了四枚简易炸弹。桥上堵车的人们直到这时才知道自己刚刚在生死边缘。媒体也即时做出了报道，恒城所有人都知道了这个R的游戏。

"亲爱的，你看到了晚间新闻吗？"

小白领和女朋友二十分钟前从虹光立交桥的堵车大军中成功突围后，因为错过了正常的晚饭时间，便随意进了一家饭馆解决晚餐。在电视上看到了立交桥上拆除炸弹的现场报道。

他女朋友听到报道，终于舍得把头从EXCEL表格中抬起，"好险啊！还好我们早下来了一会儿。"

"对了，我们刚听到后备厢里奇怪的响声，还没检查后备厢呢！"

"是哦，不会是我们的车上也藏着炸弹什么的吧？"因为刚刚的新闻，两个人的神经一下子紧绷起来。

"你别吓我，不会这么倒霉吧？"

"报警吧。就算没有，警察也会理解的。毕竟刚发生了这样的事情。"女朋友给出了一个合理的建议。

两人拨打了警局热线，谢勇和老彭出警，并通知了盛昭曦。

盛昭曦刚刚死去的心又燃起一点儿希望的火苗，如果这辆车后备厢里还藏着一个人，那就是靳司遇了！

大家聚在饭店前坪停车场前，虽然围起了隔离带，还是有很多群众站在一边看热闹。

"看什么看！可能有炸弹。你们小心，站远一点儿。"谢勇又气又忧地驱赶着围观群众。在穿戴了防爆的特殊衣物后，老彭上前按下了后备厢的开关键。盛昭曦紧贴着警戒线站在最前面。

车厢盖弹开，里面空空如也。

"切……"围观群众觉得无趣，一下子散了一大半。

车主和女友小心翼翼地上前探了一眼，确认什么都没有才敢靠近。

"警官，真的不是我骗人。我们过一个坑的时候有很大的一声响，就像肉体撞击车顶的声音，你不信问我女朋友。"怕被警察责怪报假警，他急忙解释道。

"你们看，这有一摊血迹！"谢勇戴着的蓝手套上面沾了一点红色，源头就在后车厢里。

他们的警觉心一下子提了上来，"通知证物组的同事，把后备厢的垫子拆了全部带回去。"

车主这回倒是不担心报假警的事了，而是要担心一下，自己不经意间居然做了绑架犯的帮凶。这些人是什么时候把人藏进他的后车厢，又是什么时候把人从他车里偷出去的，他一无所知。

鉴定报告很快出来，确认后备厢里是靳司遇的血迹。但车主的口供毫无建设性，一问三不知。车主就是这样一个马大哈型的人，估计R也正是看中了他这一点。线索在这里便彻底断了。

业障因果

【我曾经受苦过，曾经失望过，曾经体会过"死亡"，于是我以我在这伟大的世界里活着为乐。】
——泰戈尔

"我们搜到周怀安的手机信号了！"谢勇激动地抱着他的电脑给老彭看，有一个小红点在城南移动。

同时刘梵汇报，"刚有人报警说在开发区看到了被通缉的周怀安，穿黑色套头衫，牛仔裤，正在一个银行的ATM机上取钱。"

"好。马上派人去调银行监控，确认是否是本人。"

老彭挂了电话很是纳闷，"开发区在城北，而手机信号在城南。他怎么可能会分身？究竟哪一个是真正的他？"

"不管哪一个，兵分两路都去查。现在人质危在旦夕，每一秒都很宝贵。"陆岑和老彭分别带两队人马追着两条线索而去。

手机信号从城南汽车站开始移动变得很迅速，朝着邻省挪动，"有可能是上了汽车，想潜逃到外省。注意在收费站设卡！"

而另一头ATM机处早就人去楼空，但银行对面便利店老板说刚有个符合描述的小青年在这买了两瓶水，往东去了。那边正是周宅原先的地址。

陆岑追着过去，同时接到了老彭的电话，"我们拦截住了信号所在的旅游大巴，车上没有周怀安。在一个去邻省务工的农妇手里找到了那台手机。她说是捡来的。你那边可能才是正主！"

陆岑心中始终有疑虑，一直没有用过手机和信用卡的周怀安为何在今天同时使用了这两样极易被追踪的东西？仿佛故意引他们过去一样，经历过大通码头事件后，陆岑的警惕心更重了。但现在靳司遇只有这一线生机，他们不能后退。

"我已经按照你说的报警了。现在你可以告诉我你的地址了吧？"盛昭曦躲在公共电话亭里，看着陆岑他们朝周宅跑去。

盛昭曦推开教堂大门，里面空无一人。木椅上积满的灰尘在控诉着人们遗忘了信仰。四周已经残破的彩绘玻璃依稀可见它当初的辉煌。她站在教堂中间，七彩的光影斑驳投射在她脸上，晦涩不明。

"出来吧。"盛昭曦喊了一声，投影仪应声开启，祭台处挂着的一幅巨大的投影，白布上映射出她的照片。后面滚动着播放的是许桐、高敏、戴海川、王莉、周什、唐姿琪……的照片，上面出现的每一个人都是复仇俱乐部的目标。

"周，怀，瑾！你给我滚出来。"

周怀瑾从巨幕后走出来，带着一贯温文尔雅的笑容，"小曦，这样一点儿都不可爱了。"

"你到底想要干什么？"她磨着牙，像头要吞人的小兽，"司遇在哪？"

"一个已经被你放弃的人，不急着说他。不如先来聊聊我们俩的事。你是从什么时候开始怀疑我和怀安的？"

"从明曦说是我让他跑出警局的时候，我就开始怀疑你们俩了。只有你们知道我和明曦那晚临时要去警局，也只有你们有机会接触到阿婧的手机，取得我的QQ账号密码。还有你钢笔上刻的R，但我一直不愿意相信是你，把嫌疑重点锁定在了周怀安身上，结果纵容了你的无恶不作。"

周怀瑾也不生气，"这么说可就太薄情了。你不是说过只要我吗？在着火的时候，你可是义无反顾地选择了救我。"

盛昭曦气得咬牙切齿，他和高敏勾结，处心积虑地模仿靳司遇的小习惯来误导她，现在还要倒打一耙？

"你很聪明，栽赃言铮不成，还留了一手，通过那些自导自演的信，把我的注意力转移到怀安身上。信里你承认冒充司遇的事是真，我竟下意识地相信了其他信息也是真的。所谓怀安那些秘密恐怕也都是你自己的吧？当年看到母亲与爷爷通奸的那个，也是你？"

周怀瑾轻巧地笑了笑，"这回我们的大谈判专家可猜错了哦。看到了他们通奸的确实是怀安。至于我？我根本就不是周家的人。你忘了周什的老本行是什么了？我不过是有幸被他选中，来当怀安玩具的一个孤儿，看着顺眼就留在身边养着了。"他说起自己的语气，仿佛在说一条狗。

周怀瑾早已忘了自己本名叫什么了，只记得小时候母亲喜欢叫他亮仔。他本是一对朴实的农民的孩子，自小有轻微的孤独症。穷人家的孩子生了富贵病，为了给他治病，家里的景况更加捉襟见肘。

父母虽然穷，却从未放弃对他的治疗和培养。不认识几个大字的父母甚至很早就在家教他写字说话。长到五六岁的时候，亮仔终于可以正常地和人交流，认识了百来个字。在父母的悉心照料下，他表现得几乎和正常孩子无异，甚至更加聪颖。村里都说这是个神童。

正是这个"神童"的名号，给他家带来了灭顶之灾。他不知道，百里之外的地方一个叫周怀安的小孩出生，也和他患上了一样的病。在外人看来这真是周家的因果报应，周什却是不信邪的主儿，决心要治好孙子的病。

他不仅和汤合行的父亲合作开发了一个治疗孤独症儿童的项目，更是四处搜集有病的孩子来做临床实验者。

亮仔的神童之名让他难逃厄运。

一天夜里，父母带他在邻村喝完喜酒回家。父亲喝多了要吐，胡乱跑进了农田里。过了很久都没回来，母亲去寻他也不见了。小亮仔摸着黑叫着爸妈一路寻找他们，在田间一棵大榕树下见到了倒在血泊中的父亲，还有被摁在地上捂住嘴巴的母亲，以及那向她高举起来的白刃。

母亲看到了他，泪如泉涌，情急之下，她咬了那人虎口一口，趁机大叫："亮仔快跑！"

他当然没能跑掉，还目睹了那些人将他的父母埋在了那棵大榕树下。

因为他是个成功治愈的案例，他"有幸"被留在了周怀安身边，当他名义上的哥哥，也是周怀安治疗的对照组。

他暗无天日的生活直到六年前的一场车祸才出现了转机，医生诊断他为全盘性失忆。周什以为他什么都忘了，让他重返人间，作为哥哥陪周怀安一起去英国读书。但周什忘记了，有的失忆症前头还有"暂时性"三个字。

他什么都能忘，但怎么可能忘记他那无辜被害的双亲和他母亲含着血泪的双眼。周什夺走了这一切，他要他加倍奉还！没想到他羽翼刚丰，还未来得及复仇，周什就被墨西哥警方抓了。报仇这种事怎么可以假手于他人，于是他策划了那场劫机案，就是为了救出周什。

他提前拉拢了早就对周什不满的老九，本来准备趁劫机的混乱杀了周怀安，先给周什送一份"大礼"。没想到遇到了盛昭曦这个程咬金，把他的计划全部打乱了。

他没想到自己会对一个姑娘动心，为她屡次改变计划，更没想到她就是高敏要复仇的对象，而他们中间又插进来一个靳司遇（言铮）。好在周怀安后来的表现，让他觉得收拾周什倒也用不着非得杀了怀安，他还有更好的办法。留着他也许是个不错的选择，因为怀安也有恨。

　　原本因为他的身世而对他有一秒怜惜的盛昭曦，越听到后面，越发觉得此人丧心病狂，"这就是你杀了这么多人的理由？"

　　"我杀人？"周怀瑾轻笑了一下，"小曦，你好像误解了一件事。我没有杀过任何一个人。我不过是动动嘴皮子，杀人的是他们心中想复仇的恶念。何况被杀的都是有罪之人，我何罪之有？"

　　"周什呢？他是谁杀的？"

　　"怀安，姐姐问你呢！"周怀瑾目光突然看向身后。

　　"是我杀的。"周怀安不知何时出现在身后，他转身闩上了教堂的大门，"他该死。"

　　当人心里有恨的时候，他们就失去了思考，很容易沦为工具。孤独的周怀安，秦婧出现为他所带来的一丝光明，也因为她不爱他而将他推入更了深的深渊。

　　"这个屏幕上的每一个罪人都受到了他们该受的惩罚。就差你了，小曦。我其实真的有点儿舍不得你。"他伸手去抚摸她的脸。

　　盛昭曦撇开头去，恶狠狠地说，"你自诩正义，其实就是脑子有病。"

　　周怀瑾一笑而过，对她的话不以为然，他不怕攻击。对他而言，奉承才更让人反感。那些说好话的人都是想从他这里得到好处的人，都是些虚伪该死的人！

　　于是她变本加厉地提高音量："你觉得自己很正义、很酷？你不过是个海马体受损的Psychopathy而已，俗称精神变态！你养斗鱼，让它们自相残杀，然后输的那条你就捞出来喂小绿。你所享受的公平正义，其实不过是一种满足你变态心理的说辞而已。"

　　周怀瑾的脸色发青，伸手掐住她的脖子，手上的劲道一点点加大。

　　"你说得没错。我就是喜欢控制别人，指导他们做他们想但却不敢做的事。如果我没有资格指点他人的人生，你又有什么资格来批评我？是善是恶，一定要按你说的标准来吗？我有我自己的标准。"

　　直到盛昭曦的脸涨得通红，他才一把将她掼开。她扶着祭台，猛咳了几声，脸上慢慢恢复血色。

　　"我们该死，那靳司遇呢？在你定义的善恶观里，他又有什么罪？"

"他没有罪。他承担的是那四个人的罪。小曦，我想我已经把游戏规则说得很清楚了。其实我真的有点儿失望，我原以为你会为了他而有勇气与整个世界为敌的，结果最终你还是免不了俗。是你选择了放弃他！"

"你对他做了什么？"盛昭曦目露凶光，但在周怀瑾眼里她不过是头无力反击，只会龇牙唬人的小兽。

周怀瑾不答，看着她突然单膝跪地，再次掏出了那枚钻戒，"嫁给我，我就告诉你。第二次求婚你可不能再拒绝了。"

盛昭曦不知道他想玩什么花样，倔强地反问："如果我说不呢？"

他使了一个眼色，周怀安走到祭台后，一把拉下了那块白色的巨布。巨布背后原本应该摆着耶稣受难像的十字架上，赫然悬挂着靳司遇。他的双手双脚被长钉钉在十字架上，头上戴着满是倒刺的荆棘环，和耶稣的姿势如出一辙。身上斑斑伤痕，早已看不出原本的肤色，奄奄一息地垂着头，不知生死，胸口挂着的那个银色十字架此刻显得格外讽刺。

盛昭曦心如刀绞，仿佛有人在捏着她的心脏。她不敢乱动，不敢说话，甚至不敢呼吸。连轻喘一口气胸口都会生疼。

神啊，他一直虔诚地相信着你，可此时此刻你又在哪里？

"事不过三。我再问一遍，嫁给我好吗？小曦。"周怀瑾还跪在地上。

"放过他。"盛昭曦声如蚊蚋。

"什么？"

"求求你。放过他。"倔强如她，第一次服了软。她的原则、她的坚持，在看到靳司遇这一刻都已经土崩瓦解。

"那要看你的表现了。"他拉过她纤细的手，将戒指套在了无名指上，她没有反抗。但没想到戒指居然大了，自己滑落下来，坠回他的手上。

"4……号……白痴……"十字架上传来一个虚弱的声音。

她个子小，手指也格外细，像孩子的手一样。十指紧扣过无数次，哪怕没有为她量过，他也可以精确地说出她每个手指的尺寸。

盛昭曦如鲠在喉，眼泪止不住地往下流。想仔仔细细再看看他，又不敢抬头。

"谢谢提醒。你醒了正好，还可以给我和小曦做个见证人。"周怀瑾把戒指再次套上去，合上了她的五指，然后用手包住她的手指。又从教堂的钢琴后拿出一个白色的头纱，为她戴好，还细心地整理了蕾丝花边。

盛昭曦呆立在原地任他摆布，只希望这噩梦般的一切尽快结束。

周怀安充当神父，打开台上的《圣经》，"周怀瑾，你愿意成为盛昭曦的丈夫吗？无论富贵贫穷，健康还是疾病都彼此相爱、珍惜，直至死亡。"

"我愿意。"

"盛昭曦，你愿意成为周怀瑾的妻子吗？无论富贵贫穷……"

"我愿意。"盛昭曦没耐心听他念完，直接应允。

"神啊……"靳司遇闭上了眼睛，"我需要你……"

周怀瑾愉悦地将她搂进怀里，亲吻了她的额头。

"谢谢你小曦，临死前还帮我完成了最大的心愿。作为对你的奖励，我会让你死得没有痛苦。"

他拿出一瓶酒递给她，"这里面有达到致死剂量的甲醇。我想了很久该给你用哪种毒药，既然你已是我的妻子，我就应该对你温柔一点儿。这个喝完就会像醉酒一样死去，不会太难受。"

"这就是你想要的？"

"这是高敏想要的。复仇俱乐部的宗旨就是要让有罪之人都得到惩罚，高敏有她的，你有你的。很遗憾，即使你是我的妻子，我也不能包庇你。"

"你将司遇放下来送他去医院，我马上受罚。"

"不……"靳司遇想要阻止，可是他被钉住，动弹不得。他竭力地挣扎，也只是让十字架上深褐色的血迹又深了一些而已。最后，只剩下从破碎的喉咙里挤出的呜咽声。

"我答应你。"盛昭曦没有犹豫太久，因为她知道这根本不是个选择题。

周怀瑾说爱她，其实只是执着于得到的仪式。从把她约到这里来，或者说从一开始接近她，周怀瑾就没有打算让她活着。

她深深地看了一眼靳司遇。他一贯冷静的眼里集聚着一场暴风雨，似乎在警告她："你敢试试！"

盛昭曦突然笑了笑，有恶作剧的意味。靳司遇说爱她，也只会用自以为是的牺牲来"成全"她。被你骗了这么多次，这回终于轮到你体会一次心碎的感觉。

她没有犹豫地喝下了整瓶酒。

教堂大门被人撞开，强烈的光线射了进来。如初见靳司遇时的圣光一般，在盛昭曦眼里定格。

Always be with you

【神在他的爱里亲吻着"有涯",而人却吻着"无涯"。】——泰戈尔

五年后,派出所门口的咖啡厅。

电视上正在播放一起挟持人质抢劫银行的新闻。恒城市局谈判小组配合特警队成功解救了人质,劝降了劫匪。B组的组长刘梵被记者拉住接受临时采访。

现在的谈判小组已不是当初试点的三人队,多了很多志愿警员报名。分了A、B两组,分别是谢勇和刘梵带队。

谢勇嘴拙不喜欢接受采访,每次这种出风头的事都是交给刘梵做。

"谈判小组成立四年,解救了很多试图自杀的市民,还阻止了不少大案。取得今天的成绩,您认为主要归功于什么?"

"国家重视警局内的体制改革创新,对我们进行大力度的培养自然是首要的。但个人来讲,我和A组组长谢勇都特别感谢我们的第一任教官。虽然她因为个人身体原因已不在岗位,但我还是想让她知道:老大,你教会我们的东西,我们都记在心中。谈判小组拿到的所有勋章都有你的一份。"

盛昭曦坐在靠窗的沙发上搅动手边的咖啡,另一只手举着电话笑得花枝乱颤,"谢勇,求你让小梵以后上采访别说这么肉麻的话。我鸡皮疙瘩掉了一地。"

"老大,我哪管得住她呀。她那牙尖嘴利的,比谁都能说。不过这回她说的可是真心话。我们真的很感谢你当初教会我们的东西。"

"拜托你们俩尽早结婚,就是对我最大的感谢了。"

谢勇羞赧地摸了摸后脑勺,一直没敢说当初自己还偷偷喜欢过老大好久。后来老大走了,他和刘梵搭档,日久生情竟成了情侣,真是奇妙的缘分。

"妈咪……"盛昭曦对面坐着一对三岁左右的龙凤胎。女孩在位置上扭来扭去，裙子都扭得皱巴巴的，"……我想尿尿。"

"我女儿找我，不跟你贫了。挂了啊。"

"念念，你想上洗手间？来，我带你去。"她头朝女儿说话的方向靠近了一点儿，找到大致位置伸出手去，眼睛视线却在原地没有动。

"我带你去吧。妈妈眼睛不好，爸爸说了，不能让妈妈累着。"小男孩从几乎和他差不多高的雅座上滑下来，牵起女孩的手。

五年前，盛昭曦因为服用了大量甲醇，抢救后好不容易保住了性命，但她的视力却受到了永久性的伤害。

盛昭曦拉住路过的一个服务员小姐，"您好，小姐，能不能麻烦您带两个孩子去一下洗手间？"

"好的。跟我这边来。"

"那麻烦等等保护姐姐一起去喽，要一起去一起回噢。"盛昭曦摸了摸男孩的头。

等等乖巧地点头，紧紧拉住姐姐的手。

靳司遇走进来的时候，门口挂着的风铃丁零零地响。仿若有一种心灵感应，她听到声音立马回过头去看。

他的个子高，逆着光站在门口显得挺拔出众。咖啡馆里不少姑娘的眼神都往门口瞟去。

服务员笑脸迎了上去，"先生，您好。请问几位？"

"找人……"他话音未落已经看到了扭头打量着他的盛昭曦，大步走了过去。

以她的视力，这个距离十有八九是看不清他的，但是她还是可以准确地从人群中分辨出靳司遇来，这不得不说是一种神秘的默契。

他单手拎着公文包，另一只手扶在她的脑后，在她额上印上轻轻一吻，"久等了。"

旁边的小姑娘们被这一吻酥到脸红心跳，仿佛被亲的是她们一样。

"还好。事情都办好了吗？"

"嗯。孩子们呢？"

"服务员带着去上洗手间了。"

靳司遇没有再问，挨着妻子坐了下来，从公文包里摸出一张证件递到盛昭曦眼前。

她拿过来凑到眼前仔细看了看，模糊的字几乎靠到鼻尖才看清楚，"靳司遇"三个大字，一张崭新的身份证。

五年前，警方从周家兄弟手里将二人解救出来。靳司遇提供了汤氏伙同高敏、周什犯罪的详尽证据。汤合行、高敏被捕。

高敏后来出现精神问题，一直留在精神病院看押。

汤合行被判入狱十年。入狱前，他见了靳司遇最后一面，还是那副笑眯眯的样子，嗔怪他："都说祸害遗千年，这样都没死，算你命大。以后和那个小妖精有多远躲多远，别碍着我眼。省得我出了狱又安分不下来，想去拆散你们。"

"昭昭说以后有了孩子，要认你做干爹，感谢你多次救我于危难。"

"呸呸呸。我看你们这是拿小魔头来找我讨债。"汤合行嘴里这么说着，眼里却有喜悦的泪水。

当年在学校背后的小巷子里，在一群人的拳头底下，冷漠的靳司遇果断救下他；后来，靳司遇屡次命悬一线，他想尽办法救他，他们之间孰是孰非，谁欠了谁的已经扯不清了，索性就这么一直扯下去吧。

周什就是Ten的身份曝光后，他手下的人不是被抓，就是逃跑了。失去领头人，他的犯罪组织彻底瓦解。

周怀安因故意杀人罪被判无期徒刑，没有上诉。

反倒是周怀瑾一再上诉，因他网络教唆他人的行为十分隐秘，取证困难，因此定罪争议比较大，唯一能肯定的只有他对盛昭曦和靳司遇犯下的故意伤害罪。司法系统的人都对这个轰动性的大案很上心，公诉方咬死他教唆杀人等同于故意杀人罪共犯，官司打了几年终于得到了一个公正公平的终审判决——死刑。

判决下来当日，周怀瑾在狱中自杀。至此，所有涉案人员均依法得到了制裁。

警方感念靳司遇做出的杰出贡献，为他申请恢复身份。只是时间已久，收集资料、走流程花费了大量时间。一直等到今天，他才拿到这张证明他身份的文件。

"还是觉得你以前长得帅一些。"盛昭曦仔细看着身份证上的照片打趣他。

"你这么说，我怎么有点儿吃自己的醋呢？"

"爸爸！"念念老远看到他就箭步冲了过来，扑上了靳司遇的膝头。

他笑着一把将女儿抱到了大腿上坐着，"交给你的任务办得怎么样？"

"报告！完成任务。"

"什么任务？你俩还瞒着我有什么小秘密呢？"

"我们给妈妈准备的惊喜。"念念笑眯眯地指着落在后面的弟弟。等等在后头哼哧哼哧地晃了过来，双手捧着一大束几乎比他还高的向日葵，向日葵空隙处点缀着无数满天星，煞是亮眼。等等的小脑袋从花后面探了出来，"都是我想的主意。"

"这是送给我的？"盛昭曦欣喜地捧过花束，在等等脸颊上亲了一口。

"谁说只有等等动脑筋的，我也有准备东西！"念念让爸爸把她抱起来，她从小裙子口袋里摸出一个皇冠插到妈妈头发上。

皇冠由一枚梨形主钻和无数小钻石以卷轴形镶嵌而成。更为精巧的是，这枚皇冠还可以拆分成一条项链、一对耳环和三枚胸针。这些首饰都是以盛昭曦的英文名首字母"J"为基本造型设计的。参考了英国玛格丽特公主皇冠的设计，非常用心。

送这个皇冠是念念的主意，爸爸配合设计。因为念念说，"妈妈永远是我们的小公主。"

"妈妈生日快乐！"

"小太阳生日快乐！"

"谢谢。"

爸爸顺势亲吻了一下妈妈的脸颊，两位小朋友见怪不怪地吐了吐舌头。

"轮到我了。"靳司遇递过去一个白色信封。

盛昭曦拆开来看，里面是四张飞波士顿的机票。

"这算是补蜜月？"

结婚的时候，靳司遇身体状况还很不好，连结婚证都是从医院请了一天假出来打的。一枚戒指，一张证，两人就这么结婚了。什么婚礼、蜜月、婚纱照都是一直欠着的。

"日期怎么是今天？"

"刚刚拿到身份证，就顺路去买了机票。这样我们飞到美国还是今天，你可以过48个小时的生日。"靳司遇说得十分轻巧。

"好Cool！"等等赞叹了一句。

"爸爸可偏心了。去年我和等等的生日，爸爸只陪了我们两个小时。"

"因为你们年纪比我小啊。以后每年爸爸陪你们过生日的时间都会加一个小时，等你们长到我这么大了，就可以过两天的生日了。"盛昭曦安慰两个小朋友。

经年之后，回忆起来那一天，等等还清楚地记得妈妈的这个承诺。三十二岁生日这一天的妈妈那么年轻，而且美丽。她拿到机票时惊讶的神色溢于言表，"可是我都还没有收拾行李。"

"滴滴！"门外停了一辆黑色的SUV，容易不耐烦地按了两声喇叭，秦婧摇下车窗朝他们挥手，"Hey！你们的行李我都给运来了！"

这两人不知何时凑到了一块儿，本来没人看好的恋情竟山高水长地走了下去。靳司遇"串通"了他们一起准备了这场惊喜。

盛昭曦嗔怪地看了一眼自己老公,他办事永远这么滴水不漏。

靳司遇站起身绅士地做了个请的动作,"Please。My princess。"(请。我的公主。)

两人各牵着一个孩子走出了咖啡厅,只留下一屋子艳羡的目光。

飞机要飞十三个小时,两个小孩上飞机闹腾了一会儿就马上进入了梦乡。靳司遇怕盛昭曦眼睛不方便,一直没有睡,太阳穴突突地跳。

盛昭曦把头枕到他肩上,"一起睡一会儿吧,折腾一天了。"

两人头倚着头睡了过去,飞机穿越了格林尼治子午线,到达洛根机场是下午三点,四人转了地铁到了Cambridge。

"这里就是爸爸以前上学的地方?好漂亮啊!"念念看着查尔斯河,心生向往。

等等看到河边空旷土地上,有一群大学生正拿着喷管在涂绘着一个奇形怪状的房子。旁边还摆放着一个空铁罐子写着"Visitor TIPS"(参观者小费),是为了打趣往来的围观者。

看到一个豆大的小朋友在盯着他们,几个外国大哥哥善意地朝他吹了一声口哨。

等等羞涩地一溜烟跑了,拉住爸爸的衣角,"爸爸,他们在干吗?"

"他们是建筑系的学生,在做毕业设计。"

等等听不懂毕设是什么?建筑系又是什么?但心中已然被这些哥哥姐姐身上自由的朝气和对梦想的热爱所深深感染,"我喜欢这里。"

"我也是!"念念附和道。

"昭昭你呢?"

他们以前读大学的时候就住在这一片。这条河,这些树,一点儿都没变。波士顿这个城市恐怕再过几百年还是这个样子,让人觉得很安心。

"好像一下子又回到了二十多岁的年纪。"盛昭曦深深地吸了一口新鲜空气,把肺里的浊气连同着这些年乌七八糟的事情全都吐了出来。

靳司遇定住脚步,塞了一个硬物在她手心里,"这才是真正的生日礼物。"

盛昭曦手指摩挲着感受了一下,是一个钥匙形状的东西。她不解地看着靳司遇。

靳司遇牵着她过马路,站到一栋白色公寓前,"这以后就是我们的家了。"

她从他手中挣脱出来,面露不悦,"这么大的事,为什么不跟我提前商量一下。我们要定居这边，至少要同父母知会一声。"

"昭昭，你别急。我们并非要定居在这里。这些年，我一直在找能够治愈你眼睛的医疗技术。麻省总医院最近研发出一个新技术，可以修复永久性的视力损伤。我和他们沟通过了，他们愿意接手你的Case。我也同父母商量过了，带你在这边做手术，加上术后休养，半年左右就回国。以后我们还可以随时回来度假。至于孩子们，如果他们愿意，以后也可以在这边接受教育。"

她的面色这才缓和了一些，"其实我的眼睛你不必太费心，我已然习惯。这些年你们把我照顾得很好。"

他再次怜惜地亲吻了她的额头，他见过她在家无数次因为看不清而撞到桌台凳脚，身上青一块紫一块。出门就更是如此，还要不停向撞到的人道歉。这不该是她的人生。

"咔嗒"一声，盛昭曦敏锐地听到相机声，"怎么？又是你的惊喜？"

靳司遇耸耸肩，"这次真不关我的事。"

拍照的是一个美国青年，他走上前来致歉，"对不起，刚刚的画面实在太美了。我忍不住按下了快门，如果你们不介意的话，留给我一个邮箱。照片洗出来，我寄给你们。"

"Sure。"盛昭曦愉悦地表示了接受，留下了自己的邮箱。

"等等，念念，我们回家啦！"盛昭曦一左一右搂着两个孩子，靳司遇走在她身后照看着她。四人一同走进了那栋白色公寓。

二十年后，美国摄影师Robert Hofmann 拿下了国际摄影大奖，并开始了全美巡回摄影展。

他在整理作品集的时候，发现自己当年游学Cambridge 的时候照下的那对中国夫妇还有他们孩子的照片。

他记得自己当初答应过对方要把照片寄回去，后来因为毕业等事情将这事忘了个一干二净。

他找出那位太太留给他的邮箱，写了一封很长的致歉信。信中表示他的巡回展会在波士顿有一站。如果他们一家愿意抽空光临，他会附上门票。他再三感谢，"当初你们凝视着彼此时的那份爱意曾深深打动了我，让我在摄影这条道路上坚持了下来。如果能再次与两位会面，我感恩于心。"

午后的阳光透过落地窗照射进来，温柔地印在一位穿着白色羊毛衫、灰色长裙的妇人身上。五十二岁的盛昭曦独自一人站在艺术博物馆里，仔细地看着展览里每一张照片。Robert很有心，巡展每一站都有不同的主题。波士顿的主题便是"爱河"。

其中放在主展位上一张60英寸大小的照片就是盛昭曦他们的照片。

照片上，靳司遇撩起她额前的刘海，落下了一个轻吻。因为Robert是抓拍，照片有些虚晃，但平添出一种动态的美感。

照片中的他穿着驼色的薄开衫、白色衬衣和藏青色的布裤。因为身高差，他不得不弯下腰来才能亲到她，显得背有些微驼。他看向她的目光充满了爱与怜惜，而她因为之前在和他生气而显得面色有些娇怒，但更多的是羞赧。

查尔斯河旁的念念踮起脚在偷看他们，脸上满是童真的笑意。等等伸手捂住了她的眼睛，自己也撇开了头去。

照片上很多细节，她都不太记得了。那时候眼睛看不清东西，一切都是朦胧的。

盛昭曦第一次由衷地感谢摄影技术，将那时的光阴都原封不动地保存了下来。让她得以清清楚楚地再一次看清年轻时的他，比记忆中更帅一些。

等等刚刚交完最后一个建筑系毕业作品，从图书馆里走出来打电话给母亲，"妈，摄影展看完了吗？我过来接你。姐姐今天也回来吃饭，一起给您庆生。"

"等等，我又看到你爸了。"

等等沉默了许久，不知如何开口安慰。爸爸已经走了两年。说实话，以父亲的身体情况，如果不是出于对母亲的爱，根本不可能坚持到这个地步。这已经是个奇迹，不可能再奢望更多。

当初父亲病重之时，病危通知书下了五六次。姐姐原想母亲身体也不是太好，最好不要让她知道，省得她整日担惊受怕。父亲却坚持要他们把每一次病危通知书都交到母亲手里。

"你母亲是个认死理的人。我若是突然走了，她一定觉得我是抛弃了她。这样好，我让她一程一程慢慢送，到了最后一程的时候，她也就想开了。"

父亲真的依他所言挺过去了一次又一次的病危，仿佛像是算得准了自己的命。每过一关，都好似偷来了一段时光。母亲还以为她可以继续这么一程程没完没了地送下去。

父亲到底还是高估了母亲。他走了两年，直到现在，每每提到父亲的时候，母亲都是怨怼的，怨他没有信守自己的诺言。但这一次提起父亲，母亲的声音听上去倒不至于太悲伤："你爸没有骗我，他说过的……"

Always be with you.

（全书完）

图书在版编目（CIP）数据

似是故人来：我的孤独症男友 / 橘子宸著. — 广州：广东人民出版社，2018.1
ISBN 978-7-218-12340-0

Ⅰ. ①似… Ⅱ. ①橘… Ⅲ. ①长篇小说－中国－当代 Ⅳ. ① I247.5

中国版本图书馆 CIP 数据核字（2017）第 285657 号

Sishi Guren Lai:Wo De Guduzheng Nanyou
似是故人来：我的孤独症男友

橘子宸 著

版权所有 翻印必究

出 版 人：肖风华

责任编辑：马妮璐
责任技编：周 杰 易志华
装帧设计：帘七子
排版设计：仙境设计

出版发行：广东人民出版社
地　　址：广州市大沙头四马路 10 号（邮政编码：510102）
电　　话：（020）83798714（总编室）
传　　真：（020）83780199
网　　址：http://www.gdpph.com
印　　刷：北京时尚印佳彩色印刷有限公司
开　　本：787mm×1092mm　1/16
印　　张：18　字　数：270 千字
版　　次：2018 年 1 月第 1 版　2018 年 1 月第 1 次印刷
定　　价：39.80 元

如发现印装质量问题，影响阅读，请与出版社（020－83795749）联系调换。
售书热线：（020）83795240